겜블러①

겜블러 ①

초판 1쇄 발행 2024년 04월 10일

지은이 박희종
펴낸이 류태연

펴낸곳 렛츠북
주소 서울시 마포구 양화로11길 42, 3층(서교동)
등록 2015년 05월 15일 제2018-000065호
전화 070-4786-4823 **팩스** 070-7610-2823
홈페이지 http://www.letsbook21.co.kr **이메일** letsbook2@naver.com
블로그 https://blog.naver.com/letsbook2 **인스타그램** @letsbook2

ISBN 979-11-6054-699-6 04810
ISBN 979-11-6054-698-9 04810 (전4권)

겜블러 ①

THE GAMBLER

박희종 장편소설

닷별

목차

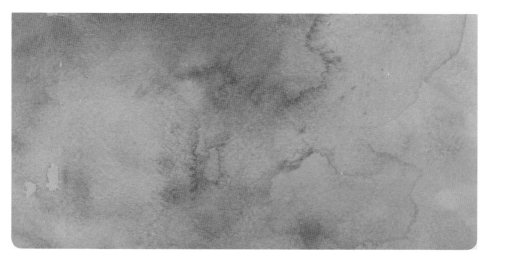

도박

51:49는 머피의 법칙 연산 수칙이다.

50:50의 균형이 어느 쪽으로 기우느냐는 많은 수가 필요한 게 아니다. 단 하나, 아주 단순한 1이다. 그 1이 어느 편에 옮겨갈 때 승부가 갈린다.

이것은 모든 도박의 철칙이다. 특히, 카지노의 이 룰이 수백 수천만 달러를 좌지우지한다. 사람들이 가장 쉽게 생각하도록 도박게임을 만들었기 때문이다.

이 머피의 법칙에 50년간 빠져 패가망신한 어느 도박중독자 이야기를 하고자 한다.

이름은 모주방, 나이는 58세.

지금은 소식이 끊겨 무엇을 하는지 모르지만, 소문에 의하면 강원도 어느 산골 정신요양원에 갇혀있다고 들었다.

그는 서울 남산 밑 동네가 고향이다. 초등학교, 중학교를 용산구에서

다녔고, 고등학교는 스페인 왕립부속 음악고등학교에서 유학했다. 대학은 국내 스페인어학과를 나온 엘리트이긴 하지만, 골수가 도박을 배태하고 태어난 사람이다. 유전적으로 돌연변이라고 할까.

부친은 이북에서 철수하는 미군을 따라 내려오면서 통역관을 했고, 한국전쟁 후에는 용산 미8군 사령부 캠프 케이지 군속으로 평생을 지내다 돌아가셨다.

모주방은 초등학교 때부터 딱지치기, 구슬치기 등에 미쳐 저녁밥을 굶기를 예사로 했고, 모친과 누나, 남동생 둘이 찾으러 나와도 들은 척하지 않았다. 무엇이든 한 번 잃으면 딸 때까지 같은 또래를 붙잡고, 늘어지는 성격이었다. 만약, 자기보다 덩치 큰 중학생한테 다 털리고, 그만하자면 짱돌로 위협해 가며 달라붙었다. 그러다 질려서 도망가는 중학생 동네 형을 등 뒤에서 짱돌로 머리통을 찍어야 직성이 풀리는 모진 구석이 있었다.

그뿐만 아니다. 짤짤이를 하다가 자기 돈을 몽땅 잃으면 억울해서 전전긍긍하기 십상이었고, 자기 분을 못 이겨 늦은 밤, 제 돈을 따간 녀석네 집 유리창을 돌멩이로 몽땅 깨버리고 잠적해 버리기 일쑤였다.

어쨌든 모주방이 본격적으로 도박에 빠진 건 중학교 때부터다.

아버지가 집 근처 미8군 사령부 캠프 케이지 군속이어서 가족들에게 출입이 자유로웠고, 사춘기 그의 발길을 잡아당긴 건 카지노였다.

처음엔 용돈으로 장난삼아 슬롯머신에 매달렸는데, 매일 잃다가 한 번 잭팟이 터지면, 그 칩으로 다른 슬롯머신에까지 손을 대 전부 날려야 자리를 터는 습관이 생겼다.

안 되는 일은 결국 안 되게 되어있다는 머피의 법칙에 빠지기 시작한 단초였고, 그때부터 슬롯머신의 번호가 머릿속에 가득해서는 3번이 안 터지면, 8번으로 옮겨가고, 또 13번으로 바꾸는 식이었다. 그런데 이상한 건 그가 열심히 칩을 쑤셔 넣은 8번에서 다른 사람이 잭팟이 터지는 경우가 빈번하다는 것이다. 그러기 수개월이 지나서야 다른 판으로 관심을 돌렸다.

그가 미8군 캠프 카지노에 드나들던 시기는 1970년대로, 내국인은 출입증 없이 발걸음할 수 없는 곳이었고, 상류층이나 재외 교포 사업가들밖에 없었다.

통금이 없는 캠프 카지노는 내국인 물주들 돈을 빨아내느라 혈안이었고, 모주방도 그 물주들 틈에 끼어서 담배도 사다 주고, 커피, 음료수, 식사 등을 나르며 밤을 지새웠다. 그 대가로 어느 정도 칩을 모으면 판돈이 작은 바카라판에서 놀다가 털리면, 줄곧 땡땡이치던 학교에 가고는 했다.

그럼에도 기특한 건 학교를 곧잘 다녔다는 것이다. 집에서 받은 등록금을 카지노에서 다 날렸다가도 내국인 물주를 꼬드겨서 조금씩 동냥질해 납입하곤 했다. 그 물주들에게 칩 1~2달러는 푼돈이었으니까. 하지만 당시 달러 환율은 바스켓 변동금리 해외 외환시장과 달리 고정이어서 1달러당 800원에 묶여있었다. 수출입국을 외친 박정희가 정책적으로 고정환율을 유지했다.

그때 중학교 등록금은 3천 원을 조금 넘는 수준이었다.

사춘기 중학생 모주방에겐 또 다른 징후가 있었다. 다름이 아니라 바로 섹스중독이라는 점이다.

2학년 여름, 원효로로 친구 집에 놀러 갔다가 낮잠을 자는 가정부를 차례로 겁탈했는데, 시골에서 올라온 지 얼마 안 돼, 순해 빠진 그녀는 19살이었지만, 사내 녀석 둘이 달려들어서 반항하지 못했다.

그 이후 그가 거의 매일 드나드는 이유를 친구 엄마가 알아채면서 계집애 행실이 반듯하지 못하다며 쫓아낸 것이다.

달리 갈 곳이 없던 그녀는 동네 공원에서 하룻밤 난장을 하게 됐고, 그 사실을 안 모주방은 자기도 책임이 있다며, 동거를 결심한 것이다. 사춘기 때 흔한 성 충동을 이겨내지 못해서 건드린 건데, 일이 크게 꼬인 것이다.

하는 수 없이 급우한테 도박 밑천을 뜯어 미8군 캠프 카지노 바카라 판에서 이틀 동안 월세 방값을 용케 구한 것이다.

그리고는 가정부와 함께 살림을 시작했고, 집엔 아예 들어가지 않았다. 그녀가 미용실 보조로 취직해 그럭저럭 방세를 낼 수 있었고, 먹을 걸 근근이 만들어서는 별 불편 없이 살 수 있었다.

그런데 부모님들이 집에 들어오지 않는 큰아들을 찾아 백방으로 수소문한다는 소식을 친구한테 듣고는 가정부와 상의 끝에 헤어졌다. 그녀로서도 중학생인 모주방과 더 동거할 마음이 없어 돌려보낸 것이다. 주위의 시선도 곱지 않았을 뿐만 아니라, 한참 동생인 4살 차이를 얕보게 된 것이었다. 어쩌다 두 녀석에게 몸을 내주기는 했어도 말이다.

172cm를 약간 넘는 그의 키는 중학교 3학년 때 성장판이고, 외모는 어린 나이에 비해 상당히 늙어 보이는 축이었다. 기럭지는 그 무렵 이미 굳어져 청춘기엔 더 이상 자라지 않았지만, 또래들보다는 제법 큰 키에 속했는데, 미8군 캠프 카지노에서 자주 보고, 친숙해진 GI들에게 부탁해 군복을 얻어 입은 뒤, 재미교포 2세 행세하며 이태원, 신촌, 명동, 이대 앞 등에서 여대생을 헌팅했다.

학교에 다녀오면 가방을 던져놓고, 거의 매일 군복을 갈아입은 뒤 젊은 여자들 꼬드기러 다닌 것인데, 한 번 찍으면 백발백중이었다. 집은 LA에 있고, 대학은 버클리 재학 중이며, 학비를 벌고 싶어 자원입대한 것이라고, 거짓을 늘어놓았다.

모주방의 연애질 코스는 정해져 있었다.

용산 미8군 캠프로 끌고 가, 카지노를 구경시킨 뒤 월급날 갚을 테니, 돈 좀 빌려달라는 식이었다. 그럼, 대다수 여대생은 지갑을 다 털어주고, 그가 바카라판에서 잃는 것만, 안타까워하다가 빈손으로 돌아가는 것이었다.

이미 자정을 넘어서 집은 못 가고, 인근 모텔에 투숙하는 것밖에 없었다. 그다음은 모주방의 분탕질이었다. 1970년대는 야간통행이 금지된 터라 다른 사내들도 최대한 악용했다.

그렇게 자기보다 나이 많은 연상의 여대생을 손쉽게 농락하고, 간단히 떼어내며, 여성 편력을 즐기던 모주방도 한 번은 된통 시달린 적이 있었다.

미군 대위 계급장을 단 공군 조종사 복장으로 건진 여대생은 그가 아주 마음에 들어 매달린 것이다. 다른 여자들처럼 도박 밑천을 뜯기고, 별도리 없이 몸을 허락했지만, 어느 날 느닷없이 시골의 아버지를 불러 올린 것이다.

이태원 인근 다방에서 만났는데, 노인은 다짜고짜 말했다.

"어이, 우리 사위."

"네?"

모주방은 깜짝 놀랐고, 촌로는 탁자에 꽤 두터운 신문지 뭉치를 내놓으며, 언성을 높였다.

"당장 결혼식 올리지?"

"결혼이요?"

모주방은 곁에 앉은 여대생을 돌아다보았다. 어찌 된 영문이냐는 것이었다. 그녀는 침묵할 뿐이었다.

"……."

"이거 돈이여, 사위. 신혼집 사줄게, 음?"

"아니, 그게 저…."

모주방은 몹시 당황하고, 난처했다. 나이를 속인 건 둘째고, 이제껏 여자에게 말한 게 모두 거짓말이란 사실이 들통나면, 혼인빙자간음은 물론, 도박 밑천을 뜯어낸 사기 혐의로 감방에 가게 될 것이기 때문이었다. 두뇌 회전이 빨라서 순간 다른 여자들에게도 늘 그랬듯이 침착하게 둘러댔다.

"다른 근무지로 전출 가게 될지도 모릅니다. 어르신."

"어르신이 뭔가, 장인이라고 해. 장인."

노인은 막무가내였다. 까무잡잡한 이목구비엔 옹고집이 짙게 드리워져 있었다. 모주방은 등줄기에 식은땀이 흥건하게 배어났다.

"조금 기다려 주십시오. 생각도 해봐야 하고."

"내 딸을 대학에 보낸 건 다 신랑 잘 만나라는 소망이었지, 취직해서 높은 지위에 오르고, 크게 명성을 얻어 성공하리라는 생각은 추호도 없었어. 그러니 무조건 혼인해. 장교 사위."

"어르신, 전 아직 준비가…."

모주방은 노인의 종주먹을 어떻게 해서든 무마하려 들었으나, 소용없었다. 그 어떤 변명도 통하지 않았다. 촌로는 오히려 더 강경하게 다그쳤다.

"전출지가 어디여?"

"아직 모릅니다. 명령이 떨어져 봐야…."

"아, 어디가 됐든, 데려다가 살면 되잖아, 음? 돈은 남부럽지 않게 있어. 딸년 대학 졸업 안 해도 그만이여. 자네 같은 훌륭한 인재를 만났는데."

"흠!"

모주방은 끈질기게 조르는 노인을 달리 설득할 방법이 없었다. 아니,

이 같은 막장에 봉착하리라고는 미처 생각 못 했고, 이 난관을 지혜롭게 헤쳐나갈 방법을 알 수 없는 나이였다. 하지만 촌로는 아주 작정을 한 것 같았다.

"시댁이 어디?"

"LA요."

여대생이 자기 아버지에게 새초롬하니 일러주었다. 연로한 부친이 내심 고마웠고, 자신이 하고픈 말을 대신했기 때문이다. 노인은 고개를 끄덕이곤 반복했다.

"음, LA. 이보게 사위. 내가 비행기 삯도 다 댈 테니 들어오시라고 해. 그리고 자네 다른 데로 가기 전에 휴가 며칠 얻으면 되잖아."

"어르신, 저 자정이 다 돼서 부대로 복귀해야…."

"아니야, 그러면 쓰나. 여관으로 가세."

"예?"

모주방은 매우 난처했다. 노인은 딸아이를 채근했다.

"애야, 뭐해?"

"네, 아버지."

여대생은 촌로가 시키는 대로 앞장섰다. 노인은 모주방의 한 손을 잡아끌었다.

그는 어쩔 수 없이 여관에 붙잡혔다. 방도 따로 얻어서 딸을 밀어 넣었다. 하룻밤 만리장성을 쌓으라는 권유였다. 그러면서 촌로는 신신당부했다.

"이번 기회에 우리 큰딸 머리 올려주게나, 사위."

"……."

머리 잘 돌아가기로 유명한 모주방도 이 노인의 쇠심줄 같은 다그침을 모면할 방법이 없었다. 더구나 여자 앞이라 지금까지 꾸며댄 거짓을 되풀이할 수밖에 없었지만, 촌로는 그 이야기를 큰딸한테 다 들었다며,

한술 더 떴다.

"미8군 내 숙소하고, LA 집 연락처도 가르쳐 주게. 내가 직접 챙길 테니."

"그렇게 하시죠."

모주방은 노인이 하도 몰아쳐서는 도리없이 LA 누나네 집 전화번호를 메모해 주었다.

누나는 남산 밑 동네에서 같이 살았던 미국인 목사가 입양해 데려가서는 LA에 거주하는 터다. 골목에서 뛰어놀던 어린 소녀가 너무 예쁘다며, 부모님을 설득해 허락받은 것이었다. 또 미군 군영 내 숙소는 평소 잘 알고 지내는 카지노 딜러의 개인 전화를 알려줄 수밖에 없었다. 천만다행이라면 1970년대에는 국제전화를 마음대로 할 수 없는 시기여서 한시름 덜었다. 하지만 미군 영내는 일반전화로도 손쉽게 할 수 있어서 내심 뜨끔했다. 여대생이 종종 영내로 전화하기 때문에 노인도 그 소리를 들은 것 같았다. 자꾸 보채기에 하는 수 없이 캠프 카지노 딜러한테 영어로 전화해 바꿔주었다. 카지노 딜러는 한국인이었고, 종종 모주방이 여자를 후려치며 다닌다는 사실을 잘 알기에 대답은 뻔한 것이었다. 여대생도 영어 울렁증이 있어서 자기 아버지한테 시원하게 통역해 줄 입장은 아니었다. 카지노 딜러는 한국인이면서도 굳이 영어로 장황설을 늘어놓았다. 그가 평소에 잘 써먹는 방법, 즉 오키나와로 사격훈련 갈 것이며, 언제 돌아올지 모른다고 얼버무렸다. 더구나 전투기 조종사는 괌과 하와이, 유럽, 기타 해외 주둔지, 미 본토의 여러 다른 기지도 순환 근무하기 때문에 상당 기간 기다려야 할 것이라며, 대충 설득했다.

그럼에도 노인은 잠을 청하지 않았다.

"통금 해제되면 용산 캠프까지 택시 태워다 줄게, 장교 사위."

"그러지 않아도 됩니다. 어르신."

"걱정하지 말고 한숨 자둬. 훈련 떠나면 편히 쉴 틈도 없잖나."

"심려 끼쳐서 죄송합니다."

모주방은 잠이 올 리 만무했다. 여대생은 이내 깊은 잠에 빠졌는데, 노인은 말똥말똥했다. 미칠 노릇이었다.

벽에 기대 두 눈을 감은 척하고 있는데, 통금 해제 사이렌이 울리자, 노인은 큰딸까지 깨워서는 앞장세웠다.

이태원 소재 여관이었으니 택시 탈 것도 없이 터덜터덜 걸어서 캠프 앞까지 함께 갔다. 노인은 딸을 다독였다.

"네 신랑이 훈련 가니까, 넌 몸과 마음을 정갈하게 하고, 치성드려라."

"……"

"비행 나갔다가 혹, 사고라도 나면 큰일 아니냐."

"아버지도 참!"

여대생은 자기 부친에게 핀잔을 내놓았다. 웬 재수 없는 소리냐는 듯 눈을 흘겼다. 노인은 모주방의 두 손을 잡고 아쉬워했다.

"부디 조심하게. 내 딸아이를 위해서라도, 알겠나?"

"예, 살펴가십시오."

"또 보자고, 장교 사위."

"……"

모주방은 피식 쓴웃음을 지으며, 캠프 출입구를 지나 안으로 숨었다. 딱히 갈 곳이라곤 카지노밖에 없어서 발길을 재촉했다. 화장실에 처박혀 잠이라도 청할 요량으로 말이다.

그날 이후 여대생은 틈만 나면, 카지노 딜러에게 전화했지만, 국내 지방 각 미군 공군기지엔 없고, 한국을 떠난 지 꽤 됐다는 장황설까지 보탰다. 모주방의 가명이 '피터'였는데, 걔 한국 순회 근무가 언제 잡혀 있는지 자기는 모른다고 답해주었다. 전투기 조종사들의 스케줄은 극비라고, 겁을 준 것이다. 전투기 조종사는 몇백억 원짜리 비행기를 조종하지만, 그 전투기 가격보다 조종사의 몸값이 더 비싸다는 걸 강조했다.

모주방은 용산 미8군 사령부 군속인 아버지 덕분에 해외여행이 거의 불가능한 박정희 정권 시기에 미국을 다녀올 수 있었다. LA에서 사는 누나가 초청장을 보내왔고, 중학교 3학년 여름방학 때 비행기를 타고 태평양을 건너는 호사를 누린 것이다.

가장 인상적인 건 LA 국제공항에 착륙하기 위해 시내 상공을 선회하는데, 그 시절 국내에서는 볼 수 없었던 오렌지색 아르곤 가로등이 바둑판 같은 거리를 수놓고 있었다. 열여섯 살 사춘기 청소년 눈에는 가히 환상적인 정경이었다.

누나의 마중을 받아 공항을 빠져나오자, 자동차로 넘쳐난 거리는 깨끗했고, 도심 한복판에는 상점이 즐비했으며, 상점마다 물건들이 가득차 있었다. 각양각색의 인종들이 뒤섞여 오가는 모습이 정말 신기했다. 물론 용산 미8군 캠프에서 살다시피 했지만, 이렇게 많은 유색인종을 보기는 처음이었다.

다음 날, 대학에서 교육학을 전공하는 누나의 안내로 할리우드와 베벌리 힐스까지 구경하고 하숙집에 돌아와서는 고민에 빠졌다. 미국의 고등학교로 진학하고 싶어진 것이다. 그리고는 아버지를 전화로 졸랐지만, 대답은 어렵다는 것이었다. 교육비가 너무 비싸다는 게 이유였다. 대신 스페인 왕립부속 음악고등학교로 가라는 것이었다. 그곳엔 장학금 혜택이 있을 뿐 아니라 졸업 후에 영국이나 독일 소재 대학으로 진학하기 쉽다는 설명이었다.

그런데 불행하게도 모주방이 도박중독에 빠지게 된 시발점이 바로 스페인이었다.

사춘기 때 유학길에 오른 그는 처음 해발 645m 마드리드 바라하스 국제공항에 내렸을 때 깜짝 놀랐다. 도시 곳곳이 하나의 문화재요, 유럽의 산 역사였기 때문이었다.

우선 급한 게 언어 소통이어서 프라도가의 어학원을 1년 동안 다녀야 했다.

구시가지 중심인 푸에르타 델 솔을 오갈 수밖에 없었고, 이 타원형 광장이 마드리드 시내의 시발점인데, 서쪽에 왕궁, 남서쪽은 마요르 광장, 또 앞에 세바타 광장이 있으며, 그 북쪽으로 호세 안토니오 거리가 있으며, 은행, 호텔, 클럽, 고급 상점들이 즐비한 카스티야, 헤네랄리시모 등으로 이어져 관공서와 고급 주택가가 자리를 잡고 있다.

투우가 열리는 날이면 빼먹지 않고 벤타스 투우장을 찾아 구경하기도 했다.

그는 어학원을 다니며, 수업이 없어 쉬는 날이면 스페인 구석구석을 다 둘러봤다.

지중해 연안 항구도시인 바르셀로나는 카탈루니아 지역에 있는데, 피레네산맥 너머 안달루시아와 대립, 분리독립을 원하는 곳이기도 하다.

구시가 중심은 람블라로인데, 은행과 무역상사, 고급 상가가 밀집되어 있다. 이 거리는 카탈루니아 광장에서 항구 쪽 평화의 광장까지 약 1km가량 이어지며, 푸에르타 데 라파스에는 신대륙을 발견한 콜럼버스 동상이 있다. 150년 만에 완공된 바르셀로나 대성당은 그 규모에 압도당한다.

주말에는 벼룩시장이 열려 자주 찾고는 했다. 몬세라트산은 카탈루니아의 종교 성지라고 불리기도 하는데, 산 정상부는 하늘을 가리키는 손가락처럼 생겼고, 수도원에는 미켈란젤로의 그림이 소장되어 있기도 하다. 한편, 바르셀로나의 자랑은 사그라다 파밀리아다. 건축가 가우디가 설계하고, 1882년부터 짓기 시작해 아직도 공사 중이다.

FC 바르셀로나와 레알 마드리드의 축구 경기에도 늘 쫓아다니고는 했다.

또 마드리드 아토차역을 이용해 그라나다, 코르도바, 발렌시아, 세고비아, 톨레도, 마요르카를 둘러보기도 했다.

8월 마지막 수요일 토마토 축제가 열리는 발렌시아 부뇰엔 어학원 강의도 빼먹고 갔었다. 켜켜로 쌓이는 홈씩을 털어내기 위함이었다. 수만 명이 몰려들어 으깬 토마토를 아무에게나 던지는데, 2시간 가까이 치고받으면, 거의 탈진된다. 서울을 떠난 때부터 지금까지 몸과 마음에 달라붙은 스트레스가 싹 날아간다.

어학원 강의가 끝나면, 버릇처럼 스페인 광장이나 마요르 광장에서 시간을 보냈는데, 중산층 주택가에서 혼자 하숙하기 때문이다. 하지만 군중 속에 고독이랄까, 시야에 들어오는 사람들은 저마다 자기 할 일과 목적지로 사라졌다.

어학연수를 마치고, 스페인 왕립부속 음악고등학교에 입학한 그는 기악부 친구들과는 어울리지 못했다. 혼자 원정 도박을 하게 된 계기였다. 거의 상류층 자제들이라 끼리끼리 모였는데, 함께 뭉치는 거도 귀족급이었다. 동양 어디선가 온 녀석은 아예 끼워주지도 않았다. 왕따요 따돌림이 극심했다.

유럽은 웬만한 나라에 다 카지노가 있다. 이 나라, 저 나라로 국경을 자유롭게 넘나들 수 있어, 유로 특급을 타고 대륙을 한 바퀴 도는데, 몇 시간 걸리지도 않는다. 더구나 5일 수업하고 이틀 쉬는 터다. 딱히 어울리는 친구도 없어서 더 심심해했을 것이다. 다닥다닥 붙은 유럽 각국의 카지노를 주말마다 순방하는 것이다.

그중에서도 모주방의 발목을 잡은 곳이 유명한 모나코다. 프랑스와 이탈리아 접경 해안가의 몬테카를로는 더더욱 치명적이었다. 중동의 석유 부호와 그리스 선박 부호, 유럽 귀족들이 몰려들어 북새통을 이뤘다. 그에게는 특히 매력적이었다.

아버지가 매달 보내는 생활비를 다 털어서 끼어들고는 했지만, 고질병인 올인(All-In)에 망조가 들곤 했다. 처음에는 약아 터지게 바카라를 운영하다가 베팅액수가 커지면 앞뒤 안 가리고 몽땅 던지는 것이다. 미성년자는 카지노에 출입할 수 없지만, 그는 용산 미8군 캠프에서 써먹던 위조 여권을 지니고 있어 걸리지 않았다.

한국은 중학교와 고등학교가 분리되어 있지만, 유럽은 중학교와 고등학교가 함께 있어 6년제다. 그러니까 4학년에 편입해서 3년 동안 공부는 안 하고, 카지노판에 빠져 살았다.

전화로 이런저런 핑계를 대고, 돈을 집에서 송금받아 바카라에 매달렸지만, 터무니없이 부족했다. 스페인으로 돌아가기 위해 카지노판에서 칩을 앵벌이 해 겨우 기찻삯을 마련, 귀가하고는 했다.

그리고는 수업이 끝나면 아르바이트하기 시작했다. 돈이 되는 일은 무엇이든 닥치는 대로 했다. 식당에서 음식을 나르고, 주방에서 허드렛일하고, 건물 외벽 닦기, 새벽 쓰레기 청소, 화장실 청소, 공사장에서 모래, 자갈, 시멘트, 벽돌, 목재 등을 나르면서 말이다. 방학 때는 고기잡이 배를 타고 대서양을 떠돌기도 했다.

남이 들으면, 그 학생 참 건실하고 올바른 녀석이라고 생각할지도 모르지만 천만에다. 정말 문제는 그 돈이 손에 들어오는 즉시 카지노로 향한다는 것이다.

다 털리는 건 시간문제다. 몇 푼 되지도 않는 밑천으로 슬롯머신에서 용케 불리면, 판돈이 작은 바카라에 뛰어들어 승부를 거는 것이다. 어쩌다 재수 좋으면 목돈을 챙겨서 일어나지만, 카지노 밖으로 나서는 게 아니고, 같은 건물 안 객실에 머물며, 창녀들과 놀아나다가 다시 판에 붙어서는 결국 빈손이 되어야 돌아선다는 것이다.

서울의 아버지는 방학 때 한국에 들어왔다가 가야 하지 않느냐고, 채근해도 모주방은 막무가내였다. 여행이나 하게 경비 좀 넉넉하게 보내달라 졸랐다. 그럼, 아버지는 큰아들의 부탁이어서 거절하지 못하고 매번 6~7백 달러씩 보내주고는 했다. 그 당시 국내 은행에서 달러를 해외로 송금하려면 절차가 매우 까다로웠다. 다행이라면 미8군 사령부 군속인 아버지 덕에 미국계 은행에서 본토를 경우 우회 입금을 할 수 있었다.

그럼에도 도박자금은 늘 역부족이어서, 마약을 배달하는 집배원 노릇까지 서슴지 않았다. 유럽은 어느 나라에서든 마약 수요가 많아 갱 조직들이 마약 장사를 주 수입원으로 삼고 있고, 경찰의 감시망을 피해서 조직원보다는 일반 배달꾼을 선호했다. 한 번 배달에 보통 1천 달러였으니까, 그에겐 구미가 당기는 아르바이트였다. 다만 목숨을 걸어야 한다는 조건이 붙어있었는데, 권총까지 뒤춤에 차고, 유로 특급을 이용해 목적지에 가서 건네면 그만이다. 그리고는 배달료를 받는 순간 망설임 없이 카지노로 향하는 것이다.

그래 봐야 또 개털이 되어 새벽녘에 공원에 가서 신문지 깔고 자기를 밥 먹듯 했다. 그것도 한겨울 엄동설한에 말이다.

유럽계 명문대학 진학을 내심 바라던 아버지의 뜻과는 달리 고등학교 유학을 마치고, 귀국해서는 달라진 게 아무것도 없었다.

대학 스페인어과에 입학했지만, 공부는 뒷전이었다.

용산 미8군 캠프에 드나들며 도박에서 헤어나지 못했다. 또 도박 밑천을 만드는 일이라면 무엇이든, 무슨 짓이든 다 했다.

지방에서 올라온 여자 재수생을 꼬드겨 동거해 가며 돈을 갈취했다. 마포에 방을 얻어놨는데, 함께 살면 월세를 절약할 수 있고, 내가 원하는 영어와 스페인어를 공짜로 가르쳐 주겠다는 것이었다. 그녀는 모주방의 제안에 혹했고, 망설임 없이 같이 살자며 달라붙었다.

하지만 외국어는 가르치는 둥 마는 둥 했고, 그보다는 시골집에서 매달 생활비와 학원비가 올라온다는 걸 노려서는 그녀를 성 노리개로 만들었다. 이제 갓 스물인 재수생은 밤이면 밤마다 모주방의 공략에 넘어갔고, 섹스를 즐겁게 생각할 즈음부터 그는 잠자리를 일부러 멀리했다. 도대체 왜 그러느냐고 사나흘 매달리면, 겨우 몸을 섞으며 돈이 필요해서라고 입을 떼는 식이었다. 이유는 묻지 말고, 그냥 달라는 것이었다. 그러면 재수생은 학원비와 생활비를 포함 60만 원을 전부 내줬다. 자기는 아르바이트를 해가며 공부할 테니 걱정하지 말라는 식이었다.

모주방이 그 돈을 들고 가는 곳은 정해져 있었다. 용산 미8군 캠프 카지노였다. 당시 환율은 1:800이었으니까 700달러 조금 넘었다. 바카라에서는 단 한 판에 날리는 액수에 불과했다.

그뿐 아니라 집에서 대학 등록금을 주면 우선 도박판에서 굴려 얼마를 떼어놓고는 딴 칩으로 이삼일 버티기도 했다. 대학 캠퍼스에서도 포커판은 빠지지 않고 끼어들어서는 하수들인 친구의 등록금과 용돈을 몽땅 쓸어서 튀기를 예사로 했다. 그리고는 잔돈으로 노는 하우스 방을 용케 알아내 몇 날 며칠 종적을 감추는 것으로 유명했다.

재수생은 대학에 합격한 뒤 헤어졌고, 그는 또 다른 푼수를 찾기에 혈안이었다.

그러다가 걸려든 여자가 재일교포였다. 일본으로 보따리 장사하러 오가는 30대였는데, 그가 영어와 스페인어 외에도 일본어를 조금 할 줄 알아서 친숙해지기는 식은 죽 먹기였다. 모주방의 말주변은 아주 매끄러워서 웬만한 사람은 다 넘어간다. 그 무렵 일반 사람은 꿈도 못 꾸는 해외여행을 자기 마음대로 할 수 있는 특권을 지녔다고 자랑했다. 미8군 사령부 군속인 아버지 덕분이었는데 말이다. 여권의 앞 뒷면 전체에 다닥다닥 찍힌 출입국패스 직인을 보여주면 믿지 않을 사람이 없었다.

한 번 입을 열면 서너 시간은 숨도 안 쉬고, 유럽이며 미국에서 생활했던 이야기를 쏟아놓는다. 그리고는 한술 더 떠서 사람은 누구나 빈둥빈둥 놀면 안 되고, 자유주의 국가에서는 시장 원리대로 돈을 벌어야 하며, 무슨 직업이든 할 수 있다면 다 해보는 게 좋다는 것이었다. 자기는 지금 당장 길바닥에 나가서 아무나 붙잡고, 30분만 설득하면 돈을 얻어낼 수 있다는 허풍을 떨어대기도 했다. 그만큼 이 세상 모든 일과 사람에게 자신 있다고 떠벌렸다.

그의 뇌세포엔 카드 패밖에 없는 주제에 말이다.

재일교포가 모주방과 동거를 결심한 것도 세상 살아가는 방식을 잘 알고, 사람 됨됨이가 마음에 들어서였다. 무엇이든 다 해낼 것 같아서다. 그 어떤 난관이나 고난에도 끄떡없이 버티고 헤쳐나갈 수 있는 남자라고 생각했다. 자기 보따리 장사에 큰 도움이 되리라 판단했다.

사실 그래서 사기꾼이 먹고사는지 몰랐다.

모주방은 처음엔 아무한테나 잘하고, 어려운 일에 처한 사람을 잘 돕는다. 하지만 자기를 완벽하게 믿는다면 본래 계획했던 등쳐먹기를 차근차근 실행에 옮긴다.

그게 아마 도박중독자의 천재적인 잔수일지 알 수 없다.

아무튼, 재일교포의 일을 거들며, 일본도 함께 다녀오고, 살림도 잘 꾸려서 그녀에게 신임을 얻자 2단계 섹스 노리개로 만드는 일에 착수했다. 아직 20대 중반이어서 체력은 왕성했고, 성욕도 매우 충만해서는 하룻밤에 서너 번은 족히 치르고도 남았다. 스페인에서 유학할 때 흔히 본 포르노를 연상하며 가학적인 섹스를 즐겼다. 재일교포는 그것을 도리어 반겼다.

살림을 함께한 지 6개월 동안은 아주 성실하고, 순하게 여자를 잘 받들어 준다. 어느 정도 신뢰가 쌓이면, 즉 이 여자가 자기한테 매달리는 상황에 이르면 내심 숨겨뒀던 마각을 서서히 드러낸다. 도박 밑천을 뽑아내기 위해 잠자리를 최대한 이용하는 것이다. 더욱이 재일교포가 일본에 다녀오느라 보름이나 한 달간 떨어져 있다가 돌아오면 집에 들어서자마자 내내 억눌렀던 성욕을 드러내는데, 짐짓 피하는 것이다.

"실은 일이 좀 생겨서 급전이 필요한데 해줄 수 있어?"

"알았어, 알았다고."

재일교포는 아무 생각 없이 무조건 해준다며, 대꾸하고 어서 하던 섹스나 마저 해달라며 숨을 몰아쉬는 것이다. 모주방은 도박중독만큼이나 섹스에도 중독되어 있다. 여자를 자기 원하는 대로 쥐락펴락한다. 카지노에 드나드는 창녀 말고, 돈이 꽤나 있는 일반 여자들은 목적이 있어 접근하는 게 대부분이다. 그 목적이 이루어지기 전까지는 성심성의를 다해 섹스의 참맛을 보여준다.

그런데 그는 도박 밑천이 필요할 때면 섹스 중 극치감에 도달한 여자의 몸에서 갑자기 떨어진다. 재일교포는 깜짝 놀라 기겁하고, 거의 광란할 수밖에.

"도대체 왜 그래!"

"……."

"내가 또 뭐 잘못했어?"

"아니, 신경 쓰이는 일이 생겨서 제대로 할 수 없네."

모주방은 그럼 심각한 표정으로 입을 떼기 일쑤다. 한술 더 떠서 풀이 잔뜩 죽은 표정을 짓는다.

"정말 미안한데, 오늘은 이만하자."

"무슨 일인데?"

재일교포는 돌변한 그의 태도가 당연히 궁금해지고, 걱정도 되고, 아쉽기도 해서 묻는다. 섹스 중에 다른 생각 하느냐면서 말이다. 금방 히죽거리고 자기 속내를 토해내면, 들통날 수 있으니까, 모주방은 한참 머뭇대다가 힘없이 운을 뗀다.

"갑자기 목돈이 필요한데, 어찌 해결할 방법이 없어서 그래. 신경 쓰지 마."

"날 밝으면 통장에 넣어줄게."

재일교포는 얼마나 다급했으면, 잠자리에서 성욕을 잃을 만치 고민했겠느냐며, 답을 주는 것이다.

그는 대학교는 가지도 않으면서 아침 일찍 가방을 들고 집을 나선다. 아무 말 없이 어제 한 얘기는 마치 잊은 것처럼. 그리고는 학원 강사인 프랑스 여자가 사는 건너편 오피스텔에서 노닥거리다가 은행에 가보면 돈이 들어와 있다.

모주방은 재일교포가 돈을 넣으리라는 것을 알고 있었고, 또 밤일하다가 심술을 부릴까 봐 백신처럼 찔끔찔끔 화대를 주는 것도 알고 있었다. 그는 돈을 전부 인출해서는 용산 미8군 캠프 카지노로 잠수를 탄다.

재수 좋으면 한 일주일에서 열흘 버티고, 다 털린 다음 꾸역꾸역 동거녀 집으로 다시 들어가는 것이다.

그러던 어느 날은 프랑스 여자와 재일교포가 함께 섹스를 즐기는 장면을 목격했다. 재일교포가 레즈비언이 아니라 프랑스 여자가 동성연애자였다.

모주방은 이미 프리섹스가 만연한 유럽에서 생활한 경험이 있어 놀라지도 않았다. 여자는 여자, 남자는 남자와 결혼해 사는 동성연애자들을 많이 봐왔기 때문이었다. 아마도 서구의 문화적 바탕이 헬레니즘, 즉 희랍 문화에 영향을 받은 탓이 아닌가 했다. 희랍 문학에 보면 귀족들이 미소년을 흠모하고, 찬양하며, 사랑하는 대목이 많이 나온다.

당황한 건 재일교포였는데, 그는 부담 갖지 말고 같이 섞어보자며 다독였다. 두 여자를 한꺼번에 만족시켜 주었다. 하지만 아무리 혈기왕성한 20대라도 덩치 큰 30대 여자 둘과 대여섯 시간 굴렀더니 오금이 다 후들거렸다.

대학을 졸업하고, 공군에 입대했는데, 군악대에 배치받았다. 스페인 왕립부속 음악고등학교 출신인 덕이었다. 미8군 사령부 군속인 아버지는 큰아들을 카투사로 보내주려 했지만, 모주방이 거절했다. 도박중독인 게 들통날 것 같아서다.

정기적으로 해외 순회 연주를 떠나면, 늦은 밤에 카지노를 출입하는 건 버릇이었다. 군인 봉급이야 2~3만 원밖에 안 되지만, 늘 아버지를 조를 수밖에 없었다. 해외에 나가니 경비가 필요하다고 하면 부친은 아무 말 없이 건네곤 했다.

중고참이 된 뒤부터는 경계 근무자를 설득해 외박은 손쉬웠다. 가는 곳이야 빤했고.

밤새도록 하우스 방에서 세븐카드에 넋이 팔려있다가 돈을 따든 말든 새벽 6시 기상 시간 이전에 귀대했다. 특별한 행사가 없는 경우 군악대는 빈둥빈둥 놀기 때문에, 인원 점검 후 자유 시간이다. 그는 식사 추진도 마다하고 내무반에서 온종일 잠을 자고 나서는 일과 끝을 알리는 나팔 소리가 울리면 또 외박했다.

툭하면 집에 전화를 넣어 동생에게 돈을 가져오라고 시켰다. 핑계는 악기가 망가졌다던가, 지방으로 위문공연을 간다는 따위로 얼버무려서는 도박 밑천을 뜯어냈다. 그럼 막내가 번번이 심부름을 해주었는데, 대방동 공군본부 위병소에 면회 신청하고는 기다렸다가 돈을 건네고는 돌아갔다.

군악대 내무반은 그 당시 유명한 연예인들 몇몇이 함께 생활하고 있어서 돈을 융통하기가 쉬웠다. 이름만 대면 다 아는 배우나 가수 등이 공군 군악대에서 복무했던 터라, 그들과 함께 외출하면 도박 밑천은 얼마든지 구할 수 있었다. 가끔은 그들도 하우스 방에 섞여서 놀기도 했다.

모주방에게 군대, 그중에서도 공군 군악대는 남들이 생각하는 혹독

한 군대와는 거리가 멀었다. 신병 시절 악기를 닦느라 애를 좀 먹고, 드럼 스틱으로 몇 대 맞은 것 외에는 고생이란 게 없었다. 그에게 여자를 부탁하는 선임이 더 많았고, 하우스 방에서 사귄 젊은 유부녀를 소개해 주기도 했다. 그러니 고참에게 미움을 받을 리 없었고, 오히려 그를 찾는 선임들이 많았다. 술은 물론, 포르노 잡지도 척척 구해다 주고는 잔돈을 받았다. 싫다고 해도 수고비라며 떠안기는 것이었다.

말년 때는 제대해 봐야 딱히 취직할 곳도 없고, 사회에 나가면 또 용산 미8군 캠프 카지노나 하우스 방에 틀어박혀 살 테니, 그보다는 학사 장교 시험을 보는 게 낫겠다 싶어 공부를 좀 했다. 머리는 좋아서 책을 몇 개월 들여다보고 시험을 봤는데 합격이었다.

병역의 의무를 지키기 위해 병으로 임대했다가 소위 계급장을 단 것이다. 그리고는 전투비행단으로 전출되어 6개월 동안 관제사 교육을 받고는 관제탑 근무를 시작했다. 전투기 이륙과 착륙을 관장하는 분야인데, 레이더망에 나타나는 전투기 행적을 놓치지 않고 잘 파악해 유도하는 직무였다. 관제사들은 대개 선임하사들이지만, 간혹 병들도 섞여 있어, 소대장을 맡았다.

그 바람에 하우스 방 출입이 뜸했다. 낮에는 관제탑 근무, 저녁에는 소대 책임자로 자리를 비울 수 없었다. 순번으로 돌아오는 야간 당직을 빼먹을 수가 없어 일주일 내내 BOQ에 처박혀 있어야 했다. 손이 근질근질하면 선임하사나 장교들과 심심풀이 세븐카드를 돌리는 게 고작이었다.

사병과 달리 장교는 영내 출입이 자유롭지만, 그만큼 책임이 뒤따르기에 함부로 행동할 수 없었다. 중위로 진급한 뒤 관제 중대 인사관리까지 맡아 시간이 더 촉박했다. 다만 휴일엔 틈이 나서 하우스 방을 드나들 수 있었지만, 머릿속엔 항상 관제 중대에 비상이 걸리면 어쩌나 싶어 게임에 집중할 수 없었다.

우리나라 군대는 장교나 선임하사, 즉 직업군인에게는 매달 나오는 호봉제 봉급 이외에 3개월마다 지급되는 보너스가 있다. 처자식이 있는 군인들은 봉급보다 그 보너스로 부족한 살림살이를 유지해 나간다. 모주방은 혼인하지 않았으니 가계비 지출은 없고, 오로지 자기 몸뚱이 하나 건사하면 되기에 도박 밑천은 걱정 없었다.

한편, 집에서 돈을 꼬불쳐오는 일도 거의 없어 부모님도 내심 반겼다. 아버지가 미8군 군속 정년이 목전이어서 내심 걱정했는데, 큰아들이 장교로 임관해 직업군인의 길로 접어들자, 한시름 던 것이었다. 공부를 잘했던 남동생 둘은 서울의 유명 사립대를 다녔고, 대학을 졸업해 취직하면 근심도 그만이다.

하지만 모주방의 직업군인 생활은 오래가지 못했다. 대위로 진급한 뒤 중대장을 맡았는데, 관제 중대원이 전투기 비행 유도를 잘 못 해서 한 대를 잃은 것이다. 전투기 한 대 값이 1천억 원을 호가하는 터라 공군 합참에서 그 사고의 책임질 사람을 물색한 것이다. 하는 수 없이 그가 관제 사병의 실수와 그 지휘 책임을 뒤집어쓰고, 전역을 택한 것이다. 웬만하면 군에서 계속 생활했을 터인데, 전혀 뜻밖의 사고가 터져서는 군복을 벗을 수밖에 없었다. 부모님도 매우 아쉬워한 건 마찬가지다.

박정희가 장기 집권하던 그 시기는 직업군인에게 혜택이 상당히 많았는데, 아버지도 실망이 큰 것 같았다. 육사나 ROTC 아닌 학사 출신이 별을 단다는 건 불가능해도, 잘만 하면 대령까지 버틸 수 있겠다고, 그에게 운을 떼곤 했다.

그는 전역서를 쓸 때, 전술 비행대 대장이 권하는 경찰직을 거부했다. 비록 공군 대위지만 내무부로 전속한다면 무궁화 하나는 달지 않겠는가 반문했는데, 대답은 그 반대였다. 잎사귀 세 개밖에 안 달아준다기에 그냥 일반 공무원을 택했다. 사고 친 대위가 특진할 수는 없다는 게 이유였다.

모주방한테 또 다른 도박을 유도한 곳이 바로 총무처였다. 중앙부처 7급 사무관이었다. 봉급도 쥐꼬리고, 하는 일도 딱히 없어서, 근무 시간을 틈타 도박장에서 살았다. 종로3가 뒷골목에 다닥다닥 붙은 빠찐코 게임 방이었다.

남아도는 시간을 주체할 길 없어 사다리 타기처럼 빙글빙글 돌아 떨어지는 은구슬에 매달렸는데, 연때가 맞지 않아 번번이 빈털터리가 됐다.

어릴 적부터 뇌리에 박힌 머피의 법칙이 또 작동했기 때문이다. 1~2시간을 같은 자리에 앉아 담배를 서너 갑 빨아대며, 이제나저제나 터지기를 학수고대하다가 자리를 옮겨 앉으면 다른 놈이 빼먹기 십상이었다. 그래서 머리맡에 붙은 숫자를 읽어보곤 여긴 안 되고, 저기는 되겠지 싶어 집어넣으면, 역시 1시간이나 돈을 잡아먹고는 토하질 않는 것이다. 그럼 주머니를 탈탈 털어서 이곳저곳 돌아다니며 다 쑤셔 넣어봤으나 역시 마찬가지다. 벌써 열흘째 허탕만 친 것이다. 그는 은근히 부아가 나서 종업원을 불렀다. 시비를 걸기 위해서다.

"너희들 이거 조작해 놓은 거 아냐?"

"무슨 소리요? 다른 사람은 잘만 터지는데."

종업원은 도리어 그를 병신 취급했다. 눈을 아래위로 훑으며 말이다. 모주방은 총무처 공무원증을 내밀며 협박했다.

"사장 불러와."

"아, 왜 이러십니까."

종업원은 방금의 위압적인 태도를 바꾸고는 눈치껏 돈을 돌려주었다. 한 번만 봐달라며 굽신거렸다.

하지만 모주방은 돌려받은 돈을 챙겨서는 바로 옆 게임방으로 들어갔다. 자리를 골라 앉은 뒤 다시 기계에 돈을 처박은 것이다. 그래 봐야 허탕인 걸 알면서도 쉽게 일어서지 못했다. 종업원에게 커피와 담배를 시키면서 밤새도록 매달렸지만 소용없었다.

아침 출근 시간에 맞춰 광화문 종합 청사로 들어가 도장만 찍고, 다른 사람들 국민 체조하는 틈을 타 화장실에 숨었다. 잠을 자기 위해서다. 그 같은 짓은 공군 대위 예편과 동시에 전속한 직후부터 계속해 온 것이다. 담당과장은 모주방이 안 보이면 외근 나간 줄 알고 찾지도 않았다. 그럭저럭 점심 시간까지 버티다 다시 종로3가로 줄행랑쳤다.

그 골목 종업원들은 모주방을 알아보고, 인사할 만큼 거의 매일 드나드는데, 소문은 점점 안 좋게 났다. 저 자식, 순 강짜고, 골통이라 돈을 잃으면 7~8할은 다시 토해내야 한다는 걸 모두 알게 된 것이다. 그도 자기를 손가락질하는 종업원이 많다는 걸 알지만, 발길을 멈출 수 없었다. 어느 게임방은 모주방을 아예 출입하지 못하도록 금족령을 내렸다. 들어서기만 하면 형님 다른 곳에 가라고 덩치들이 떠밀어 내기도 했다. 재수 없으면 게임방 문 닫게 될지 모른다는 것이었다.

그러자 모주방은 비상수단을 동원했다. 경찰을 동원해서 허가장을 보자며 다그치는 것이었는데, 대개의 게임방이 불법으로 운영하는 터라 꼼짝없이 당했다. 그럼 바지사장이 쫓아와 뭉칫돈을 내놓으며, 우리도 먹고살게 해달라 애원하는 것이었다. 두툼한 서류 봉투를 그의 가방에 슬쩍 집어넣은 뒤 경찰을 철수시키는 것이다.

그렇게 대여섯 집을 털자, 민원이 들어오기 시작했다.

총무처 공무원이란 자가 근무 시간에 도박하고, 밤새워 돈을 잃으면, 잃은 돈의 두 배를 내놓으라고 협박한다는 내용이었다. 그 요구를 들어주지 않으면, 공권력을 동원해 기계를 뜯고, 허가 없이 영업한 만큼 벌금을 내라 강제한다는 투서였다.

하지만 당시 중앙부처에서 총무처보다 막강한 실세가 없어, 내무부 치안국은 아예 모른 척 눈을 감아버렸다. 민원이 들어오면 실명을 대고, 정말 총무처 직원인지 사진을 박아 제출하라며 다그쳤다.

종로3가에서 더 이상 게임을 할 수 없게 되자, 모주방은 영등포시장 뒷골목으로 발길을 돌렸다. 서울 시내에서 종로3가만큼이나 유명한 게임방 골목인 터라 그가 놀기에는 안성맞춤이었다. 광화문에서 오가기는 좀 멀기는 해도 택시 타고 여의도를 건너다니면 그만이었다.

그러나 게임방이란 게, 거기서 거기라 다를 게 없었다. 기계마다 업주가 손을 대서 도저히 딸 수 없다는 걸 알면서 매달리는 것이었다. 언제부턴가 그는 도박을 돈 따려고 하는 게 아니라, 몸에 밴 오락이고 소일거리가 된 것이다. 돈이 돈으로 안 보이고, 기계를 돌리는 스위치처럼 여겼다. 자동차가 기름이 떨어지면 멈추니까 주유소에서 급유하는 것처럼 생각한 것이다.

영등포시장 뒷골목에서도 모주방의 존재가 서서히 알려졌다.

한 번 들어서면 날밤을 홀딱 지새우고, 기계 여러 대를 한꺼번에 돌리면서 생쇼를 한다는 것이다. 그러다가 돈이 다 떨어지면 생짜를 붙어, 잃은 밑천의 몇 배를 요구한다는 것이다. 총무처 공무원이 아니면 손을 써도 벌써 써서 다시는 발붙이지 못하게 만들고 싶어도 그렇게 할 수 없었다. 통금 중에 문 닫고 영업했으니 불법 아니냐며, 물고 늘어지면 게임방만 손해이기 때문이다.

시비가 붙으면 경찰을 불러서 법적으로 따지는데, 도리가 없었다. 바지사장까지 불러다 경찰에 대질시키며, 게임기의 승률을 조작해 손님 돈을 긁는다고 우기는 것이다. 그럼 하는 수없이 다른 손님들 다 내보내고, 기계까지 전부 세워 그 내부를 설명하는 것이다. 구슬 게임을 하도 많이 해서 기계가 어떻게 움직이고, 어떻게 만지면 아무리 돈을 넣어도 안 터진다는 걸 경찰에게 조목조목 들이댄다. 경찰은 상대가 총무처 공무원이고, 업무상 불법 게임방 감찰 나와서 단속하는 것이니, 법적으로 처리해 달라는 것이었다.

경찰이 망설이면, 당신들도 이곳 업소에서 떡값 얻어가는 것 다 아니까 알아서 하라고 싸잡아 위협하는 것이다. 경찰은 도리없이, 바지사장에게 귓속말로, 업무상 단속하기 위해 사용한 경비는 돌려주고, 수고비도 좀 더 얹어주라며, 타협을 주선한다. 모주방은 가방을 게임기 턱살에 얹어놓고 담배 피우러 자리를 뜨면, 그들이 알아서 가방을 들고나오는 것이다. 두툼한 서류 봉투가 들어있는 걸 알고, 못 이기는 척 받아 들어서는 경찰차 조수석에 앉아 하우스 방으로 향한다. 밤을 지새우기 위해서 말이다.

영등포 뒷골목 게임방들도 그렇게 쑥대밭이 되자, 그는 더 이상 발걸음 할 수 없었다. 종로3가에서 일하던 종업원이 꽤 많이 옮겨와서는, 얼씬할 수 없었다.

문제는 총무처 내부에서 터졌다.

모주방이 화장실을 간 틈에 담당과장이 그의 책상을 우연히 둘러보다가 열린 서랍 안에 쌓인 돈뭉치를 발견한 것이다. 그가 일을 보고 돌아오자, 책상을 지키고 있던 담당과장이 서랍을 열어보며, 이 돈이 대체 무슨 돈이냐고 물었지만, 모주방은 답변할 수 없었다. 그는 아무 말 없이 돈뭉치를 가방에 쓸어 담고는 사무실을 나섰다. 뇌물 수수는 사표를 쓸 필요도 없는 면직이었다.

그리고는 곧장 장안동에 있는 하우스 방으로 갔다. 대낮부터 세븐카드가 벌어지고 있었다. 가방을 열어 보이곤 밑천 두둑하니까 며칠 놀아보자며 끼어들었다.

판돈은 천원부터 시작됐다. 5구까지 하프 베팅으로 하다가 6, 7구는 풀 베팅으로 가는 방식이었다. 다섯 명이 시간 가는 줄 모르고, 카드 패에 정신을 팔았다. 판돈이 불었다가 줄었다가를 반복하다가 한 놈이 떨어지면, 하우스 방장이 어디서 또 한 사람을 끌어왔고, 그렇게 열흘을 줄기차게 계속했다. 담배와 커피로 찌든 몸은 녹초가 됐지만, 모주방은 단 한숨도 눈을 붙이지 않았다. 같이 패를 돌리는 사람이 오히려 걱정했다. 그런데도 아랑곳하지 않았다.

그는 체력 하나는 정말 타고난 위인이었다. 172cm의 별로 크지 않은 체구에 덩치도 마른 축이었는데, 웬만해서는 쓰러지지 않았다. 정신이 몽롱하기는 해도 의식을 잃을 정도는 아니었다. 또 하나, 그의 특이한 체질은 여자와 섹스해야 잠깐이라도 자는 버릇이 생겼다. 스페인 유학 시절 모나코를 비롯해 유럽 대륙 카지노를 전부 순회하면서 생긴 것이었다. 구소련과 동구권만 못 들어가 보고, 다 돌아다녔으니까.

유럽 귀족들과 중동 석유 부호들은 주로 바카라를 즐기는데, 그들은 졸음을 견디기 위해 게임 중에 코카인을 흡입하는 습관이 있다. 모주방도 그때 서너 번 코카인을 코로 당긴 적이 있다. 그런 영향인지 서울 게임방에서는 커피 100잔도 넘게 마시고, 담배는 20갑이 보통이다.

아무튼, 그는 도박판이라면 자기 모친이 병원에 입원했는데도 마다치 않았다. 우연히 집에 전화를 걸어 안부를 물었다가 모친이 위암으로 대수술해야 한다는 소식을 접하고도 하우스 방에서 헤어나지 못했다. 그리고는 몇 개월 뒤, 모친이 돌아가셨는데도 큰아들로서 상주 노릇을 제대로 하지 못했다. 친구들이 백방으로 수소문하고, 찾았지만 전화 한 통 하고는 그만이었다. 발인이며 화장까지 전부 초등학교 동창들이 대신했다. 부친도 더 이상 그를 찾지 않았다. 큰아들이 도박에 미쳐있다고는 전혀 생각하지 못했다. 그저 다른 일이 바빠서 그러려니 했다. 총무처를 그만두고 나서, 다른 사업을 한번 해보겠다는 소리를 들었기 때문이었다.

종로3가와 영등포시장 뒷골목에서 뜯은 돈을 다 소진하고, 남산 공원에 앉아 마지막 담배를 피워대며, 다시 유럽으로 날아갈 궁리를 했다.

여권은 있고, 비자 신청과 비행기 표만 있으면, 언제든 한국을 뜰 수 있다. 스페인 왕립부속 음악고등학교 출신이라 시민권은 있으니, 대사관에 가면 스페인 비자는 금방 나온다. 근데 거기 가서 무얼 하나 싶었다. 고등학교 동창들은 대부분 상류층이어서 가업과 예술계에 종사하고 있을 터다. 엄연한 귀족들인지라 만나기가 쉽지 않다. 학교에 같이 다닐 때도 잘 어울리지 못했는데 말이다.

그래서 생각해 낸 게 프랑스 외인부대였다. 월급은 800달러다. 생명 수당까지 포함한 액수다. 그 정도면 유럽에서 버틸만하다.

그는 집이 코 앞인데도 들러보지 않고, 곧장 스페인대사관으로 향했다. 한남동 주택가에 있으니 걸어서 10분이면 간다. 비행기 삯은 제일 싼 뒤꽁무니 좌석을 예약하면 되고, 여행 가는 것도 아니며, 사업하러 가는 것도 아니다.

모주방은 가방과 호주머니 여기저기 뒤져서 귀중품을 찾아내 명동에 있는 전당포에 맡겼다. 공군에 있을 때 장만한 금반지와 금목걸이, 금팔찌, 카메라, 워크맨 등을 저당 잡히고 비행기 삯을 만들었다. 그리고는 공군본부에 들러서 병력 증명서를 뗐다.

스페인에 도착한 그는 곧장 유로 특급을 타고 프랑스로 넘어갔다. 그리고는 파리에 파견 나와 있는 외인부대 모병관을 만났다. 모병관은 그를 면담하고 서류를 살피더니 모병소 사무실에서 근무하는 의무관을 호출해 간이 건강진단을 했다. 충치가 있는지, 평발인지, 질병은 있는지 점검한 뒤 현장에서 합격을 통보했다. 체력 테스트는 외인부대 지휘부가 있는 마르세유 외곽 오바뉴에서 실시하고, 턱걸이 7개 이상, 25m 이상 수영할 것을 요구했다. 현상 수배자는 지원 불가이며 그 즉시 인터폴로 넘긴다. 의무복무는 5년이고, 계급 정년은 없다. 지원 연령은 만 18세부터 39살까지여서 모주방도 가능했다. 전투에서 부상이 없으면

60살까지 근무할 수 있다.

모병관은 그가 공군 대위 출신이고, 한국에서 군 생활을 오래 했다는 점을 참작, 외인부대 내 특수부대인 레종 에뜨랑제에 배치했다. 레종 에뜨랑제는 프랑스 오지에서 6개월 동안 유격 훈련과 산악 전투, 고공 낙하 그리고 해안에서 상륙 훈련은 물론, 수중 폭파와 침투 훈련을 받고, 북아프리카 모리타니 내전에 투입됐다.

프랑스에서 외인부대를 운영하는 건 18~19세기 아프리카 식민지 때 자국 병사보다 외국인으로 군대를 조직해 프랑스령을 다스렸기 때문이고, 1831년 설립해 현재까지 존속되고 있다. 20세기 초, 제2차 세계대전이 끝나고 대부분 독립했지만, 몇몇 지역은 아직 치안유지가 안 되어 유럽 국가들의 간접적인 지배를 받았다. 모리타니도 프랑스 식민지에서 1959년 자치령, 1960년 독립한 상태지만 서사하라 문제로 모로코와 갈등은 물론 잦은 쿠데타로 정치가 불안했다.

외인부대는 계급이 없다. 자국에서 어느 지위에 있었다는 경력은 상관없고, 오직 전투원으로만 대접했다. 전투지휘는 프랑스 군사령부에서 지시하는 대로 따르지만, 외인부대 리더를 선발해 국지전은 자체적으로 수행하게 되어있다.

북아프리카의 날씨는 그야말로 살인적이다.

낮에는 40~50℃까지 밤에는 0~6℃까지 뚝 떨어져서는 자칫하면 감기에 걸릴 정도다. 그리고는 모기를 비롯한 각종 벌레를 조심해야 한다. 모리타니에 도착하기 전 황열병과 말라리아 예방 주사를 맞았지만, 그럼에도 각종 풍토병에 불안한 건 마찬가지다.

부족 간 종교 내전은 정말 치열했다. 모리타니는 무어계 흑인과 순수 흑인, 그리고 무어계 백인이 뒤섞여 있는데, 그중 60%를 차지하는 이슬람 흑인들이 집권층인 기독교계 프랑스 베르베르 혼혈 백인계와 헤게

모니 쟁탈전을 벌이는 것이다. 상대 종족은 여자건 아이들이건 무조건 잡아다가 사내 녀석들은 군인으로 키우고, 여자들은 성 노리개로 삼았다.

사주 경계를 철저히 하지 않으면, 언제 어디서 총알이 날아올지 모른다. 좀 과장해서 눈 깜박하는 사이 총알구멍이 나는 상황이었다.

외인부대의 주 임무는 모리타니 정부군을 지원해 시아파 게릴라들을 소탕하는 것이다. 하지만 이슬람국가인 알제리 지원을 등에 업은 반군 폴리사리오가 수도 누악쇼트를 제외한 전 국토를 거점 식으로 장악한 터여서 피아간의 대치 전선이 없었다.

폴리사리오는 서사하라 독립을 쟁취하기 위해 활동하는 살라위족 반군이다. 사회주의 인터내셔널 구성원인 이들은 1971년 모로코 대학에 재학 중 젊은 살라위족 학생들이 '사귀아 엘 함라'와 '리오 데 오로'의 해방을 위해 결집한 것이다. 스페인령 서사하라에 대한 무장 반군 활동을 시작한 것인데, 1973년 5월 10일 정식으로 만들어졌다. 그리고는 점차 사막 내륙에 넓은 영토를 확장, 모로코와 모리타니에 대한 게릴라 전쟁을 개시했다. 폴리사리오 확대는 1975년 스페인 용병이던 Tropas Nomadas의 다수가 무기와 함께 투항하면서고, 이 무렵 그 규모는 남녀 800명 정도였다.

서사하라에서 스페인이 철수한 건 1975년 여름, 프랑코 총통이 사망하면서. 1975년 11월 6일 모로코 정부는 녹색 행군 시위대를 조직, 서사하라에서 스페인이 완전 철수를 압박했고, 그 문제를 논의하고자 마드리드 협정을 진행했지만, 알제리의 지원을 받던 폴리사리오는 이 협정에 반대했다. 이유는 모로코는 사귀아 엘 함라를 모리타니는 리오 데 오로를 양도받기 때문이다. 1976년 2월 27일 사하라 아랍 민주 공화국 독립을 선언하면서 전쟁이 시작된 것이다.

폴리사리오는 게릴라전을 계속했고, 본부를 알제리 서쪽 지역의 틴

두프(Tindouf)로 옮겼다. 이후 2년간 살라위족 난민과 알제리의 재정 지원으로 규모가 급속히 커졌고, 몇 달 사이 수천 명의 무장군대가 결성된 것이다. 지프와 소총을 갖춘 폴리사리오는 치고 빠지는 게릴라 전술로 모로코와 모리타니를 효율적으로 타격했다.

모리타니 정규군은 3,000명 불과하고 울드 다라 정권은 서사하라의 게릴라전에 대처할 능력이 없었다. 서사하라 국경 근처 주에라트의 철광산은 주요 수입원이었지만, 폴리사리오 반군에 의해 파괴됐다. 이로 인해 재정적 어려움과 사회 혼란이 잇따랐다.

정규군 내에서도 인종 갈등이 극심해 군사력 약화가 지속됐고, 남부 출신 흑인들은 북부에서 일어난 아랍 민족 간 분쟁에 자신들이 징집되는 게 불만이었다. 또 북부 무어인과 살라위족은 지역에서 모로코의 영향력이 강화되는 것을 우려 폴리사리오에 협조적이었다.

폴리사리오 반군에 대한 프랑스 공군의 공공연한 공중 폭격이 있음에도 모리타니에서 게릴라 활동은 줄어들지 않고 있다. 누악쇼트 공습에 폴리사리오의 첫 번째 총사령관 엘 올리가 사망했지만, 모하메드 압델아지즈를 새로운 사령관에 선출, 모리타니에서 쿠데타 활동을 계속했다.

외인부대는 겨우 1개 대대 총 800명가량이었는데, 1차 교전에서 벌써 20명을 잃었다.

사막지대에 잘못 들어갔다가 매복에 걸려서 1개 중대가 전멸할 뻔했다. 모래 속에 비트를 파고 은폐한 터여서 선발 정찰조가 미처 확인하지 못한 것이다. 다급한 지원 요청에 헬기를 띄워 겨우 빼냈지만, 시아파 반군들 공격은 생각보다 막강했다. 더구나 모리타니는 전 국토의 3/4이 모래사막이어서 익숙지 않은 외인부대는 전투 수행에 큰 곤란을 겪기 일쑤였다. 냉전 시대 구소련이 알제리를 통해 무기를 공급하고 있어 화력이 만만치 않았다.

모주방은 2차 교전에 차출됐는데, 특수부대 레종 에트랑제까지 동원했기 때문이다. 서사하라를 우회해 대서양 해안가를 점령한 반군과의 전투였다. 외부에서 알제리 폴리사리오로 들어오는 각종 물자와 병기를 차단해야 하는 터여서 탈환이 시급했다. 수중 침투조와 함께 작전에 나선 그는 해안방어 진지를 뚫기는 했지만 소용없었다. 1개 중대 병력으로 반군을 잠시 밀어내기는 했으나, 폴리사리오의 게릴라 전술에 속수무책으로 당하고 퇴각했다. 수중 침투조도 이미 발각된 터라 바다로 후퇴하지 못해 내륙으로 이동했는데, 반군이 추격하면서 교전이 벌어져 상당수가 희생됐다. 사망자는 8명, 부상자가 23명이었다. 혼자 행군하는 것도 힘든데, 부상자까지 후송하느라 중대 전원이 버거웠다.

겨우 누악쇼트 외인부대 진지에 귀환했으나, 지원자들은 이구동성으로 돈도 좋지만, 제명에 못 죽겠다고 푸념했다. 그러나 계약 기간 5년 동안은 외인부대 진지를 벗어날 수 없다. 1년에 45일 외출 외박, 10일의 휴가를 제외하고는 모리타니 땅을 벗어날 수 없다.

음식이 안 맞는 건 고사하고, 잠도 편히 잘 수 없다. 야간에 반군들이 로켓포나 박격포로 진지를 공격하기 때문이다. 정부군이 진지 밖을 경계하지만, 소용없었다.

외인부대 참모장은 모주방을 포함한 특수부대 레종 에트랑제 10명을 한 조로 묶어 야간 침투에 투입했다. 수도권 외곽까지 접근한 반군 지휘부를 파괴하라는 것이었다. 헬기로 이동해 자일을 타고 레펠로 지휘부 건물 꼭대기로 침투하라는 것이었다.

그것은 미친 짓이었다. 헬기 소리를 듣고 경계에 들어간 반군은 기관총으로 응사하며, 강경하게 저항했다. 자살행위나 마찬가지였지만, 명령이라 할 수 없었다. 외인부대 명령은 일반 자국군의 군령보다 더 빡셌다. 항명은 곧 총살이다. 너희들은 돈 받고, 전투하기 위해 선발됐으며, 목숨까지 담보한 이상 불평불만은 있을 수 없다는 것이었다.

헬기를 타고, 반군 야전지휘부에 접근하는 것조차 어려웠지만 어쩔 수 없었다. 건물 위로 뛰어내리는 건 불가능했으나 외곽 레펠은 그나마 가능했다. 헬기 조종사도 죽기는 싫었는지 반군 야전지휘부 건물 밖에 내려주었다. 귀환은 알아서 하라는 것이었다. 반군 야전지휘부를 반드시 타격하고 점령하라는 것이었다. 그게 어디 쉬운가, 겨우 10명 인원으로 반군 야전지휘부를 에워싸고 있는 게릴라 수백 명을 쓸어내라니 말이다.

불가능했지만 전투 지역에 떨어진 이상, 살아 돌아가기 위해서는 교전할 수밖에 없었다. 반군은 AK소총과 기관총, 박격포, 로켓포 등을 총동원해 외인부대 접근을 완강하게 저지했다. 총알이 빗발치고, 귓전을 세차게 때렸다. 특수요원 레종 에트랑제 10명은 건물 뒤로 엄폐해 아직 사망자는 없었지만, 단 한 발짝도 움직일 수 없었다. 외인부대 사령부로부터 지시받은 작전은 반군 야전지휘부 건물 곳곳에 시한폭탄을 설치하고, 후퇴하라는 것이었는데, C4 폭탄을 붙일 장소도 확보하지 못한 채 2시간 동안 총알 세례만 피하고 있었다. 하지만 반군 병력도 실탄이 떨어졌는지 잠잠해졌고, 특수요원 레종 에트랑제 10명은 겨우 반군 야전지휘부에 접근할 수 있었다. 은밀히 건물과 나무 사이를 포복하며 가까이 다가갔다 싶으니까, 또다시 총알 세례가 쏟아졌다. 반군 경계병에게 발각된 것이다.

다시 은폐와 엄폐물을 찾아 납작하게 엎드려 있어야 했다. 하늘은 벌써 여명이 드리우기 시작해 웬만한 근거리는 물체를 식별할 수 있었다. 낭패였다. 1시간 뒤엔 동이 틀 텐데 정말 난감했다. 무전기로 의사소통하던 특수요원 레종 에트랑제 10명은 가부를 빨리 결정해야만 했다. 더 지체했다간 전멸할 것 같았다. 심사숙고 끝에 2인 1조로 산개해 1개 조를 엄호하는 방식을 택했다. 도시 게릴라에서 절대적으로 써먹는 전진 작전이었다. 앞서거니 뒤서거니, 상호 사주 경계하면서 말이다. 특수요원 레종 에트랑제 10명도 응사를 시작하며 조금씩 움직였다. 반군 야전 지휘부 건물을 에워싼 게릴라도 당황했는지 방어선이 엉성해졌다. 저격조는 건물 외벽에 숨은 반군들을 하나씩 제거하고, 다른 침투조는 로켓포와 수류탄으로 건물 내부를 타격했다.

그러나 특수요원 레종 에트랑제의 접근은 더 이상 진전이 없었다. 동이 튼 것이다. 반군들 시야에 그들이 발각된 것이다. 한순간 노출은 사망과 직결됐다. 특수요원 레종 에트랑제는 하나둘 쓰러졌다. 남은 건 겨우 6명이었다. 리더 격인 모주방은 무전병에게 본부의 철수 허가를 요청하라 다그쳤다. 작전은 실패했다. 부상자 3명, 사망자 1명이었다.

어젯밤 23시에 작전을 개시했는데, 익일 새벽 6시까지 제대로 공격도 못 하고, 사상자만 발생했다. 외인부대 사령부에서도 반군 야전지휘부 폭파는 실패라고 인정했는지, 즉시 그 지역을 빠져나오라고 명령을 하달했다. 그리고는 헬기 투입 장소를 지정해 주고 교신은 끝났다. 특수요원 레종 에트랑제 6명은 헬기와 접선 장소까지 이동하는 것도 큰일이라고 생각했다. 부상자들을 각자 한쪽 어깨 위에 메고, 사망자의 시신은 두 명이 임시 들것으로 둘러멘 채 뛰었다. 7~8km를 30분 안에 주파해야만 했다. 반군들이 곳곳에 매복해 있을 것이기에 더 긴장했다. 아무튼, 날이 더 밝기 전에 이곳을 빠져나가야만 했다. 아니나 다를까, 반군들이 건물 밖으로 튀어나와 무차별 난사해 댔다. 소총과 기관총, 로켓포까지 쏘아대며 바짝 뒤쫓았다.

그때 서쪽 상공에서 헬기 4대가 나타나 엄호를 시작했다. 특수요원들은 이제 살았구나 싶어 뜀박질을 재촉했다. 두 대는 반군을 향해 기관총을 쏘아대고, 로켓포까지 동원해 반군의 추격을 최대한 저지했다. 그리고는 한 대씩 접선 지점에 차례로 내려앉았다. 사망자와 부상자를 먼저 태웠고, 나머지는 맨 마지막에 올라탔다. 그때 헬기 무전기에서 빨리 작전지역을 벗어나라는 재촉이 쏟아졌다. 대서양에 정박 중인 프랑스 구축함에서 미사일을 쐈다는 것이다.

2분 후, 미사일이 반군 야전지휘부에 떨어졌다.

누악쇼트 외인부대 캠프로 돌아온 특수요원들은 겨우 안도의 한숨을 내쉴 수 있었다. 긴장이 풀려서는 축 늘어졌다. 밤새 눈 한 번 붙이지 못하고, 꼬박 귀청을 째는 총소리에 시달렸으니 그럴 만도 했다. 아직도 머리가 울먹댈 만큼 외상성 스트레스가 극심했다.

프랑스 외인부대 사령부는 아무 말도 없다. 작전 실패에 대한 추궁도 없고, 수고했다는 치하도 없다. 그것은 너희가 당연히 해야 할 임무라고 여긴 것이다.

하지만 시간이 갈수록 희생자는 늘어만 갔다. 특히, 미군 출신들이 사망자를 많이 냈다. 그들은 전쟁광이다. 월남전에서 겪은 바에 비하면 여기는 애들 장난이라며 팀원들을 닦달했다. 곁에서 동료가 죽어가도 눈 하나 깜짝 않는다. 죽는 건 네 운명일 뿐, 내 탓은 아니라는 투다.

외인부대 병력이 사망자로 줄면, 프랑스는 그만큼의 숫자를 보충해주곤 작전을 계속한다.

계약 만료로 떠나는 이는 극히 드물다. 계약 연장을 하지 않으면 전투 중에 사망하는 경우다.

프랑스가 외인부대를 내전 지역에 파견하는 것은 외교적 술수에서 비롯된 것이다. 자국의 정규군을 투입하면, 국제사회로부터 과거 식민지를 다시 지배하려 한다는 비난의 소리를 듣기 때문이다. 월남전도 마찬가지다. 영국 지배령에서 프랑스가 군사력으로 밀어낸 뒤 내전이 시작됐는데, 얻은 것 없이 국가재정만 파탄 나게 생겨 미국에 떠넘겼듯이 아프리카에서도 같은 일이 벌어진 것이다. 자국 군사력을 파견하면 군사비가 막대하게 소요되고, 자국의 국민이 희생되면 내부에서 비난의 소리가 높아지게 마련이어서 외인부대를 운영하는 것이다. 돈은 적게 들고 자국민의 희생도 없이 상대국과 맺은 우호 협정을 명목상 지킬 수 있기 때문이다.

또 동구권 붕괴 이전에는 미국이 월남전에서 패배한 후유증으로 여타 분쟁에서 미군을 파견하려는 걸 매우 꺼렸는데, 그 빈자리를 프랑스가 떠안은 것이다.

아프리카 내전은 쌍방에 전혀 이득이 없는 소모전인 경우가 많다. 부족 간의 갈등이 내전으로 비화한 경우가 대부분이다. 경제력을 장악하기 위한 것도 아니고, 국가 쇄신을 통해 발전을 꾀하겠다는 비전도 없다. 문명화되기 이전의 영토 확장과 사냥감을 대량으로 확보하기 위한 차원에서 육박전을 벌이는 것과 하등 다를 게 없다. 아프리카 난민은 각국의 내전이 불러온 부산물이고, 이유 없는 살육과 국가 지배로 인한 부정 축재가 전부다.

독재자를 축출하기 위해 무장하고 봉기해도, 그 역시 마찬가지다. 자국민의 기아 해결이나 에이즈 예방에 전심전력하는 게 아니라, 서방 국가에서 들어오는 무상 원조를 빼돌리기는 매일반이다. 그게 내전을 반복하게 만드는 이유고, 양측의 주축 부족들이 상대방을 싹 쓸어버리기 전에는 피 튀기는 인종 청소도 끝나지 않을 것이다.

외인부대 1

모주방은 조금씩 지쳐가고 있었다.

알제리의 지원을 받는 무어계 흑인들 폴리사리오와 싸워야 할 이유가 없는데, 내가 왜 여기까지 와서 목숨 걸고 총질해야 하는지 몰랐다. 머릿속엔 온갖 갈등으로 들끓는데 전투 투입은 계속됐다. 겨우 도박 밑천을 위해서 목숨을 걸어야 하는지 회의가 들기도 했다. 빗발치는 총알 사이를 뚫고, 이리 숨고, 저리 뛰는 동안 벌써 1년이 넘었다. 외인부대 사령부에서 휴가를 다녀오라는 명령을 내렸다.

TV에서는 녹색 들판에 물소, 얼룩말 등이 한가로이 풀을 뜯고, 사자와 표범, 치타들이 초식동물을 사냥하러 뛰어다니는 아프리카를 각인시키지만, 그에게는 원주민들의 무지가 더 뇌리에 깊게 박혀있었다.

헬기를 타고 국제공항으로 향하면서 잠시나마 이 아귀 같은 검은 대륙을 벗어날 수 있어 다행이라 생각했다.

말이 국제공항이지, 길게 뻗은 아스팔트 위에 흙먼지가 날리고, 프로펠러 비행기가 이집트까지밖에 못 가는데, 그나마 탑승객이 적어 2시간을 비행기 안에서 기다려야 했다. 인원수가 절반은 차야 이륙한다고, 무어계 백인 스튜어디스가 말하는 것이다. 그럼에도 탑승객이 늘어날 줄 모르자, 조종사가 안내방송도 없이 그냥 엔진의 시동을 걸었고, 털털대는 프로펠러 덕분에 동체가 마구 흔들렸다. 아무튼, 비행기는 하늘로 힘겹게 떠올랐고, 사하라 사막을 가로질러 가는 게 아니라 비행기의 안전을 위해 대서양과 지중해 해안을 따라 날았다. 아무튼, 바로 윗동네나 다름없는 이집트에 무사히 당도했다.

카이로의 무더위도 그리 만만치 않았다. 숨만 쉬어도 등줄기에 땀이 줄줄 타고 내렸다. 그는 공항 청사를 빠져나오며 어떻게 할까, 잠시 고민했다. 지중해만 넘으면 유럽인데 비행기를 타지 말고 크루즈를 탈까 싶었다. 또 프랑스로 들어갈까, 이탈리아로 들어갈까 망설였다.

우선 급한 건 돈이었다. 공항 내 은행에 들러서 계좌를 열어보자, 1만 달러가 조금 모자라는 돈이 들어와 있었다. 프랑스 외인부대에서 1년 치 봉급과 휴가비를 넣은 것이었다.

그는 프랑스보다 이탈리아로 들어가기로 했다. 배를 타는 것보다 비행기를 타고 어서 빨리 모나코로 가고 싶었다.

총탄이 빗발치고 피 튀기는 모리타니 내전에서 목숨까지 걸어가며 돈을 벌어야 하나 싶었다. 그렇게 깊은 회의와 갈등을 겪으면서도 막상 돈이 손에 쥐어지자, 그때 그 당시 방정맞은 고통은 다 잊었다. 1년 내내 무어계 흑인들만 보아온 터여서 백인 여자가 그립기도 했다. 카이로 국제공항에서 보잉747을 타고 지중해를 건넜다. 1시간도 채 걸리지 않았다.

돈이 손에 들어오면 발동하는 도박중독자의 조급증이 발작했다.

로마에 내려 곧장 모나코로 향하는 헬기를 탔다. 요금이 꽤 비싼데도 1분 1초가 급해서다. 뭐가 그리 급한지는 모주방 자신도 잘 모른다. 최대한 빨리 카지노에 들어가서 카드를 읽어야 안심되는 걸 어떻게 하나.

지중해를 사이에 두고 있는 대륙인데, 한쪽은 지옥 같고, 다른 곳은 천국 같으니, 이게 대체 무슨 조화인지 모르겠다.

모나코에 즐비한 카지노 중 어느 한 곳에 내린 그는 곧바로 호텔로 들어섰다. 호텔 벨보이는 헬기를 타고 온 동양인을 정중히 맞이했다. 마치 일본 대기업 회장으로 착각한 것이다. 프런트 데스크에서 마일리지로 체크인하고 방으로 올라갔다. 스페인 왕립부속 음악고등학교 유학할 때 쌓아둔 것이었다.

우선 샤워부터 했다. 아프리카 대륙의 뜨거운 모래 먼지부터 털어냈다. 콧구멍은 물론 땀구멍에까지 밴 역한 피 냄새를 서둘러 씻어냈다. 깔끔하고 신선한 스테이크와 야채 샐러드를 먹고 싶었다. 외인부대에서 줄곧 먹었던 후줄근한 식사들이 오장육부를 비틀어놨기에 당장에라도 밀어내야만 편할 것 같았다.

아로마 향수를 풀어놓고 욕조에 앉아있는데, 종업원이 식사를 가져왔고, 식사하는 중에 백인 여자가 정숙한 차림으로 들어섰다. 비록 창녀지만 샤넬 향수를 은은히 풍기고 있었다. 도대체 얼마 만에 보는 백인 여자고, 또 얼마 만에 품어보는 여체인가. 성욕에 굶주린 그는 식사 카트를 밀어놓고, 그녀는 침대로 이끌었다.

남들이 생각하기에 창녀라면, 좀 허접한 옷차림과 난잡하게 행동한다고 여길지 모르지만, 카지노에 드나드는 창녀들은 다르다. 카지노와 밀약하고 영업하는 터여서 옷도 귀티나게 입어야 하고 행실도 얌전해야 한다. 그렇지 않으면 카지노에 출입할 수 없다. 카지노의 이미지에 해가 된다면 그녀는 당장 출입 금지다.

모주방은 아주 천천히 백인 여자를 다뤘다.

도박꾼들은 변태가 거의 없다. 카지노 VIP룸에서 몇 날 며칠 게임에 몰두하다 보면 하루하루 지쳐가는데, 업주 측에서 조심스럽게 권하기를, 몸 좀 풀고 잠시 쉬었다가 다시 게임 하는 게 어떠냐고 묻는다. 그럼 대개는 그 권유를 받아들이고, 카지노에서 관리하는 젊고 아주 예쁜 여성을 골라 객실에 올려보낸다.

VIP룸 손님들은 여자를 수면제로 여긴다. 여자가 손님의 피로를 풀어주기 위해 조심스럽게 리드한다. 남자가 육체의 피로를 풀기 위한 가장 빠른 방법은 잔잔한 섹스다. 달아오른 몸이 숨 가쁘게 사정케 하는 것이다. 그런 뒤 잠에 빠지면 창녀는 조용히 물러간다. 화대는 카지노에 맡겨둔 칩으로 자동 정산하기 때문에 손님과 직접 흥정하는 일은 없다.

백인 여자는 억양으로 보아 이탈리아계였다. 그녀는 신기한 듯 그의 얼굴을 한동안 처다보았다.

"동양 남자는 처음인데."

"그래서?"

"만족시켜 주면, 화대 안 받을게."

창녀는 농담처럼 말했다. 아니, 빈정대는 것이었다. 모주방은 피식 쓴웃음을 지었다.

"오늘 아침까지 모리타니에서 무어계 흑인들과 총질하다가 왔는데, 물건이 잘 설지 모르겠다."

"지금도 전쟁하는 곳이 있어?"

창녀는 깜짝 놀라 되물었다. 의아해하며, 거짓말이지 하는 낯빛이다. 모주방은 짐짓 더 강조했다.

"1년 동안 사람 숱하게 죽었지."

"진짜?"

그녀는 두 눈이 동그랗게 변했다. 여전히 곧이 믿지 않았다. 모주방은 고개를 끄덕이며, 엄살을 떨었다.

"여자 구경도 1년 만에 하는 건데."

"저런!"

창녀는 놀라움을 금치 못했다. 모주방은 여체를 한참이나 짓주무르고 어루만지며 대화했다.

처음엔 새초롬 반응이 없더니, 역시 섹스에 잘 가꿔진 여체여서 그런지 점점 숨소리가 거칠어졌다. 자기를 만족시켜 주면 화대 안 받겠다는 자신감을 무너트리고 싶어서다. 여자 다루는 것만은 누구보다 탁월하다는 생각을 버린 적이 없기 때문이다. 창녀는 몸이 달아오를 대로 달아올라 매달렸다.

서양인들은 아직도 동양인들을 자기들보다 한 수 아래로 여긴다. 유럽 전역을 다 돌아다녀 봤지만, 직감으로 느끼는 것은 백인들의 동양 하대였다.

그런 사고방식을 이 창녀도 지니고 있다 싶으니까, 그는 갑자기 부아가 난 것이다. 여자 경험이 많은 모주방은 백인 여자를 장난감처럼 데리고 놀았다.

그녀는 쩔쩔맸다. 그는 창녀를 내려다보며 몸 달도록 즐겼다. '네가 감히 동양 사내를 우습게 봐?' 하는 낯빛이었다. 그는 창녀가 원하는 대로 해주지 않았다.

얼마 후, 모주방은 결국 창녀를 그냥 내동댕이쳤다. 그리고는 지갑에서 1백 달러 지폐를 꺼내 던져주었다. 자존심이 상한 것만큼 너도 창피해야 한다는 뜻이었다.

그는 침대 위에 널브러진 백인 창녀를 내버려 둔 채, 옷을 주섬주섬 챙겨입고 게임장으로 내려갔다. 밑천이야 외인부대에서 받은 9천 달러가 전부지만 그래도 자신만만했다.

바카라판에는 더러 아는 사람이 있었다.

그들은 중동 석유 부호와 유럽 귀족이었는데, 오랜만이라고 인사까지 건네왔고, 함께 놀자는 권유도 해왔다. 하지만 밑천이 달린다며 거절했다. 그 판은 VIP들만 끼는 곳이고, 판돈도 최하 10만 달러가 있어야 딜러가 패를 돌린다.

모주방은 베팅액이 5달러인 작은 판에 섞여 시간을 벌기 시작했는데, 운이 닿았는지 그 바카라판을 쓸어 담기 시작했다.

바카라는 9를 기준으로 누가 더 높은지 대결하는 게임이다. 플레이어와 뱅커로 나누어진 테이블에서 어느 한쪽이든 두 장을 보기 전에 베팅하는데, 만약 불리하다 싶으면 한 장을 더 요구할 수 있다. 하지만 카드 두 장의 합이 8이나 9이면 패스할 수 있다. 다른 상대는 신경 쓸 필요 없이 딜러 패만 잘 읽으면 된다.

그런데 오늘은 그게 잘 먹혔다. 불과 10시간 만에 20만 달러를 땄다. 그는 얼굴에 화색이 돌았고, 큰판으로 옮겨갈 수 있겠다 싶어 자리를 떴다. 객실로 올라가 허기진 배부터 해결했다.

카지노는 창문이 없고, 시계도 없으며, 달력도 없다. 내부 인테리어도 사람이 안정감이 생기도록 설치한다. 바꿔 말하면, 손님이 시간 개념을 갖지 못하도록 만든다. 해가 뜨고 지는 걸 모르게 하면서 손님을 붙잡아 둔다.

일반적인 사람들 습성은 해가 지면 집에 돌아가야지 하는 생각을 하게 되고, 해가 뜨면 직장에 출근해야지 하는 사고력을 지니도록 교육받아 왔다. 그 탓에 일상의 사이클을 습관처럼 지킨다는 점을 카지노 측은 잘 알기에 그 관습을 잠시나마 잊도록 설계한 것이다. 적어도 게임판에서는 말이다. 밑천을 다 털고 일어서는 사람은 문제없지만, 판돈을 다 긁고 떠나는 사람이 많으면 카지노 측은 손해이기 때문이다. 실제 유럽이나 미국에서는 카지노가 망한 곳도 많다. 도박이라고 해서 다 황금알을 낳는 게 아닌 걸 보여주고 있다. 물론 막판까지 붙게 되면 손님이 잃게 마련이다. 한 판만 더, 한 판만 더 하다가 크게 걸려드는 경우가 대부분이다.

특히, 모주방 같은 도박중독자들이 그렇다.

객실에서 최고급 요리로 허기를 채운 그는 전화기를 들고 서울을 부탁했다. 갑자기 아버지 목소리가 듣고 싶어서였다. 시차 때문에 유럽이 새벽이면, 한국은 낮이다. 부친은 이제 정년퇴직으로 집에 있는 경우가 많았다. 그저 안부나 전하고, 지금 스페인에 있다는 소재를 밝혔다. 워낙 나라 밖으로 나도는 것을 알기에 그다지 걱정도 안 했다. 몸 건강히 잘 있고, 하는 일 잘되면 그만이라며 전화를 끊었다. 국제전화비용이 꽤 비싼 탓이다. 큰아들이 도박중독자라는 사실을 모른 채 말이다. 그저 밥 굶지 않고 헐벗지 않으면 다행이란 것이었다.

담배를 길게 빨아대며 객실을 나선 그는 VIP룸으로 향했다. 휴가 이틀째다. 나머지 기간을 잘 버티려면 판을 잘 읽어야 한다.

VIP룸엔 여전히 유럽 귀족과 중동 석유 부호가 자리를 지키고 있었다. 그들보다 밑천이 항상 달리지만, 게임은 자신 있었다. 그들도 모주방의 실력을 잘 알기에 긴 침묵이 이어졌다.

VIP룸 바카라는 5달러 일반 게임과 달리 1백 달러가 기본이다. 스페셜 게임 경우는 1천 달러도 가능하지만, 카지노 측과 합의해야만 한다.

손목시계는 새벽 4시를 가리키고 있었지만, 그들은 끄떡하지 않았다. 늦은 저녁에 한숨 자둔 것 같았다.

VIP룸엔 여자들이 항상 기웃거린다. 창녀라기보다 대부분은 도박중독자들이다. 그녀들은 자기 마음에 드는 게임 멤버에게 스스로 커피를 날라오고, 담배도 사다 주며 그 대가로 칩을 받았다.

미모도 상당한 수준이며, 대학을 졸업한 인텔리들이다. 남편이 죽으면서 남겨준 돈을 카지노에 다 털리고, 게임방을 전전하는 미망인들이다. 동서양을 막론하고, 젊은 여자가 돈 많은 중늙은이와 결혼해 살다가 재산을 챙기는 부류다.

판돈이 커지면 여자들은 자기가 응원하는 사람의 승패에 따라 희비가 엇갈린다. 돈을 따면 100달러짜리 칩을 건질 수 있기 때문이다.

모주방에게 붙은 백인 여자는 그리스 출신이었다. 몸매가 훤히 드러나는 드레스를 걸치고, 곁에 바짝 다가앉아서는 유방을 그의 어깻죽지에 밀착했다. 들숨을 들이키고 내쉴 때마다 젖무덤이 닿았다. 노브래지어, 노팬티여서 향수 냄새가 고스란히 느껴졌다. 짐작이지만 노루 암내향 같았다. 늘씬한 키에 볼륨이 살아있는 육체로 꼬드기는 것이었다.

시간이 갈수록 판돈은 커졌고, 그는 이기는 경우가 많았다. 얼추 칩을 계산해 봐도 2백만 달러에 육박했다.

안달 난 건 그리스 여자였다. 영어로 "그만해"를 귀엣말로 나직이 속삭였다. 그녀의 핸드백엔 이미 수천 달러가 들어가 있었다. 그리고는 슬쩍 일어나 등 뒤에 바짝 다가섰고, 축축하게 젖은 아랫도리를 밀착하면서 남들 눈치채지 못하게 졸랐다.

"Stop!"

영어로 계속 귓전에 대고 말렸다. 젖무덤이 다 드러날 만큼 깊게 파인 드레스 상체를 최대한 가까이 숙여서는 유두로 문질렀다.

사향 냄새가 모주방을 못 견디게 만들었다. 아랫도리가 바짝바짝 곤두서게 한 것이다. 한창 끗발 오를 때라 자릴 뜨기 싫었지만, 그녀의 헤비 페팅에 참을 수가 없었다. 그는 딜러에게 잠시 쉬고 오겠다며 양해를 구한 뒤 일어섰다. 다른 손님들도 이의를 제기하는 사람은 없었다. 수북하게 쌓인 칩을 박스에 담아 들고 게임룸을 나섰다. 경호원이 객실 앞까지 에스코트했는데, 거액의 칩을 누가 채갈지 모르기 때문이었다.

그리스 여자는 삼십 대 중반이었다. 막상 객실에서 마주하자, 정말 눈부시게 아름다웠다. 푸른 눈에 오똑 선 코, 도톰하고 빨간 입술, 잘록한 허리, 길게 뻗은 다리, 바짝 올라붙은 엉덩이, 훤칠한 키를 감싸고 있는 드레스는 몸매를 확연히 드러내고 있었다. 아무것도 걸치지 않고, 알몸 그대로 아주 얇은 검은색 천을 휘감고 있었다.

이름도 성도 모르고, 알 필요도 없다. 카지노를 찾는 여자들 대개가 그렇고, 또 남자들은 아무것도 묻지 않는다. 키 작은 동양인에게 베풀 수 있는 건 하이힐을 벗는 것뿐이다.

서양 여자들은 잠시 즐기는 섹스엔 목걸이며 귀걸이 따위를 떼어내지 않고, 구두를 벗지 않는다. 겨우 30분을 놀기 위해서 치장을 해제하는 어리석은 짓은 절대 안 한다. 하지만 그녀에게 까무잡잡한 모주방이 백마 탄 왕자 같은 모양이다. 그는 피곤했지만, 저절로 이끌렸다.

다음은 그리스 여자가 알아서 움직였다. 그것은 그녀가 할 수 있는 최대한의 서비스였다. 여자를 잘 다루는 모주방 역시 참기 힘들었다.

그가 침대에 엎어지자, 그리스 여자는 다시 달려들었다. 이번엔 드레스를 홀딱 벗고는 온몸을 이용한 전신 마사지를 해줬다. 그러면서 자신의 속내를 털어놓았다.

"나 이혼녀야. 당신이 원하면 모나코에 머무는 동안 같이 있어 줄 수 있어."

"……."

모주방은 그것은 그리스 여자의 진심이라기보다 돈의 위력이라고 여겼다. 바카라판에서 밑천을 다 빨렸으면, 절대 따라붙지 않았을 테니까. 그녀는 친절하게 물었다.

"배고프지 않아?"

"배고파."

모주방은 내키지 않았지만 그렇다고 했고, 그리스 여자는 전화기로 음식을 주문했다.

얼마 후, 식사가 도착했고 둘은 테이블에 마주 앉아 음식을 먹었다.

두 번째 섹스는 당신 차례라는 듯, 시트로 감싼 그리스 여자의 다리를 발가락으로 살살 긁었다. 그녀는 거부하지 않았고, 곧장 바닥에서 함께 굴렀다. 이번엔 모주방이 그리스 여자를 차근차근 다뤘고, 이미 흠씬 젖은 여체는 마치 발정 난 암말 같았다.

사람들은 서양 여자와 동양 남자는 속궁합이 안 맞아 어울릴 수 없다는 속설에 수긍하지만, 그의 경험은 달랐다. 백인 여성의 성기가 커서 헐렁할 것이라는 짐작은 금물이다. 남자의 고추가 7~8cm만 되면 얼마든지 즐길 수 있기 때문이다. 테크닉이 문제지.

모주방이 어렴풋이 방중술을 터득한 건 중학교 때부터다. 용산 미8군 캠프엔 본토로부터 파견 나온 군속들이 많았고, 그들의 여식들이 많았기 때문인데, 몰래 어울린 적이 꽤 많았다. 더구나 포르노 잡지를 일찍 접한 터라 여자를 어떻게 다뤄야 좋아하는지 잘 안다.

그는 자신이 알고 있는 모든 섹스 지식을 다 동원해 그리스 여자를 극치감에 이르도록 몰아갔다. 조금 전엔 그녀 스스로 자신이 움직였지만, 지금은 오히려 꼼짝 못 하고 그에게 맡겼다. 모리타니에서 1년 동안 섹스를 굶었기에 양기는 충분했고, 온갖 테크닉을 다 구사했다.

그녀는 더 이상 버티지 못하고 큰 신음을 토한 뒤, 쭉 뻗었다. 완전히 정신을 잃은 것이었다. 잠에 빠진 것이다.

모주방은 메모를 남겨놓고, 다시 VIP룸으로 내려갔다.

멤버들은 여전히 자리를 지키고 있었다. 손목시계를 보니 새벽 6시였다.

다른 게임장도 여전히 사람이 많았다. 그중에 절반은 단순한 여행객이고, 나머지는 앵벌이들이다. 일종의 도박중독자들이다. 서구인들은 좀처럼 도박중독에 잘 빠지지 않지만, 극히 일부는 거의 광적인 부류도 있다. 모나코를 비롯해 유럽 전역에 널린 카지노에서 자살하는 수도 꽤 많다. 재산 다 탕진하고, 은행 빚에 쪼들리다 못해 스스로 목숨을 끊는 것이다.

VIP룸 바카라판은 아침 10시에 파장했다. 그는 더 따지도 않고 잃지도 않았다. 자잘한 판돈으로 시간을 죽이다가 그만 일어선 것이다.

객실로 올라가자, 그리스 여자는 여전히 깊은 잠에 빠져있었다.

이제 모리타니로 다시 돌아가야 할 날은 3일밖에 남지 않았다. 그럼에도 수중에 2백만 달러라는 거금이 그대로 있었다. 그게 문제였다. 모주방의 뇌세포가 돈을 제대로 간수하지 못하도록 정보 전달 물질을 방출하는 탓이다.

그리스 여자를 깨우려다가 메모만 바꿔놓고는 1층 게임장으로 다시 내려갔다. 룰렛으로 허전한 시간을 보낼 요량이었다.

룰렛 테이블엔 아무도 없었다. 딜러조차 없어 경비원에게 호출을 요청했고 잠시 후, 미모의 여자 딜러가 뛰어왔다. 모주방은 여자 딜러 우측에 바짝 다가앉아 게임판에 골고루 칩을 던져놓았다. 전부 1백 달러짜리 칩이었는데, 미모의 여자 딜러는 놀라는 눈치였다. 룰렛 판에 이렇게 큰돈을 거는 손님은 없었기 때문이다.

원형 룰렛 판은 돌아가고, 구슬이 튀어나와 숫자 적힌 칸들을 통통 튀어 굴러다녔다. 완전히 복불복 게임이었다. 한 칸의 숫자가 베팅 판 숫자와 맞으면 열 배를 주는 것이었다. 다른 게임장을 서성거리던 손님들이 곁을 지나다가 걸음을 멈췄다. 하나둘 모여들더니 어느새 룰렛 테이블을 에워쌌다. 그렇게 한창 재미있게 여자 딜러와 게임을 즐기고 있는데, 그리스 여자가 나타났다.

샤워하고 드레스만 걸친 민낯이었다. 맨얼굴도 상당히 예쁘게 보였다. 콩깍지가 낀 게 아니라, 정말 누가 봐도 절색이었다. 그에게 입맞춤을 해대더니 함께 갈 데가 있다는 것이었다. 모주방은 잘됐다 싶어 판을 거두고는 칩을 보관소에 맡긴 뒤 카지노를 함께 나섰다.

그리고는 그녀의 페라리에 올라탔고, 자동차는 해안가를 내달렸다. 그리스 여자는 모나코 건너 프랑스 해변에 자그마한 집을 소유하고 있었다. 지중해에서 불어오는 뜨거운 바람이 한여름임을 과시하고 있었다. 모래밭에는 반라의 젊은 연인들이 일광욕을 즐기고 있었다.

테라스에 마주 앉은 그녀는 겨우 유두만 가리고, 음모를 살짝 가린

비키니 차림으로 건조한 태양을 맞았다. 그리고는 불쑥 물었다.

"모나코엔 언제까지 있을 거야?"

"다음 주 화요일까지."

"3일?"

"음."

"뭐 하는 사람이야?"

"나, 프랑스 외인부대원이야."

"그게 뭔데?"

"돈 받고 전쟁하는 군인."

"용병? 왜 그런 위험한 직업을 가졌어?"

그리스 여자는 이해 못 하겠다는 표정이었다.

"사람 죽이는 게 재밌어?"

"……."

"아님은 취미야?"

"……."

"근무지는 어딘데?"

"모리타니."

"아프리카?"

그리스 여자는 주방으로 건너가 마실 것을 가져왔다. 얼음이 가득한 냉커피였다. 그가 좋아하는 걸 알기 때문이다. 모주방은 고개를 끄덕이고 나서 담배를 피워 물었다.

"돌아가야 해."

"어쩌다가 그리된 건데?"

"모르겠어."

"자기가 모르면 어떻게 해?"

"계약 기간이 4년이나 남았어."

모주방은 커피를 단숨에 쭉 마시고는 얼음을 와그작 깨물었다. 그리스 여자가 마음에 든 것이다. 그녀도 담배를 피우며 다리를 꼬았다.

"어제 카지노에서 딴 돈이 2백만 달러쯤 되지?"

"아마도."

"그걸로 외인부대 위약금 물고, 나랑 여기서 장사나 하는 게 어때?"

"……"

하지만 그는 대답을 회피했다. 너를 어떻게 믿느냐는 것이었다. 네가 나를 사랑해서 들러붙은 게 아니라는 걸 아는 데 말이다. 그녀도 눈치는 빨라서 더 이상 거론하지 않았다.

"카지노에서 허송하지 말고, 근무지로 돌아가기 전까지 나랑 여행이나 하자."

"그럴 여유가 없어. 촉박하다고."

모주방은 고개를 가로저었다. 그리고는 덧붙였다.

"유럽의 웬만한 데는 다 가봤어."

"언제부터 유럽에서 살았는데?"

"스페인 왕립부속 음악고등학교 출신이거든."

"그렇군."

그리스 여자는 알만 하다는 듯 고개를 끄덕이곤 말머리를 돌렸다.

"나한테 궁금한 거 있으면 물어봐."

"그럴 마음도 없고, 관심도 없네."

"후후…"

그녀는 쓴웃음을 지었다. 어색한 침묵이 잠시 끼어들었다.

"당신 혹 도박중독자 아냐?"

"그 짐작이 맞아."

"흠!"

그리스 여자는 한숨을 길게 내쉬었다. 그러다가 날카롭게 지적했다.

"그럼 프랑스 외인부대에 발 들인 것도 도박 밑천 만들려고?"

"그런 넌 왜 카지노에서 맴도냐?"

모주방이 언짢은 듯 되받아쳤다. 네가 참견할 일은 아니라는 것이었다. 그리스 여자도 언성을 높였다.

"그냥 심심하고 따분해서 가끔 가는 것뿐이다. 큰 판에서 노는 게 아니라, 1달러짜리 슬롯머신을 돌릴 따름이고!"

"……."

"뭔가 크게 오해한 것 같은데, 나 그런 여자 아냐! 이혼할 때 받은 위자료를 은행에 넣고, 이자로 사는 여자가 무슨 돈으로 카지노에서 살겠니? 아이는 전남편이 잠시 데려가서, 여기 없는 것뿐이야."

"……."

그는 왜 자신이 그리스 여자에게 화를 냈는지 몰랐다. 그녀의 말이다 옳은데 말이다.

그럼에도 그녀는 미련이 남았는지 모주방의 손을 이끌고 응접실로 들어갔다. 두 사람은 다시 몸을 섞었다. 섹스라면 싫지 않은 그였기에 말이다. 언제 또 만날 수 있을지 모르고, 기약도 없는 만남이어서, 더 극렬하게 뒤엉켰다.

그들은 식사를 대충 챙겨 먹고, 해가 질 무렵, 모나코로 페라리를 몰았다. 그리스 여자는 지난번과 같이 아주 섹시한 옷차림을 했다.

"비록 생활은 궁핍해도 카지노 출입할 때는 귀티나게 걸쳐야 해. 그래야 카지노 직원이 무시하지 않거든. 또 그랬기에 VIP룸까지 드나들 수 있었고, 당신을 만날 수 있었잖아."

"하기는, 유럽 부호들이 다 모이는 곳이니."

모주방도 가끔은 그들 속에 자신이 초라하다는걸 느낀 적이 많다. 유럽 귀족들은 몰고 다니는 자동차도 최고급 롤스로이스와 벤틀리 등이다. 중동 석유 부호는 자가용 헬기를 이용하고.

카지노 현관에 도착하자 벨보이가 자동차를 주차시켜 줬다. 둘은 팔짱을 낀 채 게임장으로 들어섰다. 그녀는 카지노에 오면 뭔가 짜릿하고 흥미로운 일이 생길 것 같아 좋다고 했다. 직접 판에 끼어들지는 못해도 큰 게임을 구경하는 것만으로도 스트레스가 확 풀린다는 것이다.

환전소에 맡겨둔 칩을 찾은 모주방은 곧장 VIP룸으로 올라갔다. 액수가 2백만 달러에 이르자 양쪽에 권총 찬 경호원이 바짝 붙어서 에스코트해 주었다.

바카라판은 한창 진행 중이었다. 역시 유럽 귀족과 중동 석유 부호들이 패를 돌리고 있었다. 그들은 모주방을 반갑게 맞이했고, 그리스 여자에게도 정중히 인사를 건넸다. 구면이라는 듯 말이다. 그녀는 난생처음 갑부들한테 대접받는 것 같았다.

서구사회는 부호들에게 비난보다 존경심을 갖고 있다. 부정부패가 만연한 한국과는 정서가 전혀 다르다. 다른 사람보다 그만큼 노력했고, 일반인보다 똑똑하니까 거부의 반열에 오른 것이라고 인식한다.

VIP룸의 바카라판은 언제나 1백 달러로 시작됐고, 최고 1천 달러까지 베팅할 수 있었다. 그리스 여자는 모주방의 귀에 대고 신의 가호가 있기를 빈다고 속삭였다. 혀끝으로 그의 귓불을 살짝 핥아주면서 말이다.

판을 거듭할수록 긴장은 최고로 치달았다.

플레이어 골수파인 그는 가능한 보너스카드를 보지 않으려고 했다. 두 장으로 끝낸다는 건 그만큼 패가 좋다는 의미지만, 흐름은 이미 중동 석유 부호에게 넘어가 있었다. 뱅커로 네 판을 연거푸 거둬갔다. 유럽 귀족과 모주방은 수세였다.

그리스 여자는 그의 칩이 줄어드는 걸 곁에서 지켜보며 마른침을 삼켰다. 그 칩이 그녀에겐 돈으로 보이기 때문이다. 심장이 떨리고, 오금이 저렸으며, 너무 긴장한 나머지 오줌까지 찔끔거렸다. 사지의 기운이 자꾸 빠져나가는 것 같았다. 하지만 게임 중인 그에게 뭐라 참견할 수는 없었다.

모주방은 잃은 액수만큼 만회하려 무조건 1천 달러, 베팅 최고 액수로 밀어붙였고, 5만 달러가 순식간에 날아갔다. 바카라판은 한 게임이 1분도 채 안 걸리기 때문이다. 그럼에도 그는 태연했다. 바카라라면 이골이 난 모주방이었기에 눈 하나 깜짝하지 않았다. 곁에서 지켜보는 사람이 더 애간장이 타드는 것이었다. 자정을 넘기자 겨우 페이스를 자기 쪽으로 끌어왔다. 한 판 내주고, 세 판을 당기는 패턴이 반복되자 칩을 조금 회복했다.

그리스 여자는 신이 났는지 담배를 사 오고, 커피를 만들어왔다.

하지만 새벽 2시를 넘기자 다시 내리막으로 바뀌었다. 무려 열 판째 뱅커한테 물린 것이다. 그녀는 판의 흐름을 끊기 위해 잠시 쉬자고 졸랐다. 모주방은 조금 짜증이 났지만, 이틀을 더 버티려면 패를 덮는 것도 괜찮다 싶었다. 딜러에게 쉬겠다는 사인을 주고는 자리를 떴다.

객실에 올라간 그는 줄담배를 피우며 아무 말이 없었다. 그리스 여자가 너무 참견한다 싶었다. 그녀는 그의 불쾌한 기색을 눈치채지 못하고 섹스를 원했다. 옷을 다 벗고 침대에 쭈그리고 앉아 혼자 자위를 해대는 것이었다. 모주방을 자극하기 위해서였지만, 소파에 앉은 그는 미동도 하지 않았다. 생각 같아서는 그냥 내쫓고 싶었지만 꾹 참았다.

곧 모리타니로 다시 떠나야 하는데, 모나코 카지노판에서 이만한 여자를 다시 찾기 힘들 것이라고 여겼다. 그리스 여자는 바카라판은 잊어버리고 자기와 섹스하자며 졸랐다. 마치 스트리퍼댄스를 추듯이 온갖 체위를 다 선보이며 보챘다.

모주방은 그녀의 재촉을 더는 마다할 수 없었다. 정말 섹스할 줄 아는 여자이기 때문이다. 그는 이미 달아올라 혼자 헐떡이는 여자를 가혹하게 몰아붙였다. 비명에 가까운 신음을 따라서 아랫도리도 움직였다.

리듬을 맞추는 그녀는 가히 섹스 머신이랄 만했다. 길고, 짧게, 깊고, 얕게 오르내리며 뒤엉켰고, 그리스 여자가 원하는 대로 함께 절정에 다달았다.

담배를 같이 피워 물고는 잠시 쉬었다. 그리고는 천천히 옷을 챙겨입은 그들은 VIP룸으로 나란히 내려갔다. 손목시계는 새벽 5시를 가리키고 있었다.

객실 금고에서 꺼내온 칩을 판 위에 내려놓은 모주방은 플레이어에 베팅했다.

첫 게임은 1이었다. 운이 따라주면 모를까 이길 확률은 0%다. 곧이어 한 장을 더 보자 8이 떨어졌다. 가장 좋은 합 9가 되었다. 그를 따라 플레이어에 베팅한 유럽 귀족은 좋아했고, 뱅커에 칩을 놓은 중동 석유 부호는 딜러에게 빨렸다.

도박은 심리적인 우려가 우려를 낳는다. 불안한 게 현실로 다가온다. 시간이 흘러갈수록 불리한 상황에 끌려들어 가게 된다.

계속된 게임은 플레이어가 4고, 뱅커는 7이다. 합이 7인 쪽이 베팅액 1.5배를 가져가는 것이다.

그리스 여자는 아쉬웠는지 모주방의 등 뒤에 붙어 서서는 노팬티 아랫도리를 꾹 디밀었다. 툭 튀어나온 갈색 음모가 등줄기에 느껴질 정도였다.

패는 다시 돌았다. 첫 카드는 두 장의 합이 또 1이 들어왔다. 좀 불길하다 싶었는데, 다행히 세 번째 카드가 6이 날아왔다. 합이 7이다. 안심할 수는 없었지만, 불안한 것도 아니다.

예상은 빗나가지 않았다. 뱅커를 선택한 세 사람 모두 5였다. 2천 달러를 벌었다. 그는 담배를 맛나게 빨았다.

패는 계속 돈다. 이번엔 가망이 없다.

첫 패가 3이다. 희망 사항이지만 5나 6밖에 없다. 그러나 희망은 희망으로 끝나기 십상이다. 퀸이 들어왔다. 합이 3인데 승률은 절망이다. 10, 프린스, 퀸, 킹은 바카라에서 0으로 간주한다.

모주방은 플레이어 추종자다. 바카라 게임장에 들어서서 한번 결정하면 선택을 바꾸지 않는다. 그리스 여자가 넌 왜 한쪽만 계속 가느냐고, 의문을 전해도 그는 철저한 머피의 법칙을 깨지 않는다. 그래야 승률이 반반이 되기 때문이다.

카지노에 들어서면 현찰을 모두 칩으로 바꾸게 하는 목적은, 바로 현실감을 잊어먹도록 치밀하게 계산한 뒤끝이다. 일반인들은 현찰을 들고 도박할 경우 심장이 떨려서 못 한다. 하고 싶은 마음은 굴뚝 같은데, 1백 달러를 직접 손에 쥐고 하라면, 열이면 열 다 못한다. 일반인들은 일상에서 구경하기도 힘들고, 잘 사용하지도 않는 1백 달러를 판으로 한다면, 손이 벌벌 떨리고 식은땀을 줄줄 흘릴 것이다.

그래서 카지노에서는 칩을 사용하는 것이다. 칩이 돈이라고 생각하기보다는 그저 플라스틱 조각이라고 여겨서 재산을 다 탕진해도 현장에서는 잘 모른다. 카지노를 떠나서 생활로 돌아간 뒤에 깨닫게 된다.

'내가 무슨 짓을 했지? 아차 그게 무슨 돈인데?'

후회해도 그때는 이미 비행기가 이륙한 뒤다. 보상받을 길도 없다. 1달러 칩 한 개를 뽀찌로 얻으면 그나마 다행이다. 도박은 살벌할 만치 냉정하다.

VIP룸의 바카라판은 서서히 막장으로 내닫고 있었다. 유럽 귀족이 먼저 자기 예산에 맞춰 손을 턴 것이다. 더 이상 계획에 없다는 듯 일어섰다. 나머지 셋은 패를 계속 돌렸다.

하루를 더 논 모주방은 결국 20만 달러만 남기고 게임방을 떠났다. 그리스 여자는 아쉬워했지만, 그의 휴가 기간이 다 된 것이다. 카지노에서 돈을 따고 잃고는 시간문제임을 그녀도 잘 안다. 그가 2백만 달러를 묻어뒀다면 더 좋았을 텐데 하는 바람이었지만 도박에서 딴 돈은 언젠가 또 도박으로 날리게 되어있다.

그녀의 페라리를 타고 다시 프랑스 해변의 집으로 향했다. 해안도로를 달리며 내내 입을 다물었다. 돈을 잃은 그는 태연한데, 그리스 여자가 더 아까워했다. 카드를 못 하는 건 분명 아닌데, 적당한 선을 지킬 줄 모르는 것 같았다. 정신적으로 뭔가 크게 문제가 있지 않나 여겨졌다. 모주방은 그리스 여자의 눈치를 보며 머쓱해 했다. 돈을 다 잃은 뒤끝이어서 더 어색했다.

"이제 모리타니로 돌아가야 해."

"마지막 섹스 즐길 시간도 없어?"

그리스 여자가 매달렸다. 조금은 신경질적인 말투였다. 내 남편이라면 모가지를 잡아끌고 게임룸을 나왔을 것이다. 모주방도 별로 좋은 기분은 아니다. 늘 잃는데 익숙하기는 해도 막상 모두 잃고 쫓겨나면 죽고 싶을 만치 후회한다.

"이집트로 건너가서 프로펠러 비행기를 갈아타야 해."

"한 시간도 없어?"

그리스 여자는 막무가내였다. 그의 만류에도 불구하고 집으로 향했다. 카지노에서 칩을 돈으로 환산하자마자 그녀에게 10만 달러를 건넸기 때문이다. 나머지는 미국계 은행에 넣어뒀고. 일종에 화대였는데, 지난 일주일 동안 곁에 있어 주고, 섹스도 나눠준 대가였다. 집에 닿은 그녀는 운전석에서 내리며 번뜩 생각이 스쳤다.

"이집트까지 함께 배 타고 가면 되겠네."

"마음대로 해."

모주방은 담배를 피워 물고, 테라스 창 너머로 그녀를 지켜보았다. 옷을 바꿔 입었는데, 티팬티에 미니스커트를 걸치고, 노브라에 탱크탑을 꿰었다. 그리고는 후다닥 뛰어나와 운전석에 다시 올라 자동차를 내몰았다.

그는 하는 수없이 그리스 여자가 이끄는 대로 따랐고, 프랑스 남동쪽 니스항 여객선 부두에 도착했다. 표를 사 들고, 출항 시간에 맞춰 올랐다. 쾌속 크루즈는 자동차를 그냥 실어 지중해를 건넌다.

모주방은 더 이상 이 여자에게 집착하기 싫어 줄담배만 피워댔는데, 그녀가 차에서 내려서는 다시 갑판 위 후미진 곳으로 끌고 갔다. 그리고는 난간에 기댄 채, 뒤에 선 그에게 엉덩이를 내밀었다. 그리스 여자의 손은 이미 그의 바지 지퍼를 내리고 물건을 만지작거렸다.

"정말 마지막이야?"

"……."

모주방은 자기 속내를 감추고 있었다. 네가 좋다는 그 한마디면, 좀 더 긴 시간을 즐길 수 있을 텐데 말이다. 그녀는 스스로 티팬티 한쪽을 당겨서 사타구니를 열고는 직접 물건을 끌어다 넣었다. 천만다행이라면 이른 아침 첫 운항이어서 배에는 사람이 그리 많지 않았다.

"헤어지기 싫다, 응?"

"나도 그래."

모주방은 또 다른 감정을 감출 수밖에 없었다. 다음을 기약하지 못하기 때문이다. 그리스 여자는 자기 몸으로 들볶고 졸라댔다. 마음속에 싹튼 야릇한 느낌을 어떻게 해서든 그에게 전하고 싶어서다.

"당신은 가만있어. 내가 알아서 해줄게."

"다른 사람이 보면 어쩌려고."

"뭐, 어때."

그리스 여자는 엉덩이를 자유자재로 돌리고, 앞뒤로 튕겼다. 그리고는 힐끗 돌아다보며 빙긋 웃었다. 유럽 대륙에 만연한 프리섹스를 몸소 실천하는 것이었다.

"언젠가는 바다 위에서 섹스를 해보고 싶었어."

"……."

모주방은 검푸른 바다를 무덤덤하게 바라보며 서 있었다. 지중해는 잔잔했다. 하지만 그리스 여자는 여전히 섹스 중이었다.

"다음에 또 볼 수 있어? 당신이 너무 마음에 들고, 사랑할 것 같아."

"글쎄."

그는 말끝을 흐렸다. 머릿속은 그리스 여자의 섹스보다는 총탄이 빗발치는 모리타니로 가득 차 있었다. 대책 없는 흑인들의 난장판에 다시 뛰어들어 피를 봐야 하는 외인부대원인 게 싫었지만, 계약 기간이 4년이나 더 남았다는 것이다. 물론 조기 제대하는 방법이 전혀 없는 건 아니다. 총상을 입거나 이빨 한 개를 강제로 부러트리면 된다. 하지만 둘 다 그리 쉽지 않다.

하이힐이 아닌 운동화를 신었어도 그녀는 모주방보다 반 뼘은 더 커서 섹스가 쉽지 않았다. 그에게 좀 움직여 보라는 듯 허리띠를 잡아당겼고, 허리를 좀 더 낮춰서 사타구니를 깊숙이 디밀었다. 그리스 여자 혼자 안달하는 것이었다. 무슨 생각을 하느냐며 짜증을 냈지만, 그는 아무런 의사 표현도 하지 않았다.

덩치 큰 크루즈는 바다를 잘도 헤쳐나갔다. 그러나 그녀의 엉덩이는 멈출 줄 몰랐다. 천천히 자신의 자취를 남기고 싶어 했다. 마치 아프리카 사자처럼 분비물로 영역을 표시하는 것이었다. 얼마나 그렇게 애를 쓰다가 혼자 느끼고, 신음했다.

"당신을 영영 잊지 못할 거야."

"나도."

"당신이 나를 영원히 기억해 주기를 바라. 비록 짧은 시간이었지만, 서로 충분히 이해할 수 있을 정도는 되잖아."

"……"

모주방은 그렇게 한참 만에 겨우 액체를 쏟았다. 그리스 여자는 무척 좋아했다. 창녀나 하는 짓거리 같지만, 실은 여자로서 가장 아름다운 기억을 갖는 셈이다. 남자나 여자나 잠자리를 가진 관계라면 죽을 때까지 잊지 못한다.

이집트에 도착하자 그녀는 페라리를 국제공항으로 몰았고, 공항 청사에 함께 앉아 모리타니행 프로펠러 비행기를 기다렸다. 언제 이륙할지도 모르고, 오늘 모리타니로 들어가는 비행기가 있는지조차 모른 채, 마냥 기다렸다. 그리스 여자는 곁에 앉아서 수다를 떨었지만, 모주방의 귀에는 무슨 이야기인지 들리지 않았다.

그는 다른 생각에 잠겨있었다. 자신도 모르는 사이 전쟁광이 된 건 아닌지 싶어서다. 어릴 적부터 남한테 지고는 못 사는 성격이었는데, 그게 자라면서 도박판 승부로 변질됐고, 무엇이든 겨뤄서 이기는 걸 좋아하니, 틀림없이 그렇지 싶다.

그녀는 갑자기 배가 고프다며 음식점을 찾았다. 다행인지 국제선 청사 안에 식당이 있었다. 모주방은 여자에게 이끌려 따라갔다. 아무거나 빨리 되는 음식으로 주문한 그리스 여자는 음식이 나오자마자 허겁지겁 먹어댔다. 그는 입이 짧아서 아무 음식이나 못 먹는다. 서너 번 깔짝대다가 일어섰다. 그녀가 핸드백에서 달러를 꺼내 음식값을 계산했다.

모나코에서 모리타니로 다시 돌아온 후 1년은 악몽의 연속이었다.

모주방은 치열한 전투가 벌어지는 도시게릴라전에 투입되는 경우가 많았다. 알제리의 지원을 받는 반군 세력은 점점 강해져서 정부군이 맥을 못 추는 상황이 계속된 것이다. 외인부대 사령부는 급한 불부터 꺼야 한다며 특수부대 레종 에트랑제까지 총동원, 수도 누악쇼트 방어에 전념했다. 캠프에서 잠시 휴식을 취하고, 다른 작전에 배속되는 작년과는 전혀 다른 내전 양상이었다.

반군 병력은 한층 증강되어 정부 기관이 포진한 수도 누악쇼트의 길목을 막고, 물자 반입을 차단한 것이다. 자칫하면 외인부대원도 굶어 죽게 될 판이다. 모리타니 대통령은 이미 해외로 빠져나갔고, 각 정부 기관 고위 관료들도 삼삼오오 수도를 버리고 탈출을 꾀하는 것이다. 레종 에트랑제는 그들의 호송을 맡아 헬기 착륙 지점까지 경호하는 임무도 수행해야 했다.

하지만 반군의 치열한 로켓포와 박격포 공격으로 낮이든 밤이든 이동하기가 쉽지 않았다. 수도 누악쇼트는 거의 절반이 파괴됐고, 시민들도 얼마 남지 않았다. 인근 남쪽 접경 국가인 세네갈과 말리로 대부분 피난을 떠났으며, 길거리엔 부모 잃은 어린아이들과 노인들만 남아 어슬렁거리다가 반군의 무차별 사격으로 즉사하는 광경도 빈번했다.

그나마 정부군은 끝까지 항전하고 있었지만 전세를 뒤집을 여력이 없었다. 외인부대도 심각한 위협에 직면했다. 1개 대대 병력으로 수도 전역에 산개한 채 조여드는 수천의 반군 병력을 방어하기에는 불가능했다. 희생자도 점점 늘어났고, 바닥난 실탄과 무기 공급도 원활히 이뤄지지 않았다.

외인부대 사령부를 방어하던 탱크와 장갑차 그리고 야포 몇 문을 신속히 재배치했으나 방어선이 무너지기 십상이었고, 외인부대 자체를 철수해야 할 정도였다.

그런데도 프랑스 정부는 아무런 대책을 내놓지 못했다. 폴리사리오 반군은 궁지에 몰린 정부군과 외인부대를 완전히 밀어내고자 대대적인 공세를 펼쳤다. 하루하루가 급박하게 조여들었다. 탱크는 포신을 어디에 두고 조준할지 몰라 쩔쩔맸다. 반군 틈에 민간인이 섞여 있기 때문이었다. 장갑차로 퇴각로를 확보하려다가 바주카포에 당한 게 벌써 4대나 됐다. 헬기도 마음대로 뜨고 내릴 수 없었다. 고지대 어딘가에 방공포를 설치하고, 헬기가 눈에 띄면 무조건 사격을 가하는 터라 3대를 잃었다. 야포 역시 마찬가지였다. 도시게릴라전에는 전혀 쓸모가 없었다. 반군 진지가 조준경으로 보이거나 병력이 포진한 야전이라면 모를까.

모리타니 정부군도 작전 지역을 이탈하기 시작했다. 다 썩은 군용트럭을 동원 병력을 싣고 꽁무니를 내뺐다. 수도 누악쇼트에 남은 병력은 외인부대뿐이었다. 작전 사령부와 프랑스군 지휘부가 대판 싸우고, 헬기를 모두 투입, 후방 철수를 결정했다. 그러려면 제공권을 일시나마 장악해야 했기에 미라주 전투기를 요청했고, 잠시 시간을 두고 북대서양에 배치된 항공모함에서 발진했다. 폭격기도 함께.

수도 누악쇼트 전역을 대상으로 한 대규모 폭격이 계획됐다. 민간인 사상자가 발생해도 융단폭격을 불사해야 한다는 것이었다. 프랑스 정부 내 밀약이 성사됐다는 뜻이다. 당일 밤 10시부터 공습이 시작됐다. 폭격의 예고는 미사일이었다. 대서양에 배치된 구축함에서 발사하는 것이었다. 모주방을 비롯한 외인부대 전원은 벙커에 은신했고, 캄캄한 밤하늘을 수놓은 미사일이 도시를 강타, 불바다를 이루었다. 뒤이어 폭격기들이 모리타니 상공을 지나며 폭탄을 퍼부었다.

프랑스 정부 측은 수도가 반군에 이미 장악됐다는 지휘부의 보고를 받고, 이를 감행하는 것이었다. 폭격기들은 자정까지 쉼 없이 폭탄을 투하했다. 다음은 전투기의 등장이었다. 미라주기뿐만 아니라 해리어기도 가세했다. 날이 밝을 때까지 기총소사에 이은 미사일 발사를 계속했다.

특수부대 레종 에트랑제가 무전기로 확인해 준 지역은 먼지만 남을 정도로 폭격했다. 벙커에서 망원경으로 관찰하자 수도가 완전히 초토화되고 있었다. 건물이라고 해봐야 2, 3층짜리가 고작이고, 그중에 가장 높은 빌딩은 모두 정부 청사였다. 도시가 단 하루 만에 형체를 잃었다. 거리 곳곳은 화염에 휩싸였고, 검은 연기가 상공을 뒤덮었다.

반군들은 기척조차 없었고, 저녁 무렵까지 콩 볶아대듯 하던 총소리도 잠잠해졌다. 대령인 프랑스 지휘관은 그때서야 철수를 명령했다. 외인부대원은 장비와 무기를 챙겨서 헬기 접선 지점으로 이동했다.

폭격 효과는 대단했다. 거리를 나설 수 없을 만치 곳곳을 장악한 채 총질해대던 반군이 싹 사라진 것이다. 사람이 시야에 들어오면 무조건 사살하는 반군 때문에 벽 타기나 낮은 포복이 아니면 꼼짝을 할 수 없었는데, 버젓이 행군할 수 있었다.

외인부대 캠프는 수도 외곽 고지대에 설치했다. 그렇다고 반군의 위협이 사라지진 않았지만, 이번 폭격으로 상당한 타격을 받은 것 같았다.

수색조를 짜서 시내로 정찰 나갔는데도 반군의 움직임은 포착되지 않았다. 선두에 기관총 단 지프를 세우고, 그 뒤에 장갑차 2대를 배치해 만약의 사태에 대비했다. 도시 한복판에 주둔했을 때는 도보로 순찰했는데 이제는 상황이 달라졌다. 모리타니 정부군도 프랑스 지휘부의 통보를 받고 다시 집결했고, 반군 소탕 작전에도 앞장섰다. 대통령도 궁에 귀환했으나 그는 아무 권한이 없었다. 허수아비에 불과해서는 군부의 지원이 절실했다. 하지만 군부 역시 전력이 대단하지 않아 반군의 재공세가 시작되면 수도를 버리고 다시 퇴각할 수밖에 없다.

국제사회는 구소련의 이의제기로 상당히 시끄러웠다. 중국도 유엔에서 비난의 수위를 높였지만, 서방은 짐작대로 침묵했다. 미국은 월남전에서 패퇴한 이후여서 다른 의견을 제시하지 않았다. 프랑스는 모리타니 내전에 휘말리고 싶지 않아 지상군 파병을 삼간 것이다. 끝없는 소모전에 미국이 월남에서 항복했듯 말이다.

모주방의 근무 기간은 얼마 남지 않았다. 3개월만 버티면 이 지옥에서 탈출할 수 있었다. 그러나 월남전에 참전했던 미군 출신은 이 전쟁놀이가 흥미로운 모양이다. 특수부대에서 베트콩과 살육전을 다반사로 치렀던, 몇몇은 살생을 취미로 삼는 것 같았다. 모리타니에 파견된 외인부대가 해체될 때까지 자기들은 남을 것이라고 입버릇처럼 말했다.

그러면서도 베트콩과 시아파 반군은 전혀 다르다고 고개를 가로저었다. 아프리카 부족은 동물을 사냥해 먹고살았던 습성이 있어 상당히 잔인하다는 것이다. 더구나 부족 간 영역 다툼이 치열했고, 종족 간 전쟁이 잦았던 터라 사람을 사람처럼 대하지 않는다며, 나름 해석했다.

한동안 잠잠했던 반군의 공세가 다시 시작됐다. 수도 누악쇼트를 재탈환하기 위해 병력을 대폭 증강했고, 종전처럼 산개한 게릴라전으로 파고들었다. 지방에서 강제로 차출한 인력을 총동원했는데 거기엔 어린 소년, 소녀도 섞여 있었다. 총 쏘는 방법만 간단히 가르쳐 도시 곳곳에 숨어들었고, 보이는 사람은 무조건 죽이라고 세뇌했다.

정부군은 처음엔 당황했는데, 아이들이 바로 반군이라는 증거를 확보한 뒤부터는 가차 없이 사살했다. 그러나 외인부대원들은 사살할 수가 없었다. 나이가 너무 어리고, 자칫하면 이 나라의 인종이 씨가 마를 것 같아 멈칫거렸다. 하지만 번번이 옆에 있는 동료가 아이들이 쏜 총에 죽어가자 다른 방법이 없었다. 가능하면 생포하려고 노력했지만, 먼저 당할 때는 사살하는 것밖에 도리가 없었다.

모주방도 몇 번이나 죽을 고비를 넘겼다. AK소총 총구가 햇빛에 반짝거리면, 반사적으로 은폐했다가 총알이 빗나가야 응사할 수 있었다. 폐허가 된 건물 뒤에서 한두 명이 아니라 한 무리가 이리저리 숨어다니며 전쟁놀이처럼 총질해대는데, 어떻게 피하기만 하겠는가 말이다. 결국, 참다 참다 안 되면 발견 즉시 사살하는 것이다. 내가 죽을 수 없다는 절박함 때문이었다. 아들딸 같은 사춘기 아이들을 죽이는 것이다. 그런 뒤 캠프로 돌아오면 식사도 못 하고, 잠도 못 잔다. 자신이 죽인 아이들이 눈에 밟히기 때문이었다. 비록 도박 밑천을 몇 푼 얻으려고 자원입대했지만, 반군이 아닌 아이들을 죽여가면서까지 꼭 이래야 하는 건지 회의가 들었다.

그러나 시간은 더디 흘렀다. 외인부대 대대 인원 전원이 수색조로 편성돼 2시간마다 맞교대하는데, 수색 나갔던 부대원들은 대개가 얼굴이 안 좋다. 묻지 않아도 아이들을 죽인 것이다. 반군의 잔인한 수법에 애

먼 아이들만 희생되는 것이다.

모주방은 오늘만은 제발 눈에 띄지 말라고 기도하는 심정으로 수색을 나가곤 했다. 낮에는 누악쇼트의 치안 유지가 어느 정도 진행되지만, 밤에는 살라위족 반군이 점령한 지역부터 교전이 벌어지고는 했다. 반군과 정부군 간에 모종의 협상이 진행되고 있다는 소식이 들리지만, 현장은 달랐다. 이유 없이 사람을 그냥 죽이고 있었다. 살라위족 반군은 정부군을 비롯해 일반인들, 남녀노소 할 것 없이 무조건 죽이고 보는 것이다. 무어인과 아랍 베르베르인이 주축인 정부군은 일반 시민을 보호할 능력을 이미 상실한 지 오래였다. 정부군 내에서도 종족 갈등이 깊어져 모두 외면하고 있었다. 너희들 족장, 즉 대통령이나 잘 지키라고 손가락질했다.

모리타니는 무정부 상태다. 외교권도 없고, 치안력도 없으며, 경제력도 없다. 그저 영토만 있을 따름이고, 정부군과 반군은 그 빈 영토를 자기 종족이 지배해야 한다며 싸우는 것이다.

프랑스 정부도 이제 그만 손을 뗄 때가 됐다고 판단하는 것 같았다. 아무 쓸모 없는 나라, 그렇다고 석유가 펑펑 나오는 것도 아니고, 금광이나 다이아몬드광산이 성업 중인 것도 아니다. 공연히 참전해서 프랑스의 재정만 축내는 것으로 인식했다. 과거 식민지처럼 국토를 장악해 농사를 짓는 것도 아니고, 공장을 세워 잉여 이익을 취하는 것도 아니다. 북아프리카에서 영향력을 유지하기 위한 것뿐이었다.

프랑스 지휘부도 인원을 대폭 줄여서 본국으로 돌아갔다. 그저 명령권만 지닌 외인부대 사령관과 그 대령을 보좌하는 병력만 상주할 뿐이다. 나머지는 외인부대 중대장 프랑스인 대위가 알아서 하라는 식이었다. 본국에서 외인부대 병력을 보충하는 따위도 끝났다. 모리타니 파견 계약대로 2년을 채운 사람은 작전 지역을 떠나도 좋다는 특명만 계속 내려왔다. 모주방도 그 대상 중 한 명이었다. 계약 만기를 다 채우고 외인부대 캠프를 떠났다.

지프로 공항까지 태워주고, 돌아가는 미군 출신 대원도 곧 여기를 떠날 것이라고 말했다. 그리고는 프랑스가 모리타니에서 손을 떼면 알제리가 서사하라 지역을 점령하기 위해 군사력을 동원할 것이라고 했다. 그도 동의했다.

모주방은 로마 국제공항에 내리자마자 그리스 여자에게 전화를 걸었다. 혹시나 해서 거는 것이었지만, 남자 목소리가 들리기에 그냥 끊었다. 아쉬움이 남았지만 어쩔 수 없었다.

공항 청사 내 미국계 은행에 들러서 외인부대 봉급명세서를 확인한 뒤 곧바로 스페인행 유로 특급을 탔다. 스페인 왕립부속 음악고등학교 동창인 J 호텔 사장을 찾아가는 것이다. 7성급은 아니지만 스페인 동남부에 위치해 관광객들이 제법 많았다. 주방에서 허드렛일이라도 해볼 수 있을까 해서다.

호텔 라운지에서 그와 통화했는데, 학창 시절에 그나마 친하게 지냈던 터라 단박에 알아들었고, 2층 자기 방으로 올라오라는 것이었다. 직원의 안내를 받아 사장실로 가자 반갑게 맞이했다. 자초지종을 설명하자 그는 너만 상관없다면 한번 해보라고 흔쾌히 허락했다. 거처할 곳이 없으면 당분간 호텔 지하 직원 숙소에서 거처하라고 했다. 모리타니에서 너무 잔인한 살육전을 겪은 뒤끝이어서 평범한 사람들의 평범한 일상을 느끼고 싶어 자청한 것이었다.

스페인 본토 토박이 주방장은 상당히 호쾌한 사람이었다. 점심, 저녁 가장 바쁜 식사 시간을 제외하고는 자신의 음식 솜씨를 자랑했다. 모주방도 요리를 배워두면 언제 어디선가 써먹을 때가 있을 것 같아 이것저것 열심히 익혔다. 호텔 주방일이라는 게 보통 깐깐한 일이 아니어서 힘은 들었지만 재미는 있었다.

사람 살아가는 게 바로 이런 거지 싶을 만치 활기차 보였다. 지중해 건너 모리타니에서 2년 동안 헤매다가 왔기에 더 생동감이 넘쳤다. 생뚱맞다기보다 사람이란 이렇게 먹을 때 먹고, 자야 할 때 자고, 섹스할 때 섹스하고, 일할 때 일하는 삶이 진정한 삶이 아닌가 싶었다.

그러나 아프리카 곳곳은 모리타니처럼 내전에 휩싸여 이유도 모르고 죽어가는 사람이 너무 많다. 서방 국가들도 도움의 손길을 거둔 지 오래다. 너희끼리 치고받고, 싸우고, 죽이든 말든 외면하는 이유를 직접 겪은 모주방은 이해할 수 있었다. 언론과 사회단체들은 비난을 퍼붓지만 어떻게 해볼 방법이 없다. 그게 아프리카식 전쟁인 걸 말이다.

모주방은 5일 근무제인 호텔에서 이틀 쉬는 첫날 슬며시 그리스 여자의 집으로 발걸음 했다. 이혼했다던 그녀는 그사이 전 남편과 다시 합친 것 같았다. 아이도 있고, 남자도 있었다. 아니면 전 남편이 아이를 보러 잠깐 방문한 것인지도 모르고.

그는 더 이상 훼방꾼이 되기 싫어 렌트한 자동차를 몰고 모나코로 넘어갔다. 그러면서도 혹시나 그녀가 카지노에 기웃거릴지도 모른다는 희망을 내심 가졌다.

VIP룸은 늘 그렇듯 단골들이 포진하고 있었다. 유럽 귀족과 중동 석유 부호는 바카라가 취미였다. 얼굴만 비추고 인사를 나눈 뒤, 다른 게임방으로 넘어갔다. 외인부대 봉급과 1년 전 남긴 10만 달러가 있었지만, 그걸로는 태부족이라 밑천을 불려야 한다. 모주방은 오랜만에 세븐카드를 해보고 싶어 아래층으로 내려갔다. 오전이지만 관광객들이 많았다. 자리를 잡고 패를 받았다. 기본이 1백 달러였고, 베팅은 하프였다.

일반적으로 세븐카드는 3장을 먼저 주고, 4장의 카드가 한 장씩 돌아갈 때마다 베팅하게 되어있지만, 카지노의 세븐카드는 조금 다르다. 3장을 손님에게 주는 건 같은데 나머지 4장의 카드는 딜러가 오픈하게 되어있다. 딜러가 한 장씩 오픈할 때마다 베팅하는 것이다. 또 그 4장에 맞춰 족보를 따진다. 족보는 일반적인 세븐카드와 같은데, 3장만 받고 나머지는 딜러가 한 장씩 차례로 오픈하게 되어있어서 의외의 족보가 많이 나온다.

다른 사람은 초반에 잃고 후반에 따는 경향이지만, 그는 초반에 따고 후반에 털리는 스타일이라 초반에 바짝 당기는 습관이 있다. 그래야 오래 버티고, 여유 있게 베팅할 수 있다. 흐름은 역시 늘 그렇듯 같다. 초반에는 좀 긴장하고 머리가 맑아 패를 잘 읽기 때문이다. 모주방을 곁에서 지켜보는 사람들은 한결같이 게임을 잘한다고 칭찬한다. 또 자신이 생각하기에도 게임 운영을 잘한다고 여긴다.

하지만 큰 결점은 따든, 잃든, 올인하는 버릇이다. 많이 따면 냉정하게 일어서야 하는데, 그걸 잘 못 한다. 작심하고 일어서도 돌아서면 다른 게임에 발길이 간다. 그래서 빈털터리가 되는 경우가 많다. 카지노에서 딴 칩이 윗주머니, 속주머니, 바지 뒷주머니에도 넘쳐날 때가 비일비재하지만, 주체를 못 한다. 환전소에 맡기고, 객실에 올라가 쉬었다가 돈으로 바꿔서 카지노를 나오면 되는데, 그걸 못한다. 아주 간단한 그 절차가 모주방에게는 복잡한 갈등을 연출하는 바람에 할 수 없는 것이다. 극히 드물게 더러 칩을 지니고 카지노를 나설 때도 있지만, 불과 몇 분이 안 돼 다시 게임룸에 앉게 된다.

초반 패는 잘 들어오는 편이었다.

세븐카드는 54장이라 일반적인 게임엔 6명 이상 못하지만, 카지노에서는 최대 15명까지 할 수 있다. 한 사람당 3장을 주고, 딜러가 4장을 오픈하니까 5장이 남는다. 그런데 이 테이블엔 모두 9명이 달라붙어 있었다.

사람이 많으면 족보가 잘 나온다. 풀하우스가 서명은 되니까. 간혹

스트레이트 플러시도 나올 정도다. 반면 족보가 마르면 원 페어로도 판을 긁을 수 있다.

모주방은 상대 패를 잘 읽어서 무리한 베팅은 삼간다. 시간이 흐를수록 그의 자리 앞에는 칩이 쌓여가고 있었다. 다행히도 그가 풀하우스를 잡으면 따라붙는 초심자가 많아 몇 판 안 먹었는데 꽤 큰 판을 당길 수 있었다.

그러나 시간이 지날수록 머리가 흐려져 패를 읽을 수가 없었다. 손목시계는 오후 8시가 넘었다. 점심 전에 앉았으니 거의 10시간을 매달린 셈이다. 박스에 담은 칩을 얼추 셈해보니 25만 달러는 족히 넘는 것 같았다. 체력도 바닥난 터여서 슬쩍 빠졌다.

객실에 올라온 모주방은 칩을 금고에 넣고는 식사를 주문했다. 종업원이 금방 배달해 주었다. 담배를 6갑이나 빨아댄 뒤라 입맛이 있을 리만무했다. 그동안 쌓아놓은 마일리지로 계산하는 거니까 돈 들어갈 일은 없다. 객실료도 마찬가지여서 VIP는 창녀까지 카지노에서 부담한다.

침대에 누워 잠시 눈을 붙였는데 전화벨이 울렸다. 이탈리아로 성악을 공부하러 유학 온 후암동 불알친구였다. J 호텔에서 주방보조로 일하면서 종종 서울로 국제전화를 넣었고, 아버지 안부는 물론, 친구들 소식을 들었다. 그때 어느 음악대학원인지 알아내서는 오늘 먼저 전화를 했는데, 이제야 연락이 온 것이다. 언제든 시간이 나면 스페인 남동부 지중해 연안 J 호텔로 오라니까 그러겠다며 통화를 간단히 했다.

초등학교 동창이기도 한 강창수는 집안이 그리 넉넉지 않다. 어떻게 음대로 진학했는지 잘 모른다. 자신은 중학교 때부터 미8군 캠프 카지노에 드나들었으니 말이다. 아무튼, 성악과를 졸업하고, 조교 생활을 하면서 입시생들을 가르친 모양이다. 그랬으니 이탈리아 유학 경비를 마련했겠지 싶다. 그리고는 같은 동네 불알친구인 배수홍도 오스트리아로 플롯을 공부하러 와있다는 것이다. 그 녀석 집안도 쪼들리기는 매일반이었는데 참 신통방통하다.

모주방은 비록 카지노를 제집 삼아 떠돌지만, 유럽에 건너온 친구 둘은 충분히 건사할 수 있다. 학비는 장학금을 받아 충당하는지 모르겠으나, 생활비 정도는 얼마든지 대줄 능력은 된다. 다만 그들은 같은 동네 불알친구가 도박에 빠져 생활하는지는 전혀 모른다. 스페인에서 작은 사업을 하는 줄 알고 있는데, 도박중독자인 게 들통나면 얼굴을 들고 만날 수 없다.

VIP룸의 바카라판은 멤버가 바뀔 뿐 파장은 없다. 유럽 귀족과 중동 석유 부호가 한둘이 아니니 말이다. 그도 빈자리에 앉아 패를 받기 시작했다.

이제는 판을 쓸어 담아야 할 이유가 생겼다. 유학 온 친구 두 녀석을 먹여 살릴 명문이 있지 않은가. 또 그 당시 한국은 너나 할 거 없이 모두 못살고 가난했다.

그런데 그런 강박관념이 작용해서인지 흐름은 내리막이었다. 1시간이 넘도록 승률은 5%도 안 된다. 4명이 맞붙었는데. 적어도 30%는 되어야 현상 유지를 벗어나 상승세를 탈 수 있다.

첫 페어가 재수 없는 4다. 그는 낙담하며 다음 패를 받았는데, 눈이 번쩍 뜨였다. 분명 3이었다. 뱅커 쪽 다른 세 사람도 보너스카드를 원했지만 합은 5다.

그 이후 판이 거듭될수록 모주방은 베팅 액수를 늘렸다. 플레이어를 줄기차게 공략해 성공률을 50%까지 끌어올렸다. 밑천은 점점 불어나 98만 달러나 됐다. 시간은 흘러 어느덧 새벽 6시가 넘었고, 그는 자리를 일어섰다. J 호텔로 돌아가야 하기 때문이었다.

환전소에서 돈으로 바꿔 은행에 예치하고는 렌트카를 몰고 스페인으로 향했다.

불효자와 51:49

1주일 뒤, 이탈리아에서 강창수가 J 호텔로 왔다.

대학 시절 가끔 보기는 했어도 유럽에서 녀석을 보게 되리라고는 전혀 예상치 못했다. 한참을 서로 끌어안고 등을 두들겨 줬다. 동네에서 함께 불알을 내놓고 뛰어놀던 코흘리개가 20년 만에 유럽에서 상봉했으니 얼마나 기쁜가.

모주방은 주방장에게 1주일 휴가를 얻어 친구와 함께 렌트한 자동차를 타고 오스트리아로 향했다. 친구가 옆에 있어선지 공연히 신이 났다.

"이탈리아 생활은 어떠냐?"

"죽을 맛이지, 뭐. 우선 말이 안 통하고, 음식도 안 맞고, 동양인을 우습게 알더라고."

강창수가 계속 불평했다.

"한국이 어디에 붙어있는 나라냐. 아, 전쟁을 겪은 가난한 나라? 너희들이 오페라를 배워서 뭐하느냐는 등등."

"야, 이 동네가 선진국 아니야. 그래서 네가 여기까지 배우러 온 거고."

모주방은 운전을 해가며 피식 웃었다. 자신도 이미 겪은 터라 대수롭지 않게 들었다. 강창수는 차창에 기대 투덜댔다.

"후회막급이야. 대충 학위나 받아서 얼른 돌아가고 싶어. 들어가서 대학교수 짓이나 해 먹게."

"그러던지."

모주방은 음악을 크게 틀고 속력을 높였다. 시속 200km 가까이 내달렸다. 스페인 남동부 해안도로를 빠져나와 프랑스 해안을 타고, 휴양지 니스와 모나코를 지났다. 지중해 해안가로 이어지는 고속화도로여서 제한 속도가 거의 없었고, 평일에는 오가는 차량도 없어 한가했다. 그리고는 이탈리아 국경을 넘어 제노바, 밀라노를 거쳐서 오스트리아로 향했다.

오전 내내 해안선을 탔다면, 이제부터는 알프스산맥의 준령 사이로 굽이진 도로를 따라야 했다. 해안선은 검푸른 바다가 지루함을 덜어줬다면, 지금부터는 아름다운 계곡이 시선을 빼앗았다. 스페인과 맞닿은 프랑스를 관통해 독일로 돌아갔으면 반나절이 더 걸렸을 텐데 지름길인 알프스 산간지방을 타고 넘자 오스트리아가 금방 나타났다. 유로 특급을 이용하면 지나는 국경마다 갈아타야 하는 번거로움이 있고 시간도 더 걸린다. 스페인에서 곧바로 오스트리아에 가는 열차는 없고 그것마저 각 나라 대도시와 연결된 중앙역에서만 지선으로 바꿔 타야 한다.

호텔을 떠나기 전 배수홍에게 미리 전화해 뒀다. 녀석도 빨리 보고 싶다며 아우성이었고 울먹거리기까지 했다. 그동안 향수병에 너무 고생 많이 한 탓이었다. 파전에 막걸리가 왜 그렇게 생각나는지 미치겠더란다. 모주방은 술은 못 먹지만 그 토종 음식이 어른거렸다. 밖에 나오면 누구나 애국자가 된다지 않는가.

강창수도 같은 동네 초등학교 동창 배수홍이 오스트리아에 와있는걸 알면서도 전화 이외에는 직접 찾아가 보지 못했다. 기차 삯을 아껴 생활비를 해도 모자라기 때문이었다. 지금도 형편이 나아진 건 아니지만,

유학 초기에는 하루에 두 끼만 먹기도 했다. 어쩌다가 집에서 김치며 고추장, 라면을 보내주면, 그때 잠시 호강할 뿐이다.

배수홍도 쪼들리긴 마찬가지인 터라 이탈리아로 여행 오는 건 무리였다. 기숙사 생활하는 건 똑같지만, 함께 어울릴 경제적 여유가 없기 때문이다. 커피 한 잔 마시고 싶어도 카페에 마음대로 들어갈 형편이 못 된다. 오스트리아 물가가 그리 비싼 건 아니지만, 환율 탓에 지출이 큰 부담이다.

강창수가 이탈리아에서 스페인으로 온 교통편은 기차도 아니고, 자동차는 더더욱 아니다. 바로 배였다. 이탈리아와 스페인을 왕복하는 크루즈가 있고, 비용도 많이 싸다. 그도 배수홍과 별반 다르지 않은 궁핍한 일상을 보내고 있다. 개인교습을 받는데도 따로 강의료를 내야 하기에 더 메마른 생활을 한다. 호른을 온종일 불고 나면 금방 허기가 지는데, 정해진 끼니 이외에 달리 군것질할 형편이 못 된다.

오스트리아 빈에 도착하자 오후 4시였고, 다시 잘차흐강을 사이에 둔 잘츠부르크로 남하하자, 배수홍은 대학 정문에서 기다리고 있었다.

세 사람은 보자마자 서로 부둥켜안고 울었다. 왜 우는지 굳이 따지지 않았다. 너무 그립고, 외롭고, 쓸쓸해서 견디기 어려운 유럽 생활에 대한 피해의식이 작용한 것이다. 강창수와 배수홍은 좋아하던 담배마저 끊어야 할 만큼, 빈곤한 유학 생활을 하고 있었다.

오히려 모주방이 그들에게 미안했다. 담배를 꺼내 건네자, 너무나 반가워서는 필터까지 씹어먹을 정도로 빨아댔다. 오랜만에 피워대는 담배에 갑자기 어지러움을 느꼈고, 강창수와 배수홍은 길바닥에 주저앉은 채 연거푸 피워댔다.

모주방은 그들을 렌트카에 태워 곧장 스위스로 향했다. 알프스 전경을 보여주고 싶어서다. 배수홍은 두 친구와 함께 자동차 안에 있게 되자, 그동안 이유 모를 설움이 북받쳤는지 또다시 눈물을 흘렸다. 먼 외지에서 고독을 이겨낸다는 건 그다지 쉽지만은 않다. 낯선 이방인일 수밖에 없고, 현지인들과 의사소통이 잘 안 되니, 학업에 따른 스트레스를 달리 풀어볼 방법이 마땅치 않다.

강창수도 배수홍과 같은 고통을 겪고 있기에 너무 잘 안다. 술 한잔 하고 싶어도 엄두가 나지 않는다. 술값이 만만치 않고, 시내 술집을 밤에 드나드는 것도 쉽지 않다. 현지인들의 텃세는 물론, 잘못하면 권총강도를 당하기 십상이다. 치안 상태가 엉망인 건 아닌데 총기를 자유롭게 소지한 채 주로 야간에 활보하는 터라 상당히 위험하다. 특히, 동양인들에 대한 경멸감이 존재해 더 그렇다.

모주방은 그들이 고생하는 걸 굳이 듣지 않아도 잘 안다. 고등학교를 스페인에서 다녔으니까. 싸우기도 많이 싸웠다. 유럽의 국민소득이 3만 달러라지만 극빈자도 많다. 주로 아프리카나 중국, 터키, 인도 등지에서 흘러든 이민자들과 동유럽 출신 집시들이 상당히 거칠기 때문이다.

해 질 무렵, 스위스 취리히에 도착한 그들은 리마트강 주변 레스토랑에서 우선 식사부터 했다. 그리고는 취리히호 뷔르클리 광장을 거닐며 아름다운 야경을 배경으로 사진 몇 장을 찍었다. 강창수와 배수홍은 아무런 말 없이 정경에 취해있었다. 이탈리아와 오스트리아가 지니지 못한 절경이 곳곳에 있었다.

오스트리아는 도시 전체가 중세풍이어서 차분하게 가라앉아 있고, 국민이 흥분하는 법이 없다. 친절한 것 같은데, 무뚝뚝하다. 여느 유럽 국가 대개가 그렇듯 종교적인 분위기가 더 침울하게 만드는 것이다. 배수홍은 무신론자여서 그런지 거슬리는 게 한둘이 아니다.

강창수가 유학 중인 이탈리아는 나라 전체가 하나의 박물관이나 진배없다. 거리를 나서면 눈에 띄는 게 고대 로마 유적지고, 살아있는 역사다. 하지만 국민성은 좀 과격하다. 매주 주말마다 축구 경기가 있는 세리에A 프로리그는 연고지마다 훌리건이 있을 정도다. 원정팀과 함께 엄청난 인원이 따라다니는데, 승패가 엇갈릴 때마다 거리에서 난투극을 벌인다. 경찰이 출동해 진압해야 겨우 끝날 정도니까.

모주방은 두 친구를 다시 자동차에 태우고 루체른으로 갔고, 하룻밤 묵을 모텔을 찾아 투숙했다. 창밖은 루체른호가 눈에 들어왔고, 그 너머로 필라투스산과 리기산이 병풍처럼 둘러서 있다. 그들은 유럽에서 각자 겪은 고생담을 밤새도록 나눴다. 강창수와 배수홍은 유학 생활 선배 격인 모주방의 충고를 달게 받아들였다. 물론, 자신이 도박중독자라는 사실은 끝내 밝히지 않았다.

아침 일찍 관광에 나선 그들은 로이스강 주변을 걷다가 식당에서 끼니를 대충 해결했다. 그리고는 카펠교와 워터 스파이크에서 사진을 남겼다. 일제 카메라는 모주방이 J 호텔 주방장에게 빌려온 것이었다.

그는 다시 친구들을 자동차에 태워 인터라켄으로 갔다. 알프스의 지붕 융프라우로 가기 위해서다. 자동차로 그란데발트로 가면 되지만, 융프라우를 오르는 등산 기차를 타는 것이 스위스 풍경을 더 잘 감상할 수 있기 때문이다. 이른 시각이어서 그런지 작은 도시 인터라켄은 좀 한가했다. 한국에서의 간이역 같은 모습이다.

세 사람은 등산 기차에 올라 3,454m 융프라우역으로 향했다. 험준한 산세 사이를 타고, 이리저리 돌고 돌아 오르기 시작했다. 간간이 산촌이 보이고, 그 너머로 고산들이 보였다.

2시간쯤 걸려 종착역에 도착해 내리자, 잔설이 뒤덮인 고산들이 보였다. 라우터브루넨, 체르마트, 아이거봉, 마테호른 등 알프스의 등뼈가 고스란히 머리를 내밀었다. 겔렌데라는 고산 평지는 아직도 눈이 깊게 쌓여 있었다. 플라테 테라스 전망대에서는 그란데발트와 인터라켄이 발아래로 펼쳐졌다.

다음 행선지는 스위스 로잔이었다. 프랑스로 넘어가기 전에 하룻밤 묵고 가기로 한 것이다. 북쪽 구시가지 레스토랑에서 간단히 저녁을 먹고, 야경에 휩싸인 레만호로 나갔다. 남쪽 우시항 주변에 산책로와 공원이 있기 때문이다. 그리고는 유람선을 타고 호수를 한 바퀴 돌았다. 제트 분수가 조명 속에서 힘차게 치솟고 있었다. 팔레스 호텔에 투숙한 건 밤 11시를 넘겨서다.

이틀날은 지하철 타고 구시가지에서 내려 리포르마 광장으로 갔다. 잠시 햇볕을 쬐고는 노천카페에서 커피와 빵으로 아침 겸 점심을 해결했다. 담배를 한 대 피우고 여유를 즐긴 뒤, 파리로 건너갔다. 에펠탑과 센강의 유람선을 구경시켜 주고 싶어서다.

자동차로 샹젤리제에 도착하자 이미 어둠이 내렸고, 휘황찬란한 야경에 휩싸여 있었다. 야간에도 관광객들이 곳곳에서 북적거렸다. 그는 친구들을 곧장 에펠탑 꼭대기로 안내했는데, 탑 높이가 300m나 되어서 승강기를 세 번이나 갈아타고 올라갔다. 상중하로 나뉘어 전망대가 있고, 맨 위에 닿으면 파리 시내가 한눈에 들어온다. 어둠 속에 파리는 더 아름다웠다. 에투알 개선문을 중심으로 펼쳐진 12개의 방사형 도로가 질서정연하게 펼쳐졌다. 모주방은 친구들과 사진으로 추억을 남기고 내려왔다.

그리고는 센강의 유람선을 탔다. 센강은 거의 800km에 달하는 긴 강이지만, 파리 한복판을 가로지를 때는 그 폭이 좁아서 그런지 강 같아 보이지 않는 특성이 있다. 배 위에서 올려다보는 파리의 모습도 참 인상적이다. 시테섬 구간을 오가는 유람선은 항상 붐빈다. 관광객들만이 아니고 파리의 연인들, 부부들이 동반해서 데이트를 즐기는 터라 그렇다. 센강 변엔 루브르 박물관, 오르세 미술관, 노트르담 성당, 퐁네프 다리, 알렉상드르 3세 다리, 앵발리드 다리 등에서 퍼져 나오는 불빛이 정말 아름다웠다.

강창수와 배수홍은 불과 대여섯 시간만 투자하면, 이렇듯 좋은 구경을 할 수 있는데, 유럽으로 유학 온 지 2년 가까이 되도록 한 번도 여행해 본 적이 없다. 물론 학업이 우선이겠지만, 그보다는 주머니 사정을 고려해야 하는 가난한 학생 신분이어서 그랬다.

새벽녘에 5성급 호텔에 투숙한 그들은 잠을 자는 게 아니라, 어릴 적 동심으로 돌아가 있었다. 함께 여행하는 내내 줄곧 나누었던 이야기를 반복했지만 지루하고 지겹지 않았다. 오히려 서로 몰랐던 추억이 새롭게 떠올랐기 때문이다.

그때는 전쟁이 끝난 지 얼마 안 돼 남산 주변이 온통 판자촌으로 뒤덮였고, 동네 대부분 집에서 끼니 걱정했다는 것이다. 세 사람은 모두 공감했다. 하지만 모주방은 예외였다고, 강창수가 회상한다. 배수홍도 마찬가지고. 아버지가 용산 미8군 사령부 캠프 케이지 군속이어서 그의 집안은 넉넉한 걸로 기억한다. 반에서 도시락 반찬이 가장 좋았고. 강창수와 배수홍은 서로 자기 집들이 무척 가난했다고 털어놓는다. 그러면서도 굶지는 않았다고 자랑한다.

강창수는 어머니가 함지박 장사로 근근이 연명했고, 아버지는 공사판에 일당받고 날품을 팔았다는 것이다. 배수홍은 어머니가 용산시장에서 생선 좌판 장사를 해가며 가솔을 먹여 살렸다고 거든다. 한방에서 다섯 식구가 끼어서 생활했는데, 그래도 그 시절이 재미있었다고 회상한다. 아버지가 전쟁통에 자원입대해 펀치볼 전투에서 사망한 터라 더 힘들었다는 것이다.

모주방은 그들의 넋두리 같은 과거지사를 더는 듣고 싶지 않아 화제를 돌렸다. 둘 다 은행 계좌를 적으라 했고, 날이 밝으면 한 사람 앞에 5만 달러씩 넣어줄 테니 유학을 포기하지 말라며 다독였다. 돈이 더 필요하면 언제든지 전화할 걸 주문했다. 강창수와 배수홍은 침묵했다. 녀석이 사업하는 줄은 알고 있지만, 그렇게 큰돈을 내주리라고는 미처 생각하지 못했다. 5만 달러면 유학을 다 마칠 수 있는 거액이다. 장학금이라고 생각하라는 친구의 강요에 눈물을 다 흘렸다. 고맙다는 뜻이었다.

날이 밝자 그는 친구들과 함께 은행에 갔고, 각자의 계좌에 돈을 넣어줬다. 그럼에도 아직 10만 달러가 남았다. 하지만 두 사람과 그냥 헤어지기 싫어 몽마르트르로 안내했다. 흔히 들었던 파리의 그 언덕으로 시가지가 한눈에 내려다보였다. 오전인데도 관광객들이 꽤 많았다. 화방 골목길엔 거리의 화가들이 빼곡하게 들어차서는 호객행위를 하고 있었다. 즐비한 이젤 앞에는 초상화를 그려달라는 사람들이 듬성듬성 앉아 모델이 되었다.

모주방은 두 친구에게 기념 삼아 앉을 것을 권했고, 차례를 기다렸다. 나이 든 화가도 있고, 젊은 여성 화가도 있다. 프랑스와 유럽 화단에서 아직 이름을 얻지 못한 그림쟁이들이 길거리로 나와 관광객들 초상화를 그려주고 몇 푼씩 벌어 생계를 유지하는 것이다. 두 사람이 번갈아 이젤 앞에 앉자 나이 든 화가가 얼굴을 그렸고, 한 사람에 5분이면 충분했다.

그리고는 여행의 마지막으로 콩코르드 광장을 구경시켜 줬다. 드넓은 광장 중앙엔 오벨리스크가 서 있고 분수대가 있다. 관광객들만 아니라 파리 사람들도 자주 찾는 곳이다. 분수대 앞에서 사진 몇 장을 찍고는 친구들과 만남을 마무리했다.

모주방은 휴가를 1주일 얻었지만, 강창수와 배수홍은 월요일부터 시작되는 강의에 참석해야 한다. 파리 중앙역으로 옮겨가 이탈리아와 오스트리아행 유로 특급 탑승권을 끊어 각각 건넸다. 자기는 남는 게 시간이니까 언제 어느 때든 연락하고 찾아오라는 당부를 남기며 그들을 배웅했다.

하지만 그 당부가 공연한 겉치레라는 걸 그가 더 잘 안다. 주머니에서 돈이 떨어지면 어디로 튈지 자신도 모르기 때문이다.

모주방은 J 호텔 주방장으로부터 허락받은 휴가 1주일 중 남은 사흘을 모나코에서 보내고 있었다. 친구 두 명과 금요일부터 일요일까지 함께 했으니까.

VIP룸 바카라판은 늘 열려있다.

유럽 귀족과 중동 부호는 앙숙이면서도 맞수이기도 하다. 18~19세기엔 너희 땅이 우리 식민지였다는 뉘앙스를 풍긴다. 지금도 탐내면서 뭔 헛소리냐고 맞받아친다. 그들의 가시 돋친 유머를 모르는 바 아니다. 특히, 어느 쪽이 돈을 잃으면 혼잣말로 중얼거린다.

딜러는 게임에만 집중한다. 냉정하고, 침착하다. 이긴 자에게 칩을 밀어주고, 다음 게임을 아무 말 없이 진행한다.

모주방은 마지막 날 2시간째 죽을 쒔다. 진짜 한 끗발로 깨지길 몇 차례. 칩도 얼마 남지 않았다. 흐름을 바꿔 보려고 보너스카드를 원해 봤지만, 행운의 여신은 계속 외면했다. 새벽 5시에 빈털터리가 됐다.

친구들에게 5만 달러씩 빼주고, 남은 10만 달러로 140만 달러까지 꽤 불렸었는데, 불과 이틀 만에 바닥을 쳤다. 손에 쥔 것이라고는 3만 달러다.

스페인 남동부 J 호텔에 풀이 죽어 돌아가자, 주방장이 유람선 주방에서 사람을 구한다는 소식을 건네왔다. 가볼 의향이 없느냐는 것이다. 그가 망설임 없이 가겠다고 하자 그럼 지금 짐을 싸서 항구에 정박되어 있는 유람선으로 가라고 했다. 내일 아침 세계 일주 떠난다며 말이다.

모주방은 지하 숙소에 있던 옷가지 몇 개와 물건을 여행 가방에 챙겨서는 곧장 택시를 불러 탔다.

바르셀로나 항구에 정박해 있는 크루즈 유람선은 정말 컸다. 족히 10층 높이는 되는 것 같았고, 대단한 화려함과 위용을 자랑했다.

그도 언젠가는 유람선을 타고 세계 일주를 하려 했는데, 오히려 잘 됐다 싶었다. 차제에 실컷 관광이나 해야겠다고 마음먹었다.

절차를 밟아 배에 오르자마자 주방장부터 찾았다. 프랑스계였는데, 덩치가 산 만했다. 얼추 2m는 되지 싶었다. 커다란 손으로 악수부터 청하고는 J 호텔 주방장한테 연락받았다며, 주방과 숙소를 친절하게 가르쳐 주었다. 그리고는 우선 부식 창고에 가서 식재료를 정리하라고 했다.

옷을 갈아입은 모주방은 곧장 아래층 부식 창고로 갔고, 거기엔 요리사들과 관리부 직원들이 뒤섞여서 온갖 야채와 고기, 술 따위를 정돈하며 상태를 파악하고 있었다. 그들 틈에 섞여서 일을 거들자 요리사들은 처음 보는 얼굴인데 어디서 왔느냐고 묻는다. J 호텔에서 보조 생활했다니까 그럼 믿을 만하겠다는 것이었다.

유람선은 예약된 승객이 다 탑승하자, 뱃고동을 울리며 출항 신호를 알렸다. 어림하기로도 족히 10만 톤은 된다 싶었다. 예인선에 이끌려 내항을 빠져나오자, 첫 행선지 이집트로 방향을 잡았다. 승선한 여행객들이 가장 많이 찾는 관광지이기 때문이다. 이집트에서 5일간 머문 유람선은 수에즈 운하를 빠져나와 홍해를 거쳐 남하했다. 인도양 쪽 아프리카 대륙 공해상을 천천히 항해했다. 그리고 다음 기항지는 케냐의 몸바사다. 할러 공원에서 야생동물을 볼 수 있어 인기다.

유람선 갑판 상층에 마련된 수영장에서는 일광욕을 즐기는 사람과 수영하는 사람들로 북적였다. 모주방은 온종일 그곳을 오르내리며 음료와 술을 서빙했고, 또 주방에 붙들려서 승객들의 아침, 점심, 저녁 식사를 준비하느라 정신이 없었다. 야간에는 파티 음식을 만들어야 하고, 더러는 객실에서 식사하는 손님도 있어, 요리사 15명과 보조 21명이 모두 뛰어다녀도 손이 모자랄 지경이었다.

남아프리카 더반에 도착하려면 약 한 달이 소요된다. 그동안 손님들은 배 안에서 시간을 죽여야 하고, 쇼핑도 하며, 음악회를 감상하고, 카지노도 드나든다. 승객들을 수발하느라, 승무원은 쉴 시간이 부족하다. 손님들이 유람선 생활이 지루해하지 않도록 여러 가지 오락까지 준비해야 하는 탓이다.

그는 케냐의 몸바사를 떠나오면서 생각을 바꿨다. 유람선이 너무 지루하기 때문이었다.

유람선은 남아프리카에서 보름을 머물다가 인도를 거쳐서 태국, 홍콩, 도쿄, 종착지인 샌프란시스코까지 항해한다. 항구에 기착할 때마다 보급품을 수급해야 하는 건 대양을 항해하는 기일이 더 많기 때문이다.

주급 80달러를 받고 6개월간 버틸 생각을 하니 끔찍했다. 좀이 쑤신다고나 할까. 역마살이 끼었는지 한곳에 오래 머물지 못하는 성격도 늘 문제다.

새벽녘에 잠시 짬을 내 카지노에 들렀더니, 꽤 많은 사람이 게임에 빠져 있었다. 잠이 별로 없는 모주방 역시 세븐카드 판에 끼었다. 직원들은 손님과 게임 해서는 안 되는 걸 알지만, 심심한 긴 밤이어서 시간도 죽일 겸 심심풀이로 패를 받았다. 유람선 간부들이 보면 문책하겠지만, 이미 하선을 결심한 터여서 신경 쓰지 않았다. 육지의 다른 카지노와 마찬가지로 유람선에서도 세븐카드는 3장만 받는다. 딜러가 4장을 오픈하는 방식은 똑같다.

대여섯 판 따자, 곁에 있던 백인 노신사가 일본인이냐고 말을 걸었다. 그래서 "No, I'm Korean."이라 했더니 반색했다. 그는 영국인인데, 대대장으로 한국전쟁에 참전했었다는 것이다. 그런데 요즘 한국이 왜 그렇게 혼란스러우냐고 되묻는다. 최루탄으로 뒤덮인 서울이 자칫 북한의 재침공을 부르는 것 아니냐는 걱정이다.

모주방은 솔직히 그 내막을 잘 모른다. 서울을 떠나온 지도 오래됐고, 전두환이 철권을 휘두르는 목적도 알 수 없다. 아니, 대한민국이 어떻게 되든 자신은 관심 밖이다. 화염병이 난무하고, 각목을 든 대학생들이 전투경찰과 맞서 싸우는 이유를 군이 알고 싶지도 않다.

영국 신사는 게임을 하다 말고 모주방을 자기 객실로 안내했다. 술이나 한잔 마시며 대화 좀 하자고 말이다. 한국에 직접 가서 비약적인 경제 발전을 목격하고는 참 자랑스러워했는데, 외신에 들어오는 BBC방송을 보자면 걱정이 앞선다는 것이다.

모주방은 얼마 전, 함께 여행했던 강창수와 배수홍이 전한 이야기를 옮길 수밖에 없었다. 대학생들 사이에 맑스-레닌파와 주체사상파라는 친북세력이 있다고 말이다. 폭력혁명을 외치는 건, 두 진영이 마찬가지지만, 그 양쪽 파벌끼리도 캠퍼스에서 맞서 싸운다고 덧붙였다.

영국 신사는 고개를 가로저었다. 유럽에서 공산주의가 발원됐고, 자신도 그 이론들을 잘 알지만, 소련이나 동구권에서 들려오는 얘기는 곧 무너질 것 같다는 소문이란다. 그리고는 강조하듯 남한이 공산화된다는 건 있을 수 없다며 언성을 높였다. 영국판 일간지 기사를 읽어서 그 내막을 파악하고는 있지만, 독재정권 타도를 빌미로 공산화를 꾀하는 것은 어불성설이란 비판이다.

영국도 에이레 공화국 때문에 골치를 썩고 있지만, 왕권 타도를 바라는 게 아니라 종교적 분리독립을 원하는 것뿐이란다. 자네도 잘 알겠지만, 공산주의와 사회주의는 엄연히 많은 차이를 지녔다면서 위스키를 한 모금 삼켰다.

모주방은 민주주의는 자유경제 체제고, 공산주의는 통제경제, 사회주의는 계획경제라고 답하면서 대한민국은 아직 개발도상국인지라 중앙통제와 계획경제 체제를 유지할 수밖에 없다고 덧붙였다. 물론 전두환이 정권을 탈취한 건 맞지만, 쿠데타가 성공하면 영웅이 되는 것이고, 실패하면 반역자가 되는 것 아니냐며 술잔을 만지작거리기만 했다. 실은 체질상 맞지 않아 술을 못한다. 아예 술 한 방울도 입에 대지 않는다.

영국 신사는 무거운 이야기는 그만 접고, 자기 생활을 털어놓았다.

아내는 재작년 암으로 먼저 죽고, 아이들은 장성해 시집, 장가를 가 곁에 없다는 것이다. 남아공에 아직 재산이 남아있는 건 선대들이 식민지 시절 농장과 공장을 함께 운영해서 번 것들인데, 자기는 요하네스버그가 싫다고 한다. 인종차별 정책을 아직도 유지하고, 그로써 얻은 재산을 이번에 들어가면 전부 처분할 것이라고 했다. 같은 인간끼리 인종을 차별한다는 건 20세기에 있을 수 없는 일이라고 강조했다.

그러면서 이 유람선을 계속 타고 여행할 것이냐 묻는다. 모주방은 세계 일주하려고 유람선을 탄 게 아니며, 주방보조로 일하기 위해 승선한 것이라고 밝히자 매우 반색한다. 그럼 자기와 함께 남아공에 내려서 일을 좀 도와달라는 것이었다. 그에게는 대단히 반가운 제안이었다. 더반에 유람선이 닿으면 무조건 내리기로 작정한 터니까.

항구도시 더반에 도착한 첫날, 유람선 승무원은 승객들을 미첼 파크에서 야생동물을 관광하도록 안내했다. 그리고는 항구에 정박하는 기간 내내 다음 행선지로 항해할 때 필요한 식자재를 충당할 것이다.

모주방은 주방장에게 하선하고 싶다는 의사를 전했는데, 주방장은 이유도 묻지 않고, 선장에게 보고 후 입국사증을 내줬다. 보증인은 영국 신사가 서줬다. 내리겠다는 사람을 굳이 붙잡아 봐야 말썽을 일으키기 때문이다.

10층짜리 크루즈 유람선을 빠져나와 부두에 발을 내딛자, 롤스로이스가 대기하고 있었다. 백인 운전사가 뒷문을 열고 영국 신사를 맞이했으며, 그도 뒤따라 탔다. 항구를 빠져나온 승용차는 도심 한복판을 가로질러 상류층 거주지로 향했다.

도심 한복판의 구획선 우측, 백인 거주지엔 흑인들 출입이 엄격히 통제된다. 백인 거주지에 흑인이 잘못 들어오면, 경찰이 체포해 유치장에 구류했다가 내쫓는다. 반면 백인이 흑인 거주지를 오가는 건 상관없지만, 자주 들어가지도 않고 왕래하기를 꺼린다. 흑인 거주지는 치안 상태가 불안하고, 대부분 쪽방촌을 형성해 매우 불결하다. 흑인이 백인 거주지에 들어올 수 있는 경우는 백인 거주지에 일자리를 얻었거나 당국에 허가를 받아야 출입할 수 있다.

아무튼, 영국 신사의 저택은 상당히 규모가 컸다. 3층 대리석으로 지어졌는데, 중세풍으로 치장돼 있었다. 현관에 이르자 백인 집사장이 맞이했고, 곧바로 식당으로 모셨다. 모주방을 곁에 앉히고 식사를 시작했다. 얼마 후, 농장관리인과 공장관리인이 나타났다. 두 사람 다 백인이었다.

영국 신사는 포크 질을 하며, 농장관리인에게 물었다.

"임자가 있던가?"

"가격을 흥정하면 모를까, 상대가 너무 비싸다는 답을 줬습니다."

"지금 국제 곡물 가격이 오르고 있는데, 무슨 소리야? 버겁지만 않으면 내가 계속 경영하고 싶은데, 이제 칠순을 넘긴 터라 힘들어. 1백만 헥타르에서 생산되는 밀의 양이 얼만데, 깎아달라는 건가? 1헥타르당 3달러 이하는 안 돼. 다른 구매자 찾아봐."

"네, 대령님."

농장관리인이 대꾸하고 물러나자, 영국 신사는 공장관리인에게 시선을 건넸다.

"제빵 가격은 요즘 어떤가?"

"보합세입니다."

"그래."

"그런데 남아공의 정치계가 요즘 많이 흔들리고 있습니다. 아무래도 인종차별 정책에 대한 국제사회의 줄기찬 비판이 먹힌 듯합니다."

"짐작대로군."

영국 신사는 고개를 끄덕였다. 이미 잉글랜드에서도 접한 바다.

그날 오후 영국 신사는 모주방을 자동차에 태워 농장을 구경시켜 줬다. 흑인 거주지와 접경된 지역이었는데, 끝이 안 보일 정도였다. 그는 모주방에게 쿠바산 시가를 건넸다.

"식민지 시절에는 흑인들 데려다가 경작했는데, 지금 전부 기계화돼 흑인 노동이 필요 없어졌어."

"그렇겠죠."

"자네 생각을 말해봐."

"정정 불안을 염두에 둬야 할 겁니다. 인종차별 정책이 무너지면 남아공의 정치 체제가 흔들릴 것이고, 농장가격도 당연히 하락하지 않겠습니까?"

모주방은 직감적으로 느낀 바를 솔직하게 말했다. 그리고는 담배를 깊게 빨았다. 서양인들이 왜 쿠바산 시가에 목을 매는지 알 것 같았다. 담배 향이 정말 구수했다. 영국 신사는 시가를 질겅질겅 씹었다.

"맞아, 내 재산만 아까워해서는 안 되겠지?"

"더욱이 정권이 바뀌면 부당이익 환수 조치 핑계 삼아 재산을 몰수할 수 있지 않을까요."

"그 생각을 미처 못 했군."

영국 신사는 심각한 얼굴이었다. 시가를 깊게 빨아대며 나직이 중얼거렸다.

"식민지 시대에 축재한 재산이긴 해도 그냥 빼앗길 수는 없지."

"그럼요."

모주방도 공감했다.

"가격을 좀 낮춰서라도 가능한, 빨리 처분하는 게 좋을 것 같은데요."

"아무래도 그래야겠어."

영국 신사는 그와 함께 자동차에 올랐다. 운전기사는 내내 대기하고 있다가 시동을 걸었다.

제빵 공장은 농장 안쪽에 있었는데, 대단위 규모였다. 농장에서 생산되는 밀 대부분은 원물 상태로 수출하면서도 제빵 공장을 함께 운영함으로써 밀의 재생산가공으로 수익을 극대화하고 있었다. 공장 역시 자동화기기와 로봇으로 일괄 공정을 진행하는 터라 현장 근로자가 거의 필요하지 않았다.

영국 신사가 공장 내부를 안내했다.

"기계를 일본 회사에서 만든 거야."

"네."

"일본 경제도 빨간불이 켜졌다고 하는데, 혹시 못 들었어?"

"들었습니다."

모주방도 그 소문을 카지노판에서 얼핏 들은 기억이 있다.

"아무튼, 남아공을 뜰 생각이면 가격을 좀 낮춰서 매각하는 게 좋지 않을까 싶습니다."

"맞아, 서둘러야겠어."

영국 신사는 그의 견해에 마음을 바꿨다.

며칠 후, 그는 조금 손해를 보면서 매각을 결정했고, 제빵 공장도 다른 사람에게 넘겼다. 저택 역시 팔고서는 사흘을 호텔에 묵었다. 그리고는 모주방에게 치레했다.

"옆에서 조언해줘 고마워."

"별말씀을요."

"10만 달러야."

영국 신사는 가계수표를 그의 호주머니에 넣어줬다. 모주방은 사양하고 싶었지만, 돈이 지닌 유혹에 약했다.

"이러지 않으셔도 되는데…"

"난 프랑스 해안 휴양지 실버타운에 입주하기로 이미 계약했어."

"잘하셨네요. 주변에 거들어 줄 사람도 없는데."

"함께 프랑스로 갈 텐가?"

"아뇨, 전 여기에 좀 더 머물겠습니다."

"그러던지, 나중에 프랑스에 오거든 찾아와."

영국 신사는 약도와 전화번호를 남긴 뒤 객실을 나갔다. 모주방은 그의 여행 가방을 들어주며 승강기에 함께 탔고, 현관 밖에서 택시에 올라 국제공항으로 향했다.

북반구는 겨울이지만 남반구는 여름이다. 겨울을 싫어하는 건 아니지만 빈민들에게는 더 가혹한 계절이다. 집도 절도 없는 노숙자에겐 추위가 공포의 대상이다.

모주방은 또 호텔 카지노에 틀어박혔다. 돈이 손에 들어오면 자동 적으로 도박장을 찾는 습관 탓이다. 아프리카 끝 더반에서까지 카드를 쥐어야 하는 건 아마 운명일지도 모른다.

유럽에 널린 카지노를 순회하다시피 해서 낯설지는 않지만, 여긴 좀 생경한 모습이다. VIP룸은 아예 텅 비었고 자잘한 판에 관광객들이 들끓었다. 일주일을 서성거려도 큰판이 서지 않자 몹시 짜증이 났다. 영국 신사가 뜻하지 않게 건넨 돈이 아니었다면 다이아몬드 광산에서 착암기나 만지려고 생각했는데, 그냥 카지노의 게임방 이곳저곳을 빈둥거리며 돌아다니다가 객실에 처박히고는 했다.

그러던 어느 날 문득, 서울에 전화를 넣었다. 아버지가 병원에 입원했다며 막내가 전했다.

파리행 국제선 비행기에 오를 수밖에 없었다. 이럴 줄 알았으면 영국 신사와 동행할 걸 그랬다고 후회했다.

파리를 거쳐서 서울로 들어온 모주방은 후암동 집에 들렀다. 도대체 몇 년 만인지 모른다. 둘째 동생은 미국으로 유학을 떠났고, 셋째 동생은 취직해 회사 다니는 터라 집에는 아무도 없었다.

옷만 갈아입고 아버지가 입원했다는 병원으로 갔다.

부친은 매우 반가워했는데, 어디 크게 아파서 입원한 건 아니고 이제 너무 늙어서 노환이 아닌가 싶다는 것이다. 병간호를 해줄 사람도 없지만, 간호를 받을 만치 중병도 아니니까 네 일이나 하라며, 떠밀어 냈다. 그가 보기에도 좀 쉬면 기력을 회복할 것 같아 병실을 가벼운 마음으로 나섰다.

병원 현관 앞에서 택시를 잡아타고 김포공항으로 향했다. 서울에 들어온 지 대여섯 시간 만에 다시 국제선에 올랐다.

모주방이 날아간 곳은 마카오 카지노다.

영국계 홍콩인들과 화교들, 동남아 권력층이 많이 찾는 곳이다. 한국인도 더러 눈에 띄지만 흔치는 않다. 해외여행이 자유롭지 않기 때문이다.

VIP룸은 제법 큰 판이 벌어진다. 최하 10만 달러까지다.

그는 10만 달러를 은행 계좌로 빼내 칩 보관소에서 환전하고 자리 하나를 얻었다. 스페인을 떠나 크루즈 유람선을 타고부터 남아공에서 허송한 거까지 계산하면 거의 두 달 만에 카드를 구경하는 것이다.

모주방은 카지노에 앉아야만 사는 맛이 난다고 생각하는 위인이다. 도박만이 지닌 짜릿한 승부를 겪어보지 않은 사람은 그 쾌감을 모를 것이라고 반박한다.

바카라는 세계 공통의 룰을 적용한다. 플레이어와 뱅커, 그리고 딜러.

담배를 연거푸 피워대며 패를 받았다. 첫판은 3이다. 개시를 잘해야 며칠 버틴다는 생각에 신경이 곤두섰다. 손님이 모두 다섯이었는데, 그는 자신 있게 플레이어에 베팅했다. 보너스카드가 딜러 손을 떠났다. 모주방에게 쥐어진 숫자는 안타깝게 하트 3이다. 섯다판 같으면 땡인데, 바카라는 족보 없이 숫자만 따진다. 그래서 합이 6이다. 가망 없는 조합이다. 차라리 4, 아니면 5가 와야 승산이 있건만 6은 높은 것도 낮은 것도 아닌 어정쩡한 패다. 짐작은 적중해 뱅커 패 8을 받은 쪽이 당겨갔다.

그는 시간이 흐를수록 제 컨디션을 찾고 있었다. 다섯 판에 한 번은 이겼다. 승률이 20%다. 테이블 위에 칩이 수북이 쌓였다. 그러나 언제 내리막을 탈지 모른다는 긴장감에 커피 20잔을 마셨고, 담배는 10갑을 태웠다.

정신이 말짱할 때는 실수를 안 한다. 과욕도 부리지 않고, 배짱도 부리지 않는다. 바카라 게임의 흐름을 잘 타고, 무리하지 않는다. 하지만 시간이 흐를수록 판단이 흐려진다. 그럴 때는 한 타임 쉬는 것이 좋다.

객실에 올라가 허기를 채우고, 프런트에 부탁해서는 여자를 불러 섹스를 나눈 뒤 잠을 청한다. 극심한 스트레스를 푸는 데엔 여자와 한바탕 진하게 놀아나는 게 최고이다.

그러나 패가 꼬이기 시작하면 정신없다. 바카라판에서 플레이어 합이 8을 잡았는데, 뱅커가 9를 쥐면 끝이다. 플레이어가 보너스카드를 패스했는데, 뱅커가 9와 1을 잡은 후 거푸 9를 받는 경우다. 그야말로 한 끗발로 밀리는 것이다. 그때부터 흥분하고, 무모한 베팅을 하게 되면 패가망신 쪽으로 간다. 게다가 잃은 걸 복구하기 위해 자꾸 베팅을 올린다. 보너스카드를 원하면서 말이다.

다시 자리를 뜨고, 게임의 흐름을 끊었다가 끼어들어 타이밍을 맞추면 다행이지만, 본전치기로 굴리다가 큰판에서 잃고, 또 그럭저럭 버티다가 큰판에 물리기를 반복하면, 밑천이 언제 빠져나갔는지 모르게 개털이 되는 것이다. 차라리 대박 판에 물려 왕창 깨지면, '에이, 오늘은 운이 아닌가 보다.' 하며 일어서지만, 찔끔찔끔 뜯기면 짜증 나고, 신경이 곤두서서 판세 흐름을 읽어내지 못하게 된다.

모주방은 1주일째, 바카라판에 매달리다 지쳐서 일어섰다.

그동안 땄던 칩을 더 털리고 본전만 겨우 건져서 배를 이용해 마카오를 빠져나와 홍콩으로 건너갔다. 그리고는 국제공항 청사에 입점한 미국계 은행에서 12만 달러를 본토 계좌에 송금했다. 용산 미8군 캠프에 분점이 있기 때문이고, 어느 나라에서건 원하는 때 찾을 수 있어서다.

그는 김포행 비행기에 올랐다. 편찮은 아버지가 자꾸 생각났기 때문이다. 그리고 여권도 스페인 대사관에서 바꿔야 한다. 더 이상 스탬프를 찍을 자리가 없다. 이중국적자여서 그렇다.

김포공항에 내린 모주방은 택시를 타고 곧바로 병원으로 갔다.

아버지는 곧잘 버티고 있었다. 어떤 중병이 있어서가 아니라, 나이든 사람한테 찾아오는 노환이었다. 주치의 말로는 그게 더 문제라고 했다. 기가 노쇠해 시름시름 앓는 것 말이다. 무슨 약을 써야 할지도 모르고, 그렇다고 퇴원하라기엔 좀 걱정되는 상황이었다.

병실엔 둘째 동생이 퇴근 시간에 짬짬이 들러서 간다는 것이다. 동네 친구들도 더러 얼굴을 디밀고. 아버지는 큰아들 얼굴만 봐도 마음이 놓이는 모양이다. 가끔은 돌아가신 어머니가 보고 싶다며 은근히 나무란다.

"뭐가 그리 바쁜지 모르지만, 모친상까지 외면하는 녀석이 어딨어."

"죄송합니다. 아버님."

모주방은 그 말밖에 달리 할 말이 없었다.

둘째 동생과 친구들이 병실을 지키는 터라, 그는 슬쩍 병원을 빠져나왔다. 아무 말 없이, 어디 간다는 것도 밝히지 않은 채 택시를 타고 김포공항으로 갔다. 이번엔 제주도로 향한 것이다.

국제 호텔에는 외국인 전용 카지노가 있다. 그리 큰 규모는 아니지만, 국내에서는 그런대로 판이 크다. 주로 일본인들이 많이 찾아온다. 모주방은 스페인 시민권으로 드나들고는 했다. Q 호텔 카지노 환전소에서 미국계 은행 계좌만 입력하면 자동으로 잔액이 뜨기에 무사통과다. 밑천이 1억이면 VIP룸에 들어갈 수 있다.

바카라판 인원은 다섯 명이고, 영국계 홍콩인 2명과 일본인 2명 그리고 모주방이었다. 룰은 조금 작아서 한패당 미니멈 5천 원, 맥시멈 10만 원이다. 그는 버릇처럼 줄담배를 피우고, 커피를 연달아 마셨다. 카페인과 니코틴으로 맑은 정신을 유지하기 위함이었다. 늘 그렇듯 초반엔 주도권을 잘 쥔다. 딜러 얼굴빛만 봐도 어느 정도 감을 잡을 수 있어서다.

시간이 흐를수록 상대방의 견제가 심해졌다. 3판 중 1판은 끌어당겼고, 승률은 35%나 된다. 일본인들은 자기들끼리 저 친구 겜블러 같다고 속삭인다. 영국계 홍콩인들도 마찬가지다. 상대방 4명이 한 판을 나눠 갖기도 벅차다. 그렇다고 딜러가 손을 쓰는 건 아닌데, 영국계 홍콩인이 딜러를 바꿔달라고 요청했고, 카지노 측에서 양해를 구한 뒤 다른 여자 딜러를 투입했다. 그게 적중했는지 승률이 떨어지기 시작했다. 5판에서 1판으로 줄었고, 상대 4명이 돌아가면서 판을 나눠 가졌다.

화장실을 핑계로 잠시 자리를 떴고, 3일 만에 서울의 병원에 전화를 넣었다. 혹시 부친한테 무슨 일이 생기면 제주도에 있으니 연락하라고 말이다.

다시 판에 끼자 신경전이 계속됐다. 당기는 접전이 3시간 가까이 됐는데, 좀처럼 흐름을 회복하지 못했다. 너무 지루한 게임이 계속됐다. 영국계 홍콩인 하나가 먼저 자리를 떴다. 객실에서 잠깐 쉬었다가 내려온다고 딜러에게 말한 뒤 일어선 것이다. 그런데 그 뒤부터 오히려 패가 잘 돌기 시작했다. 우연이겠지만, 딜러 손에서 돌려지는 카드가 한 사람이 빠지면서 제대로 떨어지는 것이다. 초반의 끗발이 회복한 느낌이었고, 그 끗발은 날이 밝도록 계속됐다.

모주방은 체질적으로 잠이 적다. 1주일을 한숨 안 자고, 버티는 특이 체질이다. 자기 자신도 왜 그러는지 잘 모른다. 게임 한 번 붙으면 커피를 2백 잔 이상 마시고, 담배를 30갑 이상 피워대서 그런지 모르지만, 밑천이 바닥나야 손을 터는 성격이 문제다. 또 끝장을 보지 않으면, 이제 그만두자며 스스로 물러서지 못한다. 왜 그러는지 잘 모른다. 그게 아마도 병적이지 않나 싶다.

그는 언제, 어디서든 손에서 도박을 놓지 못해왔다. 카지노는 물론, 하우스 방에 출입할 밑천이 없어도, 방에 처박히면 5백 원짜리 복권을 잔뜩 사다가 온종일 긁어댄다. 그렇지 않으면 단순한 일제 게임기를 3~4일 밤새도록 들볶는 성격이다. 게다가 폐쇄공포증이 있어 방 안에 오래 갇혀있는 걸 못 견딘다. 어디든 발길 닿는 대로 돌아다니다가 길거리에서 마주친 주사위 네다바이라도 해야 마음이 안정된다. 밥공기 세 개 중 어디에 주사위가 있는지, 맞추면 열 배를 준다는 말을 믿는 것은 아니지만, 그냥 습관적으로 그 속임수를 즐기는 것이다.

그렇다고 자신이 정신적으로 큰 문제가 있다고 생각해 본 적은 없다.

왜?

그게 어릴 적부터 일상이었으며, 생활이었는데, 정신적으로 문제가 된다고 여길 수 없는 것이다. 분명 도박중독 증세가 있는데도 자신은 그걸 인정하지 않는다. 그러면서도 집안 식구나 친구들에게 자기가 지금 도박하고 있다는 말을 내놓은 적이 없다.

모주방을 알고 있는 주변 사람들 모두는 그가 카지노에서 사는 것을 아무도 절대 모른다. 역마살이 끼어 여행을 좋아하며, 이것저것 따지지 않고 무슨 일이든 열심히 하는 것으로 인식하고 있다. 그런 탓에 집안 식구와 친구들은 그의 적극적인 행동에 오히려 감탄한다. 매사를 열심히 살고, 직업에 귀천이 어디 있는가 하는 거짓 주장에 깜박 속고 있었다.

제주도 Q 호텔 카지노에 발을 들인지 벌써 10일 다 되어간다.

운이 다 됐을까? 끗발도 죽어서 밑천을 거의 다 까먹고 있었다. 51:49란 간발의 차이가 얼마나 무서운 결과를 가져오는지, 잘 알면서도 돌아서지 못하고 자꾸 대드는 것이다. 머피의 법칙이 자신을 그토록 외면하는데도 줄기차게 달라붙는 것이다. 아래위 주머니, 양복 안주머니, 바지 양쪽 뒷주머니를 다 뒤져서 동전 한 푼 남지 않을 때까지 말이다.

모주방은 돈을 따서 카지노를 나선 역사가 없다. 칩을 왕창 쓸어 담은 박스를 들고, 객실에 올라가 혼자 쾌재를 부를지언정, 절대 환전소에서 돈으로 바꿔 제 발로 걸어 나오지 못한다. 그래서 누군가 옆에 있기를 바라지만, 카지노엔 창녀만이 어슬렁댈 뿐이다. 객실 금고에 넣어둔 칩이 탐나고, 어떻게 해서든 앵벌이를 하기 위해 몸을 파는 족속들이다. 어쩌다가 모나코에서 만난 그리스 여자처럼 적극적으로 만류하는 사람이 있으면 모를까, 자기 의지로 결코 카지노를 떠나지 못한다.

그렇기에 Q 호텔 여직원이 서너 번이나 서울에서 전화가 왔다는 메모를 건넸는데도 자리를 뜨지 못했다. 직감적으로 아버지한테 무슨 일이 있구나 싶었지만, 서울로 확인 전화를 못 한 것이다.

밑천이 늘어나면, 좀 여유를 갖기 위해 자리를 뜨겠으나, 자꾸 잃고 있는데 어떻게 판을 비우겠는가. 한 판이라도 더 받아 복구해야겠다는 절박함에 못 일어나는 것이다. 하지만 도박은 늘 엇박자로 간다. 초조하면 할수록 승기를 놓치기 때문이다. 냉정함을 잃고, 이 판엔 무조건 당겨야 한다는 이기심이 작용하는 것이다. 그다음 판에도 이제 내가 먹을 차례라고 혼자 판단하고, 또 다음 판에는 이길 것이라며 지레짐작으로 버틴다. 그게 반복되면서 칩은 말라가고, 입안에서도 단내가 폴폴 난다. 담배는 소태 같고, 커피는 목구멍을 쓰디쓰게 만들 따름이다.

결국, 정말 마지막 한 판으로 역전을 해보고자, 무리하게 올인을 선언하면, 곧 막을 내린다. 초반 승기를 유지하지 못하고, 끝물에 걸려서 1억 원을 밀어 넣은 뒤 알거지가 되는 것이다. 카지노에 들어설 때는 VIP지만, 나설 때는 앵벌이 신세로 전락해, 비행기 삯이라도 하게 도와달라며 손을 벌리는 것이다. 지금까지 함께 판을 놀아준 상대들에게 말이다.

모주방은 그 비참함을 다시 한번 되씹으며, 게임룸을 벗어나 서울로 전화를 넣었다. 막내가 전화를 받았다.

"아버지 돌아가셨어!"

"그래…."

그는 막내의 언성에 더 주눅이 들었다. 짐작 못 한 바 아니지만 말이다.

"언제?"

"3일 전에!"

"미안하다.'

"장례도 이미 다 치렀어! 큰형 친구들이 도와줘서!"

"……."

"도대체 제주도에서 뭘 했기에 연락이 안 돼!"

"……."

모주방은 막내가 다그치는데도 아무 답변도 하지 못했다. 입 열어봐야 변명밖에 안 될 테니까. 막내는 단단히 화가 나 있었다.

"지난번 어머니상도 그러더니!"

"지금 올라갈게."

"마음대로 해!"

"흠!"

모주방은 뚝 끊긴 전화를 한동안 들고 있었다. 뚜! 뚜! 뚜! 하는 신호음만 귓전을 때렸다.

잔뜩 맥 빠지고, 축 처진 발걸음으로 Q 호텔을 물러나 택시를 탔다.

제주공항에서 서울행 비행기에 오르자, 그동안 지새운 잠이 한꺼번에 쏟아져 코를 골게 만들었다. 긴장이 풀려 그렇다기보다 너무 지쳐서 곯아떨어진 것이다. 얼마나 시끄러웠으면 옆좌석 승객이 스튜어디스를 불러 깨울까. 그는 신경이 예민해서 세상 모르게 잠에 빠졌다가도 누가 건드리면 금방 깬다.

김포공항에 내려서 다시 택시를 탄 뒤에도 밀려드는 잠에 못 이겨 줄곧 코를 골았다. 후암동에 도착하자 운전기사가 뒷좌석의 그를 흔들어깨웠다.

"손님, 다 왔습니다."

"아, 네."

모주방은 택시 요금을 건네고는 내렸다. 깜빡 졸은 덕분인지 몸과 정신 상태는 지극히 멀쩡했다.

얕은 비탈길을 걸어 오르자 익숙한 집이 나타났다. 태어나고 자란 집이다.

6.25 전쟁 때 피난 내려온 아버지가 용산 미8군 캠프 케이지 통역관 군속으로 근무하면서 틈틈이 지은 집이다. 처음엔 누구나 마찬가지로 판자로 집을 지었는데, 휴전 협정 발효 후 남한사회가 어느 정도 안정되자 2층으로 개축한 것이다. 그리고는 다시 10년 뒤에 내외부를 수리했다.

집은 텅 비어있었다. 막내가 회사에 출근하면 지키는 사람이 아무도 없다. 철 대문 오른쪽에 박힌 우체통에서 열쇠를 찾아 대문을 열고 들어갔다.

그는 안방 구석구석을 다 뒤지고 다녔다. 재산이라곤 이 집뿐이지만, 시가로 4억 원은 된다는 돌아가신 아버지의 말을 기억하기 때문이다. 그렇다고 유언장을 만들어 재산 물려줄 정도는 아니기에 그냥 혼자 작심한 것이다. 어차피 제일 맏인 자신이 갖게 될 것이고, 상속 절차를 밟기 전에 팔아버리려고 생각한 것이다.

부친의 인감과 집문서를 찾아들고 곧장 복덕방으로 갔다. 동네 아저씨지만 별로 안면이 없어 말 꺼내기가 훨씬 수월했다. 하지만 집문서를 확인하더니 꼬치꼬치 캐물었다.

"모주태 상사와 어떤 사이요?"

"제가 큰아들 됩니다."

"스페인에서 공부했다는?"

“네.”

“누나가 있었는데?”

“네, 어릴 때 미국으로 입양 갔습니다.”

“모주태 상사가 돌아가셨다지, 아마.”

“네, 그렇습니다.”

“급매물로 2억 5천만 원을 받아달라고?”

“네, 사업자금으로 쓸 생각이라서요.”

“동생들과 상의는 했나?”

“둘째는 미국 유학 갔고, 셋째는 건설회사 현장에서 먹고 잡니다.”

“2억 5천만 원이면 내가 매입해 두지. 언젠가 재개발되면 10배는 뛸 테니.”

“오늘 저녁까지 됩니까?”

“아니, 사나흘은 시간을 줘야지. 2억 5천만 마련하기 쉬운 줄 알아?”

“전화 주십시오.”

모주방은 내심 불안했다. 둘째나 막내한테 확인하려 들면 다 망하기 때문이다.

복덕방 영감이 두 녀석의 전화번호를 알까 싶었다. 어쨌든 불안했다. 아니, 초조하고 긴장하는 건 버릇이다. 도박 밑천을 마련하기 위해 여기 저기 부탁하고 다니기를 숱하게 했지만, 돈을 손에 쥐기 전까지는 좌불안석이다. 은행 창구에서 돈을 인출해야만 안심되고, 비로소 다른 생각을 하게 된다. 밥을 먹는다거나 잠을 잔다거나 하는 것 말이다. 카지노로 향하는 것 이외에는 다른 일상은 없다. 도박이 전부고, 모든 것이다.

어쨌든 당장 바라는 건 막내가 나타나지 않는 것이다. 국내 어느 건설 현장으로 배속됐는지 모르지만 말이다. 아주 가끔 계절 옷을 챙겨갈 때만 들어온다는 것이다. 둘째는 미국에서 갑자기 귀국할 리는 만무하다. 박사학위를 받겠다고 했으니까.

모주방은 복덕방을 나와 구멍가게에서 또 일회용 복권을 잔뜩 사서는 긁어대고 있었다. 잠을 포기한 채 긁고 또 긁었다. 다 떨어지면 다시 구멍가게에서 무더기로 사다가 긁었다.

그렇게 사흘을 버텼을까, 복덕방에서 전화가 왔다. 인감도장과 집문서를 가져오라는 것이었다. 그는 쾌재를 부르며 복덕방으로 뛰어갔고, 계약서를 작성했다. 인감도장을 찍고, 집문서를 넘겼다. 그리고는 현찰 2억 5천만 원이 든 가방을 건네받고는 복덕방을 나섰다.

영감은 그의 등 뒤에 대고 말했다.

"후회하지 말게."

"네."

모주방은 택시를 잡아타고 엎어지면 코 닿을 용산 미8군 캠프 케이지로 갔다. 미국 본토 은행에 돈을 입금하기 위해서다. 절차는 간단하다. 환율 800:1 달러로 환산해 송금하면 그만이다.

그는 다시 택시를 타고 곧장 김포 국제공항으로 향했고, 비행기에 올랐다. 이제 다시는 서울에 오지 않을 거처럼 비장한 얼굴로 말이다. 그동안은 어머니, 아버지 탓에 꾸역꾸역 서울을 찾아왔지만, 이제는 그 명분도 없다. 혈육이란 인연이 끊어진 것 같았다.

모주방은 해외여행할 때마다 예매보다는 빈 좌석을 자주 이용하고, 꼭 맨 뒤 끝자리에 앉았다. 비행기 삯이 매우 저렴했고, 늘 비어있는 경우가 많기 때문이다. 해외여행을 하도 많이 하니까 항공사에서도 VIP 고객 명단을 올려놨고, 국적기 국제선 스튜어디스들도 그를 알아볼 지경이었다. 그리고는 늘 같은 물음을 던진다.

"왜 늘 맨 뒷좌석에 앉으세요?"

"담배를 자유롭게 피울 수 있어서."

모주방이 내놓은 대답도 매번 같다.

일반인은 맨 끝 좌석을 아주 꺼린다. 비행기 엔진 소음이 크고 비행

중에 자주 흔들리기 때문이다. 더 큰 고역은 이륙할 때와 착륙할 때 몸이 완전히 젖혀지고 꼬꾸라진다는 것이다.

북태평양을 두 번의 아침에 걸쳐 13시간 날아온 국적기는 LA에 도착했다. 날짜 변경선을 지났기에 익일이 된다.

그는 손목시계의 시침과 분침을 고쳐놓고, 택시를 대절했다. 600km 떨어진 라스베이거스로 내달린 것이다.

돈이 생겼다는 여유보다는 어서 빨리 카지노에 끼어들고 싶은 조급증이 앞서기 때문이었다. 그게 어떻게 해서 손에 쥐어진 돈이든 상관없고, 누구 돈이든 상관없다. 게임을 할 수 있게 됐다는 안도감이 중요하다. 이번엔 며칠을 버틸까. 이번엔 돈 좀 불릴 수 있을까에 관심이 있는 게 아니라 당장 카드를 만질 수 있다는 현실만이 뇌리에 가득하다.

라스베이거스는 사막 한가운데 있는 인공 도시다. 처음엔 갱단들이 FBI의 추격을 피해 도망한 곳인데, 갱단들이 달리 할 일이 없어 재미 삼아 도박장을 만들면서 점차 카지노로 변했고, 여러 갱단이 너도나도 몰려들면서 도시를 형성한 것이다. 나중엔 그 규모가 미국 내에서 가장 큰 도박장으로 발전한 것이다. 네바다주 남부에서 제일 크고 화려한 도시가 된 것이다.

모주방은 K 카지노에 여장을 풀었다. 짐이라곤 여권과 은행 통장, 스페인 시민권, 옷가지 몇 개가 전부다. 객실은 16층인데, 창문 밖 야경이 매우 아름다웠다. 끼니고 뭐고, 가장 화급을 다투는 건 게임룸이다.

카지노 전체 게임룸엔 관광객들이 가득 차 발 디딜 틈도 없었다. 그중엔 일본인들도 상당수다. 한국인들만큼이나 도박을 좋아하는 일본인들이 많아서다.

칩 환전소에서 미국 본토 은행 계좌를 확인하고, 25만 달러를 전부 바꿨다. 환전소 여직원이 의아할 정도로 큰돈이었다. 그 많은 돈을 다 게임에 몰아넣을 거냐고 되묻는 얼굴이다. 네가 웬 참견이냐는 듯, 칩

박스를 들고 VIP룸으로 발길을 재촉했다. 자신도 모르게 무언가에 쫓기듯 몸을 재빠르게 놀렸다.

바카라 게임은 전 세계 어디서나 똑같다.

일반은 5달러로 시작하지만, VIP룸은 1백 달러다. 최고 베팅액은 1천 달러고.

모주방의 밑천 25만 달러는 카지노에서 푼돈이다.

만약 1백 판을 게임 해서 승률 51%로 가져가도 고작 두 판을 이기는 것에 불과하다. 게임당 1분씩 계산해 1백 판을 환산하면 1시간 40분인데, 하루 24시간 판에 매달리면 1천2백 판이지만, 반대로 1백 판마다 승률이 51%에서 49%로 떨어지면, 두 판을 지게 되고, 그 2를 12로 곱하면 24판을 지게 된다. 최소 베팅률 1백 달러로 계산하면 2천4백 달러를 잃는 것이다. 게다가 최대 베팅률 1천 달러로 하면 2만4천 달러나 된다.

그의 밑천이 25만 달러라고 해도 겨우 10일이면 앉아서 다 털리는 것이다. 그래서인지 극도로 긴장하고 신경을 곤두세워 패를 읽어야만 했다.

VIP룸엔 다섯 명이 둘러앉아 있었다.

그에게 있어 첫판은 신고식이었는지, 별 볼 일 없었다. 플레이어 골수파인 탓에 단 30분 만에 2만5천6백 달러가 사라졌다. 등골에 식은땀이 쭉 배어났다. 숨소리가 거칠어지고, 심장 뛰는 소리가 고막을 통해 머릿속에 퍼졌다. 그 이후부터 기도하는 심정으로 패를 받았다.

다행인지 불행인지는 보너스카드를 봐야 알겠지만, 합이 10이 들어왔다. 바카라판에서는 0으로 계산하는 숫자다. 10과 프린스, 퀸, 킹이 열리면 이 판도 끝이다. 베팅한 1천 달러를 지켜보며, 두 손을 모아 쥐고 비볐다. 땀이 자꾸 배어난 탓이다. 자신이 그 많은 바카라 게임을 해왔어도 이렇게 초조한 적이 없었는데, 공연히 위축돼 있었다.

아마 무의식적으로 아버지가 평생 모아 장만한 집, 즉 이것이 전 재산이란 잠재적인 위기감이 작용한 것 같았다. 이래서는 안 된다고, 내심다져 잡아도 소용없었다. 그럴수록 더 심저에서는 왜 여기 왔을까 하는반문이 소용돌이쳤다.

천만다행으로 보너스카드는 하트 8이 날아왔다.

모주방은 속으로 쾌재를 불렀다. 합이 8이어서 이번 판은 먹을 수 있겠다 지레짐작한 것이다. 하지만 도박은 알 수 없다. 머피의 법칙 51:49의 불행, 만약 다른 상대가 9를 쥐었다면 그대로 날아간다. 합이 8도 승률은 80%지만 그 나머지 20%는 확신할 수 없다.

도박은 어차피 도박이다. 도 아니면 모인 것. 플레이어 쪽에 다른 3명도 모두 같은 심정인 모양이다. 판돈이 크니까 너도나도 욕심이 나는모양이다.

그는 긴장하면서도 왠지 느긋했다. 물론, 20%의 실패율이 도사리고있었지만, 이제껏 바카라판에서 겪은 경험상 승리를 확신할 수 있었다. 카드 54장에서 9 두 장이 겹쳐 나올 확률은 100만분의 1에 불과하다. 뱅커 쪽 합이 9+2=1이기 때문이다. 딜러가 뱅커 쪽 보너스카드를 오픈하자 6이었다. 합이 7이다.

모주방은 큰 한숨을 내쉬고는 2천 달러를 받았다. 그때야 비로소 안도의 한숨을 내쉬었다. 무늬만 천주교인이면서 자신도 모르게 성호를긋고, 하늘에 계신 부모님들에게 감사하다며 빌었다. 딜러가 패를 오픈하는 순간까지 1분은 똥줄이 타들어 뇌리를 마비시킨 것이다.

하지만 51:49의 절대 승패는 늘 행운의 여신을 지켜주지 않는다. 머피의 법칙은 하느님의 절명 값까지 외면한다. 정말 하느님이 있어 장난질한다 해도 54장의 카드를 마음대로 바꿀 수 없다. 그러나 바꾸는 그순간에도 절대 승패는 있기 마련이다. 50:50에서 균형과 중심인 숫자1이 좌우 어느 쪽으로 기우는가에 따라 판이 달라진다. 카드만 바뀌어서는 평행의 1을 어느 쪽으로 몰아줄 수 없으며, 절대값 1이 곧 신이다. 도박판에서의 1은 무조건적 절대자이고, 패를 바꾸는 순간에도 절대 승패는 바뀌지 않기 때문이다.

큰 판을 몇 번 당긴 이후부터는 밀고 당기는 지루한 게임이 반복됐다. 보너스카드 한 번 보는 대가로 1천 달러를 날린다는 게 쉽지 않다.

모주방은 밤새도록 커피 40잔을 비우고, 담배는 12갑을 피워댔다.

많이 지치기도 해서 딜러에게 양해를 구한 뒤 자리에서 벗어났다. 칩은 70만 달러가 넘자, 양복 속에 권총을 찬 경호원이 곁에 따라붙었고, 16층 객실까지 에스코트해 주었다. 승강기에서 내릴 때 그는 1백 달러 칩을 주머니에 넣어줬다.

룸서비스로 식사하는 둥 마는 둥 고기 몇 점을 씹다가 물렀다. 입안이 깔깔하고, 목구멍이 텁텁해서는 음식이 넘어가질 않았다. 마치 생고무를 씹듯 질겼다.

어느 경제학자는 도박은 생산성이 전혀 없는 산업이라고 했다. 재화 재생산으로는 0%에 가깝다고 했다. 오히려 자신의 재화를 탕진할 뿐 남는 게 없는 장사라고 했다.

그런 탓에 프로게이머인 갬블러들은 바카라를 절대 하지 않는다. 2장 혹은 3장으로 벌이는 승률 50:50에 상정해도 이길 확률은 제로인 탓이다. 더구나 게임에서 플레이하는 숫자가 많으면 많을수록 승률은 거의 없기 때문이다.

갬블러가 선호하는 게임은 세븐카드다. 일반 하우스에서 7장 다 갖고 하는 게임이 아닌 카지노 방식을 좋아하고, 거액의 상금이 걸린 세계대회도 있다. 3장을 받고, 나머지 4장은 딜러가 오픈하는 것이다. 족보는 일반 방식과 같지만, 자신의 3장과 딜러의 나머지 4장을 서로 꿰맞춰서 하는 방식인데, 승률이 의외로 상당히 높다. 같은 족보도 자주 나오지만, 끗수로 결판을 내기에 확률을 어느 정도 짐작할 수 있는 것이다.

모주방은 한숨 자고 이튿날 새벽 VIP룸으로 다시 내려갔다.

하지만 시작하자마자 하향 곡선을 그리고 있었다. 어찌 된 일인지 정말 한 끗수로 밀리기 십상이었다. 10판을 돌면 겨우 한 번 당길까 말까하는 것이다. 그것도 자잘한 판에서 말이다. 밑천을 절약하지 않으면 일주일도 못 버틸 것 같았다. 어쩌면 그래서 더 패하는 확률이 잦아진 건지도 몰랐다.

문제는 첫 페어가 자꾸 낮은 숫자가 온다는 것이다. 차라리 2, 3, 4가 오면 안심인데, 안타깝게도 제로로 간주되는 10, F, Q, K 등 쓸데없는 숫자가 날아오고, 보너스 패도 마찬가지여서 1, 2, 3이 따라온다.

미칠 노릇이다.

어쩌다가 6, 7이 와도 뱅커 패가 8, 9로 들어오는 것이다. 자기 승률을 가지려면 적어도 합이 6 이상은 되어야 승부를 걸 수 있는데, 3시간째 죽을 쒔다.

그 이후로도 흐름은 바뀌지 않았다. 도저히 안 되겠다 싶어 손목시계를 보니 어느새 정오였다. 점심을 먹고 오겠다는 핑계를 대고 일어섰다. 하지만 객실에서 우물쭈물하다가 내려와도 판세는 내리막을 벗어날 수 없었다.

그렇게 3일 동안 VIP룸과 16층 객실을 오르내리며 겨우겨우 버티다가 밑천이 바닥을 드러내기 시작했다. 수중엔 고작 7만 달러가 남았을 뿐이다. 그런데도 모주방은 일어설 줄 몰랐다. 웬만한 사람 같으면 질려서라도 그만 접을 텐데, 천성이 지고는 못 배기고, 또 얼마 남았든 간에 끝장을 봐야 물러난다.

결국은 올인 당했다.

카지노에서 1백만 달러를 긁고, 2백만 달러를 따더라도 잠시고, 한순간일 뿐 그에게 아무 상관이 없는 액수다. 아마 그것은 그저 숫자이고,

남에겐 거금이지만, 그에겐 무의미한 개념이다. 단지 도박을 하기 위한 매개물일 따름이지, 바깥세상에서처럼 집 사고, 자동차 굴리고, 비싼 고급 음식을 사 먹는 대가 지불이 아니다.

하기야 그러니까 도박판을 수없이 돌아다니며, 날린 돈 모두 합하면 유럽의 어느 성을 사고, 자가용 비행기를 타고 다닐 정도지만, 상식적이고, 일반적이며, 보편적인 경제 활동을 못 하는 이유는 골수에 박힌 승부욕 때문이다.

아버지가 남겨준 이층집을 아무도 모르게 급매해서 손에 쥔 2억 5천만 원을 라스베이거스로 날아온 지 고작 1주일 만에 다 날렸다.

객실에 올라와 짐을 챙기다 말고, 1만 달러 칩을 창문에 획 던져버렸다. 네모난 칩은 유리창에 부딪혀 튕겨 나왔다. 마치 1만 달러는 돈이 아닌 것처럼 외면했다.

'이게 대체 무슨 꼴인가.'

얼굴엔 수치심이 가득 뒤덮였다. 돈을 날려서 억울한 게 아니라, 게임에서 졌다는 게 분통 터지는 것이었다.

'차라리 죽어버려라. 이 못난 놈아.'

그는 거울에 비친 자신에게 욕지거리했다. 얼마 전 돌아가신 아버지의 모습이 그 속에 있었다. 모주방은 생전 처음으로 아버지의 존재를 느꼈다. 그동안 아버지와 어머니의 살아계심에 감사할 줄 몰랐다. 늘 거기에 있을 것이라고 믿었고, 큰아들 걱정에 노심초사한 나날들이 계속될 것이라 여겼다. 하지만 그 세월 틈새에 떠밀린 부모는 어느새 곁에 없다.

'어머니, 아버지 죄송합니다.'

돈은 또 수단과 방법을 가리지 않고 얼마든지 구하면 되지만, 왜 자꾸 냉정함을 잃고, 허튼 상념에 젖어 자신을 농락하는지 이해가 되지 않았다. 아쉬움이 발끝에서부터 타고 올라 뒷골을 때렸다.

"에이! 씨발!"

창문을 향해 뛰어가 머리를 처박았다. 쿵! 소리만 날 뿐 깨지지는 않았다. 그냥 16층 아래로 뛰어내리고 싶었다. 두 번, 세 번을 반복해서 뛰어들어도 머리만 아플 뿐 유리창은 끄덕하지 않았다. 너무 허무했다.

'이제 어디로 가지.'

창가에 바짝 붙어서 거리를 내려다보니 어느새 땅거미가 지고 있었다. 휘황찬란한 불빛들이 세상을 감싸고 있었다. 언제나 반복되는 평화로운 밤을 맞이하고 있었다.

그는 아까 집어 던졌던 1만 달러짜리 칩을 다시 찾아들고 객실을 나섰다.

'흠! 서울로 돌아가야 하나.'

승강기를 타고 1층으로 내려갔다.

'가봐야 의지할 곳도 이제 없다. 아버지가 평생 모은 돈으로 지은 집인데, 도박으로 다 날렸으니, 내가 미친놈이지.'

1만 달러 칩을 바꿔 비행기 삯을 해도 8천 달러가 남는다.

게임장마다 북적이는 관광객 사이를 뚫고 환전소로 갔다. 돈으로 바꾸기 위해서가 아니라 10달러 칩으로 교환해 달라는 것이었다.

그리고는 또 발목을 잡은 슬롯머신 앞에 앉았다. 잭팟이 터져주기를 바라며, 코인을 계속 쑤셔 넣었다. 수박 세 개가 동시에 멈춰주기를 애원했다. 곁에서는 스몰 팟이 걸렸는지, 코인이 우르르 떨어지는 소리가 들렸다. 젊은 백인 여자가 장난삼아 돌린 게 우연히 들어맞은 것 같았다. 부러움에 곁눈질하다가 모주방은 불쑥 일어서서 기계 판에 박힌 숫자를 미친 듯이 고르기 시작했다. 그뿐만 아니라, 슬롯 기기 머리에 나열된 액수를 세어보았다.

그는 무조건 큰 액수만 골라 코인을 쑤셔 넣고, 돌리고 또 돌렸다. 하지만 다 허탕이었다. 작은 팟만 찔끔찔끔 떨어졌다. 그의 두 눈은 점점 광기로 가득 찼다.

그럼에도 또 다른 기기 판을 찾아 돌아다녔다. 그나마 주머니에 남아 있던 코인도 허비하고, 두 손을 탈탈 털었다. 주머니를 홀랑 까봐도 이제는 먼지조차 나오지 않았다. 힘이 쭉 빠졌다. 어깨 위에 멘 가방마저 무거울 지경이다. 들어있는 것이라곤 여름 옷가지 몇 개일 따름인데 말이다.

K 카지노를 나서자 비가 주룩주룩 내렸다. 조금 더 걸으니 분수대가 보였고 조명등이 바뀔 때마다 물줄기가 춤을 췄다.

모주방은 출렁이는 물줄기가 마치 자기를 희롱하는 것처럼 여겼다.

무작정 걷고 또 걸었다. 목적지도 없고, 딱히 갈 곳도 없다. 그냥 걷고 있었다. 그렇게 3시간을 헤매다가 문득 눈앞에 나타난 다른 카지노로 들어섰다. 게임을 하기 위해서가 아니라 앵벌이를 하기 위해서다. VIP 룸에서 규정한 나비넥타이와 양복은 후줄근하게 젖었고, 몰골이 말이 아니었다. 화장실에서 젖은 양복을 벗어버리고 옷을 갈아입었다.

재수 좋으면 한국인을 만날 수도 있다. 동양계도 꽤 많은데, 오늘은 씨가 말랐다. 밤이 너무 늦은 탓이기도 했다.

그는 하는 수없이 그냥 물러났다.

비를 고스란히 맞으며 다시 무작정 걸었다. 배고픈 건 참을 수 있는데 담배가 떨어지면 견디질 못한다. 이제 담뱃갑도 거의 비어간다.

규모가 조금 작은 또 다른 카지노에 들어섰는데, 슬롯머신 앞에 동양인이 보였다. 모주방은 무심코 곁에 가 앉았다. 얼핏 보아도 나이가 꽤 들어 보이는 노신사였다. 영감도 그를 힐끗 쳐다보았다.

"Are you Chinese?"

"No, I'm Korean."

모주방이 대꾸하자 노신사는 반색하며, 능숙한 한국말을 구사했다.

"한때 한국에서 살았던 화교야."

"그러세요."

"서울에서 짜장면집을 운영해 돈 좀 벌었지. 미국으로 건너온 건 몇 년 전이고. LA에 정착해서 지금도 짜장면 식당을 하는데, 얼마 전 큰아들에게 물려주고, 나는 여행을 소일 삼고 있지."

"카지노에서 돈을 다 날렸지 뭡니까."

"얼마나?"

"2억 5천만 원이요."

"저런."

"사업 밑천인데."

"후후…."

노신사는 이해가 된다는 듯 피식 웃는다. 그가 어리석게 보인 모양이다. 모주방은 최대한 불쌍한 표정을 연기했다. 표리부동 그 자체다. 자신에게 필요한 걸 얻기 위해서는 간과 쓸개를 다 떼어줄 듯했다.

"한국으로 돌아갈 비행기 삯까지 다 잃었습니다."

"좋아. 그 비행기 삯 내가 주지."

노신사는 화통하게 말했다. 그리고는 앉은 자리에서 지갑을 꺼내 1백 달러 지폐 15장을 세어 건넸다. LA에서 서울까지 가는 국제선 비행기 삯을 알고 있었기 때문이다.

"나중에 서울 갈 일이 있을지 모르니, 연락처나 알려주게."

"감사합니다. 감사합니다. 영감님."

모주방은 거듭거듭 고맙다는 치레를 했다. 넙죽 허리를 굽혀서는 메모지에 전화번호를 남겼다. 화교 노신사는 택시 값도 보태줬다. 다른 인종에게 손가락질당하지 말라는 뜻이었다. 미국 땅에서 동양계가 당하는 차별은 흑인과는 또 다르다. 흑인이 화를 내면 겁먹지만, 황인종이 대들면 비웃는다. 같잖다는 것이다.

남태평양

　우여곡절 끝에 서울로 돌아온 모주방은 무턱대고 초등학교 여자 동창생 이민숙을 찾아갔다. 유럽에 유학 온 강창수와 배수홍으로부터 초등학교 동창 명단을 받은 것이다. 그녀는 무척 반겼다. 어떻게 알고 찾아왔는지 묻지 않았다. 초등학교 동창들을 정기적으로 만나왔기 때문이다.

　반포 아파트에서 사는데, 결혼해서 아이가 둘이다. 남편은 대기업에 다니고 있지만, 출장이 잦아 집을 자주 비운다며 하소연하는 것이었다. 모주방은 그녀와 응접실에 마주 앉아 동창생들의 이런저런 이야기로 시간을 죽이고 있었다. 그중엔 의사와 검사, 장교가 된 친구들의 소식을 들었다. 여자 동창생 이민숙은 궁금증을 내밀었다.

　"넌 뭐하며 지내니?"

　"유럽에서 조그만 사업을 해."

　모주방은 얼떨결에 둘러댔다. 강창수와 배수홍에게 그랬듯이 말이다. 여자 동창생 이민숙은 의심하지 않았다.

　"그런 이야기는 풍문으로 들었어. 사업은 잘되니?"

"가게를 조금 확장했더니 자금이 부족해."

그는 슬쩍 돈 문제를 꺼냈다. 많이 힘들다는 얼굴로 말이다. 그러자 여자 동창생 이민숙은 조금 심각해 하며 뜸을 들였다.

"얼마나 모자라는데?"

"2천만 원쯤."

모주방은 기회를 놓치지 않았다. 그 돈이 없으면 당장 사달이 날 것처럼 머리를 긁적였다. 여자 동창생 이민숙은 호쾌한 성격이다.

"돈이 좀 부족하기는 해도 네가 원하면 1천2백만 원은 만들 수 있어."

"그래 주면 나야 숨통이 좀 트이지."

"적금 해약하고 보험도 깨면 그럭저럭 될 거야."

"일이 잘 풀리면 즉시 갚을게, 이자까지 쳐서."

모주방은 그 돈이라도 뜯어내기 위해 허튼소리까지 해댔다. 이러쿵저러쿵 토를 달 처지가 아니었다.

집을 함께 나선 그들은 은행과 보험회사에 들러 계약을 모두 해지 현찰을 만들었고, 인근 레스토랑으로 옮겨가 점심을 먹었다. 그리고는 돈을 건네받았는데, 고맙다는 표현을 어떻게 해야 할지 몰랐다. 장난삼아 그녀의 다리 사이를 툭툭 건드렸지만, 싫다는 기색이 없었다. 오히려 그의 발을 두 종아리로 꽉 잡았다.

식사를 서둘러 끝낸 두 사람은 거리로 나섰고, 아무 말 없이 택시에 올라서는 외곽으로 빠져 여관을 찾았다. 그녀는 아이들 때문에 오래 머물 수 없다며 치마를 걷었다. 서둘러 팬티를 벗고 엉덩이를 내밀었다.

"초등학교 때 너를 좋아했는데, 함께 어울릴 틈이 별로 없었어."

"……."

모주방도 바지만 내리고 작업했다. 뜻밖의 섹스여서 대충 끝내려고 생각했다. 그러나 여자 동창생 이민숙은 잠자리가 부실했는지 매우 적극적이었다. 얼굴을 침대 시트에 처박고는 뒤태를 한껏 치켜세웠다. 그가 쉽게 힘을 쏟을 수 있도록 배려했다. 그렇게 격정적인 섹스를 나눴는데, 여자 동창생 이민숙은 뭔가 아쉽고 부족했는지 모주방을 바닥에 드러눕히고는 올라앉았다. 그리고는 자기가 원하는 대로 몸을 놀렸다. 아이들 걱정하면서도 자신의 육욕이 덜 찬 탓인지 섹스에 더 열심이었다. 그도 싫지 않아서 여자 동창생 이민숙이 바라는 오르가즘을 위해 세차게 거들었다. 그녀는 육욕에 2% 부족한지 계속 보챘다.

모주방은 여체의 갈증과 메마른 욕망을 채워주고자 이리저리 체위를 바꿔가며 몰아쳤고, 얼마 후, 마침내 쾌감을 채워줬다. 여자 동창생 이민숙은 기어코 극치감에 젖어 푹 쓰러졌다.

서둘러 여관을 나서서는 다음에 기회 있으면 또 보자는 그녀의 말을 뒤로한 채 택시를 잡아타고는 곧장 도박판으로 향했다. 사업이 아주 급한 듯 말이다.

장안동에 있는 하우스 방은 인근 중고차 매매상이 많아 판이 크다. 비밀 도박장에서는 대개 세븐카드를 즐긴다. 기본이 1만 원이고, 베팅은 하프다. 다섯 명이 한 멤버로 패를 돌리니까 5만 원의 절반씩 베팅하게 되어있다. 3장을 먼저 받고, 패 한 장을 오픈한 뒤 베팅하는데, 7구를 다 받으면 판돈은 3백5십만 원이 된다. 바카라판에 비하면 장난에 불과하지만, 연속해서 깨지면 그것도 꽤 부담된다. 한 판에 보통 70만 원이 베팅으로 나가기 때문이다.

모주방은 그래도 여유를 갖고 게임 했는데, 열 판 중 두 번만 당기면 본전으로 며칠 놀 수 있기 때문이다.

그는 어딜 가나 담배와 커피를 입에 달고 산다. 하우스 보이가 귀찮아할 만치 몇십 잔, 13갑을 마시고 태우는 탓이다.

장안동 하우스 방에 들어온 지도 어느새 1주일이 넘었다. 다른 손님은 일 때문에 자리를 떴다가 다시 나타나고, 또 새 얼굴이 끼어들기도 해 판은 줄창 이어진다.

하지만 모주방의 약점은 장기전에 버틸 재간이 없다는 것처럼, 천천히 무너진다. 따고 놀 때는 한참 급피치를 올리지만, 내리막을 탈 때가 문제다. 가랑비에 옷깃 젖는다는 듯 밑천이 야금야금 빠져나가는 것을 눈치채지 못하는 버릇이다. 그러다가 문득 '어, 이게 다 어디 갔지?' 하고는 올인을 당하게 된다.

초등학교 동창 이민숙에게 1천2백만 원을 사기 쳐서 뜯어다가 또 다 날린 것이다. 많이 딴 손님에게 삥 뜯어 서울역으로 향했다. 무작정 부산으로 가고 싶었다.

새마을호를 타고 부산에 내린 시각은 새벽 6시였다. 역사 주변은 텅 비어있었다. 빈 택시들만 분주히 오갔다. 배가 무척 고팠지만, 딱히 먹을 게 없었다. 다른 사람 같으면 떡볶이나 우동, 김밥으로 다급한 허기를 면하겠지만, 모주방은 입이 무척 고급이다. 카지노에서 최고급 요리만 먹어온 터라 저렴한 먹거리는 자연스럽게 외면하게 됐다.

가방을 둘러멘 그는 터덜터덜 용두산 공원으로 향했다. 나지막한 동산 중턱에 있지만 바다가 보이기 때문이다. 담배를 입에 물고, 천천히 계단을 올랐고, 공원의 긴 의자에 앉아 물끄러미 부산 외항을 내려다보았다. 공원 여기저기에는 새벽 운동하러 올라온 장년들이 많았다. 근처엔 커피 파는 아주머니도 있었다. 그는 주머니를 뒤져 천 원짜리 지폐를 꺼내 건네고, 일회용 커피를 받아 들었다. 불쑥 물은 건 모주방이었다.

"아줌마, 외항선 타려면 어떻게 해야 해요?"

"여기 찾아가 봐."

커피 아줌마는 전대에서 명함을 꺼내 내밀었다. 명함을 받아 든 그는 손목시계를 읽었다. 아직 아침 8시였다. 마지막 담배를 피워 물고는 공원을 내려왔다.

광복동은 출근 인파로 붐비고 있었다. 공중전화 부스에서 커피 아줌마가 건넨 명함을 두드렸다. 상대는 여자였다. 상큼한 목소리였다.

"네, 안녕하세요. D 원양입니다."

"외양 선원 안 구합니까?"

모주방은 대뜸 물었다. 구차하게 이런저런 건 묻지도 않았다. 여직원은 친절했다.

"네, 오세요. 마침 출항 준비 중인 배가 있습니다."

"알겠습니다."

모주방은 수화기를 내려놓고 곧바로 택시를 탔다. 명함 뒤에 색인 된 약도를 택시 운전사에게 보여줬다. 택시 운전사는 쓴웃음을 지었다.

"육지가 그리울 겁니다."

"그렇겠죠."

모주방은 차창 밖을 내다보았다. 택시는 자갈치시장을 지나고 있었다. 충무동으로 향하는 것이다. 원양어선사가 몰려있는 곳이었다. 택시 운전기사는 D 원양 앞에 멈췄다. 요금을 건넨 그는 택시에서 내려 곧장 회사로 올라갔다.

사무실은 그다지 크지 않았지만, 제법 규모를 갖춘 곳이었다. 여직원은 금방 알아챘다.

"전화한 사람이죠?"

"그렇습니다."

"잠깐만 기다리세요."

여직원은 다른 남자 사원에게 안내해 줬다. 인사계 주임인 것 같았다. 건너편 남자 직원은 대뜸 물었다.

"배 타본 적 있어요?"

"네."

"어디서요?"

"유럽에서요."

"관광선 말고, 고기 잡는 배요?"

"그래요, 고기 잡는 배."

"군대는 다녀왔습니까?"

"프랑스 외인부대 출신입니다."

"증명서 있습니까?"

"……."

모주방은 가방을 뒤져 서류를 꺼내 건넸다. 거기엔 공군 대위 전역서와 프랑스 외인부대 근무 기록서가 함께 있었다. 남자 직원은 서류를 훑어보더니 더 이상 묻지 않았다.

"이거 작성해요."

"……."

모주방은 그가 시키는 대로 신상 명세를 적어 건넸다. 다른 증명서도 복사본을 떠놓고는 돌려받았다. 여권과 스페인 시민권도 포함했다. 남자 직원은 그를 의아하게 쳐다보았다.

"당신 같은 사람이 왜 고된 원양어선을 타려고 해요? 혹시 무슨 일 저지르고 피신하는 건 아니겠죠?"

"넘겨짚지 마세요."

모주방은 언짢아했다. 범죄자 취급하는 게 싫었다. 남자 직원은 픽 웃었다.

"아무튼, 원양어선은 3일 뒤에 남태평양으로 떠납니다. 정리해 둘 거 있으면 남은 시간 안에 잘 마무리하십시오. 한 번 출항하면 6개월에서 1년은 바다에서 생활해야 합니다. 참치어군을 찾아다니거든요."

"차라리 잘됐네요."

"급전이 필요하면 계약금으로 얼마쯤은 당겨줄 수 있습니다."

"4백만 원이 필요합니다."

"그러시죠."

남자 직원은 그 자리에서 수표를 꺼내 내밀었다. 그리고는 계약서에 사인을 요구했다. 모주방은 한국말보다 더 익숙한 스페인어로 작성한 후 건넸다.

원양어선사를 빠져나온 그는 가까운 충무동의 호텔에 투숙하고는 여자 동창생 이민숙에게 전화를 넣었다. 그녀는 아주 반갑게 받았다.

"어디야?"

"아직 한국이야, 지금 부산 S 호텔에 있어, 시간 있으면 내려올래?"

"그래, 비행기 타고 갈게."

"있다가 보자."

모주방은 수화기를 내려놓고는 가방에서 즉석복권 한 뭉치를 꺼냈다. 서울을 떠나올 때 미리 사둔 게 남아있었다. 새마을호를 타고 내려오면서 몇 장 긁고는 잠이 들었었다.

침대 모서리에 걸터앉아 담배를 피우며, 복권을 한 개씩 동전으로 긁었다. 꽝이 연속이었다. 100장 긁어봐야 5천 원짜리가 한 번 나타날 뿐이다.

그렇게 시간을 죽이고 있을 즈음 노크 소리가 들렸고, 문을 열어주자 여자 동창생 이민숙이 서 있었다. 그녀는 들어서자마자 하소연하며 굶주린 섹스부터 시작했다.

"남편은 회사 일에 미쳐서 나는 거들떠보지도 않아."

"아이들은 어떻게 했니?"

"친정엄마가 집으로 왔어. 며칠 바람 좀 쐬고 온다고 했고."

그녀는 후배위를 좋아했는데, 짐작이지만 출산 후 질이 늘어나 정상적으로는 느낌이 없는 모양이었다. 최근에 알려진 건 여자들이 음핵보다 질 안쪽의 G 포스라는 극치점이 더 자극을 준다고 했다. 그 이론을 접해서랄까, 모주방은 여자 동창생 이민숙을 아예 거꾸로 처박아 놓고는 힘차게 깊게 피스톤했다.

원양어선 타면 1년 동안 여자는 구경도 못 할 것이다.

그녀는 자지러지기 시작했고, 너무, 너무 시원해서 좋다는 것이다.

"남편하고는 한 달에 한 번 할까, 그것도 자기만 찍 싸고는 만단다. 얘."

"……."

모주방은 아직 미혼이라 부부생활은 그게 불만일 수 있다. 특히, 여자에게는 말이다. 그녀는 찔끔 헛물을 싸고는 다시 체위를 바꿔서는 육신을 계속 다그쳤다.

모주방은 그저 여자 동창생 이민숙이 하는 대로 내버려뒀다. 창밖은 어느새 밤이 깊어가고 있었다.

생전 처음 오르가즘을 얻은 그녀는 침대 위에 쓰러져 잠이 들었다. 제법 예쁜 얼굴에는 모처럼 만족감이 가득했다. 여자로서 정말 행복한 건 돈도, 명예도, 지위도, 권력도 아니다. 밥만 먹고 살 수 없다는 투기는 바로 섹스의 부족증을 말하는 것이다. 육체적인 최고의 극치감을 느낄 때 여자는 가장 행복해한다.

모주방은 창턱에 앉아 담배를 피우며 바다 위를 떠다니는 불빛을 멍하니 바라보았다. 하늘과 맞닿은 수평선 너머로 컨테이너선이 천천히 사라지고 있었다. 무엇을 싣고, 어디로 향하는지 모르지만, 박정희가 지금까지 수출만이 살길이라고 외치는 이유를 잘 안다. 비록 도박 때문에 유럽과 미주를 몇 바퀴나 돌아본 느낌은 대한민국이 아직 멀었으니까.

물론 제국주의자들에 의해 상당 기간 지배당하고, 식민지 생산물을 전부 착취해 본국으로 보낸 뒤, 2차 가공물을 비싼 가격에 되팔아 부를 축적한 대가이기는 해도 말이다.

그는 유럽 선진국을 여행할 때마다 부러워한 건 그들이 지닌 저력이었다. 14세기부터 18세기 산업혁명을 이룩하기 전까지 포르투갈, 스페인, 영국으로 이어지는 세계 정복사는 항상 공경의 대상이었고, 경외감

마저 느끼게 했다. 일제 강점기를 겪은 대한제국의 후예로서는 당연히 앓는 수치심과 자격지심이다.

여자 동창생 이민숙은 부스스 깨어났다.

"뭐 하니? 아직 새벽 4시인데."

"그냥."

모주방은 시무룩하게 대꾸했다. 화장실로 넘어간 그녀는 문을 열어 놓은 채 뜬금없이 묻는다.

"넌 결혼 안 하니?"

"모르겠어."

"그래, 혼자 살아라. 부부 인연을 맺어봐야 별 볼 일 없어."

여자 동창생 이민숙은 벌거벗은 채로 나왔다. 그리고는 체념한 듯 말했다.

"애 둘 낳고 보니, 내 몸은 다 삭고 늙어서 날마다 축축 처지더라. 세상사는 재미도 없고, 낙도 없어."

"자학하지 마."

모주방은 쓴웃음을 흘리면서 나체의 그녀를 끌어안았다. 체구는 그다지 크지 않지만 몸매는 그런대로 잘 빠졌다.

"내가 가끔 찾아올 테니까 싫다는 소리나 말아라."

"물론."

여자 동창생 이민숙은 그의 물건을 만지작대더니 슬며시 입으로 가져갔다. 남편은 구강 서비스를 정색하고, 무슨 짓이냐며 버럭 화를 내기도 했다. 어디서 배워먹은 해괴한 짓거리냐며 노발대발하기 일쑤였다.

같은 아파트단지 여자들이 몰래 포르노 비디오를 보고 흉내 내는 것이기는 하지만, 부부끼리 뭐가 어때서 생난리를 치는지 모르겠다.

모주방은 중학교 시절부터 섹스의 실전 경험이 많이 쌓아온 터고, 스페인 왕립부속 음악고등학교 때는 카지노를 드나들며, 창녀들과 이골

나게 섹스를 치러왔기에 웬만한 여자는 양도 차지 않는다. 또 테크닉이 화려해 창녀들조차 벌벌 떨게 만드는 재주와 체력을 지녔다.

그는 여자 동창생 이민숙에게 새로운 경험을 갖게 해주고 싶었다. 아니, 자기 물건을 그녀의 뇌리에 각인시켜 주고 싶었다. 그녀는 처음엔 좀 망설이더니 차츰 익숙해지니까 더 적극적이었다.

모주방은 그녀가 원하는 대로 다 해주었다. 그녀는 거의 광란했다. 그녀의 등허리가 활처럼 휘어지는 걸 확인했다. 이제 여체가 최고점에 다다른 걸 눈치챘다.

그렇게 이틀하고 반나절을 그녀와 격렬한 섹스를 대여섯 차례 치르고 호텔을 나섰다. 그리고는 수표를 건넸다.

"먼저 4백만 원만 받아라."

"아냐, 됐어."

여자 동창생 이민숙은 거절했다. 사실 모주방은 그 돈을 꼭 주려고 한 게 아니라, 한 번 떠본 것이었지만, 예상은 적중했다. 애초부터 그냥 떼먹을 심산이었으니까.

그는 그녀와 함께 택시를 타고 김해공항으로 향했다. 바래다주기 위해서였다. 잠시 끼었던 침묵을 깬 건 모주방이었다.

"내일 해외로 나간다."

"그럼 언제 또 들어오니?"

"글쎄, 모르겠다."

"아무튼, 다음에 들어오면 나 반드시 찾아야 해?"

"그럴게."

"지난 사흘 동안 네가 나를 여자로서 행복하게 만들어 줬어."

"다행이다."

"정말 고마워, 주방아."

여자 동창생 이민숙은 헤어지기 싫은지 그의 손을 쥐고 연신 만지작댔다.

공항에 도착해 그녀가 국내선 비행기에 탑승한 걸 확인한 모주방은 원양어선사로 돌아갔다.

승선할 사람은 이미 다 모여있었고, 인사과 주임이 선장을 비롯한 간부를 일반 선원에게 소개했다. 그리고는 몇몇 주의 사항을 상기시켰다.

선장의 지시는 곧 법이고 명령이니 이를 어기는 사람은 즉시 하선시킨다. 조업할 때 수칙을 반드시 지킬 것, 그래야만 생명을 지킬 수 있다. 술 먹고 사소한 건으로 싸우지 말 것 등등.

출항 시간에 맞춰 사무실 밖에 있는 승합차에 오른 일행들은 충무동 부두에 정박한 8천 톤급 원양어선으로 갔다. 선원들 승선 절차는 이미 다 끝나있었고, 인원수만 점검한 뒤 승선을 허락했다. 원양어선도 출항 신고를 마치고, 선박의 각 책임자가 자기 담당 분야의 이상 유무를 확인한 후 예인선에 이끌려 외항으로 나갔다.

이제 대한민국도 안녕이다. 언제 돌아올지 기약도 없고, 돌아올 마음도 없다. 또 정말 재수 없으면 사고를 당해 영영 이승을 떠날 수도 있다.

모주방은 난간에 기대서서 담배를 피웠다. 왠지 마음이 놓였다. 당분간이지만, 우선 도박에서 벗어날 수 있을 것 같아 좋았다. 빈털터리로 카지노나 하우스 방 언저리에서 떠도는 일은 없을 것이다. 망망대해를 휘젓는 원양어선에 갇혀 지낸다는 게 걱정이기는 해도 말이다. 폐쇄공포증을 가지고 있는, 그에게 차라리 출렁대는 파도는 여유를 주지는 않을 것이기에 그럭저럭 버틸 수 있을 것이다.

한 달 하고도 보름 만에 원양어선 73호는 남태평양 한복판 조업지역에 도착했다.

경유지 뉴질랜드를 보고 나서 육지 구경은 못 하고, 줄곧 바다만 보면서 항해해 온 것이다. 비도 내리고, 바람도 불면서 출렁대는 대양은 8천 톤급 어선을 마치 거룻배처럼 들볶았다. 사람이 타고 있어 배가 커

보이지만, 거대한 대양에 견주면 너무 하찮은 조각배 같았다.

스페인에서 보낸 고등학교 3년 동안 방학 때면 어선을 1주일이나 열흘씩 타고, 북대서양까지 갔던 경험이 그런대로 도움이 되었다.

모주방은 배에서 멀미도 잘하지 않는 내공이 있어 큰 고통은 면했지만, 다른 초보자들은 잠을 자지 못하고 밥도 제대로 먹지 못했다. 선원 12명은 대부분 부산과 광주, 목포, 군산 등 해안 도시 출신들이다. 그중엔 조폭 일원으로 패싸움하다가 지명수배를 받고 임시도피처로 원양어선을 탄 친구도 있지만, 나머지는 돈벌이가 잘된다는 소문을 듣고 찾아온 사람들이다. 사업에 실패한 사람, 막노동판을 떠돌던 젊은이도 있었다.

조업지역엔 73호와 교대하기 위한 다른 원양어선이 있었다. 그들 말로는 벌써 1년 가까이 바다 위에 있었다는 것이다. 보급선은 칠레에서 오는데, 거리가 1천8백km나 되는 터라 꼬박 닷새나 걸린단다. 교대하는 71호는 부산으로 귀항해 정비받아야 한다는 설명이다. 기름이나 기타 부품은 칠레에서 구하면 되지만 엔진 자체를 손보는 건 불가능하므로 부산의 조선소로 돌아가야 한다는 것이다.

또 선원 중에 계약이 끝난 사람은 데려가야 하고, 선장과 항해사, 기관장, 갑판장 등은 휴가를 얻었다는 것이다. 원양어선 72호는 교대한 지 6개월째고, 74호는 보급물자를 수급하기 위해 칠레에 정박 중이라 들었다.

참치 조업은 배 두 척이 보조를 맞춰 초대형 그물을 펼치고 조여서 참치 떼를 한꺼번에 잡는 쌍끌이 방식이다. 물론 참치 떼를 어군탐지기로 찾아내는 것부터가 쉽지 않다. 2~3일을 드넓은 대양을 헤매면서 어군을 쫓고 또 쫓는 작업이 먼저다. 선장과 항해사가 어군탐지기를 동원해 레이다에 쿼터를 찍고, 구획된 스크린 박스 하나씩을 훑어가는 것이다. 구획된 박스 하나가 거의 100km나 된다. 그럼에도 참치 떼를 발견하는 게 쉽지 않다. 남태평양이 너무 넓어 어군이 어디로 지나가는지 알 수가 없었다.

선장은 그래도 조업 경험이 많아 참치 떼 이동 경로를 대충 꿰고 있었다. 바다 위에서는 아무것도 보이지 않고 짐작할 수도 없지만, 바다 밑을 훤히 들여다보는 어군탐지기로 곧잘 찾아낸다.

원양어선 73호는 조업지역에 도착해 1주일째 마수걸이를 못 해 선원들은 침실에 틀어박혀 허송세월하고 있었다.

TV는 있으나 마나다. 위성 수신을 제대로 받지 못해 그저 장식품일 따름이다. 그래서 비디오테이프를 잔뜩 실어왔지만, 조업지역으로 오는 동안 이미 다 본 것을 다시 보는 게 유일한 낙이다.

다른 사람들은 백 원짜리 고스톱을 치며 지루함을 달래고 있었다. 그러다가 말다툼을 벌이고 급기야는 주먹질까지 해댔는데, 주방장한테 엄청나게 혼났다. 배 위에서 싸우거나 명령에 불복종하면 선장 권한으로 당장 추방할 수 있다는 것이다.

첫 조업은 새벽녘에 시작됐다.

왱왱대는 사이렌 소리에 놀라 모두 튀어 나가자, 갑판장이 그물 투하를 지시했다. 후미에 산더미처럼 쌓여있는 그물은 팔뚝만 한 쇠고리로 연결돼 있고, 그물 밑에는 농구공만 한 추가 수백 개나 달려있었다. 그물 무게만 수천 톤이나 되고, 후미 개폐문에 달린 작은 크레인으로 들어 올려 바다에 투하하는 것이다.

갑판장은 확성기에 대고 고함을 쳤다. 모두 발과 팔, 옷깃이 쇠사슬 앵커에 절대 끼이지 않도록 주의하라고 신신당부했다. 자칫 걸리면, 그 순간 목숨이 날아간다는 것이다. 굳이 설명하지 않아도 그물을 단 거대한 앵커는 엄청난 굉음과 속도로 바다에 투하되고 있었다.

원양어선 72호는 반대쪽으로 전속력 항해했고, 후미 갑판에 연결된 5km 그물이 쫙 펼쳐져서 참치 떼 길목을 차단하는 것이다. 그물 투하 작업은 신속하게 해야 한다. 자칫 꾸물댔다가는 어군이 지나가 버리기 때문이다.

서워들이 해야 하는 일은 그물과 추가 뒤엉켜서 투하 작업이 늦어지는 걸 막는 것이다. 자칫 한눈을 팔다 투망 작업을 소홀히 하면 농구공만 한 추가 그물에 꼬여서 찢어지는 사태가 발생하고, 그 구멍을 통해 참치가 다 빠져나간다. 그럼 애써 포착한 참치 떼를 고스란히 놓친다.

초대형 그물 투하는 1시간 이상 걸렸는데, 원양어선 72호는 최대 속력으로 타원을 그렸고, 73호는 반대쪽으로 내달렸다. 출렁거리는 바다와 앞쪽에서 밀려드는 파도를 뚫고 속력을 높였다. 까딱하면 배가 뒤집힐 만큼 허공에 떴다가 떨어지기를 반복하면서 전진했다.

갑판장은 선원들에게 겁을 주듯 그물 작업 때 수칙을 다시 강조했다. 첫째도, 둘째도, 셋째도 조심해야 한다는 것이다. 그물 작업을 하다가 저세상 간 친구도 몇 되고, 파도가 배 옆구리를 칠 때 떨어진 친구도 역시 죽었다는 것이다.

2시간 넘도록 그물 투하 작업을 계속한 원양어선 72호와 73호는 마치 충돌 시험하듯 원을 그리며 마주 서기 시작했다. 그리고 크레인으로 그물 밑에 매단 쇠줄을 천천히 끌어당겼다. 펼쳤던 그물을 밑에서부터 들어 올리는 것인데, 선장들은 어군탐지기에서 눈을 떼지 못하고 계속 그물망을 좁혔다. 어군이 그물망 안에서 이동하는 것을 지켜보며, 타이밍을 맞춰 낚아 올리는 것이다.

하지만 불행히도 실패였다. 참치 떼가 갑자기 방향을 틀어 바다 밑으로 곤두박질쳤기 때문이다.

선장을 비롯한 모든 사람이 허탕 친 것을 몹시 아쉬워했다. 상당히 큰 무리였는데, 정말 아깝다는 것이었다.

듣기로는 일본과 한국만이 참치잡이에 성공한다는 것이다. 서구 사람이 참치를 그다지 좋아하지 않아 그런 탓도 있지만, 수중의 참치는 상어만큼 선회율이 굉장히 빨라 잡기가 무척 까다롭단다. 실제 일본과 한국도 가끔 놓친다는 것이다.

오늘은 꽤들 낙심했는지 선장까지 식당에 내려와 소주를 마셨다. 항해사에게 키를 잠시 맡기고 말이다.

72호 원양어선도 분위기가 침통했다. 근접거리에서 보조 맞춰 항해하며, 갑판장끼리 무전 신호를 주고받기까지 했다. 참치어군이 상당히 커서 한 번에 만선 되겠다는 것이었다. 언제 또 이런 대형어군을 찾을 수 있을지 모르겠다며 통신을 끊었다. 맞는 얘기다. 참치 떼가 우리 여기 있다고 알려주는 것도 아니니까.

그렇게 며칠이 흘렀다.

그러던 어느 날, 망망대해를 헤매다가 겨우 참치 떼를 포착했다. 원양어선 72호와 73호는 분주하게 움직였다. 어군 이동 경로를 추적하며 그물 투하 장소를 계산하고 있었다. 선원들 모두 이번엔 꼭 성공하기를 빌었다. 선장들은 뒤를 낚아챌지, 앞에서 막아 올릴지 저울질하기 바빴다.

양쪽 배 선원들은 후미에 나와 갑판장의 지시를 기다리고 있었다. 하필이면 비가 내리고 바람이 부는 험악한 날씨여서 더욱 위험했다. 파도도 높게 들이쳐서 갑판에 가만히 서 있는 것조차 버거웠다.

참치 떼 추적은 쉽지 않았지만, 계속 진행 중이어서 선원들은 비바람을 맞으며 대기해야 했다. 시간이 갈수록 비바람이 거세지고 파도도 갑판을 덮쳤으나 포기하지 않았다. 거의 한 달 내내 참치 한 마리 구경조차 못 했으니 선장들 애가 타는 건 당연지사였다.

겉에서 보는 남태평양은 성이 나 있었지만, 바닷속은 여유롭다 못해 고요했다. 어군탐지기에 나타난 참치 떼가 유유자적 헤엄치는 걸 보면 말이다.

대형 그물 투망은 밤이 되어서 결정됐다. 몇 시간을 뒤쫓은 끝이지만, 선원들은 희망에 부풀었다. 특히, 73호 선원들은 첫 포획이 이루어지도록 학수고대했다.

선장이 스피커로 지시를 내리자, 그와 함께 갑판장의 명령이 떨어졌다.

"그물 투하!"

갑판장의 고함이 귓전을 때린 후, 그 즉시 기다란 쇠갈고리를 들고 앵커를 펼쳤으며, 추를 가지런히 세웠다. 지척에 접근해 앵커 한쪽 끝을 쇠줄로 연결하자, 72호는 전속력으로 간격을 벌리고 있었다. 배 뒤쪽 개패 문이 크레인에 들려지고 수천 톤에 달하는 그물이 우당탕! 쿵쾅! 하는 굉음을 냈다. 그물 위에 연결한 쇠고리 앵커와 밑에 달린 쇠뭉치 추가 출렁이는 바다로 순식간에 빨려 들어갔다. 선박 후미의 두꺼운 철강 판과 쇠뭉치 추가 부딪히며 불꽃이 다 튀었다.

갑판장 말대로 한순간이라도 딴짓했다가는 곧장 황천으로 갈 것 같았다. 그러나 선원들이 해야 할 일은 쇠뭉치 추를 어른 팔뚝만 한 앵커줄과 엉키지 않게 하는 게 주된 일이라, 고속으로 쓸려 내려가는 그물을 넘나들며, 쇠갈고리로 일렬을 맞춰야 했다. 원양어선은 앞으로 내달리고 그물은 뒤로 떨어져서 바닷속에서 쫙 펼쳐져야 참치 떼를 그 안에 가두게 되는 원리다.

어쨌든 작업은 순조롭게 진행됐고, 72호와 73호 선장들은 어군탐지기 스크린 안에 참치 떼가 걸려든 것으로 판단했다. 온종일 추격한 보람이 있었는지, 그물을 양쪽에서 끌어모으자, 이번엔 정말 참치 떼가 바다 위로 떠오르고 있었다.

"와~아!"

함성이 절로 터져 나왔다. 크레인을 작동시켜 수천 톤이나 되는 그물을 끌어 올리자 엄청난 양의 참치들이 갇혀있었다. 얼추 계산해 봐도 수백 톤은 족히 넘는 것 같았다. 참치의 크기도 초등학생 덩치와 맞먹는 크기였고, 혼자서는 들을 수 없을 만치 무거웠다. 또 다른 크레인으로 퍼담아 갑판에 쏟아놓는데, 얼마나 힘차고 강하게 펄떡이는지, 한 대 맞으면 멍이 들 정도였다.

후미 갑판 아래로 연결된 통로를 통해 냉동창고에 닥치는 대로 밀어 넣었다. 잠시 허리 펼 시간조차 없을 만치 어마어마한 양이었다. 냉동창고에도 선원이 배치돼 무조건 쌓고 보았다. 72호와 73호 냉동창고에서 참치를 정리하는 일만 날이 새도록 해야 했다. 50~60kg 나가는 참치 한 마리당 1백만 원 호가하는데, 냉동창고에 가득 찬 숫자는 헤아리기도 벅찼다. 단 한 번의 그물질에 원양어선 두 척을 다 채우고도 남았다.

이제 아가미와 내장 손질은 칠레 산티아고에 들어가서 하고, 급속 전용 냉동선에 옮겨 실어서 부산 공장에 보내는 일을 해야 한다. 자칫 시간을 끌면 참치가 상하고, 상품 가치가 떨어져 제값을 못 받는다.

칠레 산티아고에 도착해서는 모주방이 통역을 해가며 일을 처리했다. 스페인어를 원어민보다 잘하는 줄은 선장들도 미처 몰랐다. 그 이전엔 모든 작업을 부산 본사에서 파견 나온 직원이 도맡아 했는데, 말이 잘 안 통해 내내 애를 먹었다는 것이다. 그러면서 이번엔 정말 운이 좋아 단 한 번에 만선을 이뤘다고 했다. 73호 선원들이 복덩이라며, 보급품 싣는 동안 술 한잔 해도 무방하다는 허락이 떨어졌다. 하지만 모주방은 술을 못한다면서 부산 본사에 참치 탁송하는 일을 거들겠다며 남았다.

원양어선 칠레 법인장도 그를 무척 반겼다. 다른 공정을 지켜보지 않으면 현지인들이 무성의하게 처리하는 경우가 많아 상당히 골탕을 먹는다는 것이다. 그렇다고 스페인어를 유창하게 하는 것도 아니어서 일일이 손짓 발짓 다 동원해 가며 참견해야 한다는 것이다. 또 남미인들 특유의 게으름 때문에 성질 급한 한국인들은 속이 터져 돌아가신단다.

모주방은 그들의 고충을 잘 알기에 솔선수범해서 작업을 스페인어로 단호하게 지시했다. 그동안 대충대충 해치우기 일쑤였는데, 갑자기 동양 놈이 나타나 잔소리하는 통에 투덜대기 십상이었다. 그동안은 어영부영 시간을 채워서 급료만 받아 챙기면 그만이라고 좋아들 했는데, 이제 다 틀린 모양이라며 속닥였다.

부산 본사 탁송이 끝나자 원양어선 두 척은 다시 조업지역으로 출발했다.

뱃사람들이 농담처럼 땅 멀미한다는 말이 무슨 뜻인지 몰랐는데, 6개월 만에 육지를 밟자 마치 땅이 흔들리는 것 같았다. 오히려 바다 위에서 출렁대는 배를 타자 땅 멀미가 사라졌다. 진짜 웃기는 현상이었다.

칠레로부터 1천8백km 떨어진 공해상에서 원양어선 생활은 익숙해진 것만큼 지루할 틈이 없었다. 계속 이동하고, 대기하고, 항상 투하 작업을 위해 그물을 손질해 둬야 했다. 만약 한 올이라도 풀리거나 터진 곳이 있으면 참치 떼가 워낙 힘이 좋아 그곳을 뚫고 나가버린다.

그런데 두 번째 조업 때였다.

지난번 칠레 정박 중 새로 보충한 현지인들이 원인이었다.

부산에서 처음 출발할 당시 탔던 조폭 출신과 막노동판 젊은이가 함께 잠적해 버린 탓에 결원이 생겨 칠레인을 현지 법인장이 태웠던 것인데, 이 친구들이 부주의해서 그물 투하 때 그만 앵커에 발이 끼어 끌려가는 것이었다. 갑판장이 아무리 소리를 질러도 말을 안 듣기에 모주방이 뛰어들어 밀쳐냈지만, 그 순간 바다에 밀려들어 가는 쇠뭉치 추에 정강이를 맞아 하마터면 그물과 함께 추락할 뻔한 것이다.

운동신경이 남달랐던 그가 크레인 지지대를 붙잡고 버티다가 갑판장이 허리춤을 낚아채 겨우 살았는데 걸을 수가 없었다. 정강이뼈가 부러져 서 있는 것조차 힘들었다. 그리고는 금방 부어오르기 시작했다. 선장에게 보고가 됐지만, 선실에 내려가 얼음찜질이나 하라는 것이다. 지금으로선 달리 방법이 없다는 것이다.

조업은 계속해야 하고, 무전기로 칠레 현지법인에 연락을 취해도 칠레는 응급구조 시스템이 엉망이라 헬기를 동원할 수 없다는 설명이다. 또 헬기 사용료가 엿장수 마음대로라는 것이다. 민간 헬기는 부른 게 값이고.

진짜 큰일이었다. 자칫 잘못하면 다리를 완전히 못 쓰게 될지도 모를 일이었다. 병수발을 드는 주방장이 오히려 더 노발대발이었다. "이 칠레 멍청한 놈을 어떻게 하지, 대갈통을 깨 버릴 수도 없고, 능지처참해도 시원치 않네." 하면서 말이다.

모주방은 못 먹는 술을 다 마실 수밖에 없었다. 오른쪽 정강이가 시간이 흐를수록 통증을 격화시키고 있었다. 갑판장이 내려와 어떠냐고 물을 뿐 대책을 세울 수가 없었다. 그 통증은 전신으로 퍼져 열이 펄펄 날 정도였다. 선장도 얼굴을 디밀고 산티아고에 있는 71호를 오라고 했는데, 아무리 빨리 준비해도 사나흘은 기다려야 한다면서 걱정을 놓지 못했다. 지난번 칠레 산티아고 정박 때 74호와 교대한 뒤, 배를 다시 띄우려면 선장을 비롯해 항해사, 기관장, 갑판장 그리고 휴가 중인 선원을 다시 불러 모으기까지 시간이 걸릴 수밖에 없다는 것이다.

모주방은 초를 다투는 통증에 쩔쩔맸지만 도리가 없었다. 항해사가 혹 통증에 도움이 될지 모르니 진통제를 맞으라고 했다. 그는 뭐든 조치를 빨리 취해 달라고 애원했다. 하지만 얼음찜질을 해도 정강이 부러진 곳은 아무 효과를 발휘하지 못했다. 그저 독한 위스키를 마시고, 술기운을 빌어 잠시 눈을 붙이는 것뿐이었다.

세 번째 조업도 성공해 참치 떼를 건져 올렸다는 소식이 전해졌다.

그러나 모주방은 꼼짝할 수 없었다. 오른쪽 정강이가 퉁퉁 부어 바지를 찢을 정도였다. 선실에 갇혀있는 게 곧 지옥이었다. 누구한테 하소연할 수도 없고, 아프다고 동정하는 사람도 없었다. 오직 자신만의 문제였다. 하기야 다른 일을 접어두고, 자기 곁을 지켜달라 할 수도 없는 노릇이었다.

칠레 산티아고에서 74호가 최대한 빨리 와주기를 바라는 수밖에 없었다. 다른 방도가 없다니 말이다. 쾌속선을 띄우려 해도 문제는 돈이었다. 칠레는 그만한 여건이 되어있지도 않고, 설혹 있다고 해도 상대가 매우 급하게 찾으면 더 늦장을 부리고 값을 올리려 하기 때문이다.

아마 모주방은 이처럼 극심한 고통에 시달려 본 적이 단 한 번도 없을 것이다. 프랑스 외인부대원으로 모리타니 내전에 참전했어도, 자신이 부상 당하지 않았으니까.

기다리던 74호는 나흘이 지나도 오지 않았다. 선장이 계속 재촉은 하고 있지만, 칠레 산티아고 항에 정박한 선박의 엔진이 문제가 좀 생겼다는 것이다.

그는 점점 지쳐가고 있었다. 독한 위스키를 마신 탓인지 목이 타들고 있었지만, 얼음조각만으로는 해갈이 되지 않았다. 하루하루 버티는 악전고투는 정말 지독한 통증의 연속이었다. 끼니는 벌써 일주일째 거르고 있어 사지의 힘이 하나도 없었다. 초를 다투는 고통은 이제나저제나 하는 기다림 속에 익숙해졌다. 쇠뭉치 추에 맞은 부위는 이제 시꺼멓게 죽어가고 있었다.

기다리고, 또 기다리던 74호가 무려 열흘 만에 도착했다.

하지만 그 배로 이송하는 것도 문제였다. 궁여지책으로 해군들이 보급품을 옮길 때 사용하는 긴급패턴을 활용하자는 것이었다. 밧줄을 원양어선 갑판 양쪽에 걸고 도르래를 설치한 뒤 구조용 시트로 옮기자는 것이다. 만약 끊기거나 떨어지면 그것으로 인생 종 치는 것이었지만, 모주방은 이것저것 따질 형편이 못됐다.

배 두 척이 나란히 보조를 맞춰 이동하면서 물건을 옮기는 게 말로는 쉬워 보여도 보통 힘든 작업이 아니다. 선장들끼리 속력을 맞추는 건 쉬운데 파도가 변수다. 접근해 있던 배 두 척이 갑자기 파도에 밀려 벌어지면 밧줄이 끊어질 수 있고, 또 반대로 한쪽 배 옆구리를 큰 파도가 때리면 배 두 척이 충돌할 수도 있는, 아주 위험한 작업이다.

어쨌든 73호 선장의 지시로 양쪽 배 후미에 밧줄이 연결됐으며, 도르래를 걸어 안전띠를 설치했다. 모주방은 주방장의 부축을 받으며 갑판 위로 겨우 나왔고, 안전띠를 사타구니에 꿰었다. 그러자 74호에서 선원들이 밧줄 두 가닥의 한쪽을 잡아당겼다. 그가 드러누운 구조용 시트가 천천히 움직였다. 두 선장은 스피커로 선박 상태를 조율하고, 최대한 근접거리를 유지하며, 나란히 움직이고 있었다.

도로에서는 자동차 두 대가 횡렬로 서로 마주 보며 달리는 건 쉽지만, 바다 위에서 배가 서로 속도를 맞춰가는 건 굉장히 위험하고 힘들다. 바닷물이 지면처럼 고정된 게 아니고, 쉼 없이 출렁이며, 두 척의 배가 서로 다른 파도를 타고 있어 자칫하면 대형사고로 이어진다.

모주방으로선 모험이었지만, 어쩔 수 없는 노릇이었다. 안전띠에 매달려 74호로 이동하는데 마치 지옥의 물구덩이를 통과하는 것 같았다. 넘실대는 파도는 저승사자의 혓바닥 같았다. 불과 5m밖에 안 되는 거리를 30분이나 걸렸는데, 74호에는 의사와 간호사가 대기하고 있었다. 칠레 현지인이지만 의사는 친절하게 응급처치를 해줬다. 받침대를 오른쪽 다리 밑에 대고 압박붕대로 칭칭 감았다. 그래 봐야 사후약방문이었다. 단지 진통제 주사를 놔주며 잠시나마 통증이 완화될 것이라고 했다.

원양어선 74호는 73호와 연결된 비상 밧줄을 제거하고, 칠레 산티아고 항을 향해 전속력으로 달렸다. 얼마나 놀랐으면 현지 법인장까지 함께 왔을까. 그는 모주방의 다리를 확인하곤 몹시 걱정했다.

"문제는 칠레에 정형외과 전문의가 아주 극소수라는 겁니다. 대학병원이 하나 있기는 한데 실력이 형편없고, 시설도 낙후돼 있어 병을 고치러 가는 게 아니라 병을 더 키워서 나와요."

"우선 X-ray라도 찍어보고 상태가 어떤지 알아봐야 할 거 아닙니까."

"물론 그렇긴 한데, 참을 수만 있다면 미국으로 우송해 수술하는 게 어떻겠어요?"

"제일 급한 건 통증 완화입니다."

"그럼 칠레 국립의대로 가서 급한 불부터 끕시다."

천신만고 끝에 칠레 산티아고항으로 들어간 74호는 부두에 대기하고 있는 구급차에 모주방을 옮겨 실었으며, 곧장 대학병원으로 향했다. 칠레 국립의대라고 해도 건물은 낡고 형편없었다. 응급실에 들어서자마자 X-ray부터 찍었다. 나이 든 전문의가 필름을 판독한 뒤 말했다.

"정강이뼈가 으스러지고, 대퇴부에도 금이 갔습니다. 즉시 수술을 해야 합니다."

"상의 좀 하고요."

모주방은 간호사에게 부탁해 지사장을 불렀다. 그는 여전히 칠레 전문의를 못 믿는 눈치였다.

"내장이 고장난 큰 병이라면 미국행을 고집하겠지만, 겨우 뼈마디 부러진 것도 여기서 해결 못 할까?"

"그럼 급한 대로 뼈마디를 맞추고 보죠?"

지사장은 모주방의 견해에 못 이겨 수술동의서에 사인을 했다.

즉시 수술실로 옮겨졌고, 정형외과 과장이 집도했다. 마취부터 진행하고 허벅지 부위를 절개하자, 생각지도 않은 고름이 섞여 있었다. 더 지체했으면 오른쪽 다리를 완전히 절단할 뻔했다는 끔찍한 소리를 했다.

수술 시간은 꽤 오래 걸렸다. 무릎관절 바로 위 10cm 지점이 완전히 절단됐고, 넓적다리 쪽으로 금이 가 완치에는 상당 기간이 필요하다는 것이다. 아직 젊으니까 부속물로 고정하지 않아도 잘 붙을 것이고, 깁스는 오른쪽 다리 전체 다 씌워야겠다고 설명한다.

아무튼, 수술은 잘 끝났고 병실로 옮겨졌는데 내방시설은 물론, 기타 부대시설이 엉망이었다. 간호사는 태부족이고 의사도 손이 달려 하루에 한 번 볼까 말까다.

모주방은 간호사의 부축을 받으며 스테이션으로 나와 현지 지사장에게 전화했다.

"한국으로 이송해 주시죠? 사나흘 지내보니까 정말 견디기 어려워요."

"알겠네."

지사장은 그럴 줄 알았다는 목소리였다.

칠레 현지인들은 심각한 병발이 있어도 그나마 병원을 찾지 못하고, 중병을 키우다 죽는 수가 상당하다는 것이다. 칠레의 국가 경제 규모는 남미에서도 최하위 군에 속하는 터라 상류층이 아니면 병원에 발 들여놓기 힘들다는 것이었다.

한국으로의 이송 준비는 착착 진행돼 1주일 후 국제선에 오르게 됐는데, 미국 LA를 경유해야 하기에 꼬박 24시간을 날아야 한다. 서울 직행노선은 아예 없다. LA 누나한테 연락해 그곳 카운티 병원에 입원할까도 생각했지만, 원양어선사의 부담이 크다는 이유로 한국으로 향한 것이다. 서울도 아닌 부산에 원양어선사 계약병원이 있으니 그쪽으로 가야 한다는 것이었다.

모주방도 미국의 병원비가 얼마나 비싼지 잘 알고 있었다. 사회보장번호가 있으면 의료보험 혜택이 주어지지만, 영주권이나 시민권이 없는 불법체류자나 여행자들에게는 엄청난 액수를 청구한다.

김포에 도착해 다시 국내선으로 갈아탄 뒤 부산에 당도했다. 한쪽 다리를 깁스하고 통증을 참아가며 지구를 반 바퀴나 돌아온 것이다.

모주방은 아무리 많은 비행기를 타봤어도 VIP 대접을 받고 날아다니는 건 처음이었다. 물론 원양어선사에서 부담하는 것이지만 말이다.

칠레 현지 지사장이 어떻게 이야기를 전달했는지 몰라도 원양어선 회사 사장이 직접 병문안을 왔다.

"조업 현장에서 사람 죽을 뻔한 걸 막다가 다친 거라고?"

"네."

"더구나 원양어선 칠레 정박 때 참치 작업 공정을 도맡나 처리해 줬다며?"

"조금 거들었을 뿐입니다."

"수고 많이 했군."

"별말씀을요."

"혹시 칠레 근무를 원하면 언제든지 말씀하시게, 적어도 차장대우는 해줄 테니."

"생각해 보겠습니다."

모주방은 확답을 피했다.

자기 성격상 한곳에서 오래 머물지 못한다는 것을 잘 아는 탓이다. 또 누구 밑에 얽매여 직장생활을 한다는 것을 못 견딘다. 방랑시인 김삿갓처럼 자유주의자는 아니지만, 역마살이 낀 자신이 운명처럼 받아들이는 떠돌이일 뿐이란 것을 잘 안다.

병원이 대로변에 있기는 해도 답답하기는 매일반이었다.

처음 이송해 왔을 때 수선스럽게 깁스를 뜯어내고, X-ray 재촬영하고, 부종이 빠진 뒤, 또다시 깁스한다며 사람을 이리저리 내굴리더니 한번 더 조치한 후부터는 거들떠보지도 않았다. 부러진 뼈가 붙으면 다 되는 것 아니냐는 투다.

으스러진 뼈가 완전히 붙고 정상 생활하려면 최소한 4개월이 소요된다는 것이었다. 다행이라면 계절이 가을로 접어든 터라 깁스한 다리가 덥지는 않았다. 다만 가렵고 따가운 것은 있었다.

모주방은 불현듯이 여자 동창생 이민숙에게 전화를 걸었다. 그녀는 반갑게 받았다.

"어디야?"

"부산."

"아직도? 어느 호텔이니? 먼저 거기?"

"그게 아니고, 병원에 입원해 있어."

"왜? 왜?"

여자 동창생 이민숙은 깜짝 놀라 되물었다. 느닷없이 뭔 소리냐는 것이다. 그는 변명해야 했다.

"사업차 남미에 갔다가 자동차 사고를 당해 다리가 부러졌어."

"세상에! 세상에! 자칫하면 죽을 뻔했겠네?"

"위험하기는 했어."

"어느 병원이니?"

여자 동창생 이민숙은 다그쳤다. 정말 걱정이 된 것이다. 모주방은 그러지 말라고 아무리 달래도 막무가내였다.

"괜찮아."

"무슨 소리야? 어서!"

여자 동창생 이민숙의 채근에 못 이겨 그는 하는 수 없이 병원 위치를 말해줬다. 그 대꾸와 동시에 전화를 끊었다.

"당장 비행기로 갈게."

"야! 오지 마!"

모주방이 만류했음에도 수화기 너머로 뚜! 뚜! 잡음이 들렸다.

그 후 1시간 반 만에 여자 동창생 이민숙이 헐레벌떡 나타났다. 고작 9개월 만에 재회다. 그녀는 베드 위에 누운 모주방을 살펴보며 궁금증을 쏟아냈다.

"누구한테 사고 책임이 있는 거야?"

"……"

모주방은 공연히 전화했다고 후회했다. 그냥 안부나 묻고 싶어서였는데 말이다. 여자 동창생 이민숙은 입에 모터를 단 것처럼 질문을 퍼부었다.

"보상금은 받았어? 남미 어느 나라에서 그랬는데? 언제 사고가 났어? 나랑 헤어지고 나서 금방 그랬어?"

"……."

모주방은 침묵으로 일관했다. 그녀가 귀찮아진 것이다. 베드 곁에 앉은 여자 동창생 이민숙은 걱정을 내놓았다.

"고생 많이 했겠다. 진작 좀 연락하지. 그럼 내가 병수발 들어줬잖아. 내 몸 아플 때 곁에 아무도 없으면 속상하잖아. 왠지 서럽고 공연히 화도 나고 말이야. 샤워는 어떻게 하니? 깁스 때문에 불편하겠다?"

"……."

"병원 밥은 어때? 먹을 만해? 뭐 시켜줄까?"

"입맛이 없어."

모주방은 조금 전과 달리 생각이 바뀌었다. 심심하지 않아서 좋기는 한데, 또 호들갑 떨어 언짢았다. 다행이라면 1인실이라는 것이다. 여럿이 함께 사용하는 병실이라면 다른 환자에게 불편을 줬겠지만 말이다.

저녁 식사를 끝낸 뒤 함께 외출했다. 개인병원이어서 당직 간호사에게 말만 건네면 되는 터였다.

택시를 타고 용두산 공원으로 갔다. 해가 떨어지고 하나둘 불빛이 살아나자 해변 도시의 정취가 제법 그럴싸했다. 바람에 실려 오는 바다 냄새도 꽤 괜찮았다.

공원 벤치에 나란히 앉아서는 그녀가 슬며시 물었다.

"내 생각 안 났니?"

"조금."

"남미에 갔다면 그쪽 여자들과도 놀았겠네?"

"질투하니?"

그는 피식 웃고 말았다.

실은 원양어선 타고 남태평양에 있었는데 무슨 여자냐고 타박할 수도 있었겠지만, 그걸 내색할 필요는 없었다. 여자들의 속내를 너무 잘 알고 있었기에 이렇다저렇다 밝힐 필요가 없는 것이다. 너무 애착을 보이면 오히려 튕기게 되고, 반대로 무관심하면 등을 돌리기 때문이다.

그래서 모주방은 어떤 여자를 대하든 물에 물 탄 듯, 술에 술 탄 듯 얼버무리기 일쑤다. 그게 유부녀든, 처녀든, 창녀든, 이혼녀든 간에 그녀들의 관심사에 슬쩍 묻어가는 수법을 잘 쓴다.

또 그 어떤 여자에게도 마음을 빼앗겨 정신 놓을 만치 따라다니지 않는다. 평범한 녀석은 애를 끓이고, 반미치광이처럼 애착을 보이며, 넌 내 것이라는 소유욕에 불타지만, 그는 무덤덤하게 대처한다.

다만 섹스하고 나면, 반대로 여자가 달라붙는다. 여자가 왜 여자로서 행복한지를 섹스로 말해주기 때문이다.

청소년이 사춘기로 접어들어 나누는 사랑이야 대개는 플라토닉이지만, 성인들에게 있어 사랑이란, 에로틱한 경험에서 싹트고 완성되는 것 아닌가.

여자 동창생 이민숙은 손을 뻗어 그의 사타구니를 어루만졌다. 주변에 사람이 더러 있음에도 그들이 눈치채지 못하게 놀린다. 그러면서 장난스레 묻는다.

"깁스하고 난 뒤부터는 굶었겠네?"

"아니, 별생각 없었어."

"거짓말."

여자 동창생 이민숙은 곧이듣지 않았다. 장가도 안 간 30대 중반의 남자가 욕정이 안 났다는 게 말이 되느냐는 것이다. 모주방은 말을 돌렸다.

"넌 집에 안 가도 돼?"

"음."

그녀는 아주 간명하게 대꾸했다. 짜증 섞인 투다. 모주방은 걱정 아닌 걱정을 했다.

"남편이 여전히 외면하든?"

"잊었나 봐, 마누라를."

여자 동창생 이민숙은 묻지도 말라는 표정이다. 그리고는 장황설을 늘어놓는다.

"이혼하고 싶은데, 친정집에서 쌍심지 켜고 반대하거든. 네 남편은 처자식을 위해 불철주야 나라 밖을 오가는데, 무슨 엉뚱한 속내냐고 야단치고. 사실 그 인간이 회사 일에 혼신 다 하는 건 고맙지만, 내 일상이 너무 단조롭고 지겨워 미치겠어. 곧 부장으로 승진하게 될 거란 소식도 있어서 그다지 싫지는 않은데, 여편네는 안중에 없으니 그게 탈이지."

"복에 겨운 소리 그만해라."

모주방은 그녀를 나무랐다. 외견상 행복한 것처럼 보인다는 걸 잘 알면서도 유부녀의 투정이 왠지 싫었다. 여자 동창생 이민숙은 안달이 났다.

"우리 호텔에 가서 좀 쉬자."

"외다리로 어떻게 힘을 써."

"걱정하지 마, 내가 알아서 할게."

"……."

모주방은 거절하기도 뭐하고 썩 내키지도 않았지만 일단 호텔로 갔다.

호텔에 들어선 그녀는 옷부터 벗어 던지고 달려들었다. 모주방은 환자복 겉에 바바리코트만 걸친 채였으니 걸리적거릴 게 없었다.

다만 문제라면 오른쪽 다리를 통째로 깁스한 것이었다. 여자 동창생 이민숙은 입으로 모든 걸 다 했고, 자기 혼자 흥분해 기승위를 즐겼다. 그도 거의 1년 만에 가지는 섹스였기에 그리 나쁘지는 않았다. 그러나 한쪽 다리를 마음대로 쓰지 못한다는 게 짜증스러웠다. 엎드려서 후배위를 하자니 깁스가 그녀의 엉덩이를 건드려 아플 것 같아 소파 등받이를 짚고 직립해서 했다. 그럼에도 여자 동창생 이민숙은 잘 견디며 깊숙이 받아들였다. 아니, 그녀가 요령껏 조절하며 길게 가져갔다.

그렇게 겨우겨우 끝을 맺고는 환자한테 무리한 요구를 해서 미안하다며 포옹했다. 모주방은 담배를 피워 물었다.

"여기서 자고 갈래?"

"병원에 안 들어가도 돼?"

"상관없어."

"그러지 뭐."

여자 동창생 이민숙은 흔쾌히 답변했다. 침대 위에 나란히 누워서 또 묻는다. 그가 늘 동에 번쩍, 서에 번쩍하기 때문이다.

"다음엔 어디로 달아날 거니?"

"글쎄."

모주방은 시큰둥하게 대꾸했다. 사실 자기 자신도 어디로 튈지 잘 모른다. 그녀는 계속 의문을 내놓았다.

"한 곳에 정착하면 안 돼?"

"모르겠다."

모주방은 한숨을 섞어냈다. 왜 아니겠어, 싶은 대답이다. 여자 동창생 이민숙은 오늘 아예 작정한 것 같았다.

"하는 일이 뭔지는 모르겠지만, 넌 너무 떠돈다고 친구들이 그러더라. 지난번 초등학교 동창회에 배수홍과 강창수도 나왔는데, 자기들 유럽 생활에 큰 도움을 줬다면서 널 무척 고마워했어."

"……."

모주방은 그냥 침묵했다. 내세울 게 못 되는 탓이다. 천행인지 모르겠지만, 어쩌다가 모나코 카지노에서 바카라로 딴 거로 인심 한 번 쓴 것뿐인데 말이다.

밤이 깊어 잠든 그녀 곁에서 멀뚱멀뚱 두 눈을 뜬 채 누워서 담배만 연신 피웠다. 이럴 줄 알았으면 병원에서 약을 가져올 걸 그랬다 싶었다. 정형외과 약 속엔 수면제가 다수 포함돼 있어 잠이 없는 그에게는 안성맞춤이었는데 말이다.

여자 동창생 이민숙은 아침 일찍 비행기를 타고 서울로 올라갔다.

그녀는 모주방이 병원에 있는 동안 수시로 내려왔으나, 섹스 횟수는 점점 줄었다. 그가 힘을 못 쓰는데 자꾸 보채봐야 화만 날 것 같아서다.

8주 만에 깁스를 풀고 재활 운동을 해야 했다. 아침나절에 물리치료사가 출장을 와서 1시간 동안 마사지를 해주고 갔다. 처음엔 관절이 접히지 않아 무척 애를 먹었다. 오른쪽 다리 전체 근육이 왜소하게 말라서는 버틸 수가 없었다.

그럼에도 지팡이를 짚고 병원 밖을 드나들었는데, 인근에 게임방이 있어서다.

가끔 내려오는 여자 동창생 이민숙은 깁스 푼 다리를 좋아했고, 베드 위에 누운 그의 오른쪽 다리를 진종일 주물러 주다가 올라가곤 했다.

어느 정도 걸음걸이가 되자, 모주방은 인근 게임방에서 살았다. 큰돈을 들고 가는 게 아니라, 심심풀이로 시간을 죽이기 위한 것이었다.

그리고는 여자 동창생 이민숙이 내려온다는 전화를 받으면 꼼짝하지 않고 병실에서 TV만 보았다. 자신이 도박한다는 것을 들키지 않기 위해서다.

한편, 원양어선사에서는 여직원을 보내 7개월 치 봉급과 위로금, 산재보험 정산 액수를 전해줬는데, 생각보다는 상당한 액수를 책정했다. 모두 합해서 7천만 원이 조금 넘었다. 마치 횡재한 것 같아 얼떨떨했다.

그런데 그의 잠재된 본능이 또 작동하기 시작했다. 손에 돈이 쥐어지면 발광하는 도박중독증 말이다.

원양어선사 여직원이 돌아가자마자 간단한 짐을 챙겨 병실을 나섰다. 아직 완쾌된 건 아니지만 절름발이라도 움직일 수 있어서다. 스테이션에서 여자 동창생 이민숙에게 전화를 걸어 오늘 퇴원한다고 알렸다. 곧장 미국으로 가봐야 하니까 더 이상 부산에 내려오지 말라고. 그녀는 다행이라면서도 언제 또 한국에 들어올지 물었으나, 모주방은 모르겠다는 퉁명을 남겼다.

병원을 나선 그는 택시를 타고 김해공항에 당도해서는 동경으로 날아갔다. 하네다 국제공항에서 LA행 국제선을 타기 위해서였다. 오른쪽 다리가 아직은 시원치 않았지만 그럭저럭 버틸 수 있었다.

도박 밑천은 원양어선사를 통해 미국 본토 은행으로 송금했기에 문제가 없었다. 한국에서는 여전히 거액의 재화를 자유롭게 반출할 수 없어서 늘 해왔듯 편법을 동원하는 것이다.

라스베이거스의 저주

비행기는 15시간을 날아 LA 공항에 내렸고, 택시를 잡아탄 모주방은 라스베이거스로 향했다.

도박의 천국, 노숙자와 창녀 그리고 앵벌이가 들끓는 사막 위에 인공 도시.

갑부들이야 재미 삼아 몇백만 달러를 잃고도 자가용 비행기에 올라 유유자적 돌아가지만, 관광객으로 찾아들었다가 쪽박 차고 거리부랑아가 된 일반인들은 불나방이 석유등에 날아들어 타 죽듯이 갈 곳 없고 추위와 배고픔을 견디다 못해 권총으로 머리를 쏴 자살하는 경우가 허다하다.

그걸 잘 아는 모주방도 머피의 법칙에 끌려서 또 카지노를 찾아든 것이다.

환전소에서 7만 달러를 칩으로 바꿔 든 채 절룩대는 발걸음으로 판이 작은 바카라에 끼어들었다. 최저 5달러에서 최고 1백 달러 내에서 돈질하면 된다. VIP룸에 비하면 1/20 수준의 작은 판이다. 초반 페이스는 상당히 좋았고, 플레이어는 상승세를 탔다.

관광객들은 게임을 할 줄 몰라 우왕좌왕하고, 초보티를 벗어나지 못해 손쉽게 패를 읽을 수 있었다. 푼돈이기는 해도 판이 거듭될수록 칩이 쌓였다. 쉬엄쉬엄 2~3일을 버티자 꽤 많은 액수가 모였다.

객실에 올라가 금고에 칩을 넣어두고 잠시 쉬었다. 룸서비스로 대충 식사한 모주방은 왠지 모를 전의가 불타올랐다. 지난번 집을 팔아 만든 밑천을 다 날린 게 생각난 것이다. 본전을 찾아야겠다는 강박에 사로잡혀 VIP룸으로 내려갔다.

베팅은 1백 달러부터 1천 달러 안에서 하면 된다. 손님들은 매일 바뀌지만 그들은 모두 거부다. 미국계 최상류층은 극히 드물지만, 중동의 석유 부호와 남미 출신 재력가들이 대부분이다. 더러는 갱단 두목이 놀러 오기도 한다.

모주방은 침착하게 패를 읽었다. 첫 번째 페어는 7이었다. 일단 안정권에 진입한 거지만, 그럼에도 좋아하거나 들뜨지 않았다. 패스를 의미하는 스탠드를 했고, 잠시 눈을 감았던 그는 뱅커의 보너스카드를 대충 짐작했다. 현재 합이 1이므로 승산이 있었다. 뱅커쪽 네 명은 보너스카드를 확인한 뒤 탄식했다. 그의 짐작대로 4여서 마지막 끗수가 5가 된 것이다. 아쉽다면 베팅액이 그다지 크지 않았다.

객실을 오르내리며 나흘째 게임을 주도했다. 마치 챔피언 벨트를 잃었던 복서가 복수전을 하는 것 같았다. 독기 서린 눈이 옆 사람을 주눅 들 게 만들 정도였다. 아직은 침착함을 잃지 않았지만, 언제 기울지 모르는 내리막이 늘 도사리고 있어 두려운 것이다. 그렇다고 지금 판을 접고 카지노를 떠나기는 싫었다. 그에게는 있을 수 없는 굴욕이다. 크게 딴 것도 아니고 그저 평균 이상은 되기에 버틸 수 있었다. 도박도 언젠가 한 번은 대박을 주는 때가 있어 기대해볼 만하다.

그는 공연히 울컥해 승부수를 띄우는 어리석음만 잘 억누르면 언제나 높은 승률을 유지할 수 있다는 걸 잘 안다. 도박꾼만 아니라 일반 사람도 계속 잃게 되면 자신도 모르게 베팅액을 최대한 내지르는 경우가 왕왕 있다. 그게 한두 번 성공했다가도 자칫 연속 실패하면 이제껏 쌓아둔 칩을 몽땅 날리는 것이다. 한꺼번에 7~8할을 처박으면 그 데미지가 너무 커서 거의 회복하지 못한다.

모주방은 카지노에 들어선 지 벌써 열흘을 넘기고 있었다. 카지노 측에서도 주의 깊게 관찰하고 있었다. 돈을 많이 딴 건 아닌데도 말이다. 가끔은 잠도 자지 않고 게임에 몰두하다가 돌연사하는 사람이 있기 때문이고, 그런 경우 뒤처리가 복잡해 카지노 측은 딱 질색한다.

그도 눈치가 빨라서 K 카지노를 떠나기로 마음먹었다. 다른 카지노로 옮겨가면 그만이다.

칩을 환전하니까 거의 백만 달러나 되었다. 여직원과 고위관계자가 "왜 그러느냐?"며 물었지만 대꾸하지 않았다. 그동안 단골로 대접해 드렸는데 좀 섭섭하다는 것이었다. 그가 도박중독증이 있다는 사실을 카지노 측도 잘 알기에 만류하는 것이다. 여기를 나가면 분명 다른 카지노로 갈 것이기 때문이다. 하지만 모주방은 한 번 마음 먹으면 행동으로 옮기는 성격이어서 그들의 설득을 들은 척도 안 했다.

카지노를 옮긴 그는 조금 불안하기는 했다. K 카지노에서 사람을 붙여 골탕을 먹일 수도 있기 때문이다. 물론 K 카지노와는 거리가 상당히 먼 곳이고, 카운티 정반대에 있어 관심을 벗어날 수 있었다.

그런데 세븐카드판에 낯익은 사람들이 보였다. 재미교포 위문 공연차, 미국에 온 한국 가수들이었다. 풍문으로는 한국의 연예인들이 라스베이거스에 자주 드나든다는 걸 들었지만, 직접 눈으로 목격하긴 처음이었다. 호기심이 발동해 그 판에 끼어들었는데, 하는 짓거리가 영락없는 떨거지들이었다. 한국의 하우스 방에서나 써먹는 매너로 내질러대니 딸 수가 있나.

모주방은 재미도 없는 판을 접어버리고 객실로 올라갔다. 그리고는 여자를 불러 한동안 몸을 섞고는 모처럼 잠을 청했다.

그가 R 카지노 VIP룸 바카라판에 발길을 옮긴 건 새벽 2시였다.

손님은 모두 3명이었고, 거기엔 미국인도 있었다. 하나는 일본인이고, 또 다른 이는 히스패닉 같았다. 그들은 눈길조차 주지 않고 패만 지켜보았다. 모주방은 오로지 플레이어다. 첫 페어는 어정쩡한 5였다. 불길한 징조다. 보너스카드로 어떤 숫자가 떨어져도 꿰맞추기 난감했다. 낮은 수가 오면 합이 높아지지만, 높은 수가 오면 낮은 합이 도출돼 어렵다. 그런데 뜻밖에 3이 덜컥 날아왔고, 합은 8이 됐다. 이긴 것이다. 뱅커도 꽤 좋은 7이었지만 한 끗수로 밀린 것이다. 신고식을 잘 때운 셈이다.

판을 거듭할수록 감각을 찾아 초반에 상당액을 마련했다. 곁에 앉은 미국인이 나직하게 물었다.

"Are you Japanese?"

"No, I'm Korean."

모주방이 대꾸하자 미국인은 의아하게 쳐다보았다. 그의 시선은 VIP룸에 너 같은 한국인이 들어오긴 처음이라는 얼굴이었다. 한국에서 사고 치고 튄 것 아니냐는 눈길이었다. 그리고는 다시 게임에 몰두했다.

손목시계가 오전 8시를 가리키자 세 번째 딜러가 바뀌었다. 2시간 이상 바카라를 진행하다 보면 지치기 때문이다. 그런 뒤부터 모주방은 상승세를 탔고, 칩은 150만 달러까지 쌓였다.

그런데 좀 이상하다고 느낀 건 미국인과 히스패닉이 서로 아는 사이 같았다. 둘이 소곤소곤 주고받는 대화로는 방금 자리를 뜬 일본인은 야쿠자라는 것이다. 그는 속으로 뜨끔했다. 갱단 두목과 함께 앉아 게임을 했다니 말이다.

게임은 세 명이 계속했다. 다시 2시간이 흘러 딜러가 또 교체되었고, 그게 화근인 줄은 꿈에도 몰랐다. 판을 거듭할수록 판판이 깨졌다. 에라 모르겠다는 심정으로 뱅커에 베팅했는데, 역시 마찬가지였다. 널뛰기하듯 이쪽저쪽으로 오가면서 최대 액수 1천 달러씩 질러댔다. 하지만 미국인과 히스패닉은 주거니 받거니 하며 그의 칩을 빨아간 것이다.

'어~, 어~' 하는 사이 밑천은 절반으로 뚝 떨어졌다. 그들의 페이스를 끊기 위해 자리를 떴다. 미국인이 물었다.

"안 올 건가?"

"생각해 보고."

모주방은 뒤도 돌아보지 않고 VIP룸을 나갔다.

객실로 올라온 그는 K 카지노를 뜬 걸 후회했다. 여기가 그쪽보다 규모가 더 큰데 왠지 생경했다. 미국인과 히스패닉은 단골 같았고, 딜러는 손장난하는 것 같았다. 카지노 딜러는 손재주가 비상해 마음만 먹으면 얼마든지 패를 골라 줄 수 있다. 카지노 딜러들은 여자나 남자나 수십 년을 카드를 만진 경력자다.

그는 고민에 빠졌다. 도박도 실력이고, 거기에 운이 따라주면 금상첨화지만, 딜러가 작심하고 손장난하면 배겨낼 재간이 없다. 창가에 서서 담배만 줄곧 빨아댔다. 한 갑을 거의 말이다.

'어떻게 한다. 어떻게 한다.'

번뇌가 거듭됐지만 짐을 챙겨 또 다른 카지노로 갈 수는 없는 노릇이다. 탄식이 절로 새어 나왔다.

'흠! 제기랄 재수 옴 붙었군.'

다른 딜러로 바뀔 때까지 VIP 게임방에 내려가지 않을 작정이다.

대낮의 라스베이거스는 황홀한 밤과 달리 흉하다. 18층 객실 창가에서 어디를 둘러봐도 모두 카지노밖에 보이지 않고, 간밤에 숨어있던 패잔병들이 거리를 헤매는 탓이다. 관광버스를 타고 나타난 일단의 무리도 곧 이 거대한 도박 늪에 들어선 걸 후회하게 될 것이다. 또 그들처럼 자신은 돈을 딸 것이라는 꿈에 부풀어 앞서 왔던 무리 중 일부는 노숙자로 전락해서 새로 온 손님들 뒤꽁무니를 쫓아다닌다. 앵벌이를 하기 위해서다. 창녀들도 마찬가지고.

그 악순환은 인공도시 라스베이거스가 생긴 이래 계속됐다. 돈 몇 푼 얻으면 술에 취해 대로변에 쓰러져 자고, 커피와 빵 한 조각을 먹으면 행복한 하루를 슬롯머신 앞에서 몇 분을 마감한다.

아주 극히, 가끔은 단돈 1달러 가지고 잭팟을 터트려 광분하는 노숙자도 있다. 이제 앵벌이는 끝이라며 떠벌리다 제 버릇 개 못 준다고 좀 더 불려서 튀려 마음먹지만, 큰 판에 달려들어 다시 빈털터리가 되어서 노숙자 신세를 벗어나지 못한다. 간사한 인간의 희로애락은 동전의 양면 같아서 어느 쪽으로 바뀌든 결과는 똑같이 앵벌이다.

모주방은 창밖의 노숙자들 속에서 자신을 보고 있었다.

VIP룸에 내려가자 다행히 딜러는 바뀌었고, 미국인과 히스패닉도 떠났는지 다른 손님들로 채워져 있었다.

하지만 흐름은 좀처럼 돌아오지 않았다. 겨우 여덟 판 만에 승기를 잡았을 뿐이다. 그리고는 또 서너 판이 허탕으로 흘렀고, 그는 딜러에게 카드를 새것으로 바꿔달라고 요구했다. 그녀가 자꾸 손장난하는 것 같아서다. 그러면서도 모주방은 자기가 공연한 짓을 한 것 아닌가 싶었다. 자격지심에 말이다. 그냥 해본 소리인데, 여자 딜러가 미간을 찌푸렸기 때문이다. 지금 날 의심하느냐는 얼굴이다. 카드를 섞는 그녀의 손이 신경질적이었다.

판이 재개되고 최고 베팅액인 1천 달러를 걸었는데, 다행인지 플레이어 합이 8로 칩을 2배로 긁었다. 그를 뒤따른 다른 손님과 함께 말이다. 그나마 듬성듬성 판을 건져 밑천을 현상 유지할 수 있었다. 그런데 손목시계가 오후 7시를 넘어선 때부터 내리막을 탄 것이다.

머피의 법칙이 이빨을 드러낸 것이다. 51:49의 준엄한 결정이 판을 엄습했다. 플레이어 합이 7인데, 뱅커 8한테 덜미를 잡힌 것이다. 그는 5와 2를 잡고 패스하며 내심 환희에 차있었는데, 보너스카드 포함 10+2+6=8을 쥔 뱅커 손님이 이긴 것이다. 환희는 암흑으로 돌변해 머릿속에 번개와 천둥이 치는 것이었다.

'오 마이 갓!'

탄식이 절로 터졌다.

이제 운이 다했다고 느꼈고, 아무리 빌고 또 빌어도 좋은 패는 없었다. 합이 7, 8, 9인 카드 페어는 더 이상 오지 않았고, 구경한 것이라고는 낮은 수뿐이었다. 그게 바카라판 최후의 객사였다. 새벽 1시를 조금 넘겨 마침내 항복하고 말았다. 테이블에 가득 쌓였던 칩은 없고, 달랑 1천 달러 칩 4개만 남았다.

모주방은 아무 말 없이 VIP룸을 빠져나와 객실로 올라가는데, 승강기 안에서 미국인을 만났다. 그는 입을 꾹 다문 채 허리 뒤춤에서 리볼버 권총을 꺼내 양복 주머니에 넣어주었다. 다 쓸데가 있을 것이라는 듯 어깨를 툭 치며 12층에서 내렸다.

모주방은 승강기 안에서 혼자 우두커니 선 채 천정을 치켜보았다. 헛헛함이 밀려들었다. 맥이 쭉 빠져서는 무릎이 저절로 굽혀지는 걸 겨우 버티고 있었다. 머릿속은 하얗게 비어가고, 심장 소리가 점점 크게 귓전을 때렸다. 호흡도 가빠져서는 자신도 모르게 헐떡거렸다. 18층에 도착하자 승강기 문이 쩍 벌어졌다. 마치 저승 문턱이 벌어지는 것 같았다. 불과 하루 만에 카지노의 성깔이 바뀐 것이다.

모주방은 아무 생각 없이 벽을 짚으며 절름절름 오른쪽 다리를 끌었다. 객실에 들어서자마자 침대에 풀썩 주저앉았고, 머리를 다리 사이에 처박고는 꼼짝하지 않았다. 창밖을 어른대는 휘황한 불빛들이 그를 비아냥대는 것 같았다. 남태평양 한복판 원양어선에서 조업하다가 한쪽 다리를 다쳐가며 어렵게 만든 밑천을 단 며칠 만에 몽땅 날린 것이다.

수많은 도박판에서 허무하게 먼지만 남긴 적이 한두 번이 아니지만,

그럴 때마다 느끼는 건 절망감뿐이다. 그 절망감을 결코 모르지 않지만 올인이 밀고 들어오는 허무함은 늘 극과 극이다. 마지막이라는 절박함에 단 4~5초 만이라도 희망을 간절히 붙들지만, 그 올인은 너무 차갑다. 등골이 오싹하도록 냉정하다.

도박이 가져다주는 건 아무것도 없다. 머릿속에 가득 찬 담배 연기와 뱃속에 쌓인 커피 찌꺼기가 전부다. 정신은 방황하고, 생각은 막다른 골목에 갇혔다. 숨을 쉬기에 살아있는 몸뚱이 또한 이미 절벽에 서서 흔들린다.

'젠장 뛰어내리자.'

모주방은 무심코 양복 주머니에서 권총을 꺼내 들었고, 총알을 확인했다. 노란 총알은 딱 한 발만 들어있었다. 미국인이 왜 권총을 건넸는지 알 수 없지만, 지금은 정말 쓸모가 있었다.

'그래, 단 한 방이면 끝이다.'

그는 총구를 자기 입에 넣고 방아쇠를 당겼으나 '딸가닥!' 소리만 남았다. 자기도 모르게 살 떨리는 전율을 느꼈고, 머리카락이 바짝 섰다.

'빌어먹을!'

그는 욕지기를 내뱉곤 다시 권총을 입에 넣고 방아쇠를 당겼지만 또 허탕이었다. 목젖에 바람구멍이 나야 할 텐데 멀쩡했다. '탕!' 하는 굉음을 기대했지만 역시 '딸가닥!' 하고는 그만이었다. 전신에 뒤덮인 솜털이 절망을 못 참고, 파드득 끼치는 소름과 함께 퍼졌다.

방아쇠를 당기기 전에 '이젠 진짜 죽겠구나!' 하는 공포 아닌 공포를 느꼈다. 총구를 입안에 넣기까지 얼마나 많은 갈등을 겪었는데 실패라니 운명도 참 기구하다 싶었다. 자기 자신을 자기 뜻대로 다스리지 못하는, 자신이 바보 같았다.

재차 총알의 위치를 총신에 맞추고 '끼릭!' 뇌관을 끌어내렸다. 삼세번이라는 듯 총구를 입에 쑤셔 넣고 망설임 없이 방아쇠를 당겼으나 마찬가지였다. '틱!' 하는 헛방만 공허하게 뇌신경을 자극했다.

'이런 제기랄! 죽는 것도 쉽지 않구나!'

권총을 유리창에 냅다 던졌다. 그러자 그때 '탕!' 하는 총성이 울렸다.

놀란 건 오히려 모주방이었다. 방음이 완벽해 밖에서는 들리지 않지만, 권총 소리에 이토록 기겁한 것도 처음이다. 물론 모리타니 내전에서 2년 동안 총성에 젖어 살았으나 이런 밀실 속 총성은 엄청나게 컸다. 그는 거의 실신할 지경으로 경련했다. 극도의 긴장과 초조, 강박, 이제는 정말 끝이라는 체념, 주마등처럼 스치는 과거를 떠올리며 '모두 잘 있어.' 하고 방아쇠를 당겼는데 그 짧은 몇 분은 이미 저승에 간 것과 마찬가지의 괴리를 느꼈다.

그런데 세 번씩이나 방아쇠를 당겼음에도 다 불발이던 권총에서 총알이 발사되다니….

그는 침대 위에 힘없이 풀썩 쓰러졌다. 이승과 저승 사이에 끼어있다가 양쪽 세계에서 모두 쫓겨난 꼴이었다. 인명은 재천이라지만 하늘의 뜻을 거부한 게 아니라, 권총이 죽음을 미뤄준 것이었다. 죽는 것보다 사는 게 낫다는 의미는 결코 아니다. 도박중독에서 벗어날 수 없는 모주방은 살아있는 것이나 죽는 것이나 똑같다.

남들이 절대 모르는 도박중독. 그 자신도 왜 그러는지 잘 모른다. 그냥 돈이 생기면 무조건 기계에 혹은 카드에 몽땅 쓸어 넣는다. 이유 없이 말이다.

돈을 따기 위해서라면 이제껏 유럽 각국과 미주 카지노에서 긁은 걸 들고 튀었을 것이며, 조금 과장해서 1억 달러는 될 것이다. 아니, 밑천을 어렵게 만들어 판에 끼면 따는 경우가 7~8할은 된다. 그동안 뛰어든 게임에서 승률을 가늠하면 분명히 땄다. 그런데 그 2~3할이 복병이었다.

밑천을 불려서 일어나면 별 탈 없겠지만, 늘 끝장을 보는 성격이 문제다. 보통 한 번 게임에 가담하면 1주일에서 열흘간은 꼼짝 않고 패를 보는데, 초반은 물론 중반까지 잘 관리하다가 종반에 접어들면 엉망이 되는 것이다. 커피로, 담배로 긴장을 풀며 버티다 인체의 한계에 다다르면 판단이 흐려진다. '에이! 그동안 재미 봤으면 좀 잃어도 줘야지.' 하는 여유를 부리다 된통 당하게 된다. 그럼, 은연중에 '어쭈! 이것 봐라, 감히 날 건드려?' 하는 울화가 불쑥 치밀어 무리하는 것이다. 그 내리막이 서너 번 반복되면 이제껏 쓸어 온 판돈을 졸지에 날리는 것이다.

모주방은 한참 정신을 못 차리고 침대 위에 널브러져 있었다. 권총 오발이 충격적이었고 경황없게 만든 것이다. 자신을 그렇게 두어 시간 진정시킨 뒤 짐을 챙길 수 있었다. 참 비참하게 여겨졌다. 벽에 박힌 총알을 슬쩍 쳐다보니 전율이 온몸에 쫙 번졌다.

'휴~우!'

바닥에 널브러진 권총은 눈길조차 주기 싫었다. 거기엔 죽음을 관장하는 그림자가 드리워져 있었기 때문이다. 어서 객실을 벗어나고 싶었다. 저승이나 진배없는 1803호가 저주스러웠다. 문을 열고 한 발짝 나서면 태양이 지켜주는 이승이 있을 것 같아 서둘렀다. 오늘따라 복도가 길게만 느껴졌다. 승강기에 냉큼 몸을 숨겼고, 빨리 1층으로 내려가 이 지옥 같은 카지노를 뛰쳐나가고 싶었다.

하지만 R 카지노 현관 앞에는 미국인과 히스패닉이 기다리고 있었다. 잠시 이야기나 하자며 붙잡았다. 미국인은 잔잔한 미소를 머금었다.

"권총이 말을 잘 안 듣지?"

"무슨 소리야?"

모주방은 시치미를 뚝 떼었다. 방금 전, 살기가 얼굴에 남아있는데도 말이다. 미국인은 그 낯빛을 눈치채면서도 머쓱해 했다.

"권총을 썼으면 돌려줘야지."

"그걸 뭘 돌려받아 잘 맞지도 않는 고물을."

곁에 있던 히스패닉이 참견했다. 그는 키득키득 웃고 있었다. 미국인은 머리를 긁적였다.

"실은 그 권총 저쪽 분수대에 던져버리려고 했어."

"⋯⋯."

모주방은 이것들이 사람 데리고 노는 건가 싶었지만 참을 수밖에 없었다. 라스베이거스를 줄곧 드나드는 사람들 대개가 갱단 보스인 경우가 많다. 억만장자들의 경우, 아주 간혹 심심풀이로 다니가면 아주 긴 시간이 지나서야 나타나지만 말이다. 이들에게 대들었다가는 불문곡직 총알을 먹일 수 있기에 순순히 말을 들어야 한다. 히스패닉은 그에게 진정하라는 듯 부드럽게 말했다.

"트레일러 운전할 줄 알아?"

"왜?"

"차에 타."

히스패닉이 그를 잡아끌었다. 모주방은 약간 겁먹은 채 뒤에 탔다. 운전은 미국인이 직접 했다.

자동차는 라스베이거스 외곽에 멈췄고, 뒷좌석에서 내리자 창고 안으로 끌고 들어갔다. 거기엔 컨테이너가 실린 트레일러가 있었는데, 뒤쪽에 작은 컨테이너가 또 달려있었다. 미국인은 아무 말 없이 1백 달러 지폐 1백 장을 돌돌 만 채 건넸다. 1만 달러다. 히스패닉이 그 이유를 말했다.

"이 컨테이너를 플로리다 해안까지 몰고 가면 돼. 도착 위치는 그쪽에서 무전기로 알려줄게. 단 주의할 건 지역 경찰에 걸리지 않도록 속도 위반하지 말 것과 컨테이너가 무거우니 운전 조심할 것."

"⋯⋯."

모주방은 손에 들린 1만 달러에 현혹돼 있었다. 무슨 일인지 알려고도 하지 않았다. 히스패닉은 트레일러 문을 열더니 키를 건넸다. 잘 다녀오란 소리도 없고, 물건을 건넨 뒤 어떻게 처신하라는 말도 없었다. 무조건 출발하라는 양 문짝을 탕! 탕! 두들겼다.

모주방은 트레일러를 창고에서 능숙하게 빼내 대로로 나섰다. 고속도로에 진입할 때까지 뒤따라오던 그들은 경적을 두어 번 울리더니 백미러에서 사라졌다. 참 별일이다 싶었으나 1만 달러를 손에 쥐고 있으니 거절할 도리가 없었다. 물건이 뭔지도 모르는데 무조건 배달하라니, 진짜 황당했다.

미국 지도를 펼치자 고속도로는 중남부와 동부, 여러 주를 관통하고 있었다. 네바다주를 벗어나면 애리조나주, 뉴멕시코주, 텍사스주, 루이지애나주, 미시시피주, 앨라배마주 그리고 해안을 따라 내려가면 플로리다주다.

한 주 경계를 넘을 때마다 기름을 주입하기 위해 도시에 진입하면서 순찰차 검문을 당하지 않도록 극도로 주의했다. 그들이 아무 정보도 주지 않은 것을 보면 짐작이지만 불법으로 물건을 이송하는 게 아닌가 싶었다.

담배와 먹을 것을 넉넉하게 사 싣고는 다시 고속도로를 탔다. 속력을 시속 250km를 유지한 채 밤낮을 구분하지 않고 사흘을 계속 달렸다. 졸리지는 않는데 허리가 아파서 짬짬이 쉬었다. 라디오를 크게 틀어놓은 채 달리고 또 달렸다. 미국이 크다는 건 잘 알지만, 막상 서부에서 남동부로 가는 건 쉬운 일이 아니었다. 아무리 빨라도 열흘에서 보름은 걸린다.

신대륙이 얼마나 넓은지 모주방은 처음 실감했다. 어떤 때는 24시간 내내 사막을 달리고 또 계곡과 계곡을 이틀씩 달렸다. 대소변은 트레일러를 도로변에 세워놓고 그냥 해결했다.

중남부로 접어들면서 오가는 차량이 별로 없다. 아직도 닷새는 더 가야 한다. 도박중독자의 고질인 불면증 덕에 잠을 자지 않으니 시간을 많이 단축할 수 있었다. 담배는 아예 20보루를 샀고, 커피는 스타벅스로 다섯 상자를 매입해 실었다. 커피와 담배를 번갈아 마시고 피우면서 지루함을 달랬다.

플로리다에 도착한 것은 열흘이 지나서였고, 지도상에 표시된 곳으로 접근하자 무전기가 울렸다. 히스패닉이었다. 항구 몇 번 부두에 트레일러를 대고 돌아가라는 것이었다. 모주방은 그가 시키는 대로 트레일러를 12번 부두 밖에 세워두고 내렸다. 키는 그냥 꽂아두라는 말에 따르고 항구를 빠져나왔다. 확인할 길은 없지만 그 두 사람이 비행기를 타고 먼저와 줄곧 자기를 지켜보고 있지 않았겠나 싶으니까 등골이 오싹했다.

정체를 모르는 미국인과 히스패닉을 본 건 오직 카지노에서 며칠이 고작이다. 대화도 많이 하지 않았고 바카라만 집중해 생김새도 잘 기억나지 않는데, 그들은 모주방을 주도면밀하게 관찰하고 있었던 것 같다.

그는 플로리다 항구를 즉시 떴다. 해변이 넓고, 화려하며, 대외에 많이 알려진 곳이라 잠시 구경을 해볼 요량이었지만 두 사람이 여기에 있을 걸 생각하니까 정나미가 떨어졌다. 택시를 잡아타고 공항으로 가자마자 국내선 비행기에 몸을 실어 LA로 날았다. 한국처럼 비행기가 이륙한 것 같은데 금방 착륙한다는 안내방송을 하는 따위가 아니다.

미국은 여객기로도 동부에서 서부로 가는데 3시간 이상 걸린다. 동부의 대서양과 서부의 태평양을 함께 지닌 거대한 대륙이다. 뉴욕의 12시와 하와이의 12시는 8시간 시차가 있다. 동부가 아침이면 서부는 밤이다. 동부에서 일어난 일을 서부에서는 모르고, 각 주에서 벌어지는 일은 각기 다른 주는 모른다. 미국 전역에 네트워크를 형성한 민간 방송사 ABC와 CBS, 그리고 DBS, 공영방송 PBS가 위성을 이용해 송출해도 일반인들은 잘 모른다. 그만큼 땅이 넓고 사는 곳도 관심사도 다 다르다.

한국이 어디에 붙어있느냐는 사람들이 부지기수다. 남한 사람들이 동경하는 미국은 한민족 전체의 우상이자 모두가 알아야 하는 대상이지만, 반대로 다인종 합중국 USA는 서울이 관심 밖이다. 안다는 사람은 6.25전쟁을 거론하고, 입양아를 거론하며, 가난한 나라인 것만 어설프게 언급한다.

LA에 도착한 그는 위성도시 산타모니카로 누나를 찾아갔다. 마침 학교에서 수업을 끝내고 퇴근한 뒤다. 누나는 영국계 미국인과 결혼 생활을 하고 있고, 대학에서 교육학을 전공한 후 인근 고등학교에서 교사로 재직 중이다.

매형과 누나는 반갑게 맞이했다. 꽤 오랜만에 상봉하는 오누이였다. 저녁 식사하고 테라스에서 커피를 마셨는데, 누나는 기다렸다는 듯 운을 떼었다.

"네가 집을 팔았다며?"

"아프리카로 물건을 내다 팔려고 그런 건데, 생각처럼 일이 잘 안 풀렸어."

모주방은 그럴 줄 알았다는 듯, 미리 생각해 둔 말로 변명했다. 형제들이 알면 난리 칠 걸 대비한 것이다. 곁에 있던 매형도 거들었다.

"사업 대상을 잘못 골랐군."

"막내 주호가 그 이야기 하는데, 난 어이가 없었어."

"둘째 주원이는 아직도 미국에서 공부 중인가?"

"그래, 장학금을 받기는 해도 생활비가 모자라 틈나는 대로 아르바이트한단다. 그래서 내가 용돈 하라고, 매달 1천 달러씩 보내주고 있어. 또 막내 주호는 건설 현장에서 6일 묵고, 일요일에 올라왔는데, 집이 남한테 넘어갔다는 얘기를 듣고 얼마나 황당했는지 모른대."

"짐작하지 못한 건 아니야. 애들한테 좀 미안하기는 해도 어차피 장

남인 내가 물려받게 되어있는 건데 뭐."

"그래도 그렇지. 어떻게 너 혼자 처리해? 동생들 입장은 전혀 생각하지도 않고."

누나는 여전히 못마땅한 얼굴이었다. '애가 정신이 있어, 없어?' 하는 낯빛이다. 그런데도 모주방은 뻔뻔하게 돈을 부탁했다.

"누나, 내가 사업 밑천이 부족해서 그러는데, 1만 달러만 빌려줄 수 없어?"

"……."

"그래야 아프리카에 투자한 돈을 회수할 수 있거든."

모주방은 거짓말을 했다. 미국인한테 받은 심부름 값 1만 달러가 주머니에 있지만, 도박 밑천으로는 어림도 없기에 그랬다. 누나는 성격대로 망설임 없이 시원하게 답했다.

"알았어, 계좌나 적어놓고 가. 내일 오전에 넣어줄게."

"고마워, 누나."

모주방은 미국 본토 은행 계좌를 써주고는 일어섰다. 일 때문에 오래 머물지 못한다는 핑계를 댔다.

그의 사업은 도박이고, 사업처는 라스베이거스 카지노였다.

하지만 그동안 드나들던 K 카지노는 기웃대지 못하고, R 카지노에 들어앉아 미국인에게 받은 1만 달러와 누나가 넣어준 1만 달러로 세븐카드판에 끼어들어 밑천을 불리고 있었다.

기본은 1달러고, 5, 6, 7구는 풀베팅이다. 손님에게 3장 주고, 4장은 딜러가 오픈한 카드에 맞춰 족보를 따지는 것이다.

1달러로 시작하는 판돈이라고 우습게 봤다가는 큰코다친다. 6명이 기본 6달러에 4구 하프면 36달러, 5구부터 풀베팅이니까 2,160달러, 6구는 12,960달러, 7구는 77,760달러다. 여섯 명이 다 게임을 하는 경우 말이다. 거기다가 6구, 7구에 되받아치기를 2번씩 하면 판돈은 순식간에 1백만 달러를 훌쩍 넘는다.

늘 그렇듯 초반에 아니, 관광객들과 맞붙는 게임은 져본 적이 없다. 그리고 딜러와 단둘이 하는 게임은 안 한다. 딜러가 곧 카지노 측을 대행하는 것이어서 손장난을 많이 하는 탓이다. 더러는 딜러와 마주 앉아 게임을 하는 멍청이가 있는데, 상대를 밀고 당기면서 농락하는 걸 눈치채지 못한다.

프로겜블러도 카지노와는 상대하지 않는다. 이길 수 없는 상대이고, 어쩌다가 카지노 측이 잃었다면, 그다음은 두 배, 세 배로 털린다. 그게 사업 수단이고, 영업 수단이다. 그렇게 하지 않으면 라스베이거스에서는 카지노도 망하기 때문이다. 이 인공도시에 들어와 있는 카지노 중 실제 망해서 문을 닫는 곳도 드문 일이 아니다.

모주방이 세븐카드판에서 잠깐 놀아가면서 거두어들인 칩은 30만 달러나 되었다. 2만 달러로 15배를 불린 것이다. 슬쩍 자리를 뜨고는 곧장 객실로 올라갔다. 금고에 칩을 넣어두고 룸서비스에 주문, 최고급 요리로 식사했다.

VIP룸 바카라판에 다시 섞인 시각은 밤 11시다.

손님은 다섯 명인데, 지난번 그 미국인이 앉아있었다. 히스패닉은 안 보이고. 모주방은 시선만 주고받고는 함구했다. 기분은 그리 썩 좋지 않았지만 게임은 신사답게 했다. 게임룸에서는 되도록 정숙을 요하는 터라 더 냉랭한 기류가 흘렀다.

그는 다짐하고 또 다짐했다. 아니, 자기 최면을 걸었다. 제발 딸 때 일어서자고, 딸 때.

왜?

자신이 지닌 의지만으로는 그걸 절대 못 하기 때문이다.

라스베이거스 카지노 VIP룸은 창녀들이 들어오지 못한다. 경호원들이 제지하는 탓이다. 유럽은 개방해도 창녀들이 그다지 들끓지 않는데,

라스베이거스는 다르다. 다른 일반 게임룸에는 창녀들이 손님 사이를 누비며 호객행위를 하고 소란까지 피운다.

모주방은 그래서 곁에 누가 있어 주기를 바란다. 창녀라도 붙어있으면 자리 뜨기가 쉬운데, 카지노 영업 방침인지 사업 패턴인지 손님이 대동하는 여자 외에는 다른 사람이 일절 발붙이지 못하도록 한다. 그래서 늘 불안하다.

게임은 점점 점입가경으로 접어들었다. 그는 플레이어에 집착했지만, 뱅커한테 번번이 물렸다. 페어가 괜찮게 들어와도 끗수로 물렸다.

미국인은 누적된 피로를 견디다 못해 새벽녘에 자리를 일어섰고, 모주방의 어깨를 툭 치며 엄지손가락을 치켜세웠다. 많이 따라는 제스처였다. 그는 어깨 추임새로 대신했다.

판이 거듭될수록 승률은 상승세를 탔다. 네 명이 돌아가면서 판을 나눠 갖는 게 아니라 모주방과 다른 유대계 미국인이 번갈아 긁어댔다. 그것도 세 판씩 말이다. 번번이 보너스카드에 승부를 걸었던 멍청한 낯선 이는 어느새 올인을 선언한 뒤 다 털리고 사라졌다.

이제 인원은 3명으로 줄었다. 그만큼 게임 파트너 간 승률은 높아지고 판돈이 작아져 밑천 불리기는 더 힘들어졌다. 손님이 적으면 상대방에 대한 패를 가늠하느라 신경전이 대단하다. 유대계 미국인은 어딘가 모르게 갬블러 냄새가 났다. 아주 작심하고 돈을 당겨볼 심산인 것 같았다. 그러다 보니 가끔은 무리수를 던졌다. 보너스카드를 적절히 구사하며 판돈을 당겼는데, 적중률이 30%였다. 열 번 시도하면 세 번은 성공한 것이다. 모주방은 딜러의 손에서 나온 카드를 예리하게 읽어내곤 가능하면 보너스카드 판은 패를 꺾었다. 그도 바라카 게임을 수십 년 해온 터라 유대계 미국인의 베팅 찬스를 직감적으로 파악했다.

머피의 법칙은 51:49 전쟁이기 때문에 세븐카드보다 훨씬 어렵다. 단 한 판에 수십만 달러가 오가는 건 아니지만, 실수가 연속되면 곧 패망이나 다름없다.

나머지 두 손님은 밑천을 지키기에도 바빴다.

모주방은 보너스카드를 자주 이용하기보다는 타이밍을 찾아 돈질했다. 다른 사람이 보기엔 너무 사린다는 말이 나오기 전에 슬쩍 베팅하는 것이다. 그런데 공교롭게도 딜러가 던져놓은 카드 3장 모두 3이었다. 3 두 장이 떨어져 혹시나 하는 심정으로 기다린 것인데, 또 3이 왔다. 다른 손님과 함께 뱅커 8에 베팅했던 유대계 미국인도 패스했다가 꺾이고 말았다. 조금 불쾌했는지 쉬어야겠다는 말을 딜러에게 건네고 VIP룸을 나갔다.

모주방도 덩달아 자리를 떴다. 손님이 더 모이면 오겠다는 핑계를 대고 객실로 올라왔다. 손목시계는 어느덧 오후 6시를 가리키고 있었다. 어젯밤 11시에 시작해서 꼬박 밤을 지새우고 다음 날이 된 것이다. 창밖은 땅거미가 지지 않은 것으로 봐서 30시간을 바카라에 매달린 것이다. 칩을 금고에 넣기 전 얼추 헤아리니까 80만 달러쯤 되는 것 같았다.

그는 담배와 커피에 찌든 배 속이 허전해지자 룸서비스로 최고급 요리를 시켜 먹었다. 그리고는 불쑥 K 카지노로 다시 옮겨갈까 고민했다. 돈도 지난번만큼 되니 꺼릴 이유가 없었다.

여기 R 카지노는 좀 낯설기도 하고, 일전에 권총을 건넨 미국인이 머무는 터라 망설이게 했다. 또 한국인들이 많이 드나든다는 것도 이유 중 하나였다. 자칫 입소문을 타고 모주방이 라스베이거스에서 산다는 이야기가 친구나 가족들 귀에 들어가면 큰일이기 때문이다. 공군 군악대 출신이고, 그 군악대엔 연예인들도 많아서 알음알음 번질 수 있었다.

창가에 기대서서 담배를 깊게 빨았다.

'어떻게 할까?'

모주방의 또 다른 결점은 매사를 쉽게 결정하지 못한다는 것이다. 무얼 하든 꼭 이리 따지고 저리 따지는 습성이 있다. 아마 그래서 머피의 법칙의 포로가 됐는지 모른다. 이것 조금 하다가 저것 조금하고, 이게 나을까 저게 나을까 갈팡질팡하는 우유부단 말이다.

하기는 결단성이 있었다면 수중에 들어온 거액을 챙겨 카지노 밖으로 무조건 튀었을 것이다. 보통 사람들은 갑자기 수십억 원이 굴러들면 노심초사 돈의 노예가 되기 십상이지만, 모주방은 그 정반대다. 돈이 손아귀에 있으면 그 돈을 고이 간직하는 게 아니라, 이까짓 돈이 도대체 무엇인데 날 속박하는가 반발한다. 돈이야 있다가도 없고, 없다가도 생기는 것을, 왜 호주머니에 넣고 쩔쩔매는지 모르겠다는 것이다.

그렇게 2시간을 갈등 겪다가 드디어 결정했다. K 카지노로 가기로 말이다.

1층 환전소에서 칩을 돈으로 교환해서 일단 미국 본토 은행에 넣어 달라고 했다. 수수료 0.5%를 떼고. R 카지노는 규모가 상당히 커서 다른 토를 달지는 않았다. 다른 곳에 가는 게 아니라 급한 일이 생긴 것처럼 행동했기 때문이다.

하지만 모주방은 늘 위험하고, 안 되는 쪽에 목숨을 거는 경향이 있다.

라스베이거스의 휘황찬란한 거리를 걸으며 바람을 쐬다 K 카지노로 들어섰다. 심리적으로 쫓기듯 또 바카라판에 끼어든 것이다. VIP룸엔 언제나 갑부들이 진을 치고 있다. 다만 거기엔 전통적인 미국 상류층은 없다. 대부분 중동 석유 부호나 아시아계 재력가들, 아니면 중남미 권력층이고, 더러는 갱단 보스나 마약상, 무기상들도 다녀간다. 도박판이 불법 자금 세탁기지로는 제격이기 때문이다.

오늘은 그에게 정말 운이 없는 날 같았다.

하필이면 지하 세계를 주름잡는 거물들과 맞붙게 된 것이다. 그들은 자신의 신변을 책임지는 수행비서를 대동하고 있었다. 덩치가 산 만해 카지노 경호원들조차 주눅들게 했다. 정장 안쪽에 권총을 차고 각자의 보스 뒤에 바짝 붙어 엄호 태세를 갖추고 있었다.

어쩐지 터번 쓴 아랍인들이 안 보인다고 했다.

모주방은 자신도 모르게 '젠장!' 소리가 튀어나왔다. 그냥 일어설까 말까 쩔쩔매는데, 딜러가 카드를 돌렸다. 할 수 없이 첫 페어를 받았다. 합이 5였다. '빌어먹을! 어정쩡하게 이게 뭐야.' 하는 속내를 꿀꺽 삼켰다. 다섯 명이 다 같은 계열 같아 숨소리조차 낼 수 없었다. 자칫 눈에 거슬리면 그 자리에서 소음 권총으로 바람구멍을 낼 것 같았다.

우선 1천 달러짜리 칩을 테이블 플레이어에 던졌다. 잠시 기다렸다가 보너스카드를 보았는데 7이 떨어졌다. 거꾸로 합은 2가 되었다. 그냥 접어버렸다. 나머지 5명은 다 뱅커에 걸었고, 보너스카드를 요구했다. 딜러는 떨리는 손으로 패를 열었는데 합이 6이다. 한 사람당 수수료 5%를 떼고는 950달러씩 배당을 줘야 했다.

딜러가 다시 카드를 돌렸고, 플레이어는 합이 7이었다. 스탠드라고 뇌까린 모주방은 잠시 큰 호흡을 길게 가졌다. 뱅커 패가 4로 떨어졌지만 보너스카드를 기다려야 하기 때문이다. 타이를 이루는 경우는 극히 드물지만, 만약 동점을 이루면 딜러가 모두 가져간다. 반대로 타이에 베팅했다면 8배까지 배당을 받는다. 다행이라면 뱅커에 2가 떨어져서 합이 6이 됐다. 걱정은 걱정으로 끝나 다행이지만 그게 쥐약이 된 것이다.

1천 달러를 그냥 털렸으면 미련 없이 자리를 뜰 수 있었을 텐데 2천 달러를 당긴 것이다.

모리타니에서 목숨 내놓고 빗발치는 총탄 세례를 피해 다닌 그였지만, 이들은 무소불위 지하 권력을 지닌 터다. 법에 상관없이 총기를 휘두르는 갱단 보스인데 어찌 겁나지 않을 수 있을까. 공연히 심기를 건드렸다가는 이 자리에서 뒤통수를 권총으로 날려버릴 수도 있기 때문이다. 오죽했으면 카지노 경호원이 모주방 곁에 붙어서 신변을 보호하고 있을까.

K 카지노 측에서도 이들이 왜 하필 자기네 영업장에 들이닥쳐 다른 관광객들을 쫓는지 이해 못 하고 있었다. 251번지부터 300번지에 이르는 쿼터를 갱단 보스 5명을 보호하기 위해 부하 수백 명이 기관총까지 메고 장벽을 친 것이다. 오가는 행인들도 무서워서 피해 다니고 있었다. 라스베이거스 경찰 당국도 긴장하긴 마찬가지였다. 우리 구역에서 제발 전쟁만 하지 말라는 듯 10분마다 순찰을 강화하고 있었다. 중무장한 사이드카들은 비상등을 켜고 쿼터 곳곳에서 대기하고 있었다. 번화가에서 기관총으로 서로 난사하면 갱단만 다치는 게 아니라 애먼 민간인도 상당수 다칠 게 뻔했다.

그런데 그는 왜 K 카지노로 걸어오면서 대로변에 즐비한 갱단을 못 봤는지 이해할 수 없었다. 도대체 무슨 생각을 갖고 다니기에 바로 눈앞에서 벌어지는 일을 몰랐을까. 무턱대고 바카라판에만 신경을 쏟고 있으니 그럴밖에. 그뿐만 아니라 수백 명에 달하는 갱단이 삼삼오오 차 안에, 길모퉁이에 은신해 상대를 서로 감시하는 중이라 잘 띄지 않았다.

아무튼, 이미 엎질러진 물이다.

'빌어먹을! 될 대로 돼라! 그래 봐야 죽기밖에 더하겠냐!'

모주방은 오히려 더 침착해졌고, 다음 패를 받았다. 플레이어 합이 2가 떨어졌지만 낙심하기는 이르다 싶어 태연하게 베팅했다. 그런데 보너스카드가 다이아몬드 6을 밀어준 것이다. 내심 '그렇지.' 하며 쾌재를 부를 수밖에 없는 건 합이 8이 된 것이다. 승률은 90%고, 이번 판도 긁을 수 있겠다며 담배를 피워 물었다. 다른 갱단 보스들도 뱅커의 보너스카드를 원했지만 또 7로 졌다. 그러자 맨 끝에 앉은 나이 든 뚱보가 투덜거렸다.

"젠장! 죽 쒀서 개 주는 거 아니야?"

"이 쌍! 웬 단무지가 끼어들어 장사를 망쳐? 앙!"

가운데 앉은 대머리가 큰 소리로 맞장구쳤다. 단무지는 일본인, 즉 동양인을 비하하는 말이다. VIP룸 바카라판은 떠드는 걸 용납하지 않고, 딜러가 주의를 줘도 계속 난장 치면 경호원 2명이 제압해 끌어낸다. 그래서 웬만한 갑부들도 침묵으로 게임을 진행하는 게 보통이다. 겨우 2장 또는 3장으로 판을 운영하는데 굳이 말을 던질 이유가 없고, 고작 입을 뗀다고 해도 스탠드, 내추럴, 패스, 보너스가 전부다.

그런데 딜러나 경호원들도 그들을 제지하지 못했다. 다른 손님이 없는 한가한 오후 4시경, 갱단 보스 다섯 명이 들어선 순간부터 떠들고 웃으며 게임을 했기 때문이다. K 카지노 측 고위 관계자도 이미 보고받았으나 그냥 내버려 두라고만 했다. 건드릴 수 없는 갱단 거물이라며, 도리어 조심하라는 주의만 줬다. 까딱하면 VIP룸에서 총질하게 될지 모르기 때문이다.

모주방은 움찔할 수밖에 없었다. 짐작이지만 지하에서 자기들끼리 주고받았던 물건 대금을 계산하고 있는 듯했다. 차제에 돈세탁까지 해가며 이쪽저쪽에 나누던 중 그가 끼어들어 낚아가니 화가 난 것 같다. 나머지 경호원도 딜러 곁에 서며 경고성 몸짓을 건넸지만 소용없었다. 대머리한테 '네까짓 놈이 감히!' 하는 눈총만 받았다. 딜러가 모주방의 패를 확인하더니 "합이 8, 위너!"라고 간단하게 말하면서 칩을 밀어 줬다.

그러자 나이 든 뚱보가 판돈을 올리자고 제안했고, 다른 갱단 보스들도 모두 동의했다. 하지만 딜러는 그들에게 잠시 기다리라고 양해를 구한 뒤 카지노 측 고위 간부에게 전화했는데, 이미 VIP룸 바카라판에 누가 와있는지 보고받은 터여서 OK 사인을 줬다. 딜러는 모주방한테 어떻게 할 건지 물었는데, 그는 잠시 뜸을 들이다가 내내 곁에 지키고 있던 경호원의 권유를 받아들였다.

최하 1천, 최고 1만 달러로 하자는 대머리 주장에 다른 갱단 보스 모두 "콜!"을 외쳤다.

모주방은 이러지도 저러지도 못한 채 엉겁결에 고개를 끄덕였다. 지금 자리를 뜨면 십중팔구 갱단들이 해코지할 것 같아 감히 일어설 수가 없었다. 그는 꼼짝없이 붙들려 자기 밑천까지 빨리게 될 것 같아 전전긍긍이었다. 내심 재수 옴 붙었다고 뇌까렸다. 후회해도 이젠 너무 늦었다. 고집스레 룸을 빠져나가면 갱단 보스 수행원 중 하나가 틀림없이 소음 권총으로 쏘아댈 것이 분명하기 때문이다.

게임은 다시 시작됐는데 도무지 패에 신경을 쓸 수 없었다. 아니, 카드가 눈에 들어오지 않았다. 바카라판을 십수 년씩 드나들었지만 이렇게 큰 베팅을 해보긴 난생처음이었다. 심장은 쿵쾅대고 식은땀이 사지에 줄줄 흘렀다. 단 한 판에 1만 달러가 왔다 갔다 하는 것이다. 모주방은 자기 앞에 쌓인 칩을 헤아리니 1백만 달러가량 되었지만, 판세가 내리막을 타면 100판 만에 종 치는 아주 하찮은 액수다. 100판이라고 해봐야 2시간도 채 안 된다.

도박판에서는 처음부터 올인 당할 때까지 단 한 판도 따보지 못하고, 밀려 나가는 경우도 흔하다. 하지만 딜러와 경호원 그리고 K 카지노 측은 그를 응원했고, 최대한 배려했다. 목숨이 걸린 게임이라 더 애착을 가진 듯했다.

베팅액을 올린 뒤 첫판은 내줬다. 플레이어 카드 3장 모두 높은 숫자들이었다. 그중 낮은 수가 끼면 좋았을 텐데 합이 4였다. 물론 갱단 보스들은 여전히 뱅커 보너스카드를 요구했고, 판돈이 누구한테 가든 상관없다는 눈치였다. 오로지 다른 사람에게 물리지 않으면 그만이었다. 모주방 말이다. 다음 판도 패가 시원치 않아서 또 접을 수밖에 없었다. 단 2분 만에 2만 달러를 날린 것이다.

다행히 세 번째 플레이어 판은 승산이 있었다. 안정권은 아니지만 두 장의 합이 6이기 때문이다. 하지만 갱단 보스들은 예정된 코스인 뱅커의 보너스카드를 원했는데, 합이 4+6+7=7이 된 것이다. 그는 또 물렀다. 갱단 보스들은 키득대면서 "저 노란 놈에게는 단 한 푼도 줄 수 없다."고 떠벌였다.

새벽으로 접어들자 기회가 점점 늘어나기는 했는데, 담배는 벌써 15갑이나 피웠고, 커피도 60잔을 마셨다. 이 흐름을 유지해야 더 버티고, 갱단 보스들을 골탕먹일 수 있기 때문이다. 그러나 다시 2시간이 흐른 뒤부터 좀처럼 좋은 패가 들어오지 않았다. 패 2장이 계속 낮은 숫자를 가리키는 탓이었다. 플레이어 보너스카드를 받아도 숫자는 별 차이 없었다. 갱단 보스들의 뱅커는 상승세를 타기 시작했고, 다섯 놈이 연신 드나들며 더 정신없게 만들었다. 장난스레 판을 주도하던 그들이 이제 잔머리를 굴렸다. 게임은 5:1 싸움으로 변질됐고, 모주방은 번번이 깨졌다. 보너스카드를 요구해 따라붙었지만 허탕이었다.

새날이 밝아오자 밑천은 거의 바닥을 드러냈고, 딜러가 세 번 바뀐 뒤부터 잇따라 판을 내주면서 더 이상 버티기 어렵게 됐다. 1천 달러 칩 3개만 달랑 남은 것이다. 결국, 단 9시간 만에 R 카지노에서 만들어 온 80만 달러를 갱단 보스들에게 헌납한 꼴이었다. 상승세일 때 140만 달러까지 밑천을 늘렸지만, 다섯 명이 손을 맞춰 밀고 당기는데 당할 재간이 없었다.

모주방이 올인을 선언하고 자리를 털자, 뚱보 노인이 리볼버 권총을 테이블에 휙 던져놓았다. 네 선물이라며 말이다. 그가 쳐다보지도 않고 돌아서자, 다른 갱단 수행원이 그 권총을 집어 양복 주머니에 넣어줬다. 너한테 꼭 필요할 것이라며 속삭이기까지 했다. 딜러와 경호원은 당황하지도 않다. 카지노 측에서도 빚보증을 해주고, 돈을 꿔준 작자에게 극단적인 방법을 종종 사용하기 때문이다.

객실로 올라온 모주방은 창밖으로 떠오르는 태양을 마주 보며 몹시 허탈해했다. 전신에서 기운이 쪽 빠져나가는 걸 현기증처럼 느꼈다. 쓰러지기 일보 직전이다. 게임에 몰두할 때 자신도 모르게 차오른 극도의 긴장감이 한꺼번에 툭 터지면서 머리가 깨지는 것 같았다. 단순한 숫자의 변신에 농락당했으면서도 점점 더 그 생각을 버리지 못하는 탓이다. 이런 허무함을 한두 번 겪은 게 아니지만, 막상 닥치고 나면 화려한 머피의 법칙을 너무 과신했다고 여긴다.

양복 호주머니에서 묵직하게 숨죽인 권총이 또 총구를 드러내는 순간이었다. 그는 리볼버 권총의 탄창을 열어보고 피식 웃었다. 딱 한 발만 장전돼 있었다. 네 운명이 얼마나 질긴지 실험해 보라는 권유였다. 마치 러시안룰렛처럼 말이다.

'그래, 어디 한 번 해볼까?'

그는 탄창을 끼고 뱅그르르 돌렸다. 그리고는 총구를 관자놀이에 대고 방아쇠를 당겼으나 '틱!' 하는 불발 소리를 냈다. 순간 자신도 모르게 꼭 감고 있던 두 눈을 번쩍 치켜떴다. 흰자위만 남을 정도다.

'맞아, 이게 제대로 걸리면 머리통에 바람구멍이 나는 거지. 진짜 걸리나 안 걸리나 다시 해보자.'

모주방은 탄창을 다시 뱅그르르 돌린 뒤 총구를 관자놀이에 댔고, 방아쇠를 손가락으로 살짝 당겼다. 또 '틱!' 하는 불발이었다. 오만상을 잔뜩 찌푸렸던 얼굴이 하얗게 변했다. 이제 죽었구나 싶은 순간 배신이 솟구쳤다.

'제기랄! 쇠심줄인가. 그래 세상만사 삼세번이라지.'

탄창을 뺐다가 다시 끼우고 뱅그르르 돌렸다. 그리고는 방아쇠를 당겼지만, 역시 불발이었다. 이빨로 꽉 깨문 입술이 새파랗게 질렸다.

'이런 젠장! 죽는 것도 쉽지 않고만.'

공황 상태까지 내몰린 그는 바들바들 떨리는 손으로 권총을 금고 속에 넣어버렸다. 재수 좋은 놈이나 사용하게 말이다.

그는 평소에도 자살 충동을 느끼며 살아왔다. 도박중독에 대한 회의와 절망을 털어버리기 쉽지 않았으니까.

'휴~우!'

큰 한숨을 토하자, 머릿속에 가득 메웠던 별빛도 겨우 사라졌다.

짐을 챙긴 모주방은 물먹은 솜덩어리처럼 축 처져서 룸을 나섰다.

'어디로 가지?'

도박중독자의 반문은 늘 같다. 카지노에 올 때는 걱정하지 않지만, 올인 당하고 빈털터리가 되면 저절로 나오는 반문이다.

승강기에 올라 1층에서 내렸다. 너무 이른 시간이라 홀엔 사람이 별로 없었다. 창녀와 노숙자들이 앵벌이 한 푼돈으로 슬롯머신을 돌리고 있었다.

환전소에서 칩을 돈으로 바꾼 그는 기계를 지나쳐 거리로 나섰다. 상쾌한 아침 공기가 모처럼 폐부 깊숙이 빨려들었다.

'빌어먹을!'

거리를 휘감고 있던 공포의 갱단들도 이미 사라지고 없었다. 보스들이 떠나자 함께 빠져나간 것이다. 골목골목을 삼엄하게 감시하던 경찰들도 원대 복귀했는지 조용했다.

'병신, 그 자식들 돈을 빨아먹으려고 대들다니. 흠! 어쨌든 둘 중 하나였어. 돈을 긁고 죽느냐, 알량한 밑천 털리고 사느냐.'

모주방은 자신도 모르게 R 카지노로 향하고 있었다.

당장 갈 곳이 없기도 했다. 으슬으슬 춥기도 하다. 배 속이 빈 탓도 있지만 그는 늘 추위를 탄다. 돈이 있든 없든 말이다. 왜 그런지 이유를 모른다. 아마 일상적인 생활부터 소외돼 그런 건 아닐까. 보편적인 사회와 동떨어진 일상이 뼛속까지 스며든 냉기일 것이다. 언제나 생과 사를 넘나드는 도박판에서 도대체 무얼 찾는 걸까. 실은 아무것도 없다. 초등학교 시절엔 재미 삼아 유사 도박에 빠져 즐겁게 놀았는데, 그것이 재화 투기로 변질되면서 늘 쫓기고 있다. 전혀 알 수 없는 조급증이 내재되어 있어서다.

R 카지노 1층에 홀 한쪽에 늘어선 슬롯머신 앞에 앉아 또 머피의 법칙을 우상 숭배한다. 숫자를 찾아서 헤매고, 1달러 코인을 연신 쑤셔 넣는다. 거의 무의식적이다. 코인 넣고, 레버를 당기고, 또 당긴다. 어쩌다가 작은 베팅이 터지면 그걸 들고 다른 슬롯머신으로 옮겨간다. 그 숫자는 운이 다 됐다고 판단하기 때문이다. 한 번 터진 기계는 다시 코인을 쏟아내지 않는다는 그만의 철칙이 있어서다.

하지만 자신이 넣는 코인보다 토해내는 액수가 많지 않다는 게 문제다. 다른 슬롯머신을 한창 돌리고 있는데, 엉뚱한 사람이 그 기계에서 잭팟을 터트리는 건 또 무엇인가. 재수 없는 것도 있겠지만, 모주방은 안 되는 곳만 골라 다니는 데 귀신이다. 진득하지 못하다고나 할까.

K 카지노에서 남겨온 3천 달러를 그렇게 허비하는 동안 시간은 저녁을 훌쩍 넘고 있었다. 낮인지 밤인지 굳이 따질 필요 없는 도박판이기는 해도 말이다. 다만 코인이 자기 손에서 자꾸 줄어들고 있다는 게 문제다. 어떤 게임이든 밑천이 늘었다 줄었다는 반복해도 그 반복성에는 밑천을 조금씩 눈치채지 못하게 갉아먹는 것이다. 결국은 빈털터리로 만든다. 특히, 도박중독자에겐 말이다.

코인이 다 떨어진 모주방이 마지막 담배를 피워대며 호주머니 이곳저곳을 뒤지는데, 누군가 어깨를 툭 쳤다. 힐끗 돌아다보니 지난번의 미국인이었다. 그는 쿡 웃었다.

"어제 갱단 보스들이랑 붙어서 왕창 깨졌다며?"

"소문이 여기까지 났나?"

"역시 넌 간덩이가 부었어."

미국인은 곁에 앉으며 담배를 권했다. 아직 목숨이 붙었다는 걸 축하한다는 의미다. 모주방은 담배 연기를 길게 내뿜고 나서 쓴웃음을 흘렸다.

"맞아, 내가 제정신이 아니었지."

"걔들 내가 잘 알고 있는데, 겁 없는 친구들이야."

"누가 알았나."

"일감 하나 줄게, 해볼래?"

"······."

모주방은 싫다 좋다 할 처지가 아니었다. 먼지밖에 안 남은 처지여서 고개를 끄덕였다. 미국인은 그럴 줄 알았다는 듯 그를 잡아 일으켰다.

"세스나기 조종할 줄 알아?"

"어느 정도."

"따라와."

R 카지노를 나서자 미국인은 주차해 놓은 자동차에 그를 태웠고, 도시를 벗어나 조금 더 달렸다. 라스베이거스 외곽은 모래사막인데, 그 너머에 비행기가 세워져 있었다.

미국인은 그 곁에 자동차를 세우고, 주머니에서 100달러 지폐 두 뭉치를 건넸다.

"2만 달러야."

"어디로 가는데?"

모주방은 무조건 받아 넣었다. 도박중독자로 전락한 뒤부터 돈이 되는 일은 무엇이든 다 해온 터다. 미국인은 그가 마음에 드는 모양이었다.

"이번에도 플로리다로 가면 되는데, 바다 위에 가방 하나만 던져놓으면 돼."

"이유는 묻지 말고, 무슨 가방인지 알 필요도 없겠지?"

"잘 아네. 돈 값어치만 해."

미국인은 플로리다만 지도를 내줬고, 거기엔 낙하지점을 빨간색으로 표시해 뒀다.

"다만 주의할 건 해안선으로 절대 나가지 말고 내륙 고속도로 우측을 따라 저공 비행할 것. 보조 연료통을 두 개 달았으니까 플로리다 만에서 회항하기는 충분할 거야. 고공으로 올라가면 미 공군과 주 방위청 레이다에 걸릴 위험이 있으니 반드시 낮게 날아야 하니까 꼭 기억해 둬. 바다로 나가면 해안경비대에 걸리니까 그 또한 주의해야 하고."

"알았어."

자동차에서 내린 모주방은 비행기 키를 건네받고 세스나기에 올랐다.

시동을 걸고 모래밭을 질주했는데, 바퀴의 밀착성이 떨어져 경비행기가 이륙하기에 역부족이었다. 한참을 내달리다가 조종간을 최대한 잡아당기자 겨우 뜨기 시작했다. 그러자 자동차로 뒤쫓아 오던 미국인이 경고등을 깜박이고 경적을 몇 번 울리더니 돌아갔다.

이번에도 불법으로 일을 꾸민 것 같았지만, 그는 괘념치 않았다. 2만 달러가 생겼다는 게 중요했다. 법망에 걸리면 안 좋다는 것을 눈치로 알았다. 미국이야 별의별 일이 다 벌어지는 나라니 크게 걱정할 일은 아니라고 여겼다.

4인승 세스나기 뒤쪽에 놓인 검은색 가방은 크기가 꽤 컸고, 위쪽 뚜껑에는 구멍 장치가 부착돼 있었다. 바다에 던져도 빠지지 않을 수단을 강구한 것이었다.

그는 출력을 최대로 높였다. 그리고는 미국인의 충고대로 고속도로 우측 안쪽에 붙어 날았다. 경비행기에 레이더가 있는 것도 아니고, 자동 항법장치가 설치된 것도 아니어서 순수 육안에 의존해 조종할 수밖에 없었다. 더구나 최신형도 아닌 20년쯤 노후화된 기종이라 최고 출력으로 조종간을 당기자 비행기가 자꾸 흔들렸다.

'제기랄!'

자칫하면 추락할 것 같은 느낌마저 들었다. 시속 280km로 날면 밤에는 플로리다 마이애미 해안에 도착할 수 있을 듯했다.

'빌어먹을 춥기는 우라지게 춥네.'

항공점퍼를 입은 윗몸은 그런대로 보온이 됐지만, 하체는 청바지여서 상당히 추웠다. 세스나기엔 히터가 없다. 기름을 너무 많이 잡아먹어서다.

참을 수밖에 없었다. 애리조나주와 뉴멕시코주, 텍사스주 등 중남부 내륙으로 들어갈수록 고속도로엔 가로등이 없다. 이용 차량이 드물어 아예 설치하지 않았고, 주 경계와 도시 진입로에만 가로등이 있다. 미국은 발전소도 민간이 운영하는 터라 전기료가 무척 비싸다.

모주방은 할 수 없이 고도를 조금 높여 날았다. 시야를 확보하고, 불빛을 찾아 따라가야 하기 때문이다. 자칫 방향을 잃고 군사 지역으로 접근했다가는 큰일 난다. 대공포를 쏘아대고, 정체를 밝히라는 무전이 빗발치는 탓이다. 특히, 야간에는 경계가 최고로 높고, 미확인 물체로 오인되면 미사일을 맞을 수도 있다.

그런데 사람들 대부분 지구가 자전한다는 사실을 잊고 살지만, 비행기를 타면 그걸 확인할 수 있다. 일반인들은 땅에서 일상을 보내는 탓에 해가 어떻게 뜨고 지는지 모르는 게 다반사다. 실은 해가 뜨고 지는 게 아니라, 행성 지구가 항성 태양의 주위를 1년 365일 타원으로 돌면서 자전축 중심으로 기울기 23.5도 때문에 어둡고 밝아지는 것이다.

제트엔진을 단 여객기를 타고 밤에 이륙해 다른 대륙으로 날아가면 그 광경을 목격할 수 있다. 자전하는 반대쪽으로 비행하다 보면 태양이 뜨는 걸 볼 수 있고, 비행시간이 길어지면 착륙지는 다시 밤이 되는 것이다. 또 그 역방향으로 계속 날아가면 밤이 줄곧 이어지다가 목적지에 내릴 때 아침이 되는 것도 그 때문이다.

미국은 땅덩어리가 드넓어 세스나기를 탄 지금 그런 현상을 볼 수 있다. 미국은 시간을 동부와 서부로 나눠서 계시하는데, 그 시차는 3시간이다.

서부 라스베이거스에서 이륙한 지 4시간쯤 되자 해가 뜨는 것을 확인할 수 있었다. 그러니까 밤 11시에 이륙해 4시간을 날고, 시차 3시간을 더하면 7시간이 흐른 셈이다. 미 중부는 이미 아침이고, 동부는 오전 10시가 됐다는 뜻이다. 앞으로 6시간을 더 날아야 하니까 플로리다는 밤 10시에 도착한다.

미국에서는 경비행기 조종을 레저로 삼는 사람이 많아 규제가 그다지 엄격하지 않다.

모주방은 이제 거꾸로 너무 더워서 죽을 판이다. 태양이 점점 뜨거워지는 루이지애나주와 미시시피주 남동부를 날고 있기 때문이다. 그러면서 속으로는 제발 엔진이 잘 돌아주기만을 빌고 있다. 시간이 흐를수록 과열된 엔진이 털털대기 시작한 것이다. 다행이라면 단발이 아니라 쌍발엔진이어서 그런대로 버틸 수 있었다. 한쪽을 끄고 날 수도 있지만, 엔진을 끄는 건 목숨이 달린 문제라 겁이 났다. 더구나 보조 연료통 두 개와 큼직한 가방 무게가 더해져 세스나기가 비행하기는 벅찬 것이었다.

그럼에도 용케 버텨내서 앨라배마주 동부로 접근했고, 마침내 플로리다주 경계를 넘었다. 동부 시각으로 이미 저녁 9시였고, 30분만 더 날면 해안가로 빠져나갈 수 있을 것 같았다.

도시의 불빛은 마치 보석을 깔아놓은 것처럼 반짝거렸다. 마이애미 해변은 밤인데도 사람들이 북적거렸다.

혹시 몰라 대서양 쪽으로 선회해 목표지점에 당도하자 히스패닉이 무전기로 호출했다. 물건을 떨어트리라는 것이다. 그는 시키는 대로 세스나기를 50도쯤 기울여 묵직한 가방을 바다에 밀어 넣었다. 물론 구명장치의 끈을 잡아당기는 것도 잊지 않았다. 히스패닉은 "Good!"이란 짧은 한마디와 돌아가라는 지시를 덧붙였다.

도박의 원조, 리노

플로리다에서 돌아온 모주방은 미국인이 무전기로 설명한 라스베이거스 공항 외곽 개인 비행기 전용 활주로에 4인승 세스나기를 착륙시키고, 곧장 리노행 국내선을 탔다. 리노는 네바다주 북서쪽에 있는 아주 작은 도시다.

미국인과 히스패닉의 정체는 알 길 없지만, 그들과 다시는 마주치고 싶지 않아 라스베이거스를 뜬 것이다. 리노는 30분 만에 도착했고, 택시를 잡아타고 H 카지노로 갔다. 고물 경비행기를 몰아준 대가로 받은 2만 달러가 수중에 있었기 때문이다. 리노는 깨끗하고 조용하다. 라스베이거스처럼 노숙자와 창녀들이 들끓지 않는다.

그는 우선 세븐카드에 끼어들었다. 늘 그랬듯 밑천을 불리기 위한 절차다. 베팅액도 그다지 크지 않아 신경 좀 쓰면 판을 휩쓸 수 있다. 물론 모든 판을 다 따는 건 아니지만 바카라보다 승률이 높은 편이다. 그러나 예상은 언제나 빗나가기 마련이다. 라스베이거스는 어설픈 관광객이 주 고객이지만 리노는 많이 달라 대개는 갬블러 수준의 손님들이 숱하다. 그는 리노가 라스베이거스보다 먼저 생겼고 정말 도박을 아는 사람만이 찾는다는 것을 몰랐다.

시간이 흐를수록 모주방은 초조해졌다. 밑천이 상승세를 탔다가 차츰 줄어들고 있었다. 계산대로 판을 쓸었다면, 10~20만 달러는 돼야 할 텐데 도리어 빨려서 1만2천 달러밖에 안 남았다. 같은 족보를 잡고도 끗수에 밀린 뒤부터 위기감을 느껴 무모한 베팅을 남발한 것이다.

판돈은 기본 1달러, 4, 5, 6구까지 하프고, 7구는 풀이었다. 모두 7명인데, 한 판에 6구까지 약 400달러를 베팅해야 하고, 히든카드를 보려면 700달러가 필요한 것이다. 물론 패가 나쁘면 5, 6구에서 접으면 되는데, 족보를 쥐려면, 모험이 요구되는 터라 대개 6구까지 쫓아가게 된다. 더욱이 트리플이나 투 페어가 떨어지면 반드시 풀하우스를 노리게 되어 히든을 기다리다가 망하는 것이다. 그나마 운 좋게 투 페어와 트리플로 작은 판을 서버 번 당겨서 5만2천 달러다.

대여섯 판은 쉬었다. 겨우 풀하우스를 잡아 풀베팅하고 오픈했는데 끝까지 남은 상대가 에이스 풀이었다. 또 절반이 날아갔다.

세븐카드 1판을 진행하는데 보통 20~30분씩 잡아먹어 20여 판 만에 새벽으로 접어들었다. 게임은 과열로 치달았다. 3장 받은 뒤 딜러가 4, 5, 6, 7까지 오픈할 때마다 희비가 엇갈렸다. 판이 바뀌어 모주방은 다른 상대 표정까지 읽어가며 신중을 기했는데, 모두 히든을 노리는 것 같았다. 판돈이 5천 달러를 넘었다.

그는 이빨 빠진 스트레이트 플러시를 쥐고 있었다. 딜러의 마지막 카드가 오픈되기를 학수고대했는데, 자신도 깜짝 놀랐다. 스페이드 7, 8, 10, 11에 9가 떨어진 것이다. 하늘이 도운 기분이었다. 7에서 4명이 접고, 3명만 남았다. 마지막은 풀베팅이니까 왼쪽부터 5천 달러를 밀어 넣었는데, 두 번째 손님이 되받아쳤다. 판돈은 1만5천 달러가 됐고, 그는 1만5천 달러에 다시 한번 더 3만 달러를 되받아쳐야 했지만, 남은 칩이 2만7천 달러, 3천 달러가 부족했다.

올인을 선언하자 다른 두 명이 동의해 그 액수만을 넣었다. 안타깝지만 어쩔 수 없는 노릇이었다. 딜러가 오픈을 요구하자 두 명은 같은 풀하우스였는데, 네 번째 손님은 킹이었고, 일곱 번째 텐이었다. 하지만 모주방이 패를 까놓자 딜러가 스트레이트 플러시, 위너를 선언했다. 그리고는 판돈을 그에게 밀어주었다. 죽으라는 법은 없구나 싶었다. 이 돈마저 털리면 거리 귀신이 될 뻔했는데, 마지막 승부에서 행운의 여신이 미소를 지은 것이다. 밑천이 한순간에 12만 달러로 불었고, 딜러가 카지노 규정대로 땡 값 6만 달러를 여섯 명에게 요구 36만 달러를 더 받았다.

모주방은 너무 신이 나 실신하기 일보 직전이었다. 평생 한 번 잡을까 말까 한 로얄 스트레이트 플러시에 버금가는 스트레이트 플러시를 잡다니 말이다. 그리고는 예의상 두어 판 더 플레이하고는 자리를 일어섰다. 다른 손님들은 아무 소리 안 했다. 자기들도 스트레이트 플러시를 잡았다면 그게 오늘 운의 최고점을 친 것이라 여기는 듯했다. 냉정한 도박판에서는 불평불만이 있을 수 없다는 사실을 모두 잘 아는 것이다.

객실로 올라온 그는 칩을 금고에 넣고 침대에 벌렁 드러누웠다. 자신도 모르게 자꾸 웃음이 나왔다. 도박판에서 대박을 터트린 경우가 그리 많지 않았지만, 이때만큼은 누구보다 행복함을 느낀다. 그 순간이 찰라에 가깝지만 말이다.

손목시계는 어느덧 새벽 5시를 가리키고 있었다. 담배와 커피를 입에 달고 밤을 꼬박 지새운 탓인지 갑자기 긴장이 풀리자 배가 무척 고팠다. 룸서비스로 시킨 최고급 요리로 허기를 메웠다. 그리고는 샤워한 뒤 잠을 청했다. 바카라판에 옮겨가려면 체력을 비축해 둬야 한다.

그가 VIP룸에 내려간 것은 오후 4시다.

리노에 그동안 한 번도 안 온 건 아니지만, 라스베이거스처럼 익숙하지는 않다. 바카라판에서 게임에 몰두하는 멤버들도 그리 자주 봐온 얼굴이 아니다.

세계 어느 카지노든 꼭 끼어있는 인종이 바로 아랍의 석유 부호들이다. 버림받은 모래사막에서 석유가 터지는 바람에 달러를 주체하지 못해 도박판을 유람하는 족속이다. 대개는 왕족과 친인척이거나 부족장의 자제들이다. 중동에서는 일부다처제로, 왕족이나 부족장은 마누라를 열 명씩 거느리고 있고, 자식들도 수십 명이나 된다. 단지 무슬림의 종교는 90%가 이슬람이지만, 수니파와 시아파로 나뉜다. 수니파는 원리주의자고, 시아파는 개혁주의로서 두 파벌 간에 싸움은 피를 부르기 십상이다. 석유 부호는 대개 수니파여서 점잖다.

모주방은 중남미 손님 곁에서 플레이어 패를 받았다.

최하 1백 달러, 최고 1천 달러다. 바카라 룰은 유럽이나 미주나 다 똑같다. 물론 게임 멤버가 상의해 합의를 보면 얼마든지 바꿀 수 있다.

카드 페어는 7이다. 썩 내키지 않은 숫자지만, 그렇다고 낙심할 필요는 없다. 스탠드 할 밖에. 모두 4명이 게임을 하고 있어 진행은 상당히 빠르다. 애석하게도 뱅커에 8이 떨어졌다. 플레이어에 함께 간 유대계 미국인도 쓴웃음을 머금었다. 뱅커에 베팅한 아랍인과 중남미인 2명이 1,990달러씩 배당받았다. 30분이 지나도 플레이어엔 승률이 저조했다. 그는 조금 초조했다. 밑천은 39만 달러로 줄었다. 초반에 몇 번 당겨야 버틸 수 있는데, 상대들이 워낙 노련해 좀처럼 흐름을 돌려놓지 못했다.

패가 다시 날아왔다. 합 1이었다. 실망하기는 이르지만, 기대할 만한 숫자도 아니다. 보너스카드가 말라버리면 끝이니까. 우려는 현실이 되기 쉽다. 그것은 오랜 도박을 통해 얻은 육감 같은 것이기 때문이다. 또 육감은 과히 틀리는 법이 없다. 얄밉도록 말이다. 8+3+1=2가 됐다. 망한 것이다. 뱅커로 옮긴 유대계 미국인은 보너스카드를 원했고, 중남미인과 아랍인도 동의했다. 딜러가 오픈하자 합은 4였다. 그래도 3명은 각각 1,990달러를 배당받았다.

모주방은 담배를 피워 물며 자기 앞에 쌓인 칩을 헤아렸다. 35만 달러다. 딜러가 패를 돌리기 전, 잠시 쉬겠다면서 일어섰다. 아직 본전을 찾지 못했지만 흐름이 좋지 않다고 판단한 것이다. 화장실에 들러 커피를 빼 들고 다시 돌아왔다. 게임은 여전히 돌아가고 있었는데 아랍인이 또 판돈을 가져갔다. 곁에서 지켜봐도 프로다운 포스가 느껴졌다.

그는 딜러가 열어놓은 카드를 확인했는데, 합이 3이었다. 저절로 욕지기가 새었다.

"씨발, 진짜 어정쩡하네."

바카라판에서 죽음의 숫자가 바로 3, 4, 5다. 이 숫자들은 낮은 게 들어와야 승산이 있는데, 그럴 경우는 확률이 10%도 안 된다. 도박이란 게 꼭 확률에 따라 승부가 갈리는 건 아니지만, 카드는 그래도 어느 정도 확률이 맞아서 떨어진다.

모주방은 플레이어 보너스카드를 요구하고는 아예 볼 생각도 안 했다. 1, 2, 3, 4의 낮은 숫자가 와야 합이 6, 7, 8, 9가 되기 때문이다. 반면 5, 6, 7, 8은 합이 0, 1, 2, 3이 되는 터라 승산이 없다. 함께 베팅한 중남미인이 보너스카드를 받고는 웃는다. 합이 9가 된 것이다. 모주방은 그제야 카드를 확인했다. 자신은 포기하고 있었지만, 스페이드 6이 떨어진 것이다. 8+5+6=9가 됐다. 이게 웬 떡이냐 싶었다. 뱅커에 베팅한 아랍인과 유대계 미국인은 카드를 접었다. 그는 중남미인과 함께 모처럼 2천 달러를 당겼다.

그런데 시간이 흘러갈수록 머피의 법칙이 또 망령을 부렸다. 51:49의 변화무쌍한 조롱 말이다. 플레이어 8이 오면 뱅커에 9가 떨어지고, 더구나 7:7 타이까지 터져서는 베팅을 고스란히 뜯기기도 했다.

모주방은 맥이 쭉 빠졌다. 더 이상 게임을 하고 싶지 않았지만, 자리를 박차고 일어설 만큼 심지가 곧지 못했다. 어물어물 딜러에게 패를 받고 있었다. 플레이어 카드 페어는 재수 없게 또 5였다. 내리막이라고 생각했다. 먹었어야 할 패로 못 먹으니 그렇지 싶다. 참 안 된다고 여겨졌다. 이긴다고 생각하면 피해 가고, 피해 간 것 같은데 따라붙어 판돈을 채가니 말이다. 짜증이 나기 시작했다. 이러면 안 되는데 하면서도 자꾸 방금 전의 패가 뇌리를 자극했다.

보너스카드가 오픈되자 1이 떨어져 합은 2+3+1=6이 됐다. 좋은 것도 나쁜 것도 아닌 패다. 뱅커가 스탠드를 선언한 건 합이 5+2=7이기 때문이었다. 한 끗발로 다시 미끄러졌다. 손목시계는 어느새 밤 10시를 지나고 있었다.

그렇게 판에 붙잡혀 휘둘리고 있는데, 백인 여자가 곁에 와 서 있었다. 리노도 VIP룸엔 창녀들 출입을 금하고 있는데, 이 여자는 경호원과 아는 사이인지 가벼운 대화도 나누고 있었다. 꽤 큰 키에 볼륨 있는 몸매였고, 롱드레스를 입고 있었다.

모주방은 관심 없이 그냥 힐끗대고는 게임에 몰두했다. 베팅이 큰 판은 채이고, 작은 판만 거두고 있었다. 서너 판 물리다가 한 판 당기면 밑천은 유지되니까 버티기는 하는데, 조금씩 지쳐가고 있었다. 백인 여자는 곁에서 판을 구경하고 있었다.

플레이어 카드 페어는 10이었다. 보너스카드를 요구할 수밖에 없었다.

그는 백인 여자가 유대계 미국인을 찾아온 줄 알았다. 신경이 쓰였지만 무례하게 대할 수는 없어 내버려 뒀다.

세 번째 패를 보니 하트 8이었다. 바카라 게임에서 10과 J, Q, K는 제로로 간주하며, 카드 두 장의 합도 10이면 제로로 한다는 게 게임 룰인 탓에 3장을 합한 수도 8이 된 것이다. 유대계 미국인과 아랍인, 중남미인의 뱅커는 5+2=7이어서 패스했던 것인데 베팅을 잃었다.

2천 달러를 챙긴 뒤 좀 쉬었다가 온다고 딜러에게 말했다. 칩을 박스에 담아 들고 VIP룸을 벗어나자 뜻밖에 백인 여자가 따라붙었다. 승강기에 오르자 뒤따라 탔고, 그녀가 먼저 말을 걸어왔다.

"방금 이긴 것 축하해요."

"아, 네."

모주방은 피식 웃었다. 칩 몇 개를 원한다는 것을 알면서도 싫지는 않았다. 가까이 보니 생김새도 상당한 수준이었다. 그녀에게 슬며시 관심을 건넸다.

"몇 층에서 내려요?"

"10층이요."

백인 여자는 대꾸와 함께 뜻밖의 기억을 내놓았다.

"세븐카드에서 스트레이트 플러시 잡은 것 봤어요."

"그래요?"

모주방은 웃어 보였다. 그녀의 암묵적인 요구를 받아들인다는 뜻이다. 백인 여자는 부드러운 목소리를 지녔다.

"리노에서 자주 본 얼굴은 아닌데, 어디 출신이에요?"

"코리아."

"일본인 아니고?"

"한국을 잘 모르는 모양이에요?"

"음~ 흥!"

"곧 올림픽 열릴 텐데요."

"아, 맞아. 서울?"

"듣기는 했군요."

모주방이 14층에서 내리자, 그녀는 망설임 없이 발걸음을 옮겼다. 객실 문을 열쇠로 열자마자 안으로 들어섰고, 침대에 걸터앉아 다리를 꼬았는데, 드레스 앞쪽이 터져 있어 티팬티가 고스란히 드러났다. 그는 금고에 칩을 넣고 물었다.

"배 안 고파요?"

"별로, 와인이나 한잔했으면 좋겠어요. 괜찮죠?"

"물론."

모주방은 전화기를 들고 프런트에 룸서비스를 요구했다. 레드 와인과 함께 최고급 요리를 부탁한 것이다. 조금 어색해진 터라 담배를 피워 물고는 창밖을 내다보았다.

"어디에서 왔어요?"

"서독."

"게르만도 도박해요?"

"아니에요. 전 모델이에요. 나이는 좀 들었지만요. 뉴욕 패션쇼에 참석했다가 돌아가는 길에 잠시 쉬려고 리노에 들러본 거예요."

"카지노에서?"

"스트레스 풀려고 가끔 슬롯머신을 돌리는 것뿐이에요. 카드는 직접하는 것보다 구경하는 것을 더 좋아하고."

독일 여자는 오해하지 말라는 듯 미소를 지었다.

잠시 후, 종업원이 푸드카를 밀고 들어와 정돈해 주고 나갔다. 팁을 건넨 모주방은 독일 여자에게 의자를 권하고 마주 앉아 식사했다. 생각 없던 그녀는 포크를 빼앗아 들고는 와인과 함께 이탈리아식 생선요리를 허겁지겁 먹어 치웠다. 천진난만한 얼굴로 말이다.

"몸매 관리해야 하는데, 한 입만 더. 한 입만 더."

"후후…."

모주방은 파안대소하며 그녀가 남긴 찌꺼기 몇 점으로 요기했다. 원래 대식가는 아니고 늘 굶다시피 한 터라 상관하지 않았다. 독일 여자는 양해를 구했다.

"샤워해도 돼요?"

"편리한 대로."

"드레스 지퍼 좀 내려줘요."

독일 여자는 등을 그에게 향하고는 부탁했다. 남자 경험이 없는 건 아니지만 동양인은 처음이다. 유교적 관념으로 가늠하면 서양 여자가 천박해 보일 수도 있다. 모주방은 그녀의 부탁을 거절하지 않았다. 드레스 지퍼를 잘록한 허리께까지 열어주고는 물러났다.

"갈아입을 옷이 없잖아요?"

"당신 트렁크 속옷 하나 빌려줘요."

"그래요."

모주방은 그녀가 알몸이 돼 욕실로 건너가는 것을 지켜보았다. 바짝 올라간 엉덩이가 매력적이었다. 그리고는 가방에서 남자 팬티를 꺼내 놓았다.

담배를 피워문 그는 창가에 서서 야경에 휩싸인 리노 시가지를 내려다보았다. 라스베이거스의 휘황찬란한 밤은 왠지 모르게 음흉하고, 외설스러우며, 저승사자 같은 느낌을 주는 데 비해 리노는 차분하고, 조용한 분위기를 연출한다. 그렇다고 관광객이 전혀 없는 것은 아닌데, 도박의 전통성을 내세워 냉정하고, 엄격한 품위를 갖춘 것 같았다. 뭔지 모르게 광기 어린 라스베이거스와 차별되는 전략을 구사하는 것이다.

독일 여자는 큰 타월에 알몸을 감고 나서서 젖은 머리카락을 수건으로 말렸다.

"오늘 얼마나 벌었어요?"

"1백만 달러 될까?"

"그럼 더 하지 말아요."

독일 여자는 단호한 어투로 말했다. 얼굴까지 정색했다. 모주방은 의아해했다.

"왜?"

"나랑 놀아요. 말이 1백만 달러지, 그게 얼마나 큰돈인지 몰라서 그래요?"

독일 여자는 그를 강경하게 나무랐다. 그리고는 자신의 직업을 비교해 말했다.

"내가 그만한 돈을 벌려면 꼬박 10년은 스테이지에 서도 만들 수 없는 금액이에요. 알아요? 그나마 서른을 넘기니까 패션쇼에 초청되는 횟수도 줄어들더군요. 결혼도 한 번 실패한 터라 재혼은 생각하기도 싫고요."

"……"

"어서 씻어요."

독일 여자는 마치 마누라처럼 그를 욕실로 떠밀어 넣었다. 스페인식 영어가 귀엽게 느껴졌다. 모주방이 간단히 샤워하고 나오자, 그녀는 침대 시트 속에 누워있었다. 손짓으로 곁에 와 누우라기에 원하는 대로 했다.

"당신은 결혼했어요?"

"아니."

"잘됐네."

독일 여자는 반색하며 졸랐다. 모주방을 본 지 채 1시간도 안 됐는데, 살갑게 굴었다. 게르만인의 투박한 본디 성격과 달랐다.

"날 밝으면 우리 여행이나 떠나요. 아무 조건 없이. 단 경비는 당신이 대고."

"그러지 뭐."

모주방은 좋다고 했다. 도박에 지치기도 했지만 좀 쉬고 싶었다.

독일 여자는 손을 그의 아래 춤에 넣고 살살 만지작댔다. 그보다 키가 한 뼘 정도 더 커서 자격지심이 생겼지만, 섹스로 잘 다룰 수 있을 것 같았다. 그런데 언짢게 만든 한마디를 던졌다.

"당신 물건 참 작다."

"……"

모주방은 자존심이 상해 딴청을 했는데, 그녀가 입에 넣어보더니 조금 의외라는 듯 쳐다보았다.

"꽤 단단한데?"

"나, 원 참."

"당신 백인 여자들과 많이 해봤지?"

독일 여자가 넘겨짚기에 그는 한술 더 떠 염장을 질렀다.

"흑인 여자들이 더 좋던데, 난."

"못됐다."

그녀는 모주방의 가슴을 손바닥으로 찰싹 때렸다. 그리고는 덧붙였다.

"당신은 도박하느라 피곤할 테니 나한테 맡겨요."

"……."

모주방은 싫지 않은 눈길을 건넸다. 창녀들과는 전혀 다르게 어딘가 순수하고 꾸밈이 없었다. 독일 여자는 한 번 결혼했었던 경험 탓인지 테크닉을 잘 구사했지만 만족하지는 못했다. 결국은 그에게 자세를 내쳤고, 뒤에서 도와달라고 어리광을 부렸다.

속궁합이 잘 안 맞는 것은 어쩌면 당연하다. 체구가 자기보다 큰 백인 여자고, 물건도 제법 큰 다른 사내들과 놀아본 탓에 불만을 가지는 것이다. 하지만 그의 매운맛이 점차 상승작용을 일으켰는지, 서서히 신음을 토하고 있었다.

그가 양기를 더 모으자 파르르 떨면서 아~악! 비명을 쏟았다. 그러다간 얼마 후 푹 쓰러졌다. 오르가즘을 느낀 것이다. 모주방은 여자가 최고점에 달하면 어떻게 되는지 잘 알고 있는 터다.

한숨 푹 자고 일어나자 아침 8시였다. 먼저 일어난 독일 여자는 생글대며 키스해 주었다.

"진짜 오랜만에 최고의 사랑을 맛보았어요. 고마워요."

"다행이군."

모주방은 담배를 피워 물었다. 그녀가 정말 마음에 들어 최선을 다한 것이다. 그렇지 않았다면 그의 고약한 성질이 여자를 상당히 괴롭혔을지 모른다. 독일 여자는 옷을 챙겨 입더니 채근했다.

"어서 여기를 뜹시다. 음? 렌트카 빌려서."

"리노에도 볼 것은 많아."

"아, 싫어요."

"또 게임을 할까 봐?"

"당연하죠."

"알았어."

모주방은 하는 수 없이 짐을 챙겨 객실을 나섰고, 승강기를 그녀와 함께 탔다.

1층 환전소에서 칩을 교환한 뒤 미국 본토 은행에 넣어달라고 했다. 독일 여자는 홀 한쪽 구석에 설치된 손님용 보관함에서 가방을 꺼냈고, 화장실로 뛰어가 청바지에 흰 티, 가죽점퍼를 걸쳤다. 그리고는 현관 밖에서 기다리는 그를 쫓아왔다.

리노는 주변이 산으로 둘러싸여서 그런지 9월임에도 상당히 추웠다. 새벽엔 서리도 내렸다.

아무튼, 독일 여자가 원하는 대로 자동차를 빌렸고, 운전을 직접 했다. 산악지대 도로를 따라서 캘리포니아주 경계를 넘었는데, 그 국도를 쫓아가면 샌프란시스코와 연결된다.

라디오를 크게 틀자, 그녀는 신이 나는지 음악에 맞춰 몸을 흔들어댔고, 모주방은 흥겨워하는 독일 여자를 재밌어했다. 성도 이름도 모르고, 굳이 묻지도 않았지만, 하룻밤 불꽃을 태웠다는 것은 마음이 통했다는 뜻이기도 하다.

샌프란시스코에 도착하자 배가 고프다며 조르기에 일식집에 들어가

182

초밥을 함께 먹었다. 서양인들은 날생선을 잘 먹지 않는데, 그녀는 다섯 접시나 먹어 치웠다. 동경 패션쇼에 갔을 때 처음 먹어봤고, 참 맛있었다는 것이다.

그리고는 금문교 다리를 구경하면서 자살 장소치고는 너무 아름답다고 너스레를 떨기도 했다. 무뚝뚝한 게르만 민족성과는 다르게 활달하고 유머러스했다.

자동차는 주차장에 맡겨놓고 굳이 전차를 타자며 떼를 썼다. 모주방은 그녀가 하고 싶어하는 건 군소리 없이 다 응해줬고, 모처럼 카지노를 벗어나 사람다운 사람으로, 일상다운 일상을 즐겼다. 전차는 샌프란시스코의 굴곡진 언덕을 오르내리며 시가지를 종횡무진 달렸고, 언덕에서는 저 멀리 바다가 보이기도 했다.

한참 이곳저곳을 들러보고, 길거리 악사며 화가, 팬터마임을 넋 놓고 즐겼다.

호텔은 해변과 가까운 곳에 잡고, 룸서비스로 저녁 식사를 해결한 뒤, 밤바다를 걷고 싶다기에 따라나섰다. 모래밭에는 데이트족이 간간이 눈에 띄었다. 또 청소년이 모인 곳에서는 불꽃놀이를 하고 있었다. 바다 냄새가 가득한 샌프란시스코도 9월은 생각보다 좀 춥다. 같은 캘리포니아주인데 LA와는 여러모로 많이 다르다.

독일 여자는 그의 팔짱을 끼며 속내를 드러냈다.

"여기서 살고 싶다. 베를린은 너무 보수적이거든. 짜증도 나고."

"스페인에서 고등학교 다녔는데, 방학 때마다 유럽 각국을 돌아다녔지. 서독 자체가 좀 고리타분하지."

"맞아."

독일 여자는 고개를 끄덕였다.

두 사람은 모래밭 끝까지 갔다가 호텔로 돌아왔다.

객실로 올라와서는 베란다에 나가 샴페인을 마셨다. 하지만 그가 잔만 받아놓고 입에 대지 않자 눈을 흘겼다.

"왜? 나랑 있는 게 싫어?"

"그게 아니고, 술을 못 마셔."

"맥주도?"

독일 여자는 의아함을 감추지 못했다. 이 지구상에 술 못 먹는 인간도 다 있구나 싶은 모양이다. 모주방은 어두운 표정이다.

"알코올 알레르기야."

"참 희한한 체질도 다 있네."

독일 여자는 미간을 찌푸리며 흥을 본다. 그런 뒤 불쑥 물었다.

"당신 직업이 도대체 뭐에요?"

"알 필요 없잖아."

"혹시 도박중독자 아냐?"

독일 여자가 정곡을 찌른다. 이혼 이후 카지노를 자주 드나들어서 넘겨짚은 것이다. 모주방은 그냥 쓴웃음으로 얼버무렸다. 긍정도 부인도 아닌 제스처에 그녀는 실망했다는 낯빛이다.

"그럼 당신이 미국에서 사업하는 것도 아닐 테고, 서울에서 돈 많은 부자로 사는 모양이지?"

"……."

모주방은 고개를 가로저었다. 조금 창피했다. 독일 여자는 자기 속내를 내놓았다.

"당신이 좀 건실한 생활을 하는 사람이라면 좀 달리 생각하고 있었어. 적어도 계약 결혼 형식으로 동거도 염두에 뒀다고."

"미안하지만 그럴 수 없어. 네 말대로 난 도박중독자거든."

"겜블러?"

그녀는 단 이틀 만에 깊은 생각을 한 터여서 반문했다. 정말 도박중독자라면 자신이 극구 말려볼 작정이다. 모주방은 담배를 피워 물며 답변을 회피했다.

"……."

"지금 당신이 가진 그 돈으로 다른 것을 해볼 의향은 없어?"

독일 여자는 네가 확고한 의지가 있다면, 당분간이라도 같이 살아줄 용의도 있다고 설득하는 것이다. 동양인치고는 왠지 마음이 당겨서다. 외모는 별 볼 일 없지만 말이다.

"물론 나도 스트레스 풀 겸 카지노를 드나들기는 했어도, 그렇게 거액을 놓고 게임 하는 것은 아니라고. 그저 1달러짜리 슬롯머신이나 몇 번 돌리는 수준이지."

침대에 나란히 누워서도 이야기는 계속됐다. 그녀의 의문에 시달리는 것이지만 말이다.

"카지노에 쓸 돈은 도대체 어디서 나?"

"그냥 이런저런 일로 돈 좀 만들어서 하는 거야."

모주방은 여자한테 호되게 몰리기도 처음이다. 하기야 그녀를 만난 곳이 카지노였으니 뭐라 변명할 게 없었다. 다른 여자들은 그가 도박하는 것을 몰랐으니까. 독일 여자는 어물쩍 넘어갈 수 없었다.

"내가 20대엔 한창 잘나가서 파리, 로마, 런던 등 하루에 세 탕씩 스테이지에 섰지만, 그리 뛰어도 1백만 달러는 만질 수 없었고, 30대 초반인 지금은 더더욱 희망 사항일 뿐, 결코 벌어들일 수 없는 거금이라고. 당신은 나랑 헤어지면 또 리노에 분명히 갈 거야, 그지?"

"흠!"

모주방은 그녀의 다그침에 침묵할 수밖에 없었다. 새벽이 한참 깊었는데도 섹스를 나눌 분위기가 아니었다. 독일 여자의 채근은 끊일 줄 몰랐다.

"제발, 달리 방법을 강구해 봐요."

"……."

모주방은 담배만 뻑뻑 피워댈 뿐이었지, 무슨 대답을 내놓을 입장은 아니었다. 스스로 도박중독자인 것을 부인하지 못하기 때문이다. 독일 여자는 어떻게 해서든 그의 도박에 대한 집착을 끊어보려 애썼다.

"당신이 만약 도박에서 손을 떼면 나랑 같이 베를린에 가던지, 뉴욕으로 가서 새로운 삶을 계획해 봐요."

"……."

모주방은 미동도 하지 않았다. 솔직히 독일 여자의 하소연이 귀에 들어오지 않았다. 그녀는 심각하게 매달렸다.

이제까지 생과 사를 넘나들며 번 돈은 카지노에서 모두 탕진한 그로서는 다른 생활을 꿈꿔보지 못했다. 1백만 달러가 수중에 있는 지금, 무엇을 할 수 있는지 딱히 떠오르는 게 없었다. 그에게 있어 돈이란, 그저 카지노 게임에만 필요한 도구일 따름이지, 그것으로 재화 재생산을 구체적으로 따져 본 일이 서른다섯 살 되도록 단 한 번도 없었기 때문이다. 돈에 대한 가치를 보편적으로 환산할 이유도, 그래야 할 필요도 못 느끼고 살아온 것이다.

독일 여자는 그의 침묵에 지쳤는지 돌아누워 잠들었다. 모주방은 침대를 빠져나와 베란다로 나갔다.

모나코에서 그리스 여자도 그랬었다. 온몸을 던져가면서 제발 정신 차리라고 매달렸는데, 독일 여자도 그런다. 하지만 그의 뇌리엔 온통 카드 숫자만 어른거릴 따름이지, 일반적인 물가를 셈하거나 학자금 걱정 따위는 안중에 없다.

줄담배만 빨아대면서 하얗게 밀려드는 파도를 물끄러미 내려다볼 뿐이다.

머리가 텅 빈 것 같았다. 다른 직장인처럼 승진을 고민한 것도 아니고, 봉급이 덜 올랐다며 걱정해 본 적도 없으니 당연한 일상을 셈할 수 없었다.

독일 여자가 일어나기 전에 뜨고 싶었지만, 왠지 그녀가 마음에 들었고, 그의 발목을 잡았다. 자신이 먼저 떠나는 것보다 독일 여자가 베를린으로 휑하니 가버리는 것을 바랐다.

해가 뜨고 그녀가 일어났지만, 모주방은 시선을 마주할 수 없었다. 독일 여자는 걱정부터 건넸다.

"한숨도 못 잤구나?"

"원래 잠이 없어."

모주방은 그녀의 해맑은 얼굴이 싫지만은 않았다. 좀 더 긴 시간을 평범한 연인처럼 함께 즐기고 싶었다. 평생 그렇게 보편적인 연애를 해본 적이 없었으니까. 여자에게 접근한 목적은 그저 도박 밑천을 뜯어내기 위한 것이었다. 독일 여자는 가벼운 입맞춤을 해댔다.

"당연하지, 바보야. 당신은 고민 좀 해야 해."

"맞아."

모주방은 독일 여자의 면박을 달게 받았다. 틀린 말은 아니다. 그녀는 모주방을 끈질기게 회유하고 있었다.

"샤워 같이할까?"

"아니, 괜찮아."

모주방은 단순히 너를 섹스파트너로 생각하는 것은 아니라는 속내를 내비쳤다. 마음 깊은 곳에서 뭔지 모를 애틋함이 솟구쳤다. 독일 여자는 그가 보는 데서 알몸이 되었고, 샤워실로 건너갔다. 문을 열어놓은 채 큰 소리로 말했다.

"오늘은 LA로 가자! 음?"

"그러지 뭐."

모주방은 침대에 걸터앉아 그녀를 무심히 쳐다보았다. 물줄기는 그녀의 알몸을 감쌌고, 무슨 속셈인지 비누칠을 해가며 장난했다. 비록 서른 살은 넘겼지만 '아직 쓸만하지?' 하는 거였다. 키 작고 볼품없는 동양인 주제에 나 같은 늘씬한 백인 여자 모델을 가져본 것을 영광으로 알라는 시위였다.

그것은 사실이었다.

많은 백인 여자들을 겪어봤지만, 독일 여자와 같이 잘 빠진 글래머는 처음이고, 마음에 들기도 했다. 다른 서양 놈들이 봐도 홀딱 반할 만큼 미인이기도 하다.

아침 식사는 호텔 레스토랑에서 함께 했다. 독일 여자는 현직 모델답게 캐주얼 차림도 잘 어울렸다. 다른 손님들이 전부 힐끗댔다. 그녀는 잘 먹으면서도 연발하는 소리가 있다.

"살찌면 안 되는데."

"엄살떨기는."

"아랫배가 주책없이 자꾸 늘어진단 말이야."

"좀 조용히 해, 창피하게 왜 그리 떠드니?"

"뭐 어때."

"넌 언제 베를린에 갈 거니?"

"내가 싫어?"

독일 여자는 포크를 놀리다가 금방 시무룩했다. 영락없이 여자인 속내다. 모주방은 당황해 손을 내저었다.

"아냐, 아냐. 싫기는. 네가 갑자기 비행기 타고 도망갈까 걱정돼서 해본 소리야."

"걱정하지 마. 당신이 카지노에만 안 가면 죽을 때까지 붙어있을 거니까."

"⋯⋯."

모주방은 내심 그게 더 무서웠다. 그로서는 카지노에서 카드를 쥐어야 심리적 평정을 찾고 불안을 떨칠 수 있기 때문이다. 도박중독자의 일상적 강박증 말이다.

아침을 간단히 마무리한 두 사람은 자동차를 타고 태평양 해안선을 따라 LA로 향했다. 독일 여자는 조용하다. 아까 레스토랑에서 한 이야기 때문인 듯했다. 모주방은 문득 호텔에서 본 포스터를 떠올렸다. 롤링 스톤스 미국 공연 말이다.

"헤~이, 게르만. 우리 록 공연 보러 갈래?"

"오, 예! 무조건 가자. 어디서 누가 하는데?"

"LA 스타디움에서 롤링 스톤스."

"와우! 진짜? 진짜?"

"예매한 것은 아닌데, 현장에 가서 암표를 구해보자."

"신난다!"

독일 여자는 그의 목을 와락 껴안고는 키스 세례를 퍼부었다. 어제 새벽녘까지 매몰차게 꾸짖던 여자가 어린애 같은 구석이 있다.

그는 비록 렌트한 포르쉐지만, 속력을 더 높였다. 포르쉐는 미국의 상징이기도 하다. 대당 가격이 2~3억 원을 호가한다. 지면에 낮게 깔려 미끄러지는 승차감은 아우디, 벤츠, BMW를 능가한다. 람보르기니나 페라리와 맞먹는다.

LA에 도착하자마자 점심부터 해결하고 롤링 스톤스 공연이 있을 예정인 스타디움 근처를 배회했다. 혹시 입장권 구할 수 있는지 묻고 다녔다. 인근 가게든, 신문좌판대든, 까페든, 술집이든, 닥치는 대로 뒤지고 다녔다. 그렇게 거의 두 시간을 뒤지자 입소문이 났는지 어떤 흑인 청년이 포르쉐를 찾아왔다. 그리고는 대뜸 말했다.

"롤링 스톤스 입장권 구한다며?"

"물론, 얼마야?"

"두 장에 1천 달러."

"뭐?"

독일 여자는 어처구니없다는 얼굴이었다. 잘하면 뺨따귀라도 칠 기세다. 흑인 청년은 그녀를 아래위로 훑어보았다.

"싫으면 말고."

"한 장에 120달러 하는 것을….."

"……."

흑인 청년은 뒷걸음질 쳤다. 너희들 아니어도 암표 찾는 사람 많다는 것이다. 모주방은 운전석에서 황급히 내렸다.

"좋아, 좋아. 두 장 1천 달러."

"VIP석이야."

"……."

모주방은 어깨로 제스처를 취했다. 믿어도 되겠느냐는 것이다. 흑인 청년은 입장권을 독일 여자에게 내보였다.

"여기 봐. VIP지?"

"가짜 아냐?"

"천만에."

"……."

모주방은 바지 주머니에서 지갑을 꺼내 1백 달러 지폐 열 장을 건넸다. 흑인 청년은 돈을 세고는 입장권을 내주었다.

"오늘이 마지막 공연이라서 싸게 준 거야."

"아니면?"

"2천 달러는 받을 수 있지."

"네 말대로 오늘이 마지막인데, 내가 안 사면 그냥 날리는 것 아니야?"

"천만에, 공연 시간 다가오면 암표 구하는 사람이 구름처럼 몰려들어. 내가 이 장사 한두 번 하는 줄 알아?"

"알았다. 알았어."

"잘 봐, 가짜가 아니란 것을."

흑인 청년은 예매권의 날짜와 스탬프까지 확인시켜 주면서 진본임을 강조했다. 자신은 사기꾼이 아니라는 것을 강조했다. 그럼에도 독일 여자는 열린 창문 밖으로 악을 썼다.

"Fuck you!"

멀어져 가던 흑인 청년도 뒤를 돌아보며 손가락 하나를 치켜세웠다. '엿 먹어!'란 뜻이다. 기겁한 것은 오히려 모주방이었다.

"그러다 총을 꺼내면 어쩌려고 그래."

"히히…."

독일 여자는 배시시 웃는다. 입장권 가격은 일반석이 120달러, VIP석은 200달러다. 모주방은 운전석에 올라 황급히 자리를 떴다.

"그러니까 암표지."

"바보, 이거 가짜야. 일반석이라고."

"할 수 없지."

"공연 시간이 저녁 7시잖아."

"입장 시각은 오후 5시가 맞아."

"미리 들어가면 안 되나?"

"스타디움 문도 안 열었는데?"

모주방은 노천카페를 찾아 이리저리 자동차를 몰았다. 오후 2시밖에 안 됐는데, 롤링 스톤스의 광팬들은 벌써 모여들고 있었다. 그 때문인지 모든 카페와 음식점에는 좌석이 없었다. 독일 여자도 이미 흥분 상태다.

그는 주차장에 포르쉐를 세우고는 동전을 잔뜩 쑤셔 넣었다. 그리고는 인근 펍에 들어갔다. 마침 롤링 스톤스의 히트곡이 흘러나왔고, 그녀는 흥얼거리며 병맥주를 연거푸 마셨다. 주말인데 다 세계적인 록그룹 공연을 앞두고 있어 펍이 일찌감치 영업을 시작한 것이다.

모주방은 그녀가 무슨 짓을 해도 상관하지 않았다. 그냥 무조건 좋았다. 이런 여자를 또 만날 수 있을까 싶다. 하지만 도박중독에 공황장애,

강박증 환자인 자신이 독일 여자를 잡을 수 없다는 것을 잘 알고 있었다. 그녀가 원하는 남자는 일상에서 성실하고, 직업적인 안정을 영위하는 사람이니 말이다.

오후 3시가 넘자 LA 스타디움 문을 열었다는 소문이 돌았다. 롤링 스톤스 팬들이 너무 많이 몰려들어서 경찰 당국이 록 공연 주최 측에 해결책을 요구했고, 관계자가 공연장 문을 열었다는 것이다. 그것은 사실이었다. 인산인해를 이루는 관객을 흡수해 안전을 확보했다는 것이다.

모주방과 독일 여자는 공연장에서 먹을 수 있는 먹거리를 사 들고, 걸어서 LA 스타디움으로 향했다. 하지만 벌써 끝이 안 보일 정도로 줄이 길게 늘어섰다. 듣기로는 거의 10만 명이 운집할 것이라고 지역방송사에서 보도했다는 것이다. 공연무대가 있는 운동장이 VIP로 한정돼 4만 명을 들이고, 관객석은 6만 명을 일반으로 판매했단다.

다행이라면 암표 장수 흑인 청년이 사기를 친 것은 아니었다. LA 스타디움 입구 스텝이 안내하기를 필드로 들어가라 했기 때문이다.

모주방과 독일 여자는 공연무대 앞으로 바짝 다가가 앉았다. 조명과 스피커, 앰프가 어마어마했다. 스타디움 어느 위치에서도 다 잘 들릴 수 있도록 설치했고, 무대 위엔 악기들이 배치돼 있었다. 두 사람은 무대 라인 방어 철책 앞에 앉아 빵과 커피를 마시고 먹었다. 그들 주변에도 삼삼오오 모여 앉아서 늦은 점심을 해결하고 있었다. 서서히 땅거미가 지고부터 관객들은 운동장을 거의 꽉 채웠다.

롤링 스톤스의 공연은 정확하게 저녁 7시에 시작됐다. 첫 연주는 팬들의 함성과 함께 춤을 추며 노래했다.

모주방은 이렇게 많은 사람이 모인 건 처음 보았다. 독일 여자도 그런 것 같았다.

어둠이 내리고 싸이키 조명만이 현란한 반주에 맞춰 공연장을 휘감았다. 록 음악에 흔들려 감정이 이입되기엔 시간문제다. 전설적인 로커

믹 재거의 마른 체구가 드넓은 무대를 꽉 채웠다. 광란적인 매너, 기타, 드럼, 오르간 등이 관객들을 빨아들이고 있었다.

독일 여자도 거의 미쳐가고 있었다. 록에 맞춰 손뼉을 치고, 합창하고, 춤추면서 괴성을 질렀다. 10만 명이 믹 재거의 일거수일투족을 주시하면서 모두 흥분했다. LA 스타디움에 모인 군중은 모두 발을 구르며 스스로 불타올랐다. 마지막 곡 satisfaction을 연주할 때는 10만 군중이 폭발했고, 목청이 터져라 떼창을 했다. 이곳에 모인 청춘들이 자신의 모든 에너지를 쏟아내고 있었다. 앙코르곡으로 Satisfaction을 반복해서 했는데, 그래도 아쉬움이 남았는지 계속 박수로서 커튼콜을 요구했지만, 믹 재거가 더 이상 힘이 없어 못 하겠다고 하자 환호성으로 위로했다. 공연은 그렇게 막을 내렸다.

밤 10시가 되어서 몰려나온 팬들은 거리를 휩쓸며, 노래하고, 춤추고, 괴성을 계속 질러댔다. 경찰이 배치돼 있었지만, 10만 명이 한꺼번에 쏟아져 나오자 어떻게 정리해야 할지 난감한 모양이었다. 술에 취해 싸움하는 것만 아니라면 사고를 미연에 방지하는 차원의 질서 유지만 신경 썼다.

모주방도 흥분에 취해 날뛰는 독일 여자를 가라앉히느라 무던히 애썼다. 주차장까지 걸어서 가는 동안에도 Satisfaction을 흥얼거리며 춤을 췄다. 같은 방향으로 가던 일단의 무리도 함께 노래하고 어울려 춤을 췄다. 큰 덩치에 어울리지 않게 귀여웠다.

포르쉐에 오른 두 사람은 어제 묵었던 호텔로 돌아갔고, 맥주에 취한 독일 여자는 입은 옷 그대로 침대에 쓰러져 잠들었다. 거의 반나절을 춤추고, 노래하고, 펄쩍펄쩍 뛰느라 지쳤는지 금방 코를 골았다.

모주방은 베란다로 나가 담배를 피워 물었다. 언제까지 독일 여자와 어울릴지 고민이었다. 마음속으로는 계속 같이 있고 싶지만, 어울리지 않는 상대라고 여겨졌다. 둘이 함께 미국 전역을 여행하고 싶지만, 상처

받는 건 자신뿐임을 깨달은 것이다. 언젠가는 헤어질 사이이고, 붙잡아둘 명분도 없지 않은가.

그에게 있어 여자란, 섹스 상대이기 이전에 도박 밑천을 뜯기 위한 방편이었고, 그 어떤 여자에게도 사랑을 느껴본 적이 없다. 그런데 독일 여자는 다르다. 처음엔 카지노 드나드는 여자는 다 그렇고 그렇지 생각했는데 대화를 나눌수록 그게 아니라는 것을 알 수 있었다. 단순한 수면제 역할인 창녀나 도박중독자 앵벌인 줄 착각했다. 하지만 그녀는 왠지 함부로 할 수 없는 어떤 진지함이 외모에 있었다. 생김새도 그렇다. 창녀들 특유의 난잡한 모양새가 아닌 성실함이 깃들어 있었다. 어쩌다가 자기에게 마음을 주게 됐는지 알 수 없지만 말이다.

어제 새벽 우연히 본 것이지만 패션잡지에 소개된 독일 여자는 실제 세계적인 모델이다. 그녀 자신이 밝히기도 했지만 말이다.

모주방은 새벽 동이 틀 때까지 결론을 내리지 못하고 전전긍긍하다 침대에서 깊게 잠든 그녀를 내려다보며 메모를 썼다.

> 너를 만나서 참 기뻤고, 즐거웠다. 또 좋은 추억이 될 것 같다. 아마 영원히 잊지 못할 것이다. 네가 베를린으로 돌아갈 비행기 삯을 놓고 갈 테니 독일로 돌아가 잘 지내기를 빈다.

그는 가계수표 책을 꺼내 5만 달러를 긁적여 끊었다.

객실을 나설 때도 독일 여자가 깨지 않도록 조심했고, 승강기에 올라 1층으로 내려갔다. 프런트에 체크아웃한 뒤 주차장으로 건너갔다.

착잡한 기분으로 포르쉐를 끌어내 리노로 향했다. 이유 모를 한숨이 자꾸 새었다. 해변을 따라 샌프란시스코로 내달리자 해가 떠올랐다. 무의미한 하루의 시작이다. 일상을 사는 사람들에게는 뭔가 희망을 주고 새로운 기분을 주겠지만, 카지노에서 사는 자신한테는 오히려 괴로운 시발이기 때문이다. 칩을 쌓아놓고 게임에 몰두할 때면 가는 세월이 귀찮아지는 탓이다. 반면 밑천이 다 털리고 알거지로 카지노를 나서면 맑은 하늘과 비바람, 추위, 허기진 배가 저주스러운 까닭이다.

그래서 바뀌는 하루하루가 싫은 이유다. 천국과 지옥을 가늠하는 잣대가 바로 그 하루이기 때문이다. 그리고는 뇌리를 세차게 때리는 화두도 '이제 또 어디로 가나.'이다. '어떻게 밑천을 만든다?' 하는 반문과 함께. 추운 겨울엔 신문지 한 장 깔고 덮은 채 공원에서 맴도는 것이다.

모주방은 리노 H 카지노에서 1주일 만에 1백만 달러를 다 날렸다.

머릿속에 온통 독일 여자가 가득 차 게임을 제대로 할 수 없었다. 그녀의 환한 미소와 달콤한 목소리 그리고 잘 빠진 몸매가 어른거렸고, 그냥 같이 여행이나 더 다닐 걸 그랬나 하는 잡념이 끊임없이 괴롭혔다.

그러니 카드가 제대로 눈에 들어올 리가 있나. 숫자를 착각하고, 엉뚱하게 보너스카드를 요구해 베팅하는 등 전에는 전혀 하지 않던 짓, 아니 절대 있을 수 없는 헛짓거리를 연거푸 했다. 상대 손님들이 어처구니없다는 시선으로 쳐다보고, 딜러도 당신 좀 이상하다는 제스처를 건넸을 정도다. 아니, 그것은 어쩌면 핑계일 수도 있다. 도박이란 게 딸 때도 있고 잃을 때도 있지만, 이번 경우는 전혀 다른 차원이다.

내가 지금 무슨 짓을 하고 있는지 반문하고, 과연 내가 지금 제대로 살고 있는지 회의하게 된 것이다. 그로서는 35년을 살아오면서 처음으로 자기 자신에 대해 되짚어 보고 있었다.

객실에서 짐 같지 않은 짐을 챙겨나오며 엉뚱한 생각을 하지 않은 것만도 천만다행이다. 종전 같으면 충동적인 자살 시도에 휩싸이기 십상이었다. 이제는 좀 사람다운 생활을 해봐야겠다고 생각하게 된 것이다.

승강기를 타고 1층으로 내려와 호주머니를 뒤졌다. 다행히 1만 달러 칩 2개가 있었다. 우선 환전소에서 현금으로 바꿔 지갑에 챙기고 H 카지노를 뒤로했다. 이제는 다시 오지 않겠다는 비장함마저 다짐하면서 말이다. 그리고는 택시를 타고 리노공항으로 향했고, 국내선에 올랐다.

하지만 그가 내린 곳은 라스베이거스였는데, 게임을 하려 한 게 아니라 미국인을 만나기 위해서였다. R 카지노 VIP룸을 기웃거렸으나 미국인은 보이지 않았다. 한창 게임 중이어서 딜러에게 물어볼 수도 없었다. 미국인이 두 번씩이나 일감을 맡기면서도 연락처를 주지 않았다. 하기는 이름도 모르고, 직업이 뭔지도 몰랐다. 아니, 그 당시엔 알고 싶지도 않았고, 또다시 미국인이 떠안기는 일감은 하지 않을 작정이었으니까.

R 카지노가 아니면 그를 만나기 힘들 것 같아 슬롯머신에 코인을 듬성듬성 집어넣고 있었다. 그러면서 넓은 홀을 주의 깊게 살폈다. 하루를 기다리고, 이틀을 기다려도 미국인은 좀처럼 모습을 드러내지 않았다. 다시 VIP룸으로 가 경호원에게 10달러 지폐를 꽂아주며 미국인에 대해 캐물었지만, 고개를 가로저었다. 알지만 알려줄 수 없다는 말과 함께.

모주방은 등이 달아 10달러 지폐를 더 얹어주었다. 경호원은 그때야 입을 뗐다. 놀라지 말라는 전제로. 그 미국인은 CIA 고위 간부란다. 그는 진짜 기겁했다. 괜히 찾았구나 싶었지만, 한편으로는 잘됐다 싶었다. 연락처를 알 수 없느냐니까 경호원은 정색했다. 손님 신상에 대해서는 일체 비밀인 것, 당신도 잘 알지 않느냐는 것이다. 그렇기는 해도 좀 급해서 연락해야 한다니까, 그것은 정말 안된다는 것이다.

방법은 하나다. R 카지노에서 미국인이 나타날 때까지 죽치는 수밖에.

모주방은 슬롯머신 앞에서 코인을 넣지 않았고, 다른 관광객들이 노는 모습을 어깨너머로 지켜볼 뿐이었다. 미국인이 언제 나타날지 모르기 때문이었다. 담배와 커피값은 있어야 버티기에 2만 달러는 꼭 쥐고 풀지 않았다. 자신에게 이런 면이 있는 줄은 미처 몰랐기 때문에 문득 놀라기도 했다.

'허허….'

내가 카지노에서 돈을 아까워하다니, 오래 살고 볼 일이었다. 독일 여자의 추궁이 효과를 본 것 같았다. 불과 1주일 전만 해도 돈이란 돈은 무조건 카드 게임을 하기 위한 수단이고, 도박의 매개물이라고 여겼는데 말이다. 지금은 다른 생각에 붙들려 놀음을 외면하고 있다. 나름의 발전이라면 발전일 수 있었다.

1주일이 지나도 미국인은 나타나지 않았고, 돈도 조금씩 까먹고 있었다. VIP룸을 하루에 열두 번도 더 드나들자, 경호원이 왜 그러는지 되물었다. 게임은 안 하고 그 미국인을 목매도록 기다리는 이유가 뭐냐는 것이다. 속내를 털어놓을 수는 없어 그저 급한 용무가 있다는 거짓말을 했다. 마치 정보계통에 있는 것처럼 허풍을 떨었다. 그러자 경호원은 워키토키로 사무실에 연락하더니, 오늘 아니면 내일쯤 올 것 같다고 했다.

모주방은 10달러 지폐를 그의 양복 윗주머니에 찔러주고 물러났다. '제발 낯짝 좀 보자. 이 양키놈아.' 하는 뇌까림이 절로 새어 나왔다. 그런데 그 미국인이 승강기에서 막 내려 다가왔다.

"어이, 옐로우 보이, 한동안 안 보이던데, 고향에 다녀왔나?"

"그게 아니고, 일감 없어?"

"밑천 떨어졌어?"

미국인은 VIP룸으로 향하며 독설을 퍼부었다.

"빨리 죽어라. 너 도박중독자인 것, 이 바닥에서 다 아는데, 언제까지 돈 퍼다 부을 거야?"

"1층에서 기다릴게."

"마음대로."

미국인은 게임룸으로 들어가 버렸다. 비상구로 내려오자, 이번엔 히스패닉이 기다리고 있었다. 그토록 기다린 상대였는데, 막상 마주치자 겁이 더럭 났다. 이번엔 무슨 일을 맡길까 기대하면서도 늘 위험이 뒤

따라야 하는 이유를 경호원 입을 통해 알아냈기 때문이다. 두 사람 모두 CIA 고위 간부라는 사실이 그동안의 궁금증을 다 풀어준 셈이다. 히스패닉은 쓴웃음을 지었다.

"옐로우 보이, 너 주급 3천 달러짜리 일 좀 할래?"

"OK."

모주방은 단발이 아니라 지속적인 일을 원했다. 그러자 히스패닉은 대뜸 그의 전력을 줄줄 읽었다.

"너 모리타니에서 외인부대 요원으로 활동했지?"

"……."

모주방이 픽 웃자, 히스패닉은 고개를 끄덕거린다.

"맞아, 네 뒷조사를 좀 해봤어. 국적 스페인, 남한 태생이고, F 대학 출신, 공군 대위 예편. 혹시 너 전투기 몰다 사고 쳤니?"

"아니, 관제소에서."

"너도 우리가 누군지 알지?"

"짐작은 했지."

"넌 이미 훈련받은 살인 기계니까 현장에 곧장 투입하는 것도 무방할 거야."

"현장이라니?"

"니카라과 내전에 안 갈래?"

"그러지 뭐."

모주방은 망설임 없이 좋다고 했다. 히스패닉은 자동차로 가자며 고갯짓했다.

따라갔더니 서류를 내밀고, 대충 작성하라는 것이다. 그는 필체 좋은 영어로 칸을 메워서 건넸다. 그러자 히스패닉은 자동차를 라스베이거스 공항으로 몰았다.

"생명 수당은 없어. 그래서 급여가 비싼 것이고. 니카라과 공산 반군을 저지하려고 CIA가 비공식적으로 전투 요원을 투입해 정부군을 지원하는 것이야. 소련이 알면 지랄하거든. 또 미 연방정부도 공식적인 개입을 원치 않아. 정보 부서가 자율적으로 처리하는 것이지. 네가 트레일러로 플로리다에 운송한 게 뭔 줄 알아? 외인부대 자동화기야. 니카라과 정부도 모르고, 미 정부도 몰라. 소련도 모르고. 또 고물 세스나기를 이용해 마약을 운송했는데, 너도 냄새를 맡았지?"

"아니."

"CIA에 돈이 어딨어. 의회에선 중앙정보부가 예산을 너무 많이 쓴다고 으르렁대는데. 또 CIA 내부에서도 외인부대 운영 자체를 모르는 것으로 하고 있어. 그래서 국방부로부터 무기 지원을 받을 수 없거든. 무기 중개상을 이용하는 것도 그 때문이야. 그런데 걔들이 무상 공급해주느냐? 자원봉사자야? 사회사업 하나? 아니거든."

"……."

"마약은 중남미에서 노획한 것을 연방정부에 보고하지 않고 몰래 빼돌린 것이지. 무기 대금으로 지불하려고. 너도 한국군 장교 출신이니까 솔직하게 털어놓은 거야. 부디 죽지 말고 살아와라. 알겠어?"

"……."

모주방은 아무 말 없이 자동차에서 내렸고, 히스패닉은 이미 엔진 걸어놓은 헬기에 함께 탔다.

외인부대 2

　미 중앙정보국 CIA 휘장을 단 헬기는 곧장 이륙해, 그 어떤 미연방 감시기구의 제지도 받지 않은 채 애리조나주와 뉴멕시코주, 텍사스주를 가로질러 멕시코만을 한참 날았다. 그리고는 곧장 카리브 연안을 파고들어 니카라과의 수도 마나과에 도착했다.

　CIA가 비밀리에 운영하는 외인부대 캠프 안 연병장에 내린 것이다. 인원수는 연대 병력쯤 되었고, 탱크는 물론, 장갑차와 야포, 공격용 헬기도 있었다. 전투기는 파나마 주둔 미 해군의 지원을 받는 것 같았다. 히스패닉은 미국인 연대장에게 모주방을 소개했고, 인솔자의 안내로 창고로 옮겨간 그는 군복과 개인화기를 챙겨 받았다. 군복은 검은색이고, 군번도, 군 마크도, 계급장도 없었다. 방탄조끼에 45구경 권총, 대검, 수류탄, 탄띠, 우지 기관총, 배낭, 야전 침낭, 우의까지 챙기자 대충 30kg은 되는 것 같았다. 그리고는 대뜸 지프에 오르라는 것이다.

　니카라과는 공산 반군의 정부 전복 기도에 극심한 내전을 겪고 있었다. 쿠바의 체 게바라 사상은 물론 카스트로 그리고 소련의 지원을 받아 늘 풍전등화에 시달렸다.

교전은 항상 밀림지대를 거점으로 한 반군의 게릴라전에 휘말려 희생이 컸다.

미국 정부는 월남전 패배 후 해외 참전을 극도로 꺼리고 있었지만, 쿠바와 같은 공산정부가 중남미에 또 태동하는 것을 매우 달갑지 않게 생각했다. 그런 연유로 CIA 대외정책국 소속 특수요원들의 비밀공작을 묵인했다. 니카라과 위쪽 온두라스와 남쪽 코스타리카에도 위험한 공산 세력의 확장을 어떻게 해서든 막아야 했다. 따라서 중앙정보국 CIA를 내세워 적극적으로 진압에 나선 것이다.

하지만 미국의 뜻대로 공산 반군이 제거되지 않아 골치 썩히는 중이었다.

지프가 당도한 곳은 수도 마나과에서 40km 떨어진 밀림지대 외곽이었다. 인솔자의 말은 공산 반군이 늪지 너머에 은신해 있어 소탕하기가 만만치 않다는 것이다.

4대대 파견 GP 1중대는 작은 공터에 모래주머니를 쌓고, 그 안에 텐트를 친 채 경계를 서고 있었다. 인솔자는 1중대 선임에게 모주방을 인계하고 돌아갔다.

흑인 리더는 막사를 지정해 주고 3소대에 배치했다. 주의할 건 야간 공격에 항상 대비해야 하고, 모기와 독사도 신경 써야 할 것이라고 강조했다. 소대원은 모두 8명으로 구성돼 있는데, 대부분 미 해병대와 특수부대 셀 출신들이었다. 그들은 모두 태평하게 잠을 자고 있었다.

인디오 혈통 멕시코계 대원은 야간전투와 수색정찰 나갈 때를 대비하는 것이라 했다. 그는 또 니카라과는 사바나 지역이라 시도 때도 없이 호우가 쏟아지고, 그 와중에 꼭 반군들이 침투해 온다는 걸 명심하라고 했다. 폭우 속에서는 그들의 작전을 간파할 수 없어 자칫 한눈을 팔면 목숨이 날아간다는 것이다.

오늘은 부임 첫날이지만 그래도 할 것은 해야 한다며, 텐트를 빠져나와 기관총 좌대의 2인 1조 경계병과 교대했다. 경계 지점은 모두 네 곳이었는데, 중대본부 사방을 다 경계해야 할 만큼 반군의 침투 루트가 여러 갈래다. 각 지점을 4개 소대가 전담해 초소 근무를 서야 했다. 교대 시간이 2시간씩이니 거의 쉴 틈이 없다. 특이한 것은 진지 출입구가 뒤에 있다는 점이다. 그것도 이중으로 방어벽을 구축해 놨고, 혹시 벽치기로 침입하지 못하게 대검들을 촘촘히 꼽아놨다. 모주방이 슬쩍 잡아 흔들어 보았는데, 상당히 단단하게 박아놓았다.

어둠이 짙어지자 진지는 칠흑 속에 갇혔고, 저녁 식사는 야전 전투식량이 아닌 빵과 과일 주스로 대충 채웠다. 이유는 반군들이 식사 시간에 침투하기 때문이었다. 음식물 냄새는 물론 담배까지 금물이었다. 하루에 세 갑 이상 피우는 모주방으로서는 여간 힘든 게 아니었다. 미칠 노릇이었다. 배고픔을 제대로 해결할 수 있는 것을 아침과 점심뿐이었다.

마침 야간수색을 나가려는데 폭우가 쏟아지기 시작했다. 야간투시경과 적외선 조준경까지 지원받았는데 아무 소용이 없었다. 3소대 대원들은 오늘 또 시체 하나 치울지 모르겠다면서 이구동성으로 투덜거렸다. 우의를 걸치고 완전군장을 하자 땀이 비 오듯 했다. 적도 지방 특유의 끈적끈적한 습기가 체열과 맞닿아 상승작용을 했다. 소대 리더를 선두로 진지를 나섰다.

전등을 소지했지만, 사용하지는 못했다. 불빛이 표적지 역할을 하기 때문이다. 군화도 정글화를 지급하지 않은 것은 습지에 독사들이 우글대고, 각종 부비트랩을 조금이라도 방지하기 위해서다. 발과 발목을 보호하는 장교용 군화를 지급한 것도 그 때문이다.

소대원은 아주 천천히 사주 경계해 가며, 밀림지대로 전진해 갔다. 폭우는 지척을 분간하기 어려울 만치 쏟아졌는데, 1~2시간 지나면 그치기 때문에 수색정찰을 계속하는 것이다.

아무리 강단이라고 해도 밀림지대를 헤쳐나가는 것은 쉽지 않았다. 더구나 자신은 어제까지만 해도 라스베이거스 도박판에서 빈둥대다가 갑자기 끌려온 터라 더 힘들었다.

얼마쯤 밀림으로 들어갔을까, 좌측에서 총성이 울렸고, 대원중 누군가 응사하자, 반군의 집중 사격이 시작됐다. 칠흑 같은 어둠에 시야가 익숙해지면 움직이는 물체를 확인할 수 있어 반군이 먼저 유도성 총알을 날린 것이다. 밀림을 뛰어다니는 동물이라면 반응이 없겠지만, 상대가 외인부대라면 반사적으로 총질을 할 것이란 의도다. 소대원들은 나무와 습지에 엎드려 자동 소사로 대응했는데, 반군의 입질에 걸린 셈이다. 위치가 파악되자 그들은 박격포와 로켓포까지 동원해 초토화를 시도했다.

야간전투는 치열하게 계속됐다. 외인부대원들도 유탄 발사와 바주카포를 사용했다. 양측 다 실탄과 포탄이 떨어질 때까지 공방을 멈추지 않았다.

소대 리더는 무전병한테 지휘부에 포격 지원을 요청하라고 다그쳤다. 반군의 화력이 줄기는커녕 점점 더 확대되기 때문이었다. 그리고 1중대에도 병력 지원을 요청했는데, 중대 리더는 2개 소대를 보낼 테니 최대한 버티라고 했다. 하지만 실탄과 포탄이 거의 바닥을 드러내고 있는데 무슨 재주로 버티나. 아무래도 포위당한 느낌이었다. 반군 규모는 족히 중대급은 되는 것 같았다. 모주방은 자신도 모르게 욕지거가 튀어나왔다.

"이런 씨발! 오자마자 뒈지겠네!"

천만다행이라면 밀림으로 깊숙이 들어가지 않았다는 것이다. GP 경계 병력만 남겨두고, 중대 리더를 포함한 2개 소대 20명이 후면에서 포위망을 뚫고 있었다. 뒤이어 연대 지휘부에서 155mm 야포를 지원했다. 그런데 그게 더 지랄 같았다. 폭우 속에 바람을 가르는 포탄이 수색조 바로 코앞에 떨어졌다. 중대 리더는 퇴각을 명령했지만, 좌우 측에서는 반군들이 기관총을 쏴대고 있어 운신이 힘들었다. 야포 지원은 계속됐지만, 후퇴는 쉽지 않았다.

3개 소대 전원이 사방에서 빗발치는 총탄을 피해 밀림을 빠져나오기 위해 사력을 다했다. 조준사격은 엄두도 못 내고, 총성이 울리는 곳을 향해 자동 응사를 할 수밖에 없는 상황이었다. 그러나 반군들은 외인부대원들을 확인 조준하는 것 같았다. 다행히 사망자는 아직 없었지만, 습지까지 퇴각하는 데 꼬박 2시간이 걸렸고, 진지로 귀환하기까지 1시간이 더 소요됐다. 반군이 아예 작심하고 추격해 오는데 어쩔 도리가 없었다.

진지는 비상사태였다. GP 1중대가 포진한 곳이 수도 마나과로 진입하는 길목이어서 반군은 전황을 뒤집을 수 없었다. 또 그 뒤로 펼쳐진 구릉 건너에 4대대 지휘 캠프가 있고, 능선에 다른 외인부대 중대들이 포스트를 장악해 방어선을 구축한 터라, 반드시 1중대를 밀어내야 하는 상황이었다. 그래서 야간에 폭우가 쏟아지면 반군이 전력을 총동원해 교전을 불사하는 것이다. 그러다가 비가 그치면 재빨리 밀림으로 잠적하는 수법을 쓰는 것이다.

빗방울이 작아지자 공격용 헬기들이 지원에 나서 반군들을 소탕하기 시작했다. 연대 지휘부도 4대대 1중대 포스트의 중요성을 잘 알기에 일단 교전이 벌어지면 보고받는 즉시 지원하는 것이다. 그러나 공격용 헬기도 밀림을 저공 비행할 수 없다. 반군 진지에 개인용 미사일을 보유한 탓인데, 그보다는 AK 소총을 맞고 추락하는 경우가 종종 벌어진다는 것이다.

새벽 동이 터서야 겨우 교전이 끝났고, 부대원들은 너무 지쳐서 군복조차 갈아입지 못했다. 만사가 다 귀찮다는 것이다.

인디오 혈통 멕시코계는 모주방 바로 곁 야전 침대를 썼다.

"신고식 한 기분이 어떠냐?"

"모리타니에서 외인부대 생활을 해봐서 전투는 그런대로 익숙한데, 여기는 정말 지독하다."

모주방이 고개를 절레절레 흔들자 피식 웃는다.

부대원은 손가락 하나 놀리지 못할 만큼 맥이 빠져있었지만, 그래도 배고픔은 면해야 하기에 모두 전투식량을 배급받아 만찬 아닌 만찬을 즐겼다. 누군가 라디오를 틀었는지 CCR의 Run Through the Jungle이 흘러나왔다. 월남전 때 발표된 곡으로, 정글에서 어서 도망가라는 내용이었다.

그렇게 한숨 돌리는 순간 로켓포가 텐트를 뚫고 날아들었다. 반군이 기회를 노리는 게 부대원 식사 시간이란 말이 틀리지 않았다. 안타깝게도 2 소대원 2명이 사망했다. 하지만 기관총 좌대 경계병은 로켓포가 어디서 날아왔는지 몰랐다. 은폐하느라 경황이 없는데 또 한발이 날아들었고, 다행히 건너편 방어벽에 맞아 터졌다. 파편과 모래가 사방으로 흩어졌다.

"이 빌어먹을 새끼들아! 밥이나 먹고 싸워도 싸우자! 앙!"

부대원 하나가 악다구니를 내질렀다. 그 고함에 몇몇은 킥킥 웃었다. '교전은 교전이지, 밥 먹는다고 누가 봐준다던?' 하는 것이다. 면전에서 사람이 죽었는데도 그들은 농담 한마디에 낄낄거릴 만큼 태연했고, 여유가 있었다. 교전을 너무 많이 겪은 탓이다. 중대 리더는 아무런 의식 절차 없이 시신 두 구를 지프에 싣고 곧장 연대 지휘부로 떠났다. 운수 사나우면 자기도 그렇게 비명횡사한다는 걸 너무 잘 알기 때문이다. 나머지 대원들 전원은 방어벽 좌대에 배치돼 경계 태세를 취했다. 몇몇 친구들은 한쪽 어깨에 거총을 한 채 식사를 계속했다.

모주방도 식사하는 둥 마는 둥 하고는 담배를 피웠다. 습지에서 뭔가 움직이는 물체가 포착됐는지 우측 초소 기관총의 집중 소사가 가해졌는데, 악어들이 후다닥 잠수해 사라졌다. 모두 안심했는데 그것도 잠시, 또다시 폭우가 시작됐다. 이번에도 반군의 공세가 전개될 것 같아 전 대원은 긴장했다.

들리는 이야기는 니카라과 친미 정부는 마나과 수도권 이외의 전 국토가 반군 수중에 떨어진 지 오래라고 했다. 부정부패와 폭압으로 민심을 잃어 대다수 국민은 공산정권이 들어서기를 은근히 바란다는 것이다.

연대 지휘부에 탱크와 공격용 헬기, 야포, 장갑차까지 주둔하게 된 것도 수도 마나과로 조여오는 반군을 저지하기 위해서다. 1, 2대대 병력은 수도로 연결된 진입 루트 곳곳에 배치됐는데, 길목에 진지를 구축, 탱크 한 대와 장갑차 두 대, 야포 3문씩 보강하고, 헬기는 교전 시 공중 엄호를 맡는 게 주된 임무다. 더구나 3대대는 연대 경계와 니카라과 정부 청사, 대통령궁을 순찰하는 임무를 맡았다. 가뜩이나 병력이 부족한데 말이다.

거의 매일 교전하며 1주일이 지났을까? 연대 지휘부에서 각 대대 캠프에 차출 명령이 떨어졌는데, 모주방을 포함한 셀 출신들 1백 명을 집합시켜 작전을 설명했다. 카리브 해안에 반군사령부가 있으며, 무기 수급과 병력 지원을 배후에서 조종한다는 것이다. 따라서 반군의 대공세를 무력화하려면 그 사령부를 타격해야 하는데, 내륙에서 접근하는 것보다 해안에 침투해서 제거하는 게 더 쉽다는 것이다. 다음 날 새벽 헬기를 타고 인근 바다에 투입돼 잠수로 접근할 수밖에 없다는 것이다. 그러면서 군사위성으로 찍은 반군사령부 전경과 위치를 확인시켜 줬다. 문제는 해안선 안쪽에 6백 미터 고지 산세가 길게 늘어서 있어서 시간이 걸리겠지만 반드시 제거하기를 바란다는 주문이었다.

해가 떨어지자 치누크 두 대가 이륙을 준비하고 있었고, 침투조 100명이 두 팀으로 나눠 탑승했다. 반군이 눈치채지 못하게 태평양 쪽으로 나갔다가 코스타리카 국경선을 타고 카리브해로 넘어갔다. 그리고는 니카라과 해안에서 꽤 먼 지점에 투입했다. 물론, 상륙 침투용 고무보트를 타고 이동하는 것이지만 내륙에 접근하는 것은 또 잠수해 침투라는 것이다. 철수하는 것도 잠수를 이용해 대기하는 고무보트까지 귀환해 멀리 물러난 뒤 치누크로 한다는 계획이었다.

정규 셀 대원도 벅찬 작전이었는데 어쩔 수가 없었다. 상당수 희생이 예상되지만 그만한 각오가 있어야 외인부대로서 비싼 주급을 받는 것 아니냐는 암묵적인 질타였다.

치누크 두 대에서 차례로 바다로 뛰어든 침투조는 각각 보트에 올라타 이동하기 시작했다. 고무보트 테두리에 다리를 양쪽으로 벌려 주저앉아 엎드린 채 고속으로 달렸다. 물보라와 맞바람이 얼굴을 세차게 때렸다. 그러다가 어둠 속 너머로 희미하게 산등성이가 보이자 보트 엔진을 껐고, 대원들은 아주 조용히 순식간에 바닷속으로 빠져들었다. 산소통은 등 뒤에 메고, 각종 전투 장비와 폭발물은 앞쪽 방수 색에 담아 건 채 헤엄을 쳐야 했다. 모주방은 말 그대로 죽을 맛이었다. 니카라과에 들어오기 전 훈련 캠프에서 얼마간이라도 체력 단련을 하고 왔으면 그나마 좀 덜 힘들 텐데, 마냥 빈둥대다가 별안간 날아왔으니 당연했다.

1조가 먼저 해안 바위틈에 안착해 잠수복을 벗고, 전투 장비와 폭발물을 챙겼다. 그리고는 사주 경계로 주변을 확인한 뒤 다른 조를 유도했다. 열 명이 한 조로 편성된 10조까지 순서대로 상륙했다. 선두 조는 전방 순찰을 맡았고, 2조와 3조는 좌·우측 경계, 그리고 맨 뒤 10조는 후미 경계를 하며 신속히 이동했다. 침투조 전 대원은 제발 폭우가 쏟아지지 않기를 바랐다. 반군은 작전을 거꾸로 하기 때문이다. 마치 물귀신처럼 밀림을 헤집고 소리 없이 나타나 난사하기 때문이다.

산등성은 생각보다 가파르고, 나무가 촘촘히 박혀있으며, 잡풀과 넝쿨이 뒤엉켜 대검으로 일일이 쳐내고 전진해야 했다. 그런데 침투조 리더가 난색을 보인 것은 그 소리가 1km 밖에서도 들린다는 것이다. 하지만 대원들은 모두 방법이 없다고 반문하자, 그냥 손으로 해치면서 나가라는 충고다. 적어도 6~7km는 더 전진해야 하는데 그럼 작전 시간에 맞출 수 없다는 반발에 죽는 것보다 낫다는 고집이었다. 그렇지 않아도 능선에 비트를 파고 있을 반군이 두려운데, 리더가 겁을 주는 것이다. 더구나 발밑을 절대 조심하는 것도 잊지 말란다. 부비트랩에 걸리면 작전도 끝이라는 주의다.

전진은 더뎠다. 부비트랩은 발에만 걸리는 게 아니고, 목이 날아가거나 죽창이 가슴을 찌르고, 아니면 깊은 웅덩이를 파 그 바닥에 쇠창살을 깔아놓기도 한다는 말에 더 긴장했다. 리더는 이미 월남에서 겪은 터라 알려준 것이다. 그 말이 떨어지기 무섭게 우측으로 산개한 5조 중 한 명이 부비트랩에 걸렸고, 비명에 위치가 드러났다. 아니나 다를까, 비트를 파고 경계근무를 서던 반군이 그 소리를 향해 총을 쐈고, 능선 쪽에서 상당수 반군 인원이 움직였다.

침투조는 낮은 포복으로 풀섶과 넝쿨, 나무 뒤에 은폐해야만 했다. 반군이 비명을 듣고 수색할 것이기 때문이었다. 앞가슴에 여러 개의 쇠창살이 관통당한 대원은 고통을 참으려고 최대한 애썼지만, 도리가 없었다. 동료에게 자기를 죽이라고 손짓했으나, 누구도 선뜻 나서는 대원은 없었다. 그러자 부비트랩에 당한 대원은 소음 권총을 꺼내 스스로 관자놀이에 대고 쏘았고, 그 대원은 즉사했다. 구조하더라도 살 수 없을 텐데, 자기 한 사람 때문에 침투조 100명을 몰살시킬 수 없다고 판단한 것이다.

대원들은 그 광경을 보고도 숨소리조차 낼 수 없었다. 다만 같은 5조 팀원들이 그를 부비트랩에서 재빨리 떼어내 수풀 속에 감췄다. 부비트랩에 대원이 걸려있는 것을 반군이 발견하면 자신들이 상륙한 사실을 눈치챌 것이기 때문이다.

반군사령부 폭파 작전은 실행에 옮기기도 전에 들통날 위기에 처했다. 리더는 할 수 없다는 듯 침투조 전원에게 전투태세를 하달했다. 대원들은 이미 기관총과 소총에 소음기를 달고 있었다. 만약의 사태를 대비해 은밀히 반군을 처리할 상황이 벌어지면 선제공격하기 위해서였다. 한 사람을 잃었으니 모두 99명으로 반군의 경계 병력을 처리할 계획을 세웠다. 그러나 계획은 빗나갔고 산 중턱에서 치열한 교전이 벌어졌다. 침투조가 먼저 반군 10명을 각자 맡아 사격을 가했지만, 총신에서 번쩍대는 불빛을 미처 생각하지 못했다. 소음기를 달아 총성은 죽일 수 있었으나 짙은 어둠에서 붉은 탄환은 가릴 수 없었다. 그 후미에 포진한 다른 반군이 그 불빛을 발견하고 응사했다. 사태는 걷잡을 수 없이 확대됐고, 반군은 병력을 증강해 박격포와 로켓포까지 동원했다.

침투조 리더의 아주 사소한 판단 미숙으로 진퇴양난이 됐다. 그는 무전기로 작전 실패를 타전했고, 연대 지휘부는 퇴각을 명령했지만, 교전 지역에서 쉽게 빠져나올 수 없었다. 반군이 모든 화기를 동원해 침투조 은신처를 초토화하기 시작했다. 고개를 잘못 들었다가는 머리가 통째로 날아갈 것 같아 모두 꼼짝달싹하지 못했다.

침투조 리더는 폭약을 장전하고 타이머를 달아 나무에 부착하라고 지시했다. 대원 99명은 낮은 포복으로 신속히 좌우로 산개해 지시를 따랐으며, 비탈진 언덕에 잡풀과 넝쿨, 나무뿌리들이 뒤엉킨 것도 아랑곳하지 않고 거꾸로 미끄러져 내렸다. 당연히 전방에 거총한 채 낮은 포복으로 몸뚱이를 끌어내리는 것이다. 사위에 연막탄을 터트리자는 제안도 있었지만, 밀림에서는 그게 오히려 표적 구실을 한다며 만류했다. 밀림 전투는 도시 게릴라전이나 일반 전투와는 전혀 다르다는 것이다. 적의 위치가 확인되면 조준사격이 아니라 자동 응사로 그 일대를 총탄으로 휩쓸어야 한다는 것이다.

고무보트도 이미 산등성이 교전을 확인했고, 전속력으로 해안에 당도했으며, 그와 함께 보트 중간에 달린 기관포로 엄호사격을 했다. 침투조는 엄폐, 은폐물을 찾아 아예 바닥에 밀착한 채 이동했다. 선두 조가 전방에 움직임을 저지하기 위해 버티면, 후미 조들은 최대한 신속하게 후퇴해 자리를 잡았고, 선두 조가 빠져나올 때까지 일제히 사격을 가했다. 같은 패턴으로 치열한 밀림 전투를 피해 산자락 밑까지 내려왔다. 대기조였던 부대원들은 바주카포를 장전해 산 중턱을 타격했다.

연대 지휘부는 치누크를 접선 지점에 이미 띄웠으며, 공격용 헬기도 함께 출격했다고 타전을 해왔다. 그뿐 아니라, 파나마에 주둔한 미군 캠프에서 전투기도 지원할 것이라고 했다.

10개 조는 2팀으로 나눠 퇴각을 시작했다. 보트 1척에 10명씩 승선해 다섯 대가 먼저 빠질 때까지 해안으로 밀고 내려오는 반군을 저지했다. 그리고는 나무에 부착해 둔 C4 타이머가 시차를 두고 연속해 터지자, 나머지 대원들도 보트 선수를 재빨리 돌려 전속력으로 후퇴했다. 산 중턱은 시한폭탄이 터지면서 불바다를 이루었고, 엄청난 굉음과 함께 산 전체가 들썩거릴 지경이었다. 그 화염에 상당수 반군이 공중으로 떠오르는 게 육안에 보일 정도였다.

침투조 99명은 산 중턱 1km에 걸쳐 산개한 채로 버티다가 지니고 있던 C4 1kg을 전부 나누어 부착했고, 그 일대에 들어선 반군은 전부 산산조각이 난 것이다. 계획대로라면 반군사령부 전체를 날려버릴 만큼 많은 양의 C4를 소지했던 것인데, 엉뚱한 곳에 화풀이한 셈이다. 다만, 아쉬운 게 있다면 부비트랩에 걸려 사망한 대원의 시신이라도 끌고 나왔어야 하는데 그렇지 못했다. 침투조 99명 모두는 그를 위해 거수경례했다.

먼바다로 후퇴해 산등성이를 지켜봤는데, 그 절반이 검붉은 화염으로 번지는 것을 확인할 수 있었다. 접선 지점에 치누크가 도착하고, 곧이어 공격용 헬기가 산 정상을 선회하며 발칸과 로켓을 쏟아냈다. 아울러 파나마에서 출격한 전투기도 카리브해 쪽으로 접근해 반군사령부에 폭탄을 투하하고 있었다. 짙은 어둠과 폭우가 반군의 생명선이었는데, 산 일대에 불이 나자, 그 너머 반군사령부의 형체도 드러났고, 대대적인 소탕작전이 함께 진행됐다.

연대 지휘부는 이 기회를 놓칠세라 니카라과에 들어온 공격용 헬기를 총동원하였고, 파나마에 주둔한 전투기는 물론, 카리브해에 정박 중인 항공모함의 함재기까지 지원받아 숨 쉴 틈을 주지 않고 폭탄을 퍼부었다. 예비 탄약이 다 떨어질까 걱정될 정도였다.

자일을 이용해 치누크에 전원 복귀하자, 방향을 틀어 코스타리카 국경선을 타고 내륙으로 향했다. 우측으로 상당히 먼 지점에 은폐된 밀림지대 반군사령부는 불이 번진 게 목격됐다.

수도 마나과에 도착하자, 연대 지휘부는 침투조 전원을 격려했고, 작전은 비록 실패했지만, 그에 버금가는 효과를 거뒀다며 포상 휴가를 줬다.

그래 봐야 마나과 시내 술집에서 여자들을 끼고 회포를 푸는 게 전부다. 모주방은 술도 못 먹으니 끼일 자리가 아니었다. 그는 술집 한쪽에 설치된 슬롯머신 다섯 대를 차지하고 코인을 쑤셔 넣고 있었다. 1백 달러를 바꿔 1, 2, 3, 4, 5번까지 다 넣고 레버를 당겼다. 하지만 슬롯머신을 하는 손님이 없어서인지 다섯 대 다 코인만 잡아먹고, 토할 기미를 보이지 않았다.

니카라과 현지 여인이 곁에서 구경하다가 안 돼 보인 모양이다.

"그만해."

"참견하지 마."

모주방이 유창한 스페인어로 짜증을 냈다. 그럼에도 현지 여인은 막무가내였다.

"내가 서비스 잘해 줄 테니까 차라리 그 돈 나 줘."

"웃기고 있네."

"아이, 참."

현지 여인은 그의 손을 치마 속으로 잡아당기며 애원했다.

"나 섹스 잘해."

"됐어."

모주방은 기겁하고 일어섰다. 중남미 여자들이 얼마나 헤프고 지저분한지 잘 알기 때문이었다.

4대대 GP 1중대로 돌아온 그는 음악을 틀어놓고, 인디오 혈통 멕시코계와 텐트 안에서 담배를 피우고 있었다.

"어제 작전은 좀 이상했어."

"나도 들었어. 그런데 반군 사령관을 놓쳤다며?"

"그리 신경 쓸 일은 아니야. 반군을 지휘하는 놈이 그만한 눈치가 없어서 어떻게 몇만 명을 다루겠어."

모주방은 담배 연기를 길게 내뿜었다. 인디오 혈통 멕시코계는 고개를 끄덕였다.

"사실 너나 나나 돈 때문에 여기 왔지, 니카라과가 뒤집히든 말든 무슨 상관이야. 안 그래? 초강대국 미국의 코털을 자극하던지, 불알을 걸어차던지 알 게 뭐야."

"네 말이 맞아."

모주방은 손목시계를 힐끗대고는 그와 함께 일어섰다. 점심시간이기 때문이다.

아무튼, 반군사령부 폭파 작전이 실패했음에도 전화위복이 됐는지, 반군의 거센 침공은 상당히 잦아들었다.

연대 지휘부는 이 틈에 반군의 소탕 작전에 더욱 박차를 가했고, 후방 산등성이에 포진했던 다른 중대 병력까지 동원해 밀림 수색에 나섰다. 반군사령부와는 거리가 상당히 떨어져 있지만, 반군의 전진 배치를 사전에 차단하기 위함이었다.

하지만 한 달이 지나도록 반군의 움직임은 포착되지 않았고, 이제는 수색에서 매복으로 작전을 변경했다. 반군이 다시 밀림으로 진입하지 못하도록 차단하는 게 주된 임무였다. 각 중대 포스트를 거점으로 밀림 정중앙 일대에 비트를 파고 텐트를 쳐서 2인 1조로 방어선을 구축했다. 그러나 시간은 외인부대 측에 불리하게 작용했다.

지휘 거점이 파괴된 후, 피신했던 반군 사령관이 정렬을 재정비해 반격에 나선 것이다. 반군은 일단 온두라스 국경지대에 은신했다가 지방 출신을 모아 병력 증강은 물론, 쿠바로부터 무기 수급을 지원받아 밀림의 재장악을 시도한 것이다. 그동안 비트에서 담배 피우고, 음악 듣고, 식사도 편하게 하다가 어느 날 밤부터 수상한 움직임을 포착한 것이다. 부대원들은 바짝 긴장한 채 경계 태세에 돌입했고, 방어선 좌측과 우측으로부터 기습 공격이 시작됐다. 보고된 바로는 좌측 방어선 맨 끝 1중대 부대원 5명이 야간에 목이 잘렸다는 것이다.

나흘 뒤, 뜸하던 기습이 반복되었고, 우측 방어선에 매복하고 있던 인원 3명이 또 사살됐다는 것이다. 폭우가 쏟아지는 시점을 최대한 활용해서 말이다. 지난 대공세 때처럼 인해전술을 쓰지 않고, 외인부대 방어선 전방에 가까이 잠복해 있다가 심야를 틈타 하나씩 제거하는 전술로 바꾼 것이다. 지뢰를 깔고 철선으로 부비트랩을 만들어 방어선 100m 전방에 설치했지만, 반군은 그 낌새를 눈치챘는지 양쪽 측면을 파고들었다.

날이 밝으면 반군의 근거지를 수색했지만, 흔적을 쉽게 찾을 수 없었다. 그럼에도 야간에 어디서 나타나는지, 그림자처럼 다가와 부대원을 살해하고 튄 것이다. 미칠 노릇이었다. 반군들은 밀림에 아주 익숙해 지리를 잘 알았기 때문에 덤불이나 나무 밑에 비트를 파고 숨으면 발견할 수가 없었다. 대대 리더가 연대 지휘부에 밀림지대 철수를 요청했지만, 안된다는 것이다. 반군사령부를 저지함으로써 후방 소도시 침투가 잠 잠하다는 것이다. 따라서 희생이 좀 발생하더라도 밀림에서 철수는 불 가하다고 했다.

부대원은 독이 오르기 시작했다. 반군과 외인부대의 싸움이 아니라, 1:1 군인 대 군인으로 맞붙기를 원했다. 사실 반군은 군인이 아닌 민간 인이다. 반군에게 강제로 잡혀가 총 쏘는 훈련만 받고, 게릴라전에 투입 된 것이었다. 하기는 내전에 휘말린 나라치고 정규전을 치를 만한 군인 이 몇이나 되겠는가.

외인부대원은 대부분 미군의 셀이나 해병대, 다른 나라 특수부대 출 신이다. 어쩌면 살인이 직업인 셈이다. 그런데 번번이 당하니까 부대원 전원이 살기를 품은 것이다. 그러면서도 오늘 밤에는 제발 폭우가 쏟아 지지 말기를 간절히 기원했다. 특히, 야간에 굵은 빗줄기를 맞게 되면 지척을 분간할 수 없을 뿐 아니라, 인기척을 감지할 수 없기에 어디서 언제 반군이 덮칠지 모른다.

낮에도 참호에서 부산스럽게 오가면 그 부대원은 반드시 총알이 바 람구멍을 낸다. 탄착지점을 어림해 보면 우측 나무 위고, 어느 때는 정 면에서 피~웅! 하고 총탄이 날아온다. 반군 저격수도 소음기를 달고 방 아쇠를 당기는 터라 방향은 어림해도, 어느 지점에서 쏘는지 정확히 알 수 없다. 밀림 전투가 정말 지랄 같은 것은 첨단장비가 아무 소용 없다 는 것이다.

적외선 망원경을 소지해도 무용지물이다. 인체 열선을 감지해도 위 치를 파악하는 게 주목적이지만, 밀림엔 동물이 많아 반군을 식별하기 어렵다. 새들이 푸드득 날아오르면, 반군이 은신한 것으로 오인해 사격 해도 엉뚱한 침팬지다.

어쨌든 부대원 전원은 더 이상 당할 수만은 없다는 인식이 팽배해 대대 리더의 허가를 받아 방어선 일대 나무 위 곳곳에 받침대를 만들고, 그 위에 올라가 경계를 자청했다. 모두 20명이 자원한 것이다. 본인이 원하지 않는 한 나무 위에서 내려오지도 않았다. 생리현상도 다 혼자 처리했다.

우선 시야가 확보되니까 안심됐고, 폭우가 쏟아져도 아래쪽 움직임을 확인할 수 있어 최적이었다. 더구나 반군 저격수도 나무 위에 은신한 것으로 파악됐기 때문에 이제는 같은 조건이 된 것이다. 동일 상황에서는 외인부대원이 월등한 솜씨를 발휘한다. 방어선도 일직선에서 W자로 바꿔 틈새를 막았다. 비트 거점을 전후좌우로 배치해 앞, 뒤, 양옆에서 경계하는 부대원이 서로 엄호하는 것이다. 그 효과는 두고 봐야 알겠지만 말이다.

반군은 외인부대 작전 변경을 눈치채지 못했는지 이튿날, 소나기성 폭우가 쏟아지자 정체를 드러냈다. 우측 전방 나무 위에서 은신했던 부대원이 빗속에서 움직이는 반군 두 명을 발견했고, 무전기로 '두꺼비 출현'을 알렸다. 그러자 위치를 파악한 지상 2인 1조가 각자 정조준으로 사살했다. 작전 변경 후 첫 전과였고, 좌측 후방에서 접근하던 반군 두 명도 발견 즉시 사살했다. 대대 리더는 쾌재를 불렀으며, 연대 지휘부에 즉각 보고했다.

이제부터 본격적인 머리싸움이 시작된 것이다. 일주일 째 아군은 희생이 없었고, 반군은 침투 즉시 사살됐다. 그러자 이번엔 날이 밝은 뒤, 나무 위에 매복한 반군이 같은 방법으로 경계하는 부대원을 발견하고, 저격을 시도했지만 실패했다. 이유는 나무와 나무 사이가 너무 밀집돼 탄착 시야가 확보되지 않았기 때문이다. 오히려 후방 나무 위에 거점을 지킨 부대원이 총구에서 번쩍하는 빛을 찾아 정확하게 타격했다.

지상 8조가 들어가 시신을 확인하자 짐작대로 쿠바에서 파견 나온 군인이었다. 반군 중 저격 라이플을 사용할 수 있는 자원은 없다고 판단됐기 때문이다. 척후조 투입이 실패로 돌아간 걸 알아챈 반군은 시간을 번 만큼 확보한 병력과 무기로 대대적인 공세를 펼쳤다. 밀림에 거점을 확보한 외인부대를 밀어내려고 아침부터 공격을 가했다.

외인부대는 당황하지 않고, 현 위치를 고수하며 방어에 나섰다. 경화기 조의 유탄발사기와 박격포, 로켓포, 바주카포가 반군진영을 타격했고, 나무 위에 포진한 저격병들은 기관총으로 소사했다. 반군은 방어선 좌우 측은 물론 정중앙으로도 수천 명이 응사하며 밀고 들어왔으나 지지부진했다.

천만다행인 것은 외인부대가 방어선을 변경하면서 지뢰와 부비트랩을 깔아놨던 게 효과를 본 것이다. 밀림지대여서 지뢰를 깔기는 쉬웠고, 이를 반군이 발견하기는 어려웠다. 부비트랩에는 철선을 연결한 수류탄이 매달려 있었다. 방어선 근접거리로 접근하면 C4에 타이머를 장착해 두어 30초에 터지게 만들어 놨다. 또 방어선이 뚫리면 습지 건너에 탱크와 야포, 장갑차는 물론, 공격용 헬기까지 대기 중이었다.

반군의 1차 대공세는 실패했다.

외인부대는 전투 경험이 풍부한 자원이 많았고, 각종 매설물로 그들의 인해전술을 효과적으로 타격했다.

2차 공세가 시작됐다는 척후병의 무전이 습지 너머의 대대 리더한테 전달되자 이번엔 야포가 포문을 열었고, 탱크는 동체를 흙무덤 위에 걸쳐서 포신을 치켜들고 불을 뿜었다. 몸체가 가벼운 장갑차는 습지 건너 밀림으로 밀고 들어가 위치를 선점한 뒤 기관포를 작렬했다. 공격용 헬기도 20분 만에 상공에 나타나 발칸을 무차별 난사했다.

그렇게 2차 공세도 반군은 힘없이 실패했다.

외인부대원은 반군의 잔존병력을 추격해 정리할 것을 연대 지휘부에 타전했으나 아직은 아니라는 것이다. 밀림 깊숙이 쫓아 들어갔다가는 오히려 피해가 클 것이라는 판단이었다.

반군의 3차 공세는 시원치 않아 단 하루 만에 끝났다.

모주방이 니카라과에 들어온 지도 벌써 4개월이 됐다. 반군과 교전을 시작하면 1주일이 금방금방 지나간다.

반군의 공세가 전만 못하다는 판단이 서자, 밀림을 다 뒤져 색출하라는 작전 명령이 하달됐다. 연대 지휘부는 반군 색출 작전에 투입되기 1시간 전부터 밀림에 대대적인 포격을 가하고, 공격용 헬기를 띄워 수색 작전에 동원되는 부대원의 안전을 최대한 보장했다.

그는 인디오 혈통 멕시코계와 한 조가 돼 전방을 맡았다. 4대대 병력 전원이 2인 1조로 산개해 간격을 유지해 가며 샅샅이 훑었다. 덤불은 대검으로 찔러보고, 나뭇잎이 쌓인 곳은 조심스레 기관총을 난사했다. 또 나무 위쪽도 주의 깊게 살피며, 남아있는 반군 병력을 찾아내려 애썼다. 오전이 지나 오후 3시가 접어들었는데도 단 한 명의 반군도 색출하지 못했다. 대대 리더는 반군이 아무래도 온두라스 국경지대로 깊숙이 피신한 것으로 판단했다. 외인부대는 일단 반군사령부가 있던 곳에 진지를 구축하고, 이곳에서 잠시 쉬기로 했다. 그동안 너무 강행군했기 때문이다.

1주일 동안 샤워를 못 했기에 너도나도 지하수를 연결한 수돗가에 줄지어 알몸을 드러냈다. 그리고는 음악이 다시 들렸다. 누군가 카세트를 튼 것이다. 레게 음악이었다. 단순한 리듬이 묘한 매력을 지니고 있었다. 어찌 보면 자메이카와 유사한 정서를 지닌 니카라과 밀림 속에서 레게 음악을 듣는다는 게 묘한 기분을 자아냈다. 초강대국 미국을 향해 거부의 몸부림을 치는 지정학적 처지가 같은데 말이다.

해가 떨어지기 전에 전투식량을 배급받아 모처럼 편안하게 식사했다. 반군사령부는 나무로 지어진 2층이었지만, 지난번 공격용 헬기와 파나마에서 발진한 전투기의 공습으로 다 파괴되고 그 형체만 남아있었다. 그러나 지하로 연결된 공간이 상당히 넓었는데, 무기와 식량의 잔

해가 가득했다.

부대원은 텐트를 치고 경계병만 남긴 채 잠을 청했다. 혹시 기습이 있을지 몰라 반군이 만들어 놓은 망루에 올라 자주 살폈다. 2인 1조로 2시간씩 교대하는 터라 깊은 잠에 빠질 수는 없었다. 모두 네 곳에서 경계근무를 서기 때문에 각 초소를 맡은 중대원은 대부분 날이 밝기 전까지 전원 투입된다.

사흘 뒤, 연대 지휘부에서 명령이 떨어졌다. 밀림 거점은 3중대가 맡고, 나머지 인원은 온두라스 국경지대로 이동하라는 것이다. 반군 사령관을 체포하든지, 사살하든지, 둘 중 하나라도 마무리 지으라는 재촉이다. 결국, 1, 2중대가 행군에 나서야 했다. 4중대는 대대 캠프에서 탱크와 야포, 장갑차 그리고 공격용 헬기를 경계해야 하기 때문이었다.

1중대는 모주방과 인디오 혈통 멕시코계가 선두에서 밀림을 헤쳐나갔고, 2중대는 후미를 엄호하며 전진했다. 완전군장은 상당히 거추장스러웠으나 그렇다고 내던질 수는 없었다. 배낭에 식량과 침낭, 우의, 휴대용정수기까지 들어있어서다. 이곳 물은 잘못 먹으면 설사하고 배탈이 난다. 그래서 식수는 반드시 휴대용 정수기에 걸러내서 마셔야 한다. 필터는 한 번 쓰면 버린다. 배낭 속에 장시간 보관하면 세균이 번식하기 때문이다. 계곡을 따라 반나절을 행군했는데, 중대 리더들은 나침반과 지도로 진행 방향을 정하고 계속 이동했다.

연대 지휘부는 반군 사령관이 온두라스 국경을 넘어 쿠바로 도피할 가능성이 있다는 사실을 타전해 왔다. 수색에 나선 2개 중대 리더와 부대원이 참조하라는 사항이었다. 야간에도 계속 행군해 카리브해 해안까지 접근했고, 해안을 따라 길게 이어진 낮은 산맥 정상에 당도했다. 3km를 더 가면 온두라스다.

국경선을 넘어도 온두라스는 별 불만을 터트리지 않는다. 국경선을 따라 수비대를 배치하지 않은 탓이다. 정부군이 존재하기는 해도 중남미 국가들 대부분 그렇듯 경제력이 충분하지 않아 대통령궁과 수도 마나과 치안 관리에만 병력을 배치하기 때문이다.

중대 리더 2명은 일단 숙영지를 확보하고, 이곳에서 휴식을 취하기로 했다. 시각은 새벽 2시였다. 각자 텐트를 치고, 완전군장을 벗어 등에 댄 채 잠시나마 눈을 붙였다. 그런데 전방에 나갔던 경계병이 심상치 않은 보고를 해왔다. 2개 중대 전원에게 비상이 떨어졌다. 부대원은 재빨리 텐트를 걷어 군장에 쑤셔 넣고 각자 은폐, 엄폐물을 찾아 신속하게 몸을 숨겼다. 반군 정찰조가 외인부대를 관찰하고 있었고 1, 2중대의 행군을 따라 거리를 두고 미행한 것이었다. 모두 등골이 오싹했다.

1중대 1소대는 좌측, 2소대는 우측을 우회해 수색했다. 2중대 1소대는 나무 위로, 2소대는 전방을 사주 경계하며 전진해 살폈다. 나머지 4개 소대는 후미로 물러나 거총 자세를 취했다. 반군 사령관을 호위하는 친위대가 기습할지 모르기 때문이었다. 하지만 2시간이 넘도록 아무 낌새를 찾을 수 없었다. 그럼에도 경계를 풀 수 없어 수색은 계속됐다.

어느새 동이 트고 있었지만, 중대 리더는 숙영지에 집합을 명령할 수 없었다. 반군진영이 인접해 있다는 것만으로도 긴장된 것이다. 부대원 간의 의사전달도 무전기를 사용하지 못하고, 수신호로만 했다. 척후조를 온두라스 국경선 너머까지 들여보냈지만, 반군 진지는 발견되지 않았다. 부대원들은 모두 허탕 친 것 아니냐고 투덜댔다가도 일단 교전을 피할 수 있었다는 사실에 안도했다.

1중대 리더가 연대 지휘부와 무전을 주고받았다. 캠프 포스트 1이 지목한 지점에 반군이 없다는 보고와 향후 작전을 하달받았다. 온두라스 산악지대로 피신한 것 같다는 판단이었는데, 연대 지휘부는 현 지점에서 대기하라는 지시였다. 할 수 없이 다시 숙영지를 확보, 각자 텐트를 쳤고, 군장에 기대 휴식을 취했다. 그런데 조금 전까지 말짱하던 태양이 먹구름에 가려지더니 폭우가 쏟아지기 시작했다. 부대원은 거의 반사적으로 우의를 걸치고, 텐트를 거둬 군장에 끼운 채 엄폐, 은폐물을 찾아 몸을 숨겼다.

아니나 다를까, 온두라스 국경선 너머에 비트를 파고 은신했던 반군들이 기습을 시도했다. 순식간에 교전이 벌어졌다. 숫자는 몇 안 되는 것 같은데, 로켓포와 박격포를 쏘아댔다. 모주방은 나무 밑 둥지에 몸을 숨기고 정신없이 응사하는데, 뭐가 쉬~익! 하며 머리 위를 스쳤다. 그리고는 악! 하는 비명과 함께 인디오 혈통 멕시코계 대원의 얼굴이 사라졌다. 로켓 포탄이 그를 직접 타격한 것이다. 거의 반년을 생사고락 같이한 파트너였는데, 졸지에 사망했다. 너와 나는 아주 먼 선대엔 같은 핏줄임을 강조하자 무척 좋아했었다. 경황없이 우지 기관총을 난사하는 모주방 등 위로 그의 몸뚱이가 풀썩 엎어졌다.

찢어진 목에서 검붉은 피가 뒤늦게 꾸역꾸역 쏟아져 나왔다. 그런데도 그는 멕시코 대원의 몸뚱이를 밀어내지 않았다. 오히려 엄청난 피를 뒤집어쓰며 나무 등거리에 기댄 채 꼭 끌어안았다. 자기 때문에 죽은 것 같아서였다. 녀석이 앉고 자신이 서 있었으면 로켓 포탄이 자기 얼굴을 후려쳤을 것이기 때문이다. 너무 황당해 눈물도 안 나왔다.

얼마간 장대같이 쏟아지던 소나기성 폭우가 끝나자, 거짓말처럼 반군의 기습도 멈췄다. 굵은 스콜성 빗줄기를 뚫고 날아다니던 총알도 뚝 끊겼고, 갑자기 정적이 감돌았다. 등골이 오싹할 만치 평온을 되찾은 것이다. 우거진 나무들 잎사귀에서 똑! 똑! 떨어지는 물방울 소리가 뼈마디 시릴 정도로 고요했던 숙영지를 깰 따름이었다.

중대 리더 2명은 부대원의 피해 상황을 확인했는데, 다른 대원은 모두 멀쩡했으나 정말 재수 없게 멕시코계만 사망한 것이다. 이제 막 서른이었는데 말이다. 부대원들은 어이없어했다. 고작 40분간 벌어진 교전에서 죽은 것이다. 더구나 로켓포를 얼굴에 맞아서. 피가 좀처럼 멈추지 않아 한동안 기다려야 했다. 한없이 토해내던 혈액이 어느 정도 잦아들고 응고된 듯 보이자, 몸만 남은 시신을 잘 싸서 밀림 거점으로 옮겨야 했다.

1중대 리더는 파트너였던 모주방과 다른 대원에게 그 일을 권했고, 두 사람은 즉시 움직였다. 긴 나뭇가지를 대검으로 잘라 다듬고, 지렛대를 만들었으며, 우의 두 장으로, 들것 대용 삼아 시신을 얹었다. 그리고는 주검이 흔들리지 않도록 군복을 찢어 동여맸다. 미안함보다는 처량하고, 허탈했으며, 사지의 힘이 쭉 빠졌다.

산 정상 숙영지를 벗어나 내려가는데, 휘적휘적 떠밀려 갔다. 오금이 풀려서 지탱하기도 힘들었다. 멕시코계 시신의 무게가 가파른 비탈을 미끄러지도록 안내했다. 다른 영국계 대원도 침묵으로 일관했다. 무슨 할 말이 있겠는가. 돈을 받고 스스로 목숨을 판, 외인부대원인 게 잘못일 뿐이다.

사람 목숨 날아가는 게 이토록 하찮은 줄은 미처 몰랐다. 멕시코계의 머리를 찾으려고 1시간을 샅샅이 뒤졌는데, 그 어디에도 없었다. 로켓 포탄이 머리 통째로 풍비박산을 낸 것이다. 단지 모주방의 발치로 굴러 떨어진 호두알만 한 눈알을 확인했을 뿐이다. 더 기막힌 일은 그 흰자 위 속 검은 눈동자가 자신을 바라보고 있었다는 것이다. 내가 죽었니? 하는 물음으로 말이다. 그는 멕시코계의 수정체를 두 손으로 조심스레 집어 목구멍 안에 고이 넣어줬다.

너무 경악스럽고 어처구니없어 눈물조차 나지 않았다. 북아프리카 모리타니에서도 그리고 이곳 니카라과 전투에서도 수많은 죽음을 지켜봤지만, 이런 황당한 경우는 정말 처음이었다. 가히 찰나에 벌어진 일이라, 주검이 자기가 죽은 줄 모르고 한동안 방향을 잃은 채 이리저리 맴돌았다. 얼마나 경악했으면 외인부대원 모두가 몸뚱이만 남은 멕시코계의 행동에 파안대소했을까. 교전 중에 쟤가 왜 그러나 싶어서 말이다.

진저리친 것은 그다음이다. 그가 죽었다는 사실을 확인한 뒤 80명 부대원은 일제히 로켓포가 날아온 곳을 향해 우지 기관총을 난사했다. 수류탄 160개와 1백 발 탄창이 다 떨어질 때까지. 중대 리더 2명이 탄약을 아끼라고 뜯어말려 겨우 진정했다. 하지만 경화기 조 40명의 유탄발사기는 여전히 불을 뿜었고, 인근을 아예 청소해 버렸지만, 반군은 흔적도 없이 사라진 후였다.

"어떤 개새끼야!"

"나와! 좆 같은 씨발 놈아!"

"이 쌍놈! 잡히면 사지를 도려낼 테다!"

"씹새끼! 넌 저승까지 쫓아가 찢어 죽일 거야!"

"씨발 새끼야! 야비하게 왜 숨어서 지랄이냐! 앙!"

부대원들의 흥분은 좀처럼 가라앉지 않았다. 아무리 전투 경험이 많고, 무수히 상대 목숨을 끊어봤지만, 이토록 비겁한 죽임은 난생 처음들인 모양이었다. 이 지구상 어디를 가든, 누구나 그들을 살인 기계로 지칭하지만, 죽이는 것도 하나의 예의가 있다고 여겨왔다. 비록, 적군이라 하더라도 최소한 고통 없이 저세상으로 보내야 자신들 역시 마음이 편하다고 말이다. 단 한 번에, 단 한숨에, 단 한 방에, 단 1초도 망설이지 말고 즉사케 하는 것이다. 어차피 죽일 거면 아주 간단하게 처리하는 쪽도 덜 괴롭다는 뜻이다.

두 사람이 시신을 어깨에 걸쳐 메고, 반나절이나 걸어서 밀림지대 거점에 겨우 도착하자 무전으로 이미 통보받았는지 대대 리더가 기다리고 있었다. 사망자를 인계받은 그는 담배를 피워 물었고, 어두운 낯빛으로 연대 지휘부에 타전, 시신 수습을 요청했다. 훼손된 시신이 안타까운 모양이었다. 많이 지친 모주방과 영국계 대원은 주검 곁에 쭈그리고 앉아 담배를 피웠다. 산 육신보다 죽은 시체가 더 무겁다는 것도 새삼 깨달았다. 밀림지대 거점을 경계하던 병력도 전원 묵념으로나마 시신의 평안을 빌었다. 모두 할 말을 잃은 것이다.

얼마 후, 헬기가 들어와 시신을 싣고 돌아갔는데, 멕시코계의 주급을 계산해 유가족에게 지급함은 물론, 위로금 10만 달러와 별도로 시신 수습비 5만 달러도 함께 전달된단다. 그래도 개죽음은 아닌 것 같아 마음이 놓였다.

영국계 대원은 에이레 공화국의 대테러 전담 부대에 소속돼 활약하던 중 민간인을 오인 사격하는 바람에 책임지고 물러났다. 그 이후 빈둥대다가 런던 경시청에 위장된 정보국 MI6의 친구가 소개해 니카라과에 온 것이다. 벌써 2년 차로 접어들었다.

어쩔 수 없이 파트너가 된 두 사람은 갑자기 친해져 수돗가에서 함께 샤워하고는 했다. 식사는 물론, 경계근무도 같이 섰다.

온두라스 국경지대에 나간 1, 2중대는 아직 귀환하지 않았지만, 전황은 매일 듣고 있다. 반군 사령관이 온두라스 국경 안쪽 깊이 은신해 도통 흔적을 찾기 힘들다는 것이다. 대대 리더들은 혹여 쿠바로 튄 것 아닌가 싶었지만, 연대 지휘부의 정보망엔 아직 온두라스에 은거하고 있다는 것이다.

밀림지대 거점에서 허송하던 모주방은 어느 날, 3중대 리더의 지시를 받고 영국계 대원과 함께 습지 건너 대대 캠프를 빠져나오다가 오른쪽 종아리를 독사에게 물렸다. 부임 첫날부터 선임자들이 누누이 강조하던 '독사 주의할 것'을 깜빡한 것이다. 아니 지뢰 매설과 부비트랩 설치 지역을 피해 나오다가 그리된 것이다. 군복 바지가 습기에 젖어서 착 달라붙은 바람에 독사의 이빨을 차단하지 못한 것이다.

영국계는 대검으로 바지를 찢고, 독사 이빨 자국을 칼끝으로 얄게 째더니 독을 입으로 빨아냈다. 밀림지대 독사의 독성은 매우 강해 즉시 조치 취하지 않으면 10분 이내에 사망한다고 교육을 받았다. 그나마 영국계가 독이 퍼지기 전 대여섯 차례 뽑아냈고, 우의를 찢어 무릎 위를 칭칭 동여맸지만, 모주방의 온몸은 점점 굳어갔다. 듣기로는 독이

0.1mg만 몸에 퍼져도 즉사하거나 살아도 반병신이 된다는 것이다.

영국계는 한쪽 겨드랑이에 모주방을 들쳐 끼고, 최대한 빠른 속보로 습지를 빠져나왔다. 다행인 것은 그가 의식을 놓지 않았고, 왼쪽 다리는 움직일 수 있어 영국계의 보폭을 따를 수 있었다. 하지만 시간이 지날수록 그의 정신은 몽롱해졌고, 심장박동은 아주 빠르게 뛰었다. 도저히 안 되겠다 싶은 영국계는 소총에 노란 연막탄을 부착, 대대 캠프 상공에 대고 발사했다. 캠프 안의 대대 경계병은 위급상황이 벌어졌다는 것을 알아챘고, 이에 신속히 대응했다. 독사한테 물렸다는 것을 즉시 확인했으며, 연대 지휘부에 급전을 쳤다. 헬기는 이미 이륙 준비하고 있었으며, 모주방과 영국계를 태워 마나과 연대 지휘부 야전병원에 내렸다.

베드 카를 밀고와 기다리던 간호장교와 의무관은 응급실로 환자를 떠밀며 뛰었고, 그 와중에서도 상태를 살폈다. 촌각을 다투는 위급상황임은 이미 무전으로 받았기에 수술 준비도 다 되어있었다.

전투복을 가위로 다 찢어낸 뒤, 독사 면역 혈청부터 주사했고, 심폐기능이 멎지 않도록 인공호흡기를 사용했다. 그리고는 오른쪽 대퇴부의 대동맥을 찾아 같은 혈액형을 수혈했는데, 체내에 퍼진 혈액 속 맹독을 희석하기 위해서였다. 그러나 모주방의 맥박은 시간이 갈수록 떨어졌고, 전신은 급속도로 부어올랐다. 피부도 검게 변색되기 시작하면서 온몸이 뜨겁게 달아올랐다. 체온이 40도를 넘어서고 있었다. 간호장교들은 의무관의 지시에 따라 얼음 주머니를 전신에 다 감쌌다. 영국계 대원은 초조하게 모주방을 지켜보고 있었다.

의무관은 자칫하면 목숨을 잃을 수도 있다고 했다. 독사 면역 혈청이 빨리 작용하지 않으면 독이 퍼진 부위가 썩는다는 것이다. 영국계는 모주방의 파트너도 열흘 전에 로켓포를 맞아 죽었다며 한참 우울해 했는데, 그도 독사에게 당할 줄 미처 몰랐다는 것이다.

어떻게 알았는지 히스패닉도 응접실에 나타났다. 의무관에게 "너랑 같은 한국인이야."라고 말하며, 그의 상태가 어떤지 물었다. 의무관은 고개를 가로저었다. 최선은 다하겠지만 장담은 못 한다고 솔직히 털어놓았다. 독사의 이빨에 물린 순간 사망이 필연적이라고 덧붙였다. 니카라과 현지인들도 해마다 독사에게 물려 죽는 숫자가 꽤 된다는 것이다.

시간만이 모주방의 목숨을 지켜줄 수 있다. 그가 의식을 잃은 지 벌써 사흘이 지났다. 의무관은 수시로 들여다보지만, 상태는 호전되지 않았다. 독사한테 물려 생긴 부종은 다른 항생제로 가라앉힐 수가 없다. 오로지 자연 치유만이 상책이다.

독사 면역 혈청은 서서히 작용하는지 심폐 기능이 아직 살아있다는 것만으로도 고무적이다. 그렇지 않았다면 모주방은 벌써 심장이 멎었을 것이다. 맹독이 지닌 부작용은 혈액을 순식간에 응고시키는 것이다. 사람이 살아있다는 것은 혈액이 순환되기 때문인데, 심장에서 전기적 에너지로 혈액을 뿜어내는 압력은 시속 140km에 달해 제일 먼저 뇌에 산소를 공급하고, 각 기능을 순환하는 것이다. 그런데 만약 산소를 공급하는 혈관에 응고된 혈청이 번지기 시작하면 혈관이 막혀 괴사를 진행시키고 혈관이 터진다. 뇌에서 그런 일이 벌어지면 목숨은 건지더라도 전신 마비 또는 반신불수가 된다.

의무관은 기도하는 심정으로 모주방을 살피고 나갔다. 영국계는 곁에 붙어 상태를 지켜볼 뿐이다. 지금으로선 아무도 그를 도울 수 없는 것이다.

히스패닉도 틈만 나면 들여다보고 갔다.

모주방의 의식불명이 1주일째로 접어들었는데, 상태는 호전되지도 않았고, 더 악화되지도 않았다. 그럼에도 의무관은 점차 자신감을 내비쳤다. 자신 있게 판단할 수는 없지만, 환자 몸속에 주입한 독사 면역 혈청이 맹독을 중화시키고 있는 게 아닌가 생각했다. 체내 수분은 수액으로 공급하고, 배뇨는 음경에 카테터를 삽입해 빼내고 있었다. 간이 나쁘다면 독사 면역 혈청이 더 더디게 작용하겠지만, 술을 전혀 입에 대지 않은 환자에게는 천만다행이었다. 허혈이나 경화가 있었다면 혈액 정화 기능이 취약해 버틸 수 없었을 것이다.

체온은 여전히 40도를 오르내리고 있었다. 맹독이 중화되면서 발생하는 열이라 그다지 걱정하지 않아도 된다. 얼음 주머니를 계속 교체해 줘도 떨어지지 않는 건 바로 독사 면역 혈청이 작용한다는 뜻이다. 앞으로 열흘이 고비다. 맹독의 특성은 독사한테 물린 같은 종의 독니에서 빼낸 것만 중화작용을 한다는 것이다. 만약 같은 종이 아닌, 다른 맹독을 주입하면 즉사한다. 독사들은 서로 면역 혈청이 태생적으로 갖춰져 있어 상관없지만, 인간에게 전혀 다른 종의 독을 주입하면 혈청에 닿는 순간 생명은 끝난다. 다른 종의 독이 함께 뒤섞여 혈청을 굳게 만들며, 심장을 파괴하기 때문이다.

그래서 중남미 일대 국립의료원에는 각기 다른 종의 독사를 잡아 맹독을 추출해서 중화시켜 독사 면역 혈청을 만들어 둔다.

야전 베드 곁에서 모주방을 지키는 영국계 대원은 시간이 너무 더디다고 느꼈다. 그의 상태가 나아지기를 기대하며, 매일 아침저녁으로 들러보는 의무관한테 똑같은 질문을 하지만, 대답도 늘 똑같다. 그저 기다려 보자는 말, 그게 전부다. 외관상 확인할 길은 없지만, 동공을 통해 체내 변화를 읽을 따름이다.

다시 시간은 흘러 하루, 이틀, 사흘, 나흘….

차츰 변화의 조짐이 나타나기는 해도 확연히 드러날 만큼은 아니어서 의무관도 답답하다. 그는 군의관이 아니고, 미국 존스 홉킨스 의대에서 맹독을 연구하기 위해 니카라과 국립의대에 파견을 자정한 한국인이었다. 어쩌면 그래서 더 환자에게 열성을 가지는지 몰랐다.

지금쯤 부종이 가라앉기 시작할 텐데 싶었지만, 촉진 결과 그대로였다. 마지막 수단으로 중화시킨 독사 면역 혈청을 더 투석할까도 생각했는데, 정제한 맹독이라도 너무 과하면 역효과를 낼 것 같아 망설이고 있었다. 아무튼, 조금 더 기다리다가 정 안 되면 최후 수단으로 투석기를 사용해 볼 참이다. 맹독에 경화된 혈청을 강제로 빼내고, 환자 본인의 혈액을 세척해 다시 투입하는 것이다. 당뇨 환자에게 시술하는 것처럼 말이다.

한국인 의무관이 나름 판단한 예후가 열흘로 접어들자, 모주방의 맥박이 정상치로 돌아왔고, 체온도 38도로 떨어졌다. 이제 의식만 돌아오면 그는 살 수 있다. 부종이 가라앉는 건 시간이 해결해 줄 것이고. 영국계 대원도 의무관의 설명을 듣고는 화색이 돌았다.

그로부터 다시 이틀 후, 그는 눈을 떴다. 소식을 접한 히스패닉은 서둘러 나타났고, 식물인간은 면했다며 좋아했다. 하지만 동공이 확대된 상태여서 의식이 회복됐다는 확신은 할 수 없었다. 의무관은 인공호흡기를 떼어냈는데, 심장박동이 제대로 움직이고 있었다. 모주방은 이승과 저승 사이를 넘나들다 겨우 이승으로 돌아온 것이다. 인간의 생명이 얼마나 끈질긴지 체험하는 순간이었다. 일시적 신경 마비가 풀려 곁에서 이야기하는 사람들 목소리가 들리기 시작했고, 깜깜했던 시야도 트였다.

또 닷새가 지나자, 그는 사지를 천천히 움직일 수 있었고, 말도 할 수 있었다. 가장 반가워한 것은 병상 곁을 떠나지 않았던 영국계 대원이었다. 간호장교로부터 보고를 받고 뛰어온 의무관 역시 만면에 미소를 머금었다. 히스패닉도 달려와 축하해 줬다. 하지만 일상으로 돌아가기는 아직 멀었다. 야전침대에서 여전히 꼼짝할 수 없었다. 의무관 설명으로는 최소한 3개월은 요양이 필요하다는 것이다. 먼저 부종이 빠져야 하고, 그동안 퇴화한 근육이 원상회복되어야 한다는 것이다.

모주방은 의무관이 한국인이란 게 왠지 모를 믿음이 갔다. 꼬박 보름을 의식불명 상태였고, 자칫 죽을 뻔한 고비도 숱하게 넘겼다면서 자상하게 설명했다. 당장 식사는 못 하고 수프만 먹어야 한다는 주의와 함께 살아줘서 고맙다고 했다. 그가 오히려 대단히 감사하다는 진심을 건넸고, 어떻게 해야 이 은혜를 갚을지 모르겠다면서 눈물을 다 글썽였다. 그에게는 새로운 시간이 주어진 셈이다. 부모님 돌아가실 때 임종을 지켜보지 않았던 그가 눈물을 보인 것은 이번이 처음이다. 늘 도박에 미쳐서 여기저기 떠돈 터라, 이 세상의 보편적인 희로애락을 외면하고 산 것이다. 니카라과에서 새삼 인생의 소중함을 깨달은 것이다.

이제껏 해온 게 무엇이며, 앞으로 무엇을 해야 할지 몰랐던 그에게 좀 더 살아보라는 조물주의 권유였고, 또 거부하지 못한 것이다. 모주방은 의무관에게 아무 책이나 구해달라고 했고, 의무관은 미국판 소설을 한 아름 구해왔다. 책이나 읽으며 시간을 소일하기 위해서다.

몸이 차츰 원기를 회복하는지, 소·대변을 자주 배설했는데, 간호장교 말은 체내에 축적된 맹독이 빠지는 것이란다. 그러면서 여기 외인부대원 중 독사에게 물려 죽은 숫자가 서너 명은 된다고 덧붙였는데, 맹독을 이겨낸 사람은 아마 당신이 처음일 것이라고 했다. 야전침대에서 틈틈이 육신을 놀리고, 책을 보며, 지루함을 달랜 지 보름 만에 걸음을 옮길 수 있었다.

야전병원 관계자들은 어정쩡하기는 해도 우격다짐으로 돌아다니는 모주방을 보며, 천주님께서 다시 기회를 준 것이라고 말을 건넸다. 중남미 현지인들 대개 가톨릭 신자다. 스페인 식민지 지배가 300년 이상 된 탓이다.

달리 물리치료를 받을 수 있는 여건이 못 되는지라, 스트레칭으로 스스로 근육의 힘을 키울 수밖에 없었다. 연대 지휘부 연병장을 걷고 또 걸었고, 열흘쯤 되자 종종대는 수준이지만 뛸 수 있는 단계까지 이르렀다. 저녁을 먹은 뒤, 거의 매일 팔굽혀 펴기를 20회씩 세 번을 했고, 윗몸일으키기도 겸했다. 그러나 체내 부종이 다 빠지지 않아 상당히 고통스러웠다.

수면제 덕에 깊은 잠을 잘 수 있었지만, 아침에 일어나면 온몸이 다 뻣뻣하게 굳었다. 그럼 식사 전, 연병장에서 20~30분씩 구보를 했다. 모주방을 마주치는 다른 부대원들도 반갑게 인사를 건네왔고, 이구동 성으로 "너 죽는 줄 알았다."며 농담을 던지기도 했다.

그렇게 또 두 달이 지나자, 의무관은 해변의 자기 숙소에서 더 정양 하라고 권했고, 히스패닉도 동의했다. CIA 외인부대 계약서상 총상을 입거나 근무 중 기타 사고로 인한 치료 기간은 주급을 그대로 인정한다 고 되어있으니까 걱정하지 말고 휴양하라는 것이다. 영국계 대원은 모 주방이 야전침대에서 일어난 무렵 자대로 돌아갔다. 살아줘서 고맙다 는 인사를 남기고 말이다.

아무튼, 의무관 숙소는 마나과 태평양 연안 언덕에 있었는데, 풍광이 정말 장관이었다. 탁 트인 시야에 들어오는 것은 검푸른 바다뿐이었다.

의무관은 손이 많이 가더라도 한국인은 된장, 고추장, 김치를 먹어줘 야 힘이 난다며, 손수 끼니를 만들어 주었다. 그가 근무지로 출근하면, 모주방은 오전 내내 스트레칭을 했고, 또 모래밭에 나가 반나절은 조깅 했다. 체내 부종도 거의 다 배출되어 근육이 원활하게 작동했다. 땀을 많이 흘리고, 물을 많이 섭취해 남은 맹독을 뽑아냈다. 의무관의 지시대 로 말이다.

어느 날, 의무관과 함께 TV를 보는데, 서울올림픽이 중계되고 있었 다. 비록 생중계가 아닌 녹화방송이지만 고향을 볼 수 있었다.

"이 먼 이국땅에서 잠실 운동장을 다 보다니, 사람 참 오래 살고 볼 일입니다."

"하하… 동감입니다."

의무관은 파안대소했다. 그렇게 서울올림픽 녹화중계를 보면서 거의 한 달 동안 빈둥댔다.

히스패닉에게 전화가 온 건 다음 날이었다.

"의무관 보고로는 네가 어느 정도 움직인다고 들었는데, 몸 상태가 괜찮으면 연대 지휘부에 나와서 병참 행정 좀 봐라."

"그러죠. 심심하던 차에 잘 됐습니다."

모주방은 전화를 끊자마자 숙소를 나섰고, 택시를 잡아타고 마나과에 들어갔다. 히스패닉은 니카라과 미국 대사관에 파견된 CIA 대외정보국 소속 이사관이었다.

그 때문에 연대 지휘부 행정과 병참을 지원하게 됐는데, 자신이 대사관 업무와 함께 그 일을 병행할 수 없으니, 스페인어에 능통한 네가 대외업무를 맡으라는 것이었다.

행정과 병참이란 별것 아니다. 행정은 주로 니카라과 정부와의 공조를 통역하는 것이고, 병참은 마나과 현지인을 통한 부식 수령과 각종 장비 수급이 전부다. 또 니카라과 현지인들에게 대민 지원, 반군으로부터 민간인 보호 등도 포함돼 있다.

연대 지휘부 리더는 CIA 대외정책국 특수 작전부 요원이었다. 등급으로 따지면 과장이었고, 모주방이 라스베이거스에서 만난 미국인은 부장이었다. 그는 주로 자금 지원과 병기 보급을 맡아서 활동했는데, CIA 미 중앙정보국은 니카라과 사태에 직접 관여하지 않는 것으로 되어있어 특수작전부 재량으로 처리하는 것이다. 따라서 미연방 중앙정보국 본부에서 일절 자금은 지원하지 않고, 특수작전부 선에서 무슨 짓을 하던 자금을 만들어 작전을 수행하라는 묵계가 떨어진 것이다.

소문에 의하면 FBI 중앙수사국이 CIA 특수작전부의 불법 행위를 내사한다는데, 그 이유는 마약을 대량 유입해 미국 내에서 소비한다는 것 때문이다. 또 무기 중개상한테 불법으로 중화기와 각종 탄약을 구입, 국외로 반출한다는 점도 수사 대상이었다. 미국의 대외정책상 분명 자국을 위한 임무를 수행하는 것이지만, 미국 내 53개 주의 전역 치안을 담당하는 FBI 시각엔 분명 불법이고, 범죄단체와 비밀 거래를 한 점을 묵과할 수 없다는 판단인 듯하다. FBI도 미국 자체 민주주의 수호를 위한 대전제는 인정하지만, 그 과정에서 미국 헌법이 규정한 법률을 무시해 가며 탈법을 일삼는 것은 연방국 체제를 뒤흔드는 월권으로 간주한다는 것이다.

FBI는 절대 미국 대내외의 정보수집과 CIA 운영에 관해서는 간섭하지 않고, 정보기관 비밀 임무를 제한할 뜻이 없음을 분명히 밝히면서도 최상위 정보기관이 권력형 범법을 일삼으면 그와 관련된 거대 갱단을 어떻게 법정에 세울 수 있겠는가 하는 추궁이다.

하지만 FBI도 CIA 특수작전부의 임무를 잘 알고 있고, 더구나 백악관 NSA, 즉 대통령 직속 국가안전보장위원회에서 직접, 간섭을 자제하라는 요청이 있어 니카라과 내전이 진행되는 상황 중에는 더 이상 토를 달지 않고 있다. 그저 반군과 교전이 종료되기를 지켜볼 뿐이다.

그렇다면 미 대통령도 이미 니카라과 교전 수행을 안다는 의미인데, CIA 대외정보국에서 흘러나온 이야기는 동구권이 수상하다는 것이다. 소련의 위성국이던 동유럽 공산국가들의 경제 파탄이 심각해 민심이 동요하고 있고, 극히 일부지만, 서유럽으로 탈출을 감행한다는 보고란다. 동구권이 심상치 않다는 것은 유람선에서 만난 영국계 노신사한테 이미 들은 바 있지만, 그 혼란이 표면화될 줄은 생각하지 못했다.

그 배경은 크렘린 궁의 주인이 고르바초프로 바뀐 뒤, 제2차 세계대전 종전과 함께 위성국을 내내 지원하던 원조금을 삭감하면서 비롯됐다. 소련은 냉전체제 유지를 위해 투입하던 막대한 군사비를 감당 못하고, 계획경제 재정이 바닥나면서 대외 지원 자금을 중단한 것이다. CIA 대외정보국의 판단은 정확하게 맞아떨어져 1주일 뒤 미국 3대 메이저 방송들이 동유럽 엑소더스를 일제히 톱뉴스로 다뤘다. 그리고는 시간이 갈수록 동유럽 탈출 러시가 폭주한다는 사실을 현장에서 리포트했다.

처음엔 동구권 공산 정권이 국경선을 드문드문 넘는 탈출자들을 사살하기도 했지만, 그 숫자가 갑자기 불어나 포기했다. 불가리아에서 시작된 탈출 러시가 내륙으로 번지면서 유고와 체코, 동독에서도 월경자들이 늘어나자 급기야는 헝가리와 폴란드까지 무너졌다. 소련이 마지노선으로 여겼던 베를린 장벽마저 맥없이 붕괴되자, 크렘린 궁도 공산 체제를 포기했고, 휴양지로 떠났던 고르바초프를 그곳에 감금했다. 그는 모스크바로 귀환하자마자 공산당 중앙위원회 서기장 직을 내놓았으며, 옐친이 쿠데타를 일으켜 소련 공산 정권을 몰아냈다.

냉전체제의 한 축이었던 공산권이 무너진 것은 1989년과 1990년 사이, 단 6개월 만이었다. 볼셰비키 혁명으로부터 발원된 공산주의가 채 1세기도 안 돼 종말을 고했다. 공산권 붕괴 소식을 접한 니카라과 반군도 더 이상의 정부 전복 활동을 접고 와해됐다. 반군의 이상향이나 다름없었으며, 소련 체제를 니카라과에서 구현하려 했는데, 목적이 사라진 터라 스스로 포기한 채 밀림을 떠났다.

이제 현실적인 문제는 마나과에 주둔한 외인부대 뒤처리다. 미 대사관의 히스패닉과 직접 날아온 CIA 특수작전부장 미국인은 외인부대 활동을 중지시켰고, 각 교전지에 배치됐던 부대원을 전부 복귀시켜 각자 알아서 니카라과를 떠나라며, 비행기 표를 건넸다. 외인부대원들에게 지급할 주급은 이미 계좌에 송금했으며, 서류상 특수작전부 정보요원이란 직책도 해제해 정리했다. 부대원들은 아무 불평 없이 개인 장비를 반납한 뒤 국제공항을 통해 모두 빠져나갔다.

하지만 모주방은 잔류해 니카라과 정부와 협상에 들어갔다. 물론, 히스패닉과 미국인을 보좌하는 것이었다. 이제껏 반군 소탕 작전에 투입된 무기들을 반값에 사라는 것이었고, 그동안 외인부대 운영 때문에 소요된 경비를 내놓으라는 것이었다. 니카라과 대통령은 자신을 방어해

준 것은 고맙게 생각하지만, 현 정부는 돈이 없다고 발뺌했다. 히스패닉과 미국인은 노발대발했다. 당신이 비공식적으로 지원해 달라고 해서 불법으로 전비를 투입했는데, 지금 와서 오리발을 내밀면 어찌하느냐는 것이었다.

협상은 지루하게 계속됐다. 니카라과 대통령은 만약 마나과가 공산반군에 넘어갔으면 미국도 위태로웠으니까 지원에 선뜻 나선 것 아니냐며, 당위성을 강조했다. 미국인과 히스패닉은 당신이 정 그러면 권좌에서 내쫓길 수도 있다고 협박했다. 반정부 인사들에게 무기를 넘기면 어떻게 되겠느냐고 다그치자 입을 다물었다.

더구나 당신이 스위스 은행에 빼돌린 거액의 불법 자금을 그들에게 폭로하면 감옥밖에 더 가겠느냐고 하자 그제야 알겠다고 한다. 다만, 원하는 금액은 다 못 주고 80%만 넘기겠다는 것이다. 거의 보름이나 협상한 끝에 전비를 회수했고, 무기는 정부군에게 양도했다.

연대 지휘부도 전부 철거하고, CIA 특수작전부 잔여 요원들도 귀국길에 올랐다. 다만, 문제는 미국 내에서 중앙정보부의 입장을 어떻게 정리하느냐는 것이다. 정권이 민주당으로 넘어가면 특수작전부장인 미국인은 옷을 벗어야 할지도 모른다. 히스패닉도 본부 복귀를 위해 함께 LA행 비행기에 올랐다. 모주방도 동행했는데, 같은 여객기를 탄 의무관은 존스 홉킨스 의대로 돌아간다는 것이다.

모주방은 LA에서 미국인을 비롯해 히스패닉 등 다른 CIA 요원들과 헤어져 리노로 갔다. 누나네 집이 인근이지만, 거기에 갈 생각은 없다. 가봐야 환영도 못 받고, 오래 기거할 수도 없다.

대체 어디로 간다?

H 카지노에서 은행 계좌를 확인해 보니 생각보다 많은 돈이 들어와 있었다.

전투 요원으로서 주급 3천 달러의 1년 3개월 치 합산 금액, 이외 독사한테 물려서 몸 상태가 안 좋으니 요양하라는 뜻의 2만 달러 그리고 보너스가 5만 달러 더 입금돼 있었다. 남은 일 처리와 니카라과 대통령과의 협상에 참여한 대가인 듯했다.

밑천이 도합 22만 달러지만 VIP룸에 상주하기는 어려워 작은 판인 세븐카드에 섞였다.

카지노에만 들어서면 그는 지난 과거를 다 잊는다. 아니, 생리적으로 도박판을 좋아하는 게 아니라, 생활 그 자체이기 때문이다. 니카라과에서 죽음과 사투를 벌였던 악몽조차 카드 앞에서는 아무런 의미가 없다.

게임은 그럭저럭 잘 풀려 밑천을 조금 불렸다. 도박이란 항상 상승세만 있는 게 아니고, 흐름이 오르내리는 터여서 칩을 그다지 많이 쌓지는 못했다.

오후 4시부터 끼어들어 새벽에 이를 때까지 겨우 5만 달러밖에 따지 못했다. 마음은 VIP룸 바카라판에 가 있어 그런지, 조금 풀린다 싶다가도 막히곤 했다. 플러시를 잡으면, 풀하우스가 튀어나오는 식이다. 하지만 니카라과에서 독사한테 물린 후유증인지 신경을 많이 쓰면 두통이 생기곤 했다. 어느 땐 또 시야가 흐려지기도 했다. 커피를 30잔이나 마시고, 담배를 10갑이나 피워대며, 오랜만에 게임다운 게임을 즐기고 싶었지만, 컨디션은 점점 나빠져, 하는 수 없이 판에서 물러나 객실로 올라갔다.

창밖은 이미 동이 트기 시작했고, 거리도 부산하게 움직이고 있었다. 청소차가 물을 뿌려 가며, 작은 도시를 깨끗이 정리하고 있었다.

모주방은 의무관이 떠날 때 손에 쥐여 준 수면제 한 통에서 세 알을 입에 넣고 물을 마셨다. 그리고는 지친 몸을 침대에 뉘었는데, 문득 죽을 고비를 넘기고 살아나와 고작 한다는 짓이 도박인가 싶었다. 다른 일을 해보고 싶은 마음도 있었지만, 딱히 무엇을 해야 할지 몰랐다. 보통 사람이 일상적으로 하는 직장생활 또는 자영업 따위를 해볼 생각도 없지 않았으나 선뜻 내키지 않았다. 이제 곧 마흔 줄에 접어드는데, 불혹이면 자신을 책임질 줄 알아야 한다는 옛 선인의 일침에 부끄러움이 엄습했다. 그러나 그에게 늘 생각이 생각에만 그친다는 게 문제다.

한숨 깊게 자고 일어났는데, 몸은 여전히 무겁다.

니카라과 마나과 해변 숙소에 있을 때 맹독의 후유증이라고 의무관이 말했다. 독사 면역 혈청이 신경 마비를 풀면서 원상회복을 유도했지만, 맹독이 완전히 가시지 않은 탓이란다. 독사한테 물린 직후, 영국계 대원이 신속히 응급처치했지만, 야전병원으로 후송하는 데 시간이 걸렸고, 아주 극소량이지만 심장까지 퍼져 사망 일보 직전이었다는 것이다. 응급실에 도착했을 때 이미 전신 마비가 왔고, 심실세동이 시작돼 5분만 더 지체했으면 심장마비가 진행됐을 것이라 했다.

생각할수록 악몽과 같은 경험이었다. 죽음을 그다지 두려워하지 않는 모주방으로서는 살아나는 게 죽는 것보다 더 어렵다는 사실을 깨달았다.

라스베이거스에서 밑천 다 털릴 때마다 자살을 시도한 게 벌써 세 번이나 된다. 한 번은 유리창을 깨고 밖으로 뛰어내리려 했고, 두 번은 리볼버 권총으로 러시안룰렛처럼 방아쇠를 당겼으나 모두 허탕을 쳤다. 총알 한 개를 여섯 개 구멍에 아무렇게나 장전하고 탄창을 뱅그르르 돌려서 격발하는 따위다. 운 좋게 세 번이나 빈 구멍을 당겨 살아났지만 말이다.

룸서비스로 끼니를 대충 얼버무리고, 다시 세븐카드판으로 내려갔다. 게임을 할 때만 이런저런 고민과 갈등, 번뇌를 잊을 수 있을 것 같았다.

카지노마다 세븐카드 룰은 좀 다르지만, 대개는 비슷하다.

기본은 10달러이고, 4구는 하프, 5구부터 풀베팅이다. 그러나 손님과 딜러가 합의하면 6구부터 풀베팅으로 하는 예도 있고, 7구만 풀베팅인 경우도 있다. 풀베팅은 되받아치기가 통상 두 번이다.

어제는 6명이 게임에 참여했고, 기본이 5달러, 7구에만 풀베팅으로 했는데, 손님도 바뀌고 인원도 줄어, 그를 포함 4명밖에 안 돼 앞서 게임을 하던 세 사람이 5구부터 풀베팅을 하기로 한 모양이다.

1인당 기본이 10달러니까 4구는 하프로 20달러씩 베팅하고 5구부터 풀베팅이어서 80*4=320달러를 베팅하며, 6구는 320*4=1,220달러, 히든은 1220*4=4,880달러가 되는데, 네 명이 다 7구를 받는다는 것을 전제한 판돈이다. 그리고 되받아치기를 5구부터 2회씩 한다면 판돈은 1백만 달러를 웃돈다.

모주방은 첫 번째 판 6구에서 카드를 접었다. 패가 너무 안 좋았고, 카드 한 장을 더 보기 위해 1,220달러를 밀어 넣기에는 부담이 컸다. 자기 밑천이 고작 20만 달러 조금 넘기 때문이다. 물론, 상대방들도 패가

안 좋으면 5, 6구에 카드를 접으면 판돈이 작아지는 경우는 훨씬 불안
이 덜하다.

두 번째 판은 석 장이 같은 다이아몬드 무늬로 들어왔는데, 플러시
를 바라볼 수 있는 카드다. 딜러가 4구를 오픈했지만 아쉽게 스페이드
였다. 일단 20달러를 밀어 넣었고, 다른 세 명도 베팅했다. 5구는 천만
다행으로 다이아몬드가 떨어졌다. 그는 망설임 없이 320달러를 베팅했
고, 손님 중 한 명이 카드를 접어 판돈은 960달러가 됐다. 6구는 클로버
가 떨어져 다시 고민하도록 만들었는데, 상대 중 또 하나가 패를 접었
다. 판돈은 1,920달러다.

모주방은 승부를 걸 수밖에 없었다. 두 눈을 감고 조용히 딜러가 박
스에서 카드 빼는 소리를 들었다. 오픈된 카드를 먼저 본 상대가 한숨
을 푹 내쉬는 걸 알아챘다. 하지만 그는 원 페어밖에 안 되는 상황이어
서 만약 다이아몬드가 아니면 판돈을 내주어야 할지 모른다. 단, 예외는
있다. 상대가 같은 원 페어일 경우는 이길 수 있다. 에이스 페어이기 때
문이다.

딜러가 오픈을 권하자, 상대는 투 페어를 나직이 중얼거렸고, 모주방
은 거의 무의식적으로 졌구나 싶어 눈을 떴는데, 마치 마술을 부린 듯
다이아몬드가 빨려들었다. 상대는 패를 그냥 접었다. 그가 베팅하면 되
받아치려고 했는데 아쉬웠다.

다음 판에도 제법 괜찮은 패가 들어왔다. 스페이드, 클로버, 하트까지
모두 5가 한꺼번에 떨어진 것이다. 끗발 날 때 당겨둬야 오래 버틴다.
잘하면 포카드를 바라볼 수 있다.

리노는 라스베이거스보다 판돈이 좀 클 뿐만 아니라, 게임을 하는 사
람들 수준도 상당히 높다. 말하자면, 도박꾼들이 1,300m 고지를 일부
러 찾아오는 것도 다 그 때문이다. 그래서 뻥카는 없다. 더러 터번을 쓴
중동 석유 부호가 거액의 돈질로 상대 기를 죽이려 해도, 대부분은 진

카로만 승부한다. 그것이 게임을 할 때 더 힘들게 만든다. 다른 손님들 패를 신속 정확하게 읽어내야 하기 때문이다.

딜러는 베팅액을 확인해 가며 4구를 오픈했다. 하트 7이 떨어졌다. 네 명이 5~6구까지 간다고 가정하면 판돈을 염두에 둬야 한다. 모주방은 왠지 불안감이 엄습했는데, 5구도 스페이드 킹이 나온 탓이다. 다른 세 명의 표정을 유심히 살피며 베팅했고, 6구는 클로버 에이스가 나왔다.

'미치겠다.'

입술이 바짝바짝 타들고, 호흡도 거칠어졌다. 나무 긴장한 나머지 오줌까지 찔끔 지렸다. 포카드는 아니더라도 풀하우스만 떨어져도 승산은 있었으나, 방정맞게 트리플로 말라버릴 것 같았다. 다행이라면 손님 둘이 접었다는 것이었고, 판돈은 작아졌다.

일반 하우스 방 같으면 자기 패와 상관없이 베팅을 되받아쳐서 판돈을 3배까지 키우는 게 보통이지만, 카지노에서 그렇게 게임을 하는 사람은 중동 부호밖에 없다. 그 외에는 정해진 베팅에 순순히 응하는데, 판돈이 너무 커지면 서로 부담을 갖게 되고, 일반 하우스 방보다 베팅액이 최소 다섯 배는 큰 규모이기 때문이다.

그는 잠시 망설이다가 베팅했고, 7구를 보기로 했다. 상대를 주의 깊게 관찰하니 투 페어는 인정할 수 있을 것 같았다. 아니면 플러시 정도를 어림할 수 있었지만, 바닥에 깔린 카드가 하트, 스페이드, 클로버이기에 아직 족보를 쥔 것은 아니라고 판단했다. 서로 히든을 기다리는 것은 마찬가지였다. 최악은 손님이 풀하우스를 잡는 경우다. 그렇다면 자신이 최소 풀하우스나 포카드를 건져야 승산이 있다. 아니면 같이 발라버리든가.

운명의 7구가 딜러 손에서 밀려 나와 펼쳐졌는데, 스페이드 퀸이었다.

모주방은 망연자실했고, 깊은 두려움이 엄습했다. 그럼에도 속내를 감추고 포커페이스를 유지했다. 상대에게 작전을 드러내지 않기 위해서다. 손님도 표정이 굳어있기는 마찬가지였으나, 칩을 쥔 손이 파르르 떨리고 있었다. 상대는 그래도 꽤 많은 밑천을 보유하고 있었는데, 시간을 좀 끌었다.

딜러가 어떻게 할 것인지 물을 정도로 뜸을 들였다. 손님은 잠시 기다려 달라는 제스처를 내놓았다. 먼저 베팅한 건 모주방이었고, 상대가 망설이는 모습을 보니 족보는 아니라고 생각한 것이다. 만약 여기서 그보다 높은 족보가 나오면 상대는 샤킹이 된다. 시간을 너무 끌었고, 딜러에게 기다려 달라고 요청했기 때문이다. 이제 더 시간을 끌 수는 없다. 카드를 접든지, 베팅하든지, 둘 중 하나를 선택해야 한다. 손님이 다시 망설이자, 딜러가 베팅을 받겠느냐고 거듭 물었는데, 그가 미안하다며 카드를 뒤집었다. 딜러는 판돈을 모주방 앞에 밀어주었다.

카드는 심리전이다. 상대가 조금이라도 약한 모습을 보이면 가차 없이 선제공격을 가한다. 그래야 낮은 패를 잡고도 이기는 일이 생긴다. 물론, 돈질도 신경을 써야 한다. 작은 판 몇 번 당기고, 큰 판에 물리면 금방 쪽박을 차게 되는 것이다.

모주방의 밑천은 조금 늘었다. 하지만 행운은 그것으로 끝이다. 카드가 각 패로 들어오고, 6구에서 접는 일이 잦아진 것이다. 겨우 원 페어, 투 페어를 만들기 위해 5천 달러 가까운 거액을 던지고, 7구를 볼 수는 없었다. 가랑비에 옷깃 젖듯 밑천은 야금야금 빨려 나갔다.

결국, 흐름을 바꾸기 위해 잠시 자리를 뜰 수밖에 없었다. 박스에 챙긴 칩은 그나마 50만 달러에 조금 모자랐다. 손목시계를 보니 벌써 자정이었다.

객실에 올라온 모주방은 룸서비스를 요구해 식사했지만, 늘 그렇듯 커피와 담배에 찌든 혀와 목구멍이 최고급 요리마저 거부했다. 평소 같으면 잠을 청하기 위해 창녀를 불렀겠지만, 그의 주머니엔 수면제 한 통이 들어있었고, 아직 2/3나 남아있었다. 내성이 생기면 별소용이 없 겠으나 아직은 잠을 잘 유도해 주었다. 침대에 눕자마자 이내 잠이 들 었다.

그런데 잠결에 희미하게 누군가 문을 두드리는 소리가 들렸다. 하지 만 수면제 약효가 강해 일어날 수 없었다. 사실 귀찮기도 했다. 얼마간 소란이 계속된다 싶더니 인기척이 느껴졌고, 누군가 그를 잡아 흔드는 것이었다. 낯선 남자 목소리가 귓전을 때렸다.

"헤이! 옐로우 보이! 옐로우 보이!"

"……"

모주방은 한참 만에 비몽사몽 눈을 뜨고, 올려다보니 흑인이었다. 전 혀 모르는 얼굴이었다. 그는 키가 꽤 컸다.

"옐로우 보이, 정신 차려!"

"당신 누구야?"

모주방은 쉰 목소리로 물었는데, 여전히 흐릿한 시선이었다. 흑인은 대꾸 없이 그를 잡아 일으켰고, 강제로 욕실로 끌고 가서 샤워기의 찬 물을 뒤집어씌웠다. 냉기에 화들짝 깬 모주방은 정체 모를 흑인에게 다 시 다그쳤다.

"당신 누구냐고?"

그리고는 주머니에 권총이 있는 것처럼 제스처를 취했다. 흑인은 멈 칫하며 말했다.

"진정해, 진정하라고. 옐로우 보이. 나는 CIA 대외정보국 소속 요원이 야."

"신분증 보여줘 봐."

모주방은 흑인이 내민 신분증을 확인하고 안도했지만, 뭔가 잘못되 었음을 눈치챘다. 니카라과에서의 일은 공식적으로 다 끝났는데, 대외정책국이 아닌 정보국 요원이 리노까지 찾아온 이유를 몰랐다. 그는 쭈그리고 앉아 얼굴을 마주했다.

"지금 대외정책국장과 특수부 작전부장이 FBI에 소환됐고, 연방 중앙정보국 국장은 의회 청문회에서 증언 중이야."

"짐작 못 한 바는 아니지만, 나와 무슨 상관있어?"

모주방이 강경하게 되묻자, 흑인은 담배를 건네 붙여주었다.

"만약 작전부장이 기소되면 FBI가 너를 증인으로 내세울 수 있어서 그래."

"왜?"

모주방은 타월로 젖은 몸을 신경질적으로 닦으며, 침대로 나와 앉았다. 흑인은 그의 짜증을 이해했다.

"네가 마약과 무기를 우송해 준 장본인이고, 더구나 니카라과에서 특수작전 전투 요원으로 활동했을 뿐 아니라, 니카라과 정부와 전비 배상 협상까지 가담한 사실을 전부 다 FBI 중앙수사본부가 알고 있어. 또 아직 미국 내에 있다는 사실도 파악하고 있지."

"골치 아프게 생겼군."

"맞아. 그래서 권유하는 건데, 지금 당장 미국을 뜨는 것이 좋겠다는 게 우리의 생각이야."

"공항을 어떻게 빠져나가?"

"아직은 수배령을 내리지 않았는데, CIA와 NSA가 FBI를 설득 중이야. 그러니까 만약의 사태를 대비, 미국을 빠져나가란 거야. 단, 한국이나 유럽으로는 가지 마. FBI가 인터폴과 함께 너를 뒤져낼 테니까. 더구나 범인인도협정을 맺은 국가들이거든."

"아니, 내가 무슨 중죄를 지었어?"

모주방은 언성을 높였다. 울화가 치민 것이다. 흑인은 그의 어깨를 툭툭 쳤다.

"그것은 나도 알지만, CIA 방침인 걸 어떻게 해. 이왕 이렇게 된 거 끝까지 네가 좀 도와줘."

"에이! 씨발!"

모주방은 타월을 바닥에 홱 내던졌다.

미 중앙정보국 내부 지침이니 도리가 없다. 정 말을 안 들으면 간단히 제거해 버릴 수도 있다. 흑인의 채근에 더 이상 버틸 수가 없었다. CIA 요원들은 기소 범죄자 보호 프로그램을 운영하는 FBI와 다르게 상대가 정보국에 해롭다면, 가차 없이 청소해 버리는 경향이 있다. 지금 흑인이 점잖게 설득하다가 안 되겠다고 판단되면 극단적으로 사살해 사막에 던져버릴 것이다.

그는 하는 수 없이 짐을 챙겼고, 흑인의 권유를 받아들여 객실을 나섰다. 그리고는 1층 환전소에서 칩을 현금으로 바꿔 미국 본토 은행에 넣었다. 여행 경비는 제외하고 말이다.

흑인은 머쓱한 표정으로 충고했다.

"FBI가 잠잠해질 때까지 미국에 다시 들어오지 마. 알겠어? 네가 니카라과에서 미국을 위해 고생한 거 다 알고 있고, 정보국에서도 너에게 불이익이 생길까 봐 미리 손을 쓰는 것이니까 너무 섭섭하게 생각하지 말라고."

"빌어먹을."

모주방은 H 카지노 밖에 세워둔 자동차를 함께 타고, 리노 국내선 공항으로 갔다.

흑인은 LA행 비행기 표를 사주며 말했다.

"동구권이 무너졌어. 전 세계가 다 뒤숭숭하다고."

"관심 없어, 난."

"그 영향을 직접적으로 받는 기구가 CIA야. 더구나 정권이 바뀌면 대대적인 인원 감축과 기구 축소가 불가피할 것 같아. 어쩌면 너를 보는 것도 이게 처음이자, 마지막일지 몰라."

"……."

모주방은 미처 생각하지 못한 흑인의 말에 공연히 숙연해졌다.

냉전 시대에서 미연방 중앙정보국이 행사한 권한은 거의 무소불위였는데, 그 초법적 권력을 엉뚱하게 공산권 붕괴가 앗아가는 것이다. 정치적으로야 민주주의가 승리한 것처럼 보여도 그로써 세계 초일류 강대국으로 부상한 미국은 더 많은 짐을 짊어지게 된 것이다.

그는 흑인에게 악수를 청했다.

"내 걱정은 말고, 당신 업무나 잘 봐."

"지금은 너를 무사히 미국에서 내보내는 게 내 임무야."

"풋…."

모주방은 피식 웃었다. 뭐가 그리 대단하다고 CIA 요원이 다 배웅하는지 알 수 없다.

협소한 공항 청사 안에 안내방송이 흘러나왔다. 곧 LA행 국내선이 이륙할 예정이니 승객들은 탑승하라는 것이었다. 그는 흑인에게 한 번 더 악수를 청하고, 공항 활주로에 선 작은 비행기에 올랐다. LA까지는 30분이면 간다.

아침 7시 첫 비행기는 승객들이 꽤 있었다. 출퇴근하는 직장인들 같았다. 비행기는 곧 이륙했다.

LA 국제공항에 내린 모주방은 잠시 고민했다.

'대체 어디로 간다?'

한국도 안 되고, 유럽도 안 된다면, 아프리카? 남미도 미국 영향권이 있으니 FBI가 정보원을 동원하면 금방 찾아낼 것이다.

모주방은 하는 수 없이 복권 찍듯이 나이지리아 직행 비행기 표를 구매했다.

모리타니에서 외인부대원 생활을 2년 가까이 한 경험자라, 일반인들을 두렵게 만드는 아프리카의 선입견과는 다르다. 그런대로 견딜 수 있는 불모의 땅이다.

국제선 청사 출국장에 앉아있는데, 낯선 백인이 다가왔다.

"옐로우 보이?"

"……."

모주방은 자신도 모르게 고개를 끄덕였다. 니카라과에서도 호칭이 그랬으니까. 젊은 백인은 곁에 앉으며 신문을 건넸다.

"나는 국제공항에 파견근무 중인 CIA 대외정보국 요원이야. 당신이 정말 나가는지 확인하라는 상부 지시가 있어서 확인하는 것뿐이니까 걱정하지 마."

"알아."

모주방은 젊은 백인에게 나이지리아행 국제선 티켓을 짐짓 보여줬다. 그리고는 농담처럼 말했다.

"45구경 권총 하나 얻을 수 있어?"

"권총은 뭐하게?"

"하이재킹을 하려고."

"북한으로 넘어가게?"

"거긴 뭐하러 가. 뉴스에 나오는지 보려고."

"내 것 줄까? 아직은 쓸만한데."

"관둬."

"공범 있으면 좋지 않아? 곧 실직할지도 모르는데."

젊은 백인은 어깨를 으쓱거렸다. 헛소리가 아니라는 뜻이다. 모주방은 멋쩍은 표정이었다. 조금 전 흑인도 그 소리를 했기 때문이다.

"CIA 사람들 모두 같은 소리군."

"맞아, 뜻밖의 어퍼컷이지."

"후후…"

모주방은 나직이 웃었다. 냉전 시대 소련을 견제하기 위한 중앙정보국에 모든 전권을 부여했지만, 이제는 아니다. 그동안에도 너무 비대하다는 지적을 받았지만 어쩔 수 없다는 식이었다. 공산권 붕괴가 그들의 실직을 우려할 만큼 충격적이다.

'젠장!'

돈 몇 푼 더 벌자고 특수부대 전투 요원으로 니카라과 내전에 뛰어든 것인데, 이런 모사를 당할 줄은 미처 몰랐다.

국제선 청사의 스피커에서 안내방송이 흘러나왔다. 이집트행 여행객께서는 지금 탑승하라는 것과 함께 나이지리아행 손님도 함께 탑승하라는 권고였다. 카이로에서 갈아탈 방법을 설명하면서 말이다.

북아프리카 이집트로 관광을 가는 미국인은 상당수였고, 보잉747 전 좌석이 다 찼다. 젊은 백인은 기내까지 들어와 보안요원에게 뭔가 귀엣말을 건네고는 나갔다.

'에이! 빌어먹을 놈들!'

그는 욕지기가 저절로 나왔지만, 입 밖으로는 내놓지 않았다.

여느 때 같으면 모주방은 가장 싼 좌석인 비행기 꼬리 부분에 앉았을 텐데, 이번엔 한복판 창가에 앉았다. 안전띠를 매라는 스튜어디스 권유에 승객 모두 부산을 떨었고 얼마 후, 육중한 비행기가 천천히 구른다 싶더니 곧 하늘로 날아올랐다.

아프리카 노선은 LA에서도 태평양을 건너는 게 아니라 뉴욕을 거쳐 대서양을 날아 카이로에 기착한 뒤, 이집트 항공의 연계 노선으로 나이지리아로 들어간다. 시간상 이집트까지 16시간이 걸린다. 거기서 나이지리아로 날아가는데, 또 4시간이 소요된다. 비행기 안에서 두 끼 먹고, 시차상 하루를 묵어가며 다음 경유지에서 임시 체류했다가 비행기를 갈아타고 다시 나는 셈이다. 서방 항공사들은 아프리카 전역이 위험해 취항을 보이콧했기 때문이다.

젊은 백인이 건넨 신문은 LA 타임스였는데, 온통 공산권 붕괴를 기사로 메우고 있었다.

소련이 해체돼 국가연합 형태로 사실상 독립을 선언했고, 체코와 유고도 제2차 세계대전 후 모스크바가 강제 통합했던 민족들이 전부 흩어졌다는 내용이다.

곁에 앉은 중년 백인 남자가 신문을 건네보며 말을 걸었다.

"차이니즈요? 재패니즈요?"

"코리안."

모주방은 간단하게 대꾸했다. 귀찮다는 목소리였다. 중년 백인 남자는 고개를 끄덕거렸다.

"평양도 붕괴됐으면 좋겠어요. 동독처럼 말이요."

"……."

모주방은 뒷머리만 긁적였다. 평소에 생각해 보지 않은 말이어서다. 그리고는 묻지도 않았는데, 중년 백인 남자가 자기를 소개했다.

"나는 석유회사에서 근무하는데, 우리 회사 소유 나이지리아 유전을 둘러보기 위해 가는 겁니다."

"아, 그렇군요."

모주방은 건성으로 대꾸했다. 모리타니에서 외인부대원으로 생활할 때 얼핏 들은 기억이 있다. 다국적 석유회사들이 나이지리아 유전을 개발해 폭리를 취한다고 말이다. 중년 백인 남자는 꽤 심심한 모양이었다.

"이집트에서 내립니까?"

"아니요, 나이지리아까지 갑니다."

"말동무가 생겨서 다행이군요. 그런데 무슨 일로 나이지리아에 가는 거요?"

"그저 관광이나 할 겁니다."

"그곳은 둘러볼 게 그다지 많지 않은데요. 또 정정과 치안이 아주 불안합니다."

"……."

모주방은 여전히 신문에서 눈을 떼지 않았다. 공산권 붕괴와 향후를 다룬 기획 기사에 정신이 팔려있었다. 그럼에도 중년 백인 남자는 말을 계속 걸었다.

"무슨 직업에 종사하십니까?"

"직업군인인데, 얼마 전에 예편했어요."

잠시 망설이던 모주방이 선뜻 떠오른 게 없어서 내놓은 말이다. 얼굴은 여전히 신문 사이에 박은 채 말이다. 중년 백인 남자는 무척 반겼다.

"그거 잘됐네요."

"뭐가요?"

모주방은 별로 신경 쓰지 않았는데, 중년 백인 남자는 얼굴을 바짝 들이밀며 궁금해했다.

"나이지리아에 얼마나 있을 예정입니까?"

"기한 없이 가는 거라 잘 모르겠는데요."

"그럼 부업 한번 해보지 않겠습니까?"

"무슨 일인지 알고 싶지 않은데요."

"잘 생각해 보세요."

"……."

모주방은 원유 채굴을 말하는 줄 알고 즉답을 회피한 것이다. 유정 천공은 전문 기술자 아니면 굴러먹기 힘든 직종이라는 사실을 잘 알고 있었다. 더욱이 대양 한가운데라면 말이다. 그런데 중년 백인 남자는 다른 소리를 했다.

"보디가드 좀 해주시죠?"

"누구를요?"

"접니다."

"네?"

모주방은 뜬금없이 무슨 수행원이냐고 되물었지만, 중년 백인 남자는 아주 간절하게 부탁했다.

"나이지리아 현지인들이 상당히 거칠어서 낮이나 밤이나 신변의 위협을 받거든요."

"……."

모주방은 그때서야 고개를 끄덕였다. 아프리카 전역은 아직도 정정이 불안하고, 내전을 겪는 나라가 많은데, 나이지리아도 그 범주에서 벗어날 수 없었다. 중년 백인 남자는 끈질긴 성격이었다.

"주급 1백 달러를 줄 테니, 도와주십시오."

"글쎄요."

"나이지리아 군인 출신을 고용했는데, 이 녀석이 오히려 내 일거수일투족을 무장단체에 흘리고 돈을 챙기지 뭡니까? 언젠가는 한 번 납치될 뻔했다가 겨우 모면했어요."

"저런."

"이슬람 무장단체뿐 아니라, 일반 갱들도 외국인을 납치해 몸값을 요구한답니다."

"힘드시겠네요."

모주방은 신문을 접고 흡연구역으로 넘어갔다. 중년 백인 남자가 귀찮아서다.

비행기는 아직도 미국 영공을 벗어나지 못했고 차츰 지루해졌다. 골초인 그가 담배를 피우러 오갈 때마다 실례 좀 하자는 것도 미안해서 니코틴이 태부족일 경우에만 자리를 떴다.

중년 백인 남자는 다시 말을 걸어 왔다.

"나이지리아에 가면 호텔에 묵을 겁니까?"

"그럴 수밖에 없잖습니까."

"라고스는 위험해 안 되고, 아부자의 백인 거주지역에서 민박하는 게 좋을 것 같네요. 아부자에 대통령부가 있어서 그런대로 치안은 유지되지만, 밤에는 그것도 무용지물이기는 하죠. 무장단체 MEND가 언제 어느 때든 습격하거든요. 아부자 백인 거주지역엔 다른 석유회사 간부들이 함께 생활하고 있는데, 모두 생명의 위협을 느끼지요."

"왜요?"

모주방이 반문하자, 중년 백인 남자는 머뭇대더니 솔직하게 운을 뗐다.

"석유회사들이 좀 안 좋은 일을 해서죠."

"……."

그는 더 이상 묻지 않았다. 나이지리아 현지에 들어가 보면, 저절로 알게 되겠지 싶어 잠을 청했다.

아마 메이저 석유회사들이 유정을 착취하는 게 아닌가 싶다. 현지 고위 공무원들과 결탁해서 말이다. 다국적 정유회사와 나이지리아 정부가 잉여이익을 나눠 착복하는 일은 어쩌면 당연한 공식일 것이다. 생산 단가를 줄이기 위해 환경영향평가를 무시한 채 채굴할 것이고, 일반 국민은 원유 생산으로 말미암은 수익을 제대로 분배받지 못하는 입장은 중동도 마찬가지다.

스튜어디스가 기내식을 들라고 깨워서 눈을 떴는데, 시간을 물으니 대서양시로 정오란다. 미 서부와 동부의 시차가 3시간이고, LA를 오전 8시에 이륙했는데, 낮 12시라면 모두 7시간을 날아온 셈이다.

비행기 내에 대형 TV가 있어 식사하면서 BBC 뉴스를 보았는데, 역시 공산권 붕괴를 대대적으로 보도하고 있었다. 맨 끄트머리에 잠깐 미 상원에서 벌어지는 청문회를 언급하고는 CIA 남미 정책이 최악의 선택은 면했다는 리포트다. 하지만 상원의원들은 CIA의 불법까지 묵인할 수 없다고 일침을 가했다.

비행기는 어느새 카이로에 접근했고, 이내 착륙했다. 그러고 보니 이집트는 참 자주 들러간다.

이집트 항공으로 연계된 비행기가 카이로에서 출발한 것은 오후 2시였다. 아프리카 대륙 남서쪽으로 가로질러 나이지리아 라고스 국제공항에 내리자, 그리 낯설지 않은 풍경이 들어왔다.

롤링 브리지조차 없이 활주로에 그냥 내려 허름한 청사를 빠져나왔는데, 다 쓰러져 가는 거리가 손님을 맞았다.

아니, 거리라고 할 수 없는 판자촌이 양쪽으로 죽 늘어서 있고, 몇 안 되는 낡은 자동차들이 좁은 도로에 엄청 많은 사람과 뒤엉켜 꼼작 못하고 있었다. 사람들은 하나같이 머리 위에 큼직한 짐을 이고 있었다. 물건을 팔러 가는 건지, 물건을 사서 갖고 가는 건지 분간이 안 됐다. 그리고는 사바나 기후 특징인 후덥지근하고, 끈적끈적한 공기가 이곳이 아프리카인 사실을 증명하고 있었다.

중년 백인 남자는 바짝 긴장한 채 엉거주춤 모주방의 뒤를 따랐다.

"아부자의 소재 법인에서 보내 준다던 헬기가 아직 안 왔는데 어떻게 하죠?"

"그걸 저한테 물으면 어떻게 합니까?"

"보디가드 역할이 마음에 안 드십니까?"

"별로 내키지 않습니다."

"주급 2백 달러로 해드릴게요."

"아니요, 됐습니다."

모주방은 고개를 가로저었다.

자신은 수많은 아르바이트를 해봤고, 그리 나쁜 부업도 아니지만, 너희들 같은 착취자들에게 빌어먹을 짓은 안 한다는 것이었다. 그리고는 중년 백인 남자를 떼어버리고, 뚜벅뚜벅 흑인이 가득한 거리에 뒤섞였다.

나이지리아는 세계 6위 산유국이다.

그런데 국민은 산유국다운 혜택을 받지 못하고 있다. 1956년 원유를 발견하고부터 지금까지 세계 유수의 메이저 석유회사와 다국적 정유회사들이 장악해 잉여이익을 몽땅 빨아간 것이다. '로열더치쉘', '토탈', '아지프', '엑슨 모빌', '셰브론' 등 20여 개에 달하는 다국적 정유회사들이 나이지리아 대통령을 비롯한 각료, 군부, 담당 공무원에게 뇌물을 주고, 원유를 국제가격의 80%만 지급하고 빼간다는 것이다.

나이지리아 정부는 국민에게 세금을 안 받는다는 조건으로 석유회사로부터 지급되는 로열티를 전부 착복하는 것이다. 그래서 검은 저주라는 말도 나왔다. 원유채굴권을 넘겨주고, 받는 세금을 가로챈 고위층들은 영국과 미국, 유럽에 자식들을 유학시키고, 수영장 달린 대저택 그리고 개인용 헬기까지 사들여 현지에서 산다. 그들의 비리를 알아낸 후임자도 그들이 물러난 요직에서 똑같은 방법으로 돈을 빼돌린다.

1960년 영국으로부터 독립한 후, 이슬람 단체의 율법 지배 시도로 내전에 휩싸여 있었지만, 지금은 나이저델타해방운동이라는 무장단체가 활동하고 있어 정정이 불안한 것이다. 그들은 주로 석유회사 임직원을 납치하거나 석유회사 소재 국민을 잡아다가 당사국과 석유회사로부터 몸값을 받아낸다.

모주방은 황열병 예방접종을 받기 위해서 행인에게 병원이 어디냐고 물었고, 흑인 청년은 친절하게 가르쳐 주었다. 영국 식민지였던 터라 모든 사람이 영어를 아주 잘한다.

병원이라고 해봐야 흙벽돌에 양철지붕을 얹은 일반 가옥이다. 산유국이라고 대외에 천명했지만 민생은 엉망진창이다.

1980년대로 접어들어서 석유 공급 과잉으로 국제유가가 하락하자 외채를 갚는 데 어려움을 겪었고 결국, 채무불이행을 선언할 수밖에 없었다. 군부 통치로 인한 부패가 극에 달해 경제 발전을 저해한 탓이다.

흑인 간호사에게 예방접종을 부탁하자, 대꾸 없이 그저 주사기를 찌른다. 이렇다저렇다 말도 없이 턱짓한다. 돈 내고 가라는 뜻이다.

다시 거리로 나와 호텔을 찾으려 했지만 허탕이다. 사방을 둘러보아도 높은 건물은 전무했다. 엉성하기 짝이 없는 3층 상가가 많았고, 대부분은 판자촌 아니 그보다도 못한 얼기설기 엮은 창고 같았다.

시장은 사람이 붐비기는 하는데 거래가 거의 없다.

원유가 발견되기 이전에는 자급자족이 가능해 물물교환이 활발했으나, 그 유정이 난개발되면서 어족은 물론, 다른 식량도 오염돼 먹거리의 가치를 상실했다. 나이지리아 정부의 무지와 메이저 석유회사들이 경비 절감을 이유로 주변 환경에 대한 대책도 없이 유정을 마구 뚫은 게 원인이었다. 최근엔 무장단체가 송유관을 파괴하고, 원유 생산지를 공격하는 바람에 자연 훼손이 더 심각하다.

모주방은 시장통에서 노인 장사치를 붙들고 물었다.

"라고스에는 호텔이 없어요?"

"그렇소."

"그럼 어디로 가야 합니까?"

"아부자로 가요. 대신 어디를 가든 몸조심하라고. 동양인은 전부 재패니즈로 오인하니까. 납치당하면 회사나 가족들에게 돈을 요구하거든."

"거 참, 흉흉하군요."

"이 동네를 오가려면 총이 필요할 거야. 500달러만 주면 당장 하나 가져다줄게."

"물건을 먼저 본 후에 돈을 건넬 테니 서둘러요."

모주방은 채근했다. 현지 경찰 눈에 띄면 골치 아픈 일이 벌어지기 때문이다.

얼마 후, 나타난 노인 장사치는 신문지에 싼 45구경 권총 한 자루와 탄창 두 개를 내보였다. 그는 지갑에서 1백 달러 지폐 다섯 장을 남들 모르게 장사치 호주머니에 얼른 넣어주었다. 장사치가 더 긴장해서는 사위를 두리번댔고, 덧붙여 환전도 해가라 졸랐지만 거절했다.

시장통을 빠져나온 모주방은 아무래도 아부자로 가는 게 낫지 싶었다. 나이지리아에 언제까지 있을지 모르겠지만 수도에 있다는 호텔로 가면, 그럭저럭 시간을 때울 소일거리가 있지 않을까 했다.

택시를 잡아탔는데 가관이다. 마크는 분명 벤츠인데, 다 썩어 차량 바닥이 구멍 나 있었다. 또 달리면 달릴수록 이상한 굉음을 냈다. 기어가 제대로 걸리지 않은 것 같았다. 너무 더워 에어컨 좀 틀라니까 고장 났다는 것이다. 할 수 없이 창문을 열었는데 바람은커녕 북쪽으로 올라갈수록 메케한 냄새가 났다. 나이저강 변 어디선가 불이 난 것 같아 운전기사한테 물으니, 쓰레기 매립지 빈민촌은 거의 매일 불이 난다고 했다.

서울 상암동 쓰레기 매립장이 떠올랐다. 그곳도 툭하면 불이 났던 것으로 기억한다.

왼쪽 나이저강과 오른쪽 베누에강이 만나는 삼각주 델타지역엔 유정이 많다. 나이지리아 연방 수도 아부자는 그사이 내륙 한복판에 있었다. 다행이라면 남쪽은 기독교가 주류고, 이슬람은 북쪽을 지배하고 있단다. 군부에 대한 반군 활동을 적극적으로 실행하는 세력이 이슬람에 꽤 큰 무리를 형성하고 있다.

라고스에서부터 꼬박 2시간을 달려온 운전기사가 호텔 앞에 택시를 세우자, 그는 50달러를 지불하고 내렸다. 팁까지 포함해서 말이다.

아부자는 항구도시인 라고스보다 깨끗한 느낌이었으며, 신식 건물도 제법 눈에 띄었다. 이를테면 일종에 신생 도시인 셈인데, 대통령 부와 각 정부 기관이 들어와 있어 그런대로 치안이 잡혀있는 듯 보였다. 다만, 모두가 우려하는 밤이 되면 어떤 일이 벌어질지 두고 볼 일이다.

호텔도 새로 지은 것 같은데, 좀 조잡하고 협소했다. 세계적인 호텔 체인은 아직 진출하지 못한 것 같았다. 6층이 전부인 S 호텔은 투숙객도 그리 많지 않아 보였다.

모주방은 체크인하고 맨 꼭대기 객실로 올라갔다. 스위트룸이라 꽤 넓었고, 하루 방값도 100달러다. 천장엔 대형 선풍기가 돌고 있고, 샹들리에가 걸려있다. 전체적으로 영국의 식민지였던 흔적이 1990년 지금까지 남아있었다.

온통 하얀색에 모기장으로 도배한 느낌이다. 주의 사항은 밤이나 낮이나 창문 열 때 모기장 훼손에 각별히 유의하라고 적혀있다. 모기에 물리면 말라리아에 걸릴 위험이 있다는 경고였다.

짐이라곤 고작 속옷 몇 벌이라 침대에 아무렇게 던져놓고, 창가에 서서 담배부터 피워 물었다. 아프리카에서 입에 맞는 음식이 있을까 걱정됐다. 과식하는 편은 아니지만, 미식가에 속하는 혀끝이 늘 문제다. 카지노에서 마일리지로 먹는 최고급 요리들이 입맛을 버려놓은 것이다.

거리는 질서정연하게 계획한 모습이었다. 도시 곳곳에서 개발이 한창이라 조금 시끄럽기는 했다. 그나마 다행이라면 지하에 작은 카지노가 있다는 점이다. 룸서비스로 영국 요리를 시켜 먹고 나서 승강기에 올라 지하로 내려갔다.

손님 역시 눈 씻고 봐도 없었다. 카지노 홀엔 슬롯머신 몇 대와 다른 게임 몇 테이블이 있을 뿐이다. 관광객이 있을 리 만무했다. 짐작하건대 나이지리아 유정을 소유한 외국계 회사 직원을 위한 것 같았다. 바카라 판은 텅 비었고, 세븐카드 테이블에만 몇 명 있었는데, 흑인 3명과 백인 2명이 서로 안면이 있는지, 떠들어 가며 게임을 하고 있었다. 카지노엔 그들이 전부였다.

그 틈에 끼어 앉자 낯선 동양인이 웬일이냐는 듯 쳐다보았다. 알고 보니 백인 2명은 석유회사 간부고, 흑인 3명은 나이지리아 정부의 고위

직 공무원이었다. 하기는 당장 끼니 걱정을 해야 하는 현지인들이 출입할 리도 없는 곳이라, 짐작 못 한 바 아니었다. 딜러는 그래도 백인인데, 찬찬히 살펴보니 흑백 혼혈 무어족이다. 남유럽 스페인과 포르투갈, 프랑스 남부, 영국에 많이 분포해 있다. 16세기부터 식민지를 확장할 때 생긴 혈통 간 교배로 형성된 민족이다.

S 호텔은 개인 소유가 아니라 쿠데타로 정권을 장악한 군부 소유고, 전시적인 효과로 지은 것이다. 카지노 종업원은 몇 안 되는데, 경호원 숫자가 두 배에 달했다. 무장단체의 침입을 막는 게 주 임무인 것 같았다. 대통령부와 각 정부 부처가 인근이라, 경찰도 상당수가 집중되어 있었다. 군인 또한 AK소총을 둘러메고 거리 곳곳에 배치돼 있었다.

판돈은 칩이 아니고, 달러를 그냥 사용했다.

칩을 보관할 장소가 없다기보다 돈을 환전해 줄 만큼 규모도 크지 않았다. 자본금을 금고에 넣어둘 수 없는 듯했다. S 호텔 운영 주체가 개인이 아닌 군부정권이지만 거액을 맡을 능력도 안 된다. 그 돈 냄새를 맡으면 갱들이나 무장단체의 습격을 받을 것 같아 사리는 모양이다.

들은 이야기로는 경비가 삼엄한 은행조차 털리기 십상인데, 이까짓 호텔 카지노쯤 침입하기는 문제도 아닌 것 같았다.

아무튼, 그들끼리 노는데 불쑥 들이대니 좀 껄끄러운 모양이다.

딜러한테 기본은 얼마고, 베팅은 어떻게 하느냐 물으니, 처음에 1달러 깔고, 4구부터 풀베팅이며, 되받아치기는 7구에만 두 번 가능하다는 것이다. 속으로 장난 아닌데 싶었지만, 심심풀이로 그냥 시간이나 죽이기로 했다.

백인 2명은 각각 다른 나라 출신이었다. 하나는 영국, 또 다른 하나는 프랑스였다.

세븐카드 룰은 그나마 외지랑 똑같아 3장 받고, 딜러가 4장을 오픈하는 방식이었다. 말이 카지노지 한국의 하우스 방보다 못한 시설이었다.

담배와 커피는 그래도 여종업원이 심부름해 주었다.

여섯 명이 다 베팅하면 4구는 200달러, 5구는 1,300달러, 6구는 7,800달러, 7구 히든카드는 47,000달러, 되받아칠 경우는 280,000달러, 한 번 더 엎으면 1,300,000달러가 된다. 히든까지 57,000달러가 필요한데, 7구 이후 두 번 더 받아칠 때는 360,000달러를 밀어 넣어야 한다. 막판은 판돈이 무려 2,000,000달러까지 튄다.

그래서인지 백인 2명이나 흑인 3명 모두 1백 달러 지폐를 묶음으로 쌓아놓고 있었다. 1달러와 10달러 지폐는 칩의 대용이었다. 모주방은 현금 15만 달러를 꺼내고, 수표책도 준비해 뒀다. 물론 6명이 끝까지 붙는 경우는 드물겠지만, 한 판 크게 붙으면 그의 밑천 150만 달러는 게눈 감추듯 날아갈 것이다.

딜러가 그에게 카드 3장을 밀어쳤는데 조금 찝찝했다. 무늬와 숫자 모두 각 패였다. 잘해 봐야 원 페어 이상은 나올 것 같지 않다. 짐작은 맞아서 4구, 5구를 받았지만 패가 다 달랐다. 1,300달러만 날린 셈이다. 흑인 한 명과 백인 두 명이 막판 베팅까지 갔는데, 프랑스인이 풀하우스로 이겼다. 흑인은 플러시를 잡았고, 영국인도 같은 플러시였으나 끗발이 높았다. 한 판에 50만 달러를 딴 것이다.

다음 판은 그래도 패가 좋게 들어왔다. 무늬 2장에 에이스 1장이었다. 4구와 5구에 스페이드가 연속 떨어져야 플러시 희망이 있다. 하지만 4구에 클로버 에이스가 떨어졌고, 원 페어가 됐다. 5구에 차라리 에이스 1장이 더 깔리기를 바랐지만, 스페이드 킹이었다. 무늬 3장에 원 페어, 기대난망이다. 나머지 2장이 스페이드거나 그중 하나가 에이스라면 트리플이 되는데, 그래도 불안하다.

여섯 명이 하는 세븐카드는 족보가 잘 나온다.

6구 한 장을 더 보기 위해 7,800달러를 던졌는데, 역시 낭패였다. 베팅만 하다가 밑천이 다 마를 것 같았다. 또 클로버가 오픈된 것이다. 그는 미련 없이 카드를 접었다. 이번엔 흑인 3명이 막판까지 갔다가 한 명은 접고, 두 명이 두 번 더 치고받았다. 하나는 플러시고, 다른 사람은 트리플이었다. 판돈은 300,000달러였다.

시간은 밤 10시를 넘겼는데, 모주방은 한 판도 못 먹었다. 베팅만 해대고 헛손질을 한 것이다. 담배는 벌써 4갑째 피웠고, 커피도 20잔을 마셨는데 끗발이 안 섰다. 한 판, 한 판 기대하고 카드를 받지만, 허탕치기 십상이었다.

딜러가 다시 카드를 밀어주었다. 3장 모두 에이스였다.

'그래, 바로 이거야.'

모주방은 속으로 쾌재를 불렀다. 나머지 4장이 다 말라도 최소한 트리플이고, 좀 더 바란다면 풀하우스, 그보다 높게 기대하자면 포카드다.

그런데 이게 웬일인가. 4구에 또 에이스가 떨어졌다. 표정 관리가 어려울 정도로 희색만면이었다. 이러면 안 된다 싶어 얼른 포커페이스로 돌아갔다.

'제발 엎지들 말고 7구까지 가자. 되받아치기하면 더할 나위 없이 좋다.'

5, 6, 7구는 눈에 들어오지 않았고, 상대 패를 읽을 필요도 없다. 그런데 애석하게도 흑인 2명은 6구에서 접었고, 흑인 하나와 영국인은 7구에서 카드를 밀어놓았다. 다행이라면 프랑스인이 히든카드에서 엎어치기를 연속했다. 판돈은 순식간에 100만 달러가 넘었다.

딜러가 오픈할 것을 권유하자, 프랑스인은 풀하우스였다. 그는 자기가 이긴 줄 알고 있었는데, 모주방의 패를 보고는 금방 얼굴이 굳어졌다. 그것도 포카드임을 확인한 뒤, 오히려 축하한다고 했다.

땡 값 50,000달러도 함께 밀어주었다. 5명이 이미 정한 룰이었기에 아무 말 없이 내놓은 것이다. 한 번에 1,250,000달러를 긁은 것이다. 이제까지 푼돈을 밀어 넣으며 밑천을 거의 다 까먹었는데 겨우 복구한 것이다.

그다음부터는 모주방의 페이스였다. 물론 자잘한 판이었지만, 투 페어, 트리플, 플러시로 대여섯 판을 쓸어 담았다.

처음엔 너무 안 돼 딜러가 손장난하는 줄 알았는데 말이다. 이를테면 흑인 3명에게 한 번씩, 영국인과 프랑스인에게 정해진 순서에 따라 패를 돌리는 것 같았다. 숙달된 딜러는 54장 카드를 거의 외우고, 카프 질을 어떻게 하는가에 따라 자유자재로 카드를 돌릴 수 있다.

자정을 넘기자, 흑인들이나 백인들 모두 패가 마르기 시작했고, 그는 작은 것 밀어주고, 큰 판을 먹는 따위로 흐름을 완전히 바꿔놓았다. 그러자 견디지 못한 흑인들이 먼저 손을 털었고, 백인들은 서로 눈짓을 주고받더니 판을 접었다. 오늘만 날은 아니라는 것이다. 판돈이 너무 엉뚱한 곳에 몰렸다는 뜻이었다.

그들은 딜러에게 1백 달러 팁을 주고, 휑하니 나가버렸다. 아쉽지만 일어설 수밖에 없었다.

모주방은 긴 밤이 걱정돼 딜러에게 물었다.

"이 동네에 혹시 하우스 방 없나?"

"길 건너 백인 주거지역에서 토요일과 일요일에 자기들끼리 논답니다. 하지만 매우 조심해야 합니다. 얼마 전에도 백인 거주지에 무장단체가 침투해 판돈을 모조리 쓸어갔대요."

"알았어."

그는 딜러에게 100달러를 건넸고, 경호원 2명에게도 100달러씩 찔러주었다. 그리고는 달러를 가방에 쓸어담고 지하 카지노를 나섰다.

경호원들이 객실까지 에스코트해 주겠다며 따라왔고, 승강기에 함께 탔다. 그중 키 큰 친구에게 말을 건넸다.

"나이지리아인?"

"아닙니다. 우리는 에티오피아군 출신입니다. 원하신다면 객실 밖에서 경호해줄 수도 있습니다."

"벌이가 시원치 않지?"

"솔직히 말하면, 그렇습니다."

"맞아, 아르바이트라도 해야지. 그런데 나는 외인부대 두 곳에서 근무했던 경력자야."

"아, 네."

"모리타니에서 에티오피아인과 함께 작전도 했지. 내 목숨은 내가 지켜낼 능력은 있어."

모주방은 허리춤에서 권총까지 꺼내 보여주자, 그들은 두말없이 6층에 닿은 승강기에서 내리지 않고 다시 내려갔다.

객실에 들어선 그는 돈 가방을 침대 밑에 쑤셔 넣고, 권총을 허리춤에서 빼내 스탠드 탁자 위에 놓았다. 만일 갱이 들이닥치면 자기방어를 하기 위해서다.

그리고는 백에서 수면제 통을 꺼내 두 알을 입에 털어 넣은 뒤 생수를 마셨다. 잠을 청하기 위해서였지만, 약효가 퍼지려면 조금 기다려야 한다.

'흠! 참 갑갑하네. 딱히 할 일도 없고, 내일은 무얼 한다. 제기랄, 차라리 남아공으로 갈 걸 그랬나? 카지노도 저 모양이니 손님이 매일 있을 것 같지도 않고, 백인 거주지로 원정을 가? 가만 오늘이 수요일이지. 그나마도 틀렸네. 언제까지 피신해 있어야 하는 거야, 빌어먹을!'

그는 벌써 조급증에 시달리기 시작했다. 가만히 있으면 좀이 쑤셔서 견딜 수가 없다.

이 나라는 참 볼 것도 없지. TV에서 방영하는 동물의 왕국은 야생이다. 1990년이 막 넘었는데도 국가기간산업은 엉망이다. 국립공원은 지정만 했지 아무 시설도 없다.

모주방은 이리 뒤척이고 저리 뒤척이며 잠이 오기를 기다렸다.

그런데 가까이에서 총소리가 들렸다. 경찰차들이 왱왱거리고 나타나자, 이제는 아예 콩을 볶는다. 정정 불안은 사실이었다. 선임 군부와 후임 군부가 대립하는 상황이다. 군 출신 현 대통령을 향해 호시탐탐 쿠데타를 시도하는 것 같았다. 부정부패를 트집 잡아서 말이다.

창밖을 내다봐도 눈에 띄지 않았다. 입소문대로 백인 거주지 같았다.

다음 날 아침, 유리창을 통해 햇살이 깊숙이 들어왔다. 눈은 떴지만, 침대에서 빠져나오기가 싫었다. 담배를 피워 물고는 물끄러미 천정을 올려다보았다. 큼직한 선풍기가 돌고 있지만, 사바나 기후를 식혀줄 기능은 없다. 그저 후덥지근한 습기를 쫓을 뿐이다.

'오늘은 어떻게 소일하지? 흑인 창녀를 불러 놀까? 안 돼. 여기 여자들은 자기관리가 부실해서 자칫 성병이라도 걸리면 나만 손해지. 하~~~아! 어쩐다. 이렇게 한가해 보기도 처음이네. 지하에 내려가서 슬롯머신이나 돌려야겠다.'

그 생각이 번뜩 들자, 모주방은 마치 약속에 늦은 것처럼 허둥댔고, 객실을 잠가놓은 뒤 허겁지겁 승강기로 뛰어가 올라탔다.

'왜 이리 더딜까?'

한층 내려가는 게 1년은 걸리는 듯했다.

'아! 이거, 빨리빨리 좀 움직여라.'

지하 카지노에 닿자, 그는 천국에 들어선 것처럼 기뻤다.

어제 본 딜러는 여종업원과 잡담을 나눴고, 경호원들은 자기 자리에 서서 시간을 허비했다. 그들은 손님을 보자 매우 반겼고, 모주방은 여종업원에게 소리쳤다.

"슬롯머신 코인 1천 달러만 가져다줘."

"네."

여종업원은 잽싸게 움직였다. 박스에 코인을 잔뜩 담아와서는 1백 달러 지폐 열 장을 받아갔다.

모주방은 슬롯머신 다섯 대를 전부 차지하고, 각 슬롯머신에 코인을 연신 집어넣고 당겼다. 잭팟을 기대하는 것이지만, 손님이 없는데 기계가 내놓을 코인이 어디 있겠는가.

딜러와 여종업원, 경호원까지 다가와 구경하고 있었다.

그는 줄담배를 물고, 커피를 마셔가며, 슬롯머신 레버를 힘차게 당기고 또 당겼다. 하지만 기계는 대꾸가 없다. 코인을 빨아먹기만 하고 토해내질 않는다.

그것은 당연하다. 빈 슬롯머신에 내어줄 코인이 어딨겠는가. 모주방도 터진다는 바람은 하지 않았다. 폐쇄공포증이 있는 자신으로서 사위벽에 갇혀있기보다 뭐라도 해야 한다는 강박증이 도진 것이다.

그는 호텔 주방에 이탈리아 음식을 주문해 먹고는 또 슬롯머신에 매달렸다. 코인은 아직도 많이 남았다. 기계가 전무 먹통인 것도 좋다. 슬롯 바가 돌아가기만 하면 된다.

오후로 접어들자, 기계가 이제까지 넣은 코인을 고스란히 게웠다. 모주방이 넣은 것을 그에게 다시 내주는 격이다. 1, 2, 3, 4, 5번까지 오가면서 넣고, 넣고 또 넣었다. 다리가 아프면 의자에 걸터앉아 레버를 돌리고 또 돌렸다. 그러다 해가 졌는데도 객실에 올라갈 생각을 안 했다.

카지노 직원들은 처음엔 재밌었는데, 그가 거의 미친 듯이 슬롯머신과 씨름하자 걱정하기 시작했다. '혹시 도박중독자?' 하는 입맞춤이 돌았다. 다른 직원들은 다 퇴근하고, 당직만 남아 모주방 시중을 들었다.

혼자 떠들고, 웃고, 아쉬워하고, 욕지기에 발길질까지. 신나서 논다.

당직 근무자야 손님도 없는 카지노에서 밤샘하려면 심심했는데, 잘 됐다 싶다가도 고개를 갸웃거렸다. 좀 심하다 싶었다. 벌써 사흘째, 슬롯머신에 매달려서 지랄했다. 잠 한숨 안 자고 말이다. 직원들이 도리어 지쳐서 이 사람, 저 사람 돌아가면서 그를 말리기 시작했다. 오죽했으면 기계를 꺼버리기까지 했을까.

이제 그만하고 객실에 올라가 자라는 것이었다. 자기들은 슬롯머신에 코인이 쌓이면 돈은 벌어서 좋지만, 자칫 사람이 상할까 봐 단속하는 것이다. 카지노 팀장이 경호원들을 불러 거의 강제로 끌어내 승강기에 태웠고, 6층 객실 앞까지 데려다주었다.

그의 특이한 습성은 누가 말리면 도박을 멈춘다는 것이다. 혼자 있으면 밑천이 다 털려야 일어선다. 앵벌이하고 노숙하는 것은 그다음이다.

모주방은 그때서야 문을 따고 안으로 들어갔다.

그런데 대낮이라 잠을 자기도 내키지 않았다. 전화기를 들고 카지노 딜러에게 다시 백인 거주지 하우스 방이 어딘지 물었지만, 일전에 말씀드린 대로 주말에만, 그것도 멤버가 다 모여야 하니까 그냥 쉬라고 설득했다.

나이지리아의 지리를 잘 안다면 이곳저곳 구경하는 거도 나쁘지 않겠지만, 그다지 내세울 볼거리도 없다니 어찌 답답하지 않겠나. 그래서 더 도박에 집착하는지도 모른다. 소일거리가 없는 상황이니 말이다.

다음 날은 호텔 지하 카지노에서 룰렛 게임을 혼자 했다. 딜러는 흑인 여자였고, 직원 모두가 모여 그 게임을 구경했는데, 이유는 카지노가 돈을 따는지 잃는지에 관심을 가지는 것이다. 룰렛은 원형 회전판에 홈을 파고, 숫자를 넣은 다음, 회전시킬 때 구슬을 던져 테이블에 베팅한 숫자가 맞으면 10배를 주는 게임이다. 물론, 틀리면 카지노가 판돈을 가져간다. 룰렛도 회전판을 조작해 손님들 베팅액을 전부 빨아들이는 카지노가 많다. 여기도 그런 것 같은데 워낙 관광객들이 없다 보니 손을 보지 않을 수도 있다.

모주방은 매판마다 숫자 열 개에 10달러씩 베팅했는데, 열 판 돌리면 겨우 한 번 맞을까 말까 했다. 그런데도 계속 놀았다. 질리기 시작한 것은 도리어 딜러였다. 2시간 이상 서 있으면 다리와 허리가 아파서다. 그에게 양해를 구하고 다른 딜러와 교체했다.

종업원들은 차츰 흥미를 잃었고, 또 시작인가 하는 눈총을 주고받았다. 슬롯머신처럼 일단 게임을 해서 잃은 돈은 카지노 수입원이 되지만, 그렇다고 좋은 것만은 아니다. 또 2시간이 흘러 딜러가 바뀌었지만, 모주방은 일어설 기미를 보이지 않았다. 도박이란 게 돈 놓고 돈 먹기인 것은 틀림없지만, 이건 너무 심하지 않나 싶었다. 아니, 돈이 얼마나 많아서 한판에 1백 달러씩 깔아놓고, 몽땅 잃어도 눈 하나 깜짝하지 않는지, 참 별종이다 싶은 모양이다.

카지노 종업원들은 당직자만 남기고 다 집에 갔다. 손님이라곤 동양 녀석 혼자서 사람 질리게 만든다. 도대체 뭐 하는 놈인지 알 수가 없다.

'백인들처럼 유정 회사에서 근무하나? 그것도 아닌데 진짜 이상한 새끼네. 한국 출신인데 웬 돈이 그렇게 많아? 며칠 전 세븐카드에서 돈을 쓸어가기는 했지만, 벌써 10만 달러를 잃었는데, 미동도 하지 않는다. 운 좋게 걸리면 10% 복구할 수 있을까? 빌어먹을 자식, 갱들한테 저거 치우라고 귀띔할까?'

새벽으로 접어들자, 이제는 딜러도 지치기 시작했다. 적당히 하고 좀 쉬라고 설득했다. 하지만 모주방은 들은 척도 안 했고, 줄담배에 커피를 물 마시는 듯했다. 빨리 돌리기나 하라고 짜증을 낸 것이다. 딜러는 침묵했지만, 상당히 언짢은 것 같았다.

'하! 이 새끼 웃기네. 저를 위해 한마디 한 건데 되레 성질을 부려….'

그는 한술 더 떠 "네가 뭔데 하라 마라." 하느냐고 언성을 높이자 줄곧 지켜보던 팀장이 재빨리 나타났다. 그만 진정하고 적당히 하라며 딜러에게 눈을 찡긋한 뒤, 전원을 완전히 내려버렸다. 나이지리아는 전기 사정이 좋지 않다며 번번이 정전 사태가 벌어진다는 핑계를 댔다. 그리고는 오늘 영업은 더 이상 못한다며 퇴장을 요구했다. 에티오피아군 출신 경호원들도 그가 못마땅한지 눈길조차 주지 않았다. 너 잘못하면 죽을 수가 있다는 낯빛이다.

역마살

객실에 올라온 모주방은 수면제를 입에 털어 넣고 잠을 청했는데, 전화벨이 울렸다. 카지노 딜러였다. 백인 거주지에서 판이 벌어지고 있다는 것이다.

그는 정신이 번쩍 들었는지 벌에 쏘인 것처럼 돈 가방을 챙겼고, 객실을 나섰다. 그리고는 승강기를 타고 1층에서 내려 호텔을 빠져나왔다.

며칠 만에 거리로 나선 것인지 기억에도 없다. 도박판에 한 번 끼어들면 일주일에서 길게는 보름까지 바깥 출입하지 않으니 말이다.

딜러가 일러준 대로 길을 찾아 나섰고, 번지수를 확인해 가며 백인 거주지로 들어섰다. 나이지리아에 진출한 석유회사 임직원 숙소지만, 상당히 잘 지은 주택이었다. 현지인 집이라곤 벽돌에 양철지붕을 얹은 게 고작이다. 그렇지 않으면 나무를 사방에 대충 박아놓고 야자수 잎을 얼기설기 엮은 게 전부다.

하우스 방이 섰다는 장소에 닿아 벨을 누르자 안에서 흑인 경호원이 나왔다.

"어떻게 왔습니까?"

"게임 좀 할까 해서요."

"잠깐 기다려 봐요."

흑인 경호원은 인터폰으로 집주인에게 묻는 것 같았다. 그러더니 들어가 보라고 고갯짓을 한다.

큰 대문을 넘자 넓은 정원에 잔디가 깔려있었고, 작은 수영장도 있었다. 2층 건물인데 꽤 고급스러운 외관을 갖췄다. 현관을 건너 응접실로 발을 들여놓자 호화스러운 장식들로 치장돼 있었다. 하우스 방은 그 너머 테라스에 있었다.

가까이 다가가니 며칠 전 함께 게임을 했던 그 백인들과 초면인 아랍인 2명, 그리고 다른 흑인 2명이 세븐카드를 벌이고 있었다. 그런데 딜러가 낯이 익다 싶어 자세히 보니까 카지노에서 본 그 여자였다. 영국인과 프랑스인은 구면이라고 악수를 청했다. 뒤뜰에 인접한 테라스도 상당히 넓었는데, 그곳에 카지노 테이블을 설치했다.

의자에 자리를 잡자, 영국인이 게임 룰에 대해 간략하게 설명한다. 기본은 1달러, 4구부터 풀베팅이고, 7구엔 두 번 되받아치기가 허용된다. 지난번 카지노에서 한 것과 똑같은 방법이다.

모주방은 가방에서 돈뭉치를 꺼내 테이블에 놓았고, 앞서 진행했던 게임이 끝나자, 딜러가 다시 카드를 돌렸다. 첫 끗발이 개 끗발이면 초장 판세는 별 볼 일 없고, 후장에 쓸어담는 게 더 좋다. 생각대로 될지는 모르겠지만 말이다.

3장은 각 패였는데, 무늬도 숫자도 짝이 맞는 게 없었다.

딜러가 오픈하는 카드에 기대야 할 상황이지만, 그다지 희망이 보이지 않았다. 5구에 접기로 마음먹고 베팅했다. 짐작은 과히 틀리지 않았고, 7구까지 가도 투 페어가 고작일 것 같았다. 다른 사람들도 패가 신통치 않은지 6구째 다 접어서 아랍인이 건식했다.

판이 거듭될수록 과열 양상을 띠었고, 7구 되받아치기를 두 번 했는데, 4명이 달라붙었다. 마지막에 웃는 자가 진정한 승리자라고 했듯이 딜러의 권유로 카드를 오픈했지만, 흑인이 풀하우스로 판돈을 당겼다. 대략 50만 달러는 넘을 것 같았다.

모주방은 플러시를 잡고도 느낌이 안 좋아 6구에 접었다. 영국인도 플러시여서 따라붙은 건데 말이다. 아랍인 2명은 트리플이었다. 그들은 게임 운영에 좀 둔한 편이다. 전 세계 카지노판에 꼭 끼는 석유 부호지만 돈질을 잘 못 한다. 그 정도는 그냥 줘도 아깝지 않다는 투다.

아무튼, 모주방은 마수걸이를 아직 못했다. 모두 7명이 풀베팅을 해대니까 판돈이 7배로 뛰고, 밑천이 딸려 휘둘리기까지 했다. 딜러가 카드를 정리하고 다시 패를 돌리자, 이번엔 제대로 날아왔다. 같은 무늬 3장이다. 플러시를 바라볼 수 있는 패였지만, 에이스가 빠졌다는 게 찜찜했는데, 같은 족보를 쥔 상대가 있으면 끗수로 따지기 때문이다. 4구는 그의 바람을 저버리고 스페이드가 떨어졌다. 우선 베팅을 하고 클로버를 기다렸다. 5구 역시 빗나갔다. 고민할 수밖에 없었다. 베팅할까 말까 머뭇대다가 돈을 밀어 넣었다. 일종에 재수 떼기를 하고 싶었다.

오늘의 운수를 본다고나 할까.

만약 6구, 7구에 클로버 2장이 연속 나오면 기를 좀 세울 수 있고, 후반에 게임이 잘 풀릴 수도 있지 않겠는가. 하지만 6구도 빗나갔다. 다이아몬드가 열렸다. 무늬 3장으로 말라버린 것이다.

'흠!'

그는 긴 한숨을 토해내고는 담배를 피워 물었고, 카드를 옆으로 밀어 놨다. 7구까지 본 사람은 프랑스인과 흑인이었는데, 되받아치기에 흑인이 카드를 접었다. 건식인 셈이다.

모주방은 판이 거듭될수록 카드가 마른다고 생각했다.

그러나 간과한 것은 일반 하우스 방에서처럼 7장을 다 갖는 방식이라면 앞사람이 자기 패를 잘라먹는다고 오해할 수 있다. 하지만 여기서는 3장 받고, 4장은 딜러가 오픈하는 터라 앞, 뒤에 사람이 죽거나 살아서 자기 카드를 가로채는 일은 없다. 자기들이 받은 3장과 딜러가 오픈한 4장을 게임에 참여자들이 공통으로 족보를 꿰맞추는 것이라, 패가 바뀌는 따위는 발생하지 않는다.

게임이 너무 안 돼 가져본 착각이다. 거의 두어 시간을 베팅만 하고 헛손질을 한 꼴이었다.

그는 딜러에게 양해를 구하고 잠시 자리를 떴다. 화장실에 들러 소변을 빼고 난 뒤, 주방으로 건너가 커피를 진하게 타 마시며 담배를 피웠다.

'제기랄! 7구까지 가본 적이 없네. 괜히 2만 달러씩 보은만 했군.'

자리에 돌아온 모주방은 다른 손님들 게임 하는 틈을 타 돈을 얼추 세었는데, 거의 60만 달러가 축나 있었다. 그렇다고 게임을 그만두고 일어설 생각은 추호도 없다. 올인으로 쫓겨나는 일이 있더라도 절대 도박판을 벗어나지 않을 것이다. 언제까지 이들이 판을 운영할지 모르지만, 판이 깨지지 않는 이상 남은 돈을 챙겨 들고 하우스 방을 나서지 못한다. 절대! 그걸 잘 아는 그는 밑천이 더 빨려 나가기 전에 한 판이라도 먹어야 한다. 그래야 끗발도 얻고, 더 오래 버틸 수 있기 때문이다.

딜러가 다시 왼쪽부터 패를 돌렸다.

3장이 다 올 때까지 모주방은 또 머피의 법칙을 떠올렸고, 다른 손님에게 자리 좀 바꾸자는 말을 건네려다 말았다. 그들이 자기의 제안을 받아줄 리 만무하다고 생각한 것이다. 자기가 맨 끝에 앉은 것을 후회하기 시작했다. 엉뚱한 피해의식에 젖어있는 사이 카드는 다 날아왔고, 패를 손바닥으로 가린 채 살폈다.

'하! 참! 이제야 좀 될 것 같네.'

스페이드 3, 다이아몬드 3, 클로버 3이 쪼르륵 눈에 띄었다. 재수 좋으면 포카드, 그다음은 풀하우스인데, 최악은 트리플로 말라버리는 것이다. 어쨌든 심장박동이 귓전을 때렸고, 손엔 식은땀이 고였다. 패가 나쁘면 그냥 포기하고 예의상 5구까지 베팅한 다음, 뱃속 편하게 접으면 그만이다. 그런데 3장이 족보로 시작하면 더 초조해지고, 침이 마르며, 머리카락까지 곤두선다. 카드 한 장마다 온 신경을 써야 하기 때문이었다.

4구는 하트 킹, 5구는 스페이드 에이스였다.

불길한 예상이 골수를 타고 온몸에 쫙 퍼졌다. 베팅을 안 할 수 없는 상황이고, 이러다 끝까지 쫓아가 크게 물리는 수도 많다. 6구는 천만다행으로 다시 다이아몬드 킹이 오픈됐다. 풀하우스가 된 것인데, 안심할 수 없다. 같은 풀하우스가 나오면 끗수가 낮아서 질 수 있다. 베팅하고 다른 상대를 훑어보았는데 전부 망설이는 듯했다. 맨 왼쪽 흑인이 먼저 치고 나왔다. 상황을 읽은 것이다. 누가 되받아치는지 확인하려 한 것이다.

모주방은 오른쪽 끝이니까 느긋하게 기다렸다. 두 번째 앉은 아랍인은 카드를 접었고, 세 번째 흑인이 콜만 땄다. 네 번째 프랑스인도 카드를 밀어 놓았다. 다른 아랍인 역시 콜만 동의했고, 자기 순서에 영국인이 되받아치기해 깜짝 놀랐다. 영국인이 콜만 응하면 자기가 되받아치기할 요량이었는데 말이다.

그는 심호흡을 크게 하고 되받아치기에 한 번 더 업자고 외쳤다. 7구까지 판돈은 84,000달러였는데, 영국인이 되받아치고, 모주방이 그 베팅에 한 번 더 업었으니까 670,000달러가 됐다. 그러자 콜만 딴 사람들은 모두 죽고, 영국인은 고민에 빠졌다. 콜 하느냐, 죽느냐다. 그는 모주방을 돌아다보며 미간을 찌푸렸다. 내내 죽을 쑤더니 객기를 부리나 싶었던 것이다. 영국인은 되받아친 게 너무 아까운지 과감하게 콜을 선언하고, 700,000달러 조금 모자란 베팅을 받았다.

모주방은 손이 다 파르르 떨렸는데, 느긋한 것은 오히려 영국인이었다. 딜러가 오픈을 권유하자 영국인은 먼저 에이스 플러시라고 알렸다. 모주방은 풀하우스를 보여주는 순간 지옥에서 탈출한 느낌이었다. 단 한 번에 140만 달러를 당긴 것이다. 하우스 방에 들어선 이후 4시간 동안 허탕만 치고 밑천도 거의 바닥난 순간이었다.

하지만 그 거액의 한 판을 챙긴 이후부터 또 카드가 말랐다. 밤으로 접어들자, 밑천은 절반으로 줄었고, 계속 한 끗발로 깨지기를 반복했다.

천만다행이라면 판을 새벽 2시에 접었다는 것인데, 그것이 모주방으로선 오히려 도움이 됐다. 수중에 남은 돈이 80만 달러였기 때문이다.

게임에 푹 빠졌던 그들은 월요일 출근을 염두에 두고 손을 턴 것이다. 그렇지 않았으면 그는 올인 당하고 쫓겨났을 것이다.

영국인은 다른 손님한테 야간에 움직이는 게 위험하니 2층 방에 올라가서 자고 가라며 안내했는데, 그에게는 네 마음대로 하라는 듯 아예 신경을 끊었다. 어디서 굴러먹던 녀석인지 몰라도 이 자리에 낀 자체가 언짢은 모양이었다. 카지노에서도 그랬고, 하우스 방에서도 마찬가지로 매너가 별로라는 눈빛이었다. 아까 게임을 진행했던 딜러에게 그의 행태를 들은 것 같았다.

모주방은 별수 없이 하우스 방을 나서 대로를 걸었다.

'아, 그 자식, 되게 무안하게 만드네.'

거리는 텅 비어있었고, 오가는 행인 물론, 자동차도 없었다. 간간이 순찰차만 지나갈 뿐이다.

듣기로는 무장단체가 수시로 나타나 외국인을 납치해 몸값을 요구한다니 은근히 겁을 먹기는 했지만, 돈 가방 속에 감췄던 권총을 꺼내 배꼽 밑에 차고는 빠른 걸음으로 호텔로 향했다. 오전에 올 때는 가까워 보였는데, 막상 새벽길을 혼자 가려니 무척 먼 느낌이다. 한 블록 지나오는데 마치 10년이 걸리는 것 같았다.

별 탈 없이 호텔 안으로 들어서자, 안도의 한숨을 내쉬고 승강기에 몸을 얹어 객실로 올라갔다. 객실 문턱을 넘어서자 긴장이 풀려 침대에 엎어졌다.

'영국인이면 다야? 나이지리아 원유를 착취하는 주제에. 동양인이라고 얕보는 거야, 뭐야.'

모주방은 수면제 세 알을 털어 넣고는 생수를 마셨다. 얼마쯤 그렇게 자신의 천대를 불쾌하게 여기다 잠이 들었다.

그런데 묘한 꿈을 꿨다.

리노에서 만났던 독일 여자가 알몸으로 해변을 걷고 있다. 태양의 역광 속으로 숨더니 불쑥 그의 앞에 나타났다. 그리고는 섹스를 격렬하게 했다. 리노 카지노 객실에서처럼 말이다. 그녀는 사랑한다는 말을 연신 했다. 당신 나랑 살자는 속삭임도 빼놓지 않았다. 모주방도 싫지는 않다고 했는데, "갑자기 왜 떠났어?" 하는 고성이 들렸다. 미안하다는 사과를 해야 했다. 내가 너와 결혼할 처지가 못 된다는 변명을 늘어놨다. 독일 여자는 울고 있었다. 그리고는 다시 태양의 역광 속으로 사라졌다. 그는 자신도 모르게 "안돼! 안돼!"를 외치며 그녀의 뒤를 쫓았지만, 어디에도 없었다.

그러다 화들짝 깨었다. 창문을 통해 따가운 햇볕이 침대를 덮치고 있었다. 냉장고에서 생수를 꺼내 벌컥벌컥 마시고는 담배를 피워 물었다. 간밤의 꿈이 생생하게 기억났다. 모주방도 독일 여자를 잊지 못하고 있었다. 평범하게 사는 직장인이나 사업가라면 그녀를 분명 붙잡았을 것이다.

'흠! 보고 싶다. 다시 만날 수 있을까? 불가능하겠지. 모델 일로 여러 나라 대도시를 전전할 텐데 무슨 수로 연락을 하나. 젠장! 연락처라도 받아둘걸.'

룸서비스로 아침 식사를 마친 그는 샤워하고 짐을 꾸렸다.

'이 동네는 역시 놀 곳이 못 돼.'

아직도 18, 19세기처럼 유럽제국의 식민지에서 헤어나지 못하고 있다. 흑인은 독립을 선언했지만, 여전히 국가를 다스릴 능력을 갖추지 못했다. 체제도 엉망이고, 대통령부터 말단 공무원까지 메이저 석유회사의 뇌물 받는 건 예사고, 원유를 팔아 얻은 이익금을 빼돌리고 있다.

'그나저나 또 어디로 간다. 서울로 들어갈까? FBI의 내사가 어서 끝났으면 좋겠는데, 어떻게 진행되고 있는지 알 수가 없다. 아무튼, 나이지리아를 뜨자.'

객실을 나선 모주방은 승강기를 타고 1층 프런트로 내려갔다. 그리고는 체크아웃한 뒤 밖으로 나와 택시를 탔다.

운전기사에게 라고스로 가자고 목적지를 말한 후 침묵했다. 후덥지근한 날씨에 한바탕 폭우가 쏟아질 것만 같았다. 열대 사바나는 어느 지역을 가나 스콜이 있다. 멀쩡하던 하늘이 갑자기 새까만 먹구름에 뒤덮여 국지성 호우를 뿌린다.

아니나 다를까, 나이저강을 건너자 우당탕하는 소리가 계속됐다. 길가에 자리 잡은 민가의 양철지붕이 세차게 때리는 스콜에 울리는 것이다. 마치 오케스트라가 연주하는 느낌이었다. 크고 작은 지붕을 굵은 빗방울이 리드미컬하게 떨어진 탓이다.

라고스 공항에 이르러 겨우 비가 그치고, 번잡한 도시는 조용해졌다. 국제공항 청사라고 해봐야 허술하기 짝이 없다. 영국으로부터 독립하기는 했지만, 국가기간산업에 투자할 여력이 없었다. 대충 뼈대를 세우고, 석판과 양철로 칸막이를 해놓은 게 전부다. 국적기도 몇 대 없고, 노선도 거의 없다. 이집트항공과 에티오피아항공이 들어와야 다른 나라로 나갈 수 있다. 서방의 대형 항공사들은 이용객이 없어 취항을 안 한다. 항공사 데스크에서 가장 빨리 뜨는 비행기를 찾았는데, 이집트항공이 1시간 뒤에 이륙한다기에 예약했다. 일단 카이로로 들어가 CIA의 움직임을 파악하고 싶었다.

국제공항 청사는 오전인데 무척 더웠다. 다른 부대시설 없이 마치 고속버스 터미널처럼 의자 몇 개와 자판기를 설치한 게 전부다. 천정에 대형 선풍기가 매달려 있지만, 그마저도 고장이 났는지 멈춰 서 있다. 에어컨을 바라는 것은 사치다. 매점에서 얼음과자를 사 먹는 것으로 대신해야 한다. 그는 비행기에 오르기 전, 권총을 쓰레기통에 던졌다. 카이로 국제공항을 나서기 전에 검색을 철저히 하기 때문이다.

그래도 안내방송은 잊지 않아 공항 활주로로 통하는 입구를 열어줬는데, 검은 아스팔트가 달아올라 발걸음을 옮겨놓는 대로 구두가 쩍쩍 달라붙었다. 비행기 탑승도 롤링 브리지가 아닌 계단을 지붕에 쓴 차량 위를 지나 기내로 들어설 수 있었다.

비행기 안은 에어컨이 작동돼 시원했다. 손님이 별로 없었는데, 이집트항공은 시간을 끌지 않고 제때 이륙했다.

카이로에 내린 모주방은 국제공항 청사를 빠져나오며, 새삼 이집트가 인류 4대 문명의 발상지 중 하나인 것을 깨달았다. 같은 아프리카 대륙이면서도 이렇게 다를 수가 있는지 몰랐다. 택시를 잡아탄 그는 호텔로 갔고, 빈방이 있는지 프런트에 문의한 다음, 겨우 객실 키를 얻었다. 하루 방값이 4백만 원 하는 스위트룸뿐이라기에 그 방이라도 달라고 한 것이다. 관광객들이 많아 예약 손님이 아니면 객실을 내주지 않았기 때문이다.

7층 방에 올라와 짐을 던져놓고, 그동안 못 봤던 스핑크스와 피라미드를 구경하기 위해 서둘러 나왔다. 다시 택시에 몸을 실어 기자로 향했다. 카이로에서 13km로밖에 떨어지지 않아 30분 만에 도착했다. 호텔을 나올 때 하나 얻은 관광 지도를 펼쳐 들고, 운전사를 대동한 채 쿠푸 왕과 카프레 왕 무덤을 보았다. 이어 곧장 룩소르로 향했다.

사막의 경계 지대이자 반사막 끝에 위치해 무척 더웠다. 택시 운전사는 고대부터 전해진 이야기를 언급했다. 동쪽이 살아있는 자의 도시이고, 서쪽은 죽은 자의 도시를 의미한다면서 신전부터 구경시켜 줬다. 신전 길목엔 스핑크스가 있었는데, 그 뒤엔 야자수를 심어놓았다. 안에는 아멘호테프 3세 코트가 자리 잡았는데, 건축물이 상당히 정교했다.

택시기사는 모주방의 요구에 따라 카르낙 신전으로 안내했는데, 거대한 탑 문을 지나자 투트모세 1세 오벨리스크가 보였고, 그 너머로 투트모세 1세의 신전이 있었다. 주축 기둥은 세 사람이 팔을 뻗어야 닿을 만치 굵었다.

운전기사는 이번엔 택시를 서쪽으로 몰아 하트셉수트 여왕 신전으로 데려갔다. 엄청난 규모에 놀란 것도 있지만, 상당히 높은 사암 절벽 밑을 파서 무덤을 만들었다는 게 불가사의다. 관광객들이 너무 많아 내부를 보려면 줄을 서야 할 지경이었다.

그리고는 투탕카멘 무덤과 멤논 거상을 돌아보자 어느새 어두워졌다. 이집트 정부가 곳곳에 서치라이트를 설치해 야간에도 구경할 수 있도록 했는데, 택시기사의 말은 좀 달랐다. 역사적 유물에 손을 대는 도굴꾼을 감시하는 기능에 더 비중을 둔 조치였다.

카이로 시내로 돌아온 모주방은 나일강 한복판 게지라섬에 우뚝 치솟은 카이로 타워 맨 꼭대기에 올라 야경을 바라보았다. 저 멀리 피라미드와 스핑크스도 밝은 빛을 받아 찬란한 역사를 과시하고 있었다. 서치라이트의 주목적이 무엇이든 간에 말이다. 그리고는 회전식 레스토랑에서 이집트 음식 샥슈카를 먹었다.

'이제 또 뭘 한다.'

그게 늘 걱정이다. 담배를 피워 물고, 턱을 괸 그는 강 위를 오가는 펠루카를 무심히 지켜보았다. 심야에도 영업하는지 몰라서 식당 종업원에게 물으니 영업은 하는데 좀 비싼 게 흠이라고 덧붙였다.

모주방은 음식값과 팁을 테이블에 놓고 강가로 내려와 빈 펠루카 사공을 찾았다. 아스완까지 갈 수 있느냐니까 시간은 많이 걸리지만 얼마든지 간다는 것이다. 요금 먼저 건네고 돛단배에 오르자 천천히 나일강을 거슬러 올라갔다. 하지만 카이로를 벗어나자, 주변 경관은 어둠에 묻혀 잘 보이지 않았다. 그래도 아무런 할 일이 없는 모주방은 무심히 강 위에 떠서 상념에 빠졌다.

이집트나 모나코를 떠올리면 그리스 여자가 생각난다. 리노에서 만났던 독일 여자도 그렇지만, 그녀도 한 번 더 보고 싶은 여자다. 두 여자가 자신을 도박중독에서 빼내려고 무척 애썼던 게 고마워서다.

사공한테 아스완까지 얼마나 걸리느냐고 다시 묻자 5시간 걸린다는 것이다. 나일강 상류에 있기 때문이다. 그는 마음을 바꿔 카이로로 다시 돌아가자고 했더니 마음대로 하라는 것이다. 단 요금은 돌려줄 수 없다고 했다. 모주방은 괜찮다고 대꾸하고는 잠시 고민했는데, 모나코로 넘어가는 게 어떨까 싶었다. 하지만 오늘은 너무 늦었다. 벌써 자정이 넘었고, 비행기보다는 크루즈를 타고 지중해를 건너는 것도 괜찮지 않을까 생각했다.

호텔로 돌아온 그는 수면제를 먹고 잠자리에 들었다. 약효가 퍼질 때까지는 뒤척일 수밖에 없다.

이슬람 국가에서는 도박하지 않는다. 율법에 어긋나기 때문이다. 그런 연유로 중동의 왕가 석유 부호들이 외국에 나와 카지노를 출입하는 것이다. 또 창녀를 잘못 불렀다가 단속에 걸리면 감옥에 가고, 여자는 뭇매로 사형에 처한다. 종교인일 경우에 말이다.

이집트는 그나마 여자들에게 자유로운 사회 활동을 허락하는 몇 안 되는 이슬람 국가 중 하나다.

그러나 홍해를 건너면 이슬람 원리주의자들이 아주 엄격한 잣대로 여성을 가두어 둔다. 오죽하면 검은 천을 뒤집어쓴 채 눈만 내놓고 다니겠는가. 더구나 일반 가정집 여자가 뭇 남성과 살을 섞다 들키면, 가족들이 그녀를 율법모독죄로 죽여버린다. 그래도 법정에서는 무죄로 풀려난다.

다음 날, 모주방은 일어나자마자 짐을 챙겨 객실을 벗어났고, 승강기를 이용해 1층으로 내려갔다. 프런트에서 체크아웃한 뒤, 거리로 나서서는 택시에 얹혀 가까운 항구로 갔다. 그리고는 모나코행 크루즈 탑승권을 구매했다. 그곳 카지노에 가면 혹여 그리스 여자를 다시 볼 수 있지 않을까 싶어서다. 첫 배는 오전 9시에 출항한다고 했다.

여객선 부두에 정박해 있는 크루즈에 올라 담배를 피워 물고 커피를 마셨다. 얼마 후, 출항한다는 뱃고동이 세 번 연거푸 울렸고, 예인선에 이끌려 선수를 틀더니 곧 속력을 냈다.

모주방은 출렁이는 지중해를 바라보며 쓴웃음을 지었다. 그리스 여자가 배 위에서 굳이 섹스하자고 달려든 게 생각나서다. 크루즈는 제법 빠르게 달려서 1시간 20분 만에 모나코 몬테카를로 항구에 도착했다.

여객선 부두를 빠져나와 택시를 잡아타고 H 카지노에 들어섰다. 현관으로 발길을 옮기자 낯익은 경호원이 아는 척을 한다. 모주방도 간단하게 손을 들어 보이곤 객실로 올라갔다.

단골 VIP 고객이고, 마일리지가 쌓여있어 그냥 통과다. 룸서비스는 물론 몸도 함께 풀고 싶은 여자를 불렀다.

30대 후반의 그로서는 나이지리아에서 보낸 보름 동안 억눌렀던 성욕이 보통 고통스러운 게 아니었다. 아프리카 흑인 여자와 함부로 뒹굴었다가는 에이즈에 걸리기 십상이고, 그리 반갑지 않은 외모가 고개를 가로젓게 한 것이다.

객실에 최고급 요리가 도착하자, 곧바로 여자가 들어섰다. 비록, 몸을 파는 여자지만, 카지노에 출입하려면 외관이 깨끗해야 하고, 교양도 어느 정도 갖추어야 허락을 받는다. 창녀 관리도 카지노 측에서 엄격하게 하기 때문이다. 라스베이거스처럼 아무 여자나 드나들며 호객행위를 하는 따위는 절대 금물이다.

모주방은 그녀를 쳐다보며 권했다.

"식사 같이 하지?"

"그래도 돼요?"

창녀는 고개만 까딱이더니 마주 앉고는 포크를 집어 들었다.

"영어를 할까요? 불어를 할까요? 아니면 스페인어를 할까요?"

"불어만 빼고."

모주방은 그녀에게 요리를 덜어주었다. 그리 나쁜 인상이 아니어서 베푼 친절이다. 창녀는 밝게 웃었다.

"전 프랑스인인데요?"

"저런."

"동양인은 처음이에요."

"백인 여자들 대개가 그러더군."

그는 오랜만에 사람다운 사람을 만난 기분이었다. 아니, 은연중 백인에 대한 자격지심이 드러났다. 창녀가 도리어 묻는다.

"어디 출신이에요? 재팬? 차이나?"

"동양엔 일본하고 중국밖에 없나?"

모주방은 늘 서구인에게 받는 질문이어서 짜증이 났다. 하기는 두 나라는 대국이고, 일찍이 서역과 상거래를 해온 터라 많이 알려져 있다. 창녀는 미간을 찌푸렸다.

"일본은 경제 강국이고, 중국은 고대 제국이었잖아요. 지금은 공산국가지만."

"난 한국인이야."

"얼마 전에 올림픽 치렀던 나라?"

"……."

모주방은 대꾸 없이 칼질을 거칠게 해댔다. '창녀 주제에.'라는 비하를 꿀꺽 삼킨 것이다. 창녀는 조금 당황해했다. 그리고는 일종의 자존심을 내세웠다. 비록 몸을 팔기는 해도 문화대국인임을 자부하는 것이다.

"다른 손님에겐 대꾸하지 않지만, 당신이 마음에 들어서 출신을 밝힌 거예요. 저쪽 해안 너머 니스에 살죠. 직업은 뭐죠?"

"겜블러."

"오~호! 제법인데요. 서양 사람만 카드로 장난하는 줄 알았더니, 대단하네요."

창녀는 식사를 끝내고 커피를 마시면서 한마디 더 한다.

"그럼 당신이 게임 하는 거 구경해도 돼요?"

"네 마음대로 해."

"섹스는 나중에 하고 게임 하러 가요."

프랑스인 창녀는 화대를 염두에 둔 건 아니었다. 어차피 게임룸에서 칩을 얻을 수 있기 때문이다. 모나코에 오는 남자들 대개는 유럽의 부호이기 때문이다. 그러나 그들은 창녀를 대동하고 게임을 하지 않는다. 수면제용으로 섹스 한 번 하고는 그만인 탓이다. 더구나 이 동양인이 겜블러라니, 며칠 어울리면 그만한 대가는 받을 수 있을 것 같았다.

모주방은 프랑스 여자와 팔짱을 끼고 객실을 나서 승강기에 올랐다. 1층 환전소에 들러 은행 계좌를 담보로 칩을 바꿨다. 그리고는 계단으로 걸어서 2층 VIP룸에 들어갔다.

바카라판 손님은 3명밖에 없었고, 어딜 가나 보게 되는 아랍인 2명과 유럽인 1명이 게임을 하고 있었다. 중동 석유 부호와 스페인 귀족이 붙었는데, 재미를 못 본 모양이었다.

모주방은 프랑스 여자를 곁에 서 있게 하고 딜러에게 물었다. 베팅은 최소 1백 달러, 최대 1천 달러라고 했다. 다른 건 5달러짜리 바카라판과 똑같다. 판을 진행하던 딜러가 카드를 접고 새롭게 게임을 시작했다.

첫 테이프를 잘 끊어야 흐름을 유지할 수 있다. 그는 1백 달러를 플레이어에 대고, 카드 2장을 보았지만, 재수 없게 합이 5가 떨어졌다. 제일 싫어하는 숫자다.

"틀렸군."

모주방은 나직이 뇌까리며 베팅했는데, 곁에 서 있던 프랑스 여자가 허리를 숙여 귀엣말로 묻는다.

"무슨 게임이에요?"

"바카라."

모주방은 그녀가 겨우 들을 정도로 아주 작게 대꾸해 줬다. 카지노에서 몸을 파는 여자가 카드 게임을 모른다니 좀 납득이 안 됐다. 프랑스 여자는 뻘쭘한 표정으로 다시 물었다.

"그게 뭔데?"

"쉿!"

모주방은 손가락 제스처로 조용히 하라고 나무랐다. 프랑스 여자는 입을 비쭉댔다. 큰 키에 볼륨이 있으면서도 늘씬하게 뻗은 몸매로 뾰로통한 짓이 귀여워 보였다. 그래서였을까, 세 번째 카드가 3이 날아왔다. 그는 자신도 모르게 미소를 머금었다.

보너스카드와 합이 8이 된 것이다.

당연히 승리였다. 스페인 귀족도 플레이어에 걸어서 1천 달러를 배당받았다. 뱅커를 택한 아랍인 2명은 합이 7이어서 패했다. 그는 2백 달러를 받았다. 플레이어는 수수료가 없지만 뱅커는 베팅액의 5%를 카지노 측이 뗀다.

시작이 좋으면 끝도 좋아야 하는데, 도박은 그렇지 않다는 게 늘 문제다.

바카라는 단 3장으로 결판을 내는 것이기에 패를 잘 읽어내는 사람이 훨씬 승률이 높다. 판이 끝나고 뱅커 패를 보면 카드의 순서를 확인할 수 있다.

오후에 접어들자, 줄담배를 벌써 5갑째 태워 없앴고, 커피도 40잔은 마신 것 같다. 프랑스 여자가 자진해서 오가며 거들었다. 그가 이기면 100달러를 손에 쥐여주기 때문이다. 그게 어느새 12개다. 돈으로 환산하면 1,200달러다. 몸 한 번 대주고 받는 몇백 달러보다 훨씬 수입이 좋다. 그래서 카지노 손님을 잘 만나면 횡재한다는 소문이 파다하다.

그런데 저녁 무렵부터 모주방이 내리막인 것을 눈치챈 프랑스 여자가 귀엣말로 참견했다.

"조금 쉬었다가 해."

"……."

모주방 앞 테이블에 칩이 꽤 쌓여있는데도 불안해했다. 그녀는 도박에 대해 잘 모르는 것 같았다. 프랑스 여자는 그가 움직이지 않자, 자꾸 옆구리를 찌르며 보챘다. 그는 하는 수 없이 딜러에게 자리를 비워야겠다고 양해를 구한 뒤 일어섰다.

다른 3명도 많이 지쳤는지 덩달아 판을 접었다. 다시 모일지는 두고 봐야겠지만, 아랍인 2명은 분명 내려올 것이고, 스페인 귀족은 밑천이 달랑달랑해 또 낄지는 미지수다. 본전을 생각하면 아쉽겠지만 다음을 기약할 것 같았다.

VIP룸을 나서자마자 프랑스 여자는 몸을 밀착시켰다.

"오늘 서비스 잘해줄게."

"……."

"기대해도 좋아."

그녀는 승강기에 타자마자 아랍인들이 보거나 말거나 모주방의 뒤쪽에 서서 사타구니를 문질러댄다. 언제 팬티를 벗었는지 덥수룩한 음모가 느껴졌다. 그것도 모자라 그의 한 손을 끌어다 실루엣 드레스 허벅지 안쪽에 끼고는 힘을 주었다. 아랍인들보다 먼저 내려 객실로 들어서자마자, 모주방을 벽에 밀어붙여 세워놓고는 아랫도리를 끄집어냈다.

승강기에서 한 페팅 때문이었는지 물건은 바짝 긴장돼 있었다. 프랑스 여자는 그를 올려다보며 눈웃음을 지었는데, 작은 체구의 동양인이라고 별 볼 일 없을 것이라고 짐작했지만, 예상 밖으로 단단하다는 뜻이었다. 크지도 작지도 않은 것이 마음에 드는 것 같았다. 그녀는 어깨 끈만 달린 드레스를 간단히 벗고 알몸이 됐는데, 스스로 허리를 굽히고 엉덩이를 최대한 낮춰 높이를 조절해 주었다. 자기보다 작은 키의 동양인을 받아들이기 위한 제스처다.

모주방은 후미 사이로 율동을 바꾸고 앞은 손으로 다루자 무척 좋아했다. 그녀는 천천히 달아올라 가늘게 신음을 토했다. 아주 좋다는 최상급 단어를 연신 반복했고 얼마 후, 바꿔서 해달라는 요구를 했다. 양쪽 다 사랑해 달라는 투정이다.

"아, 시원해."

"……."

"계속, 계속."

프랑스 여자는 조르고 또 졸랐다.

이제껏 모든 남자에게 그들이 원하는 대로 갖가지 체위를 다 동원해 서비스해 줬고, 오늘도 그렇게 해주려 마음먹었는데, 이 동양인은 거꾸로 자기를 마치 애인 다루듯 하고 있다. 돈 많은 늙은이가 찾으면 그 노인도, 젊은 자신도 서로 만족하지 못하고 시간과 체력만 낭비한 채 끝내기 일쑤인데, 이 젊은 동양 남자는 창녀에게도 오르가슴을 느끼게 하고 있어 고마웠다. 한 타임은 그렇게 서로 즐기고 육욕을 활활 태워줘 좋았다. 창녀들이야 돈을 목적으로 몸을 팔지만, 상대가 분비물을 배설하면 망설임 없이 옷을 챙겨 입고 도망치듯 객실을 빠져나간다. 하지만 이 동양인과는 며칠 같이 지내고 싶은 충동이 생겼다. 그가 싫다면 할 수 없지만 말이다.

침대에 나란히 누워 프랑스 여자가 슬쩍 떠보았다.

"나 한 사나흘 더 있을까요?"

"너 편한 대로."

"돈은 안 받을게."

그녀도 자기를 내심 편안하게 대해주는 동양인이 싫지 않았다. 응석까지 부렸다.

"게임룸에서 얌전히 구경만 할게요. 응?"

"참견하면 그 즉시 쫓아버린다. 알았지?"

"히히…."

프랑스 여자는 덩치에 어울리지 않게 배시시 웃었다. 그가 한 판을 먹으면 100달러 칩 한 개를 주는데, 무슨 낯짝으로 돈을 더 요구할까. 모주방도 그걸 너무 잘 알면서도 모르는 척 넘어갔다.

"배 안 고파?"

"많이요."

"무슨 요리든, 네가 먹고 싶은 거 시켜."

"굿."

프랑스 여자는 이런 남자 처음 봤다는 듯 키스를 해주곤 룸서비스를 주문했다.

잠시 후, 랍스터를 밀고 들어오는 종업원에게 그녀가 팁 10달러를 건넸다. 카지노 직원에게 팁을 준 것도 처음이고, 또 직원에게 "감사합니다."라는 인사를 받는 것도 처음이다. 그게 다 이 동양인 때문에 누리는 호사다.

모주방은 식욕이 전혀 없었음에도 프랑스 여자의 성화에 못 이겨 랍스터 몇 점을 먹고 물러났다. 담배와 커피에 찌든 입 탓에 그 어떤 최상의 음식도 제맛을 느낄 수 없었다.

다음 날, 프랑스 여자는 함께 해변에 놀러 가자며 졸랐다. 날씨가 너무 화창했기 때문이다. 하지만 그는 내켜 하지 않았다. 체구가 서구인들보다 왜소해서다. "너 혼자 가."라고 하자 그녀는 골이 나서 시트를 뒤집어썼다. 모주방은 모른 척하고 객실을 나서 바카라판으로 내려갔다.

VIP룸은 언제나 중동인들 차지다. 유럽 부호가 늘 객식구처럼 끼는 셈이다. 동양인은 자기 하나뿐이어서 웬만한 사람은 다 알아본다. 그는 게임에 한 번 몰두하면 주변에 누가 있는지 잘 기억하지 못하지만 말이다.

그런데 판돈이 크다. 최소 1천 달러고 최대 1만 달러다. 판돈을 올리는 부류는 대개 중동인들이다. 아마 유럽 부호가 그들 꼬임에 넘어간 것 같았다. 석유 부호 3명과 유럽 귀족 1명이 돈 자랑하는 것이었다. 모주방은 잠시 망설이다가 그 판에 섞였다. '그래, 이왕 벌려면 이 정도는 돼야지.' 한 것이다.

오로지 플레이어 골수파인 그는 우선 1천 달러로 베팅했다. 딜러가 패를 오픈했다. 합이 6이다. 규정상 보너스카드를 볼 수 없게 됐다. 스탠드를 할 수밖에 없다.

뱅커는 합이 4다. 그러나 뱅커에 1이 떨어져서 4번째 카드를 열었다. 7이 오픈되어서 합은 1이 됐다. 뱅커는 졌고, 중동인 3명이 베팅한 5천 달러씩, 1만5천 달러는 딜러가 가져갔다. 유럽 부호는 플레이어에 1만 달러를 베팅해 2배를 배당받았다. 그는 2천 달러를 얻었다.

다음 판엔 2천 달러를 플레이어에 베팅하고 패를 봤다. 합이 4다. 보너스카드를 볼 수 있다. 뱅커는 합이 6인데, 중동인들은 패스했다. 세 번째 패를 봐도 되지만 승산이 있다고 판단한 것이다. 유럽 부호는 눈치를 보니 플레이어파 같았다. 딜러는 뱅커에 갈 카드를 플레이어에 오픈했다. 스페이드 4가 떨어졌다. 이긴 것이다. 사실 뱅커도 불안하기는 하다. 합이 6일 경우 0, 1, 2, 3, 4, 5, 8, 9만 받을 수 있기 때문이다. 보너스카드를 요구해도 승산이 있는 숫자는 3밖에 없다. 바카라는 규정된 숫자가 연속으로 나오면 6장까지 카드를 볼 수 있다.

아무튼, 모주방은 4천 달러를 받았고, 유럽 부호는 여전히 1만 달러씩 베팅하기 때문에 2배를 배당받았다. 중동인들은 기분이 조금 언짢은 것 같았다. 3명이 서로 작은 다툼이 있었다. 왜 네 마음대로 스탠드를 하느냐는 것이었다. 딜러가 주의를 주고, 다음 판으로 넘어갔다.

중동인 중 하나가 플레이어로 베팅을 바꿨다. 뱅커의 흐름이 좋지 않다고 본 것이다. 모주방은 4천 달러, 유럽 부호는 1만 달러를 꿋꿋이 플레이어에 베팅했다. 뱅커 쪽 2명은 1만 달러씩 밀어 넣고 카드를 기다렸다.

카드는 세븐카드나 바카라, 블랙잭 모두 왼쪽부터 카드를 돌린다. 어찌 보면, 카드를 먼저 보는 게 유리한 점이 많다. 특히, 바카라는 말이다. 딜러가 카드를 돌렸다. 플레이어 첫 패는 7이었고, 뱅커의 첫 카드는 스페이드 3이었다. 두 번째 카드는 플레이어 다이아몬드 5였고, 뱅커에는 클로버 4가 떨어졌다. 플레이어는 합이 3이다. 보너스카드를 볼 수 있지만, 뱅커는 합이 7이라 스탠드를 해야 한다. 누가 유리한지는 아직 불분명하지만 일단 승산은 뱅커에 있다. 하지만 플레이어도 5, 6이 오면 이기는 것이다. 그런데 애석하게도 4가 열렸고, 타이였다. 중동인들은 물론, 모주방과 유럽 부호도 동시에 "이런 제기랄!"을 토했다. 타이에 베팅했다면 8배를 받을 수 있지만, 그렇지 않으면 딜러가 전부 가져간다. 테이블에 붙어있는 손님들은 우거지상이 됐다. 딜러는 태연하게 칩을 거둬갔다. 4만4천 달러를 날린 것이다.

모주방은 연신 빨아대던 담배가 떨어져 잠시 자리를 떴다. 프랑스 여자는 꼼짝 않는다. 아마 집에 갔을지도 모른다.

1층 환전소 곁 매점에서 아예 담배 2보루를 사서 들고, 서비스 커피를 뽑았다. 초대형 물컵에 잔뜩 만들어 담았다. 1층 홀은 슬롯머신과 세븐카드판에 관광객이 몰려있었다. 그는 얼핏 현관 유리창 밖으로 쏟아지는 햇살을 보았다. 지중해 연안은 사시사철 온화한 날씨에 맑은 날이 많다. 하지만 모주방은 아무 관계 없는 태양이다.

북유럽 부호들이 혹한의 겨울을 나기 위해, 지중해 해안 별장을 사들이고. 또 5월에 열리는 몬테카를로 F-1 포뮬러 경주를 보고자 몰려든다. 보트를 소유한 중산층도 해변에서 죽치기는 마찬가지다. 그게 유럽인들의 희망이자, 생활의 전부다.

VIP룸으로 올라가자, 복도에 프랑스 여자가 내려와 있었다.

"어디 갔었어요?"

"아래층에."

모주방은 두 손에 든 담배와 커피 통을 보여줬다. '왜? 도망친 줄 알았니?' 하는 얼굴이다. 그녀는 애교스럽게 팔뚝을 꼬집는다.

"보기 싫어요."

"후후…."

그는 프랑스 여자를 대동하고 게임룸에 들어섰다.

손님들은 여전히 바카라에 몰두하고 있었다. 유럽 부호는 그 새 몇 판을 빨린 것 같았다. 언뜻 보기에도 칩이 상당히 줄어있었다. 반면, 중동인들은 조금 전과 달리 희색만면이었다.

모주방은 판이 새롭게 돌아가자, 플레이어에 8천 달러를 베팅했고, 유럽 부호는 밑천을 조정하느라 1천 달러로 하향 베팅했다. 중동인들은 여전히 뱅커에 1만 달러씩 베팅했다. 딜러의 손에서 빠져나온 플레이어의 첫 패는 스페이드 퀸이었다. 제로로 간주한다. 뱅커는 하트 3이었고, 플레이어의 두 번째 카드는 클로버 에이스였다. 뱅커는 다이아몬드 3이 또 떨어져 합은 6이다. 양쪽 다 보너스카드를 기다렸다.

중동인들은 나직이 소곤소곤했는데, 스탠드하자는 측과 세 번째 카드를 보자는 측이 잠시 실랑이를 벌였다. 딜러가 다시 주의를 주었다. 조용히 하라고 말이다. 모주방과 유럽 부호는 이견이 없었다. 플레이어 보너스카드는 스페이드 7이 왔다. 합이 8이다. 그러자 중동인들은 침묵했고, 딜러는 뱅커의 보너스카드를 오픈했는데 다시 7이 왔다. 규칙상 플레이어에 합이 7일 경우, 그 패는 무효로 하고 네 번째 카드를 봐야 한다. 모주방과 유럽 부호는 입맛을 다셨다. 어쩐지 분위기가 좋지 않다고 판단한 것이다. 딜러가 다시 뱅커에 카드를 오픈하자 9였다. 플레이어로서는 천만다행이었다. 뱅커 합이 5가 된 것이다. 플레이어가 이긴 것이다.

유럽 부호는 아쉬운지 1천 달러 칩 두 개를 툭 던졌다. 내내 1만 달러씩 베팅하다가 왜 갑자기 베팅을 줄였는지 후회하는 것이다. 중동인들은 3만 달러를 날렸고, 모주방은 1만6천 달러를 챙겼다. 프랑스 여자는 덩달아 좋아했다. 그의 옆 볼에 키스를 해주었다.

"축하해요."

"……"

모주방은 아무 말 없이 그녀에게 100달러 칩을 손에 쥐여줬다. 늘 그랬듯이 이긴 판에서는 누가 됐든 자기를 응원하는 사람에게 팁을 주곤했다. 오늘은 프랑스 여자가 그 덕을 보는 것이다.

하지만 51:49의 승률은 시간이 말한다. 점심 식사까지 건너뛰면서 매달린 결과 밑천의 2%를 까먹었다. 프랑스 여자는 눈치채지 못했지만 모주방은 계산이 빠르다.

도박이란 게 상승세를 줄곧 탔다가도 갑자기 곤두박질칠 때는 걷잡을 수 없다. 그래서 내리막을 끊기 위해 자리를 뜨거나 온갖 방법으로 시간을 두지만, 끝까지 가면 결국은 올인이다. 또 베팅을 어떻게 하는가도 게임의 중요한 변수로 작용한다. 큰 액수는 물리고, 작은 액수를 당기면 승률에 상관없이 밑천이 빠져나가는 것이다.

1만 달러 베팅은 잃고, 1천 달러 베팅을 다섯 판 당겨야 본전이 되는데, 그러면 승률이 51%가 되어도 밑천을 유지할 수 없는 것이다. 반대로 1만 달러 베팅은 다섯 판 깨지고, 1천 달러 베팅을 다섯 판 먹으면 승률은 같지만, 베팅액에 차이가 난다. 1만 달러를 당기고, 4만 달러를 내주는 격이다.

모주방은 손목시계를 읽고는 자리를 벗어났다. 벌써 오후 4시다. 오전 10시에 게임을 시작한 것으로 기억하는데, 6시간 동안 판을 거듭해 남은 밑천이 1백만 달러 조금 못 된다. 프랑스 여자가 뒤에 따라붙었다.

"얼마나 땄어요?"

"그냥, 본전."

모주방은 대충 얼버무렸다. 나이지리아 하우스 방에서 건진 1백3십만 달러 중 경비로 이것저것 쓴 거 빼고는 15만 달러를 잃은 셈이다. 승강기에 올라 프랑스 여자가 투정을 부린다.

"카드 지겹지 않아요?"

"왜 그러니, 또?"

"그냥 이 호텔에 머무는 게 싫어서 그래요."

"……."

모주방은 승강기에서 내리며 더는 묻지 않았다. 그녀가 속내를 털어놓지 않았지만, 자신이 창녀인 것을 카지노 직원들이 다 안다는 게 불만이었다. 직원들 눈에 띄면 네가 왜 아직도 여기서 돌아다니는가 질책할 것 같아서다.

객실에 들어선 모주방은 그녀에게 물었다.

"그럼 어디 가고 싶어?"

"여기서 나가기만 하면 돼요."

프랑스 여자는 볼멘소리했다. 그리고는 화창한 창밖을 내다보았다.

"우리 여행 가요. 당신 돈 많잖아요."

"흠!"

모주방은 프랑스 여자가 비록 창녀이기는 해도 그다지 싫지 않았다. 가능하면 그녀의 바람을 들어주기로 했다. 그녀의 성화는 계속됐다.

"이탈리아에서 쇼핑하고 싶어요."

"좋아."

모주방은 VIP룸에 드나들 때 반드시 입어야 하는 양복을 벗고, 평복으로 갈아입었다. 그리고는 간단히 짐을 싸서는 그녀와 함께 객실을 나섰다. 자기 자신에 대한 결정은 우유부단해도 남이 다그치면 못 이기는 척 행동에 옮긴다. 그 상대가 누구든지 손을 잡아끌면 그대로 끌려가는 성격이다.

승강기를 타고 1층에서 내린 그는 환전소로 직행해 칩을 전부 현금으로 계산한 뒤 미국 본토 은행에 예치시켰다. 조금 전까지 우울해했던 프랑스 여자는 신이 난 모양이다. 얼굴이 활짝 핀 것이다. 모주방이 그녀에게 물었다.

"차 가져왔어?"

"아뇨, 택시 타고 왔는데요."

"저런."

"내 차가 너무 고물이라 여기 끌고 오기는 창피해서요."

"옷은?"

"이것뿐이에요. 일 끝나면 그냥 돌아갈 줄 알았죠."

"그 야한 드레스만 입고 어떻게 여행을 가니, 바보야."

"치!"

"아무튼, 못 말리겠다."

모주방은 카지노를 나서기 전 프런트 여직원에게 렌트할 차량을 부탁했다.

여직원이 알아본 바로는 페라리 아니면 람보르기니밖에 없고 대여료는 비슷해 하루 2백 달러란다. 그는 람보르기니를 요구했고, 자동차 렌트회사 직원이 금방 나타났다. 그 직원은 계약서를 작성하고, 하루 대여료를 선불로 요구했다. 모주방은 지갑에서 100달러 지폐 2장을 꺼내 건넸고, 키를 받았다. 유럽 어느 지역이든 렌트회사 체인이 있으니 대여 기간이 완료되면 가까운 곳에 반납하라는 것이다.

모주방은 프랑스 여자를 앞세우고는 렌트회사 직원과 함께 카지노를 나섰다. 주차장엔 노란색 람보르기니가 세워져 있었다. 직원은 좋은 여행 되기를 바란다며 돌아갔고, 그는 프랑스 여자를 조수석에 앉혔다. 남유럽에서 도로를 질주하는 람보르기니를 보기만 했고, 또 람보르기니가 어떻다는 입소문만 들었지, 실제 타보기는 모주방도 처음이다.

몸체가 낮은 운전석에 올라 시동을 걸자 경쾌한 소음이 들렸다. 곁에 자리 잡고 앉은 그녀에게 안전띠를 매어주고는 대로로 나섰다. 모나코는 땅덩어리 자체가 작아 대로라고 해봐야 4차선이 고작이다.

몬테카를로 쇼핑몰에 닿아서는 람보르기니를 잠깐 세웠다. 프랑스여자의 옷을 사주기 위해서다. 캐주얼 전문 매장에 들러 아무거나 빼들어 탈의실에서 바꿔입었는데, 역시 옷걸이가 좋아서 그런지 맵시가 살아있었다. 돈은 당연히 그가 지불했고.

항구를 끼고 돌아나가자, 이탈리아로 넘어가는 해안도로가 나타났다. 통행 차량이 그다지 많지 않아 모주방은 자신도 모르게 가속페달을 밟아댔다. 어느새 시속 200km가 훌쩍 넘었다. 프랑스나 독일처럼 곧게 뻗은 고속도로보다 남부 유럽의 꼬불꼬불한 국도가 운전하기에는 지루하지 않다. 오디오를 틀자 팝송이 흘러나왔고, 프랑스 여자는 곧잘 따라 했다. 우측으로 펼쳐지는 티레니아해의 하얀 파도가 시원하게 펼쳐졌다.

이탈리아 북부로 접어들자, 아핀네노산맥을 끼고 작은 마을이 드문드문 있었으며, 국도는 그 산자락 사이를 지나고 있었다. 오후 5시가 조금 넘은 탓인지 좁은 도로는 자주 막혔지만, 어쩔 수 없는 노릇이었다. 밀라노에 가려면 다른 우회로를 탈 수 없었다. 프랑스 여자는 몹시 들떠서 쉼 없이 떠든다. 자기 과거사를 털어놓는 것이다.

"내가 왜 몸을 팔지 않으면, 안되는 줄 알아요?"

"뭔데?"

"일종의 당위성으로 들릴지 모르겠지만, 고등학교 2학년 때 남자친구와 동거했는데, 이 자식이 임신했다니까 당장 떼라고 방방 뛰잖아요. 애초부터 너랑 결혼할 의사는 없었고, 그저 호기심에 못 이겨 함께 살림을 차린 건데, 애를 가지면 어떻게 하느냐는 거였죠. 도리어 화를 내면서요. 그래, 가톨릭 신자인 네가 생명을 고귀하게 여기라는 천주님의 말씀을 거역할 거냐고 다그치니까, 난 성당에 안 간지 오래라면서 콧방귀를 뀌더군요."

"애들이 애를 만들었군."

"그 바람에 학업을 포기하고, 모자 보건 센터에서 아기를 낳을 때까지 지낸 뒤, 겨우 고등학교를 졸업했는데, 부모님들이 그걸 알고는 대학 등록금은 대주겠지만, 생활비는 못 준다는 거예요. 네 자식은 네가 알아서 키우라는 거죠. 그래서 대학교 1학년 때부터 고급 위안부 짓을 하게 된 거죠. 하지만 아이를 맡아준 보모의 월급이 내 화대보다 훨씬 비싸 포기했어요. 학업도 대학 3학년 1학기 겨울방학 때 휴학계를 냈고요."

"몇 살이니, 지금?"

모주방은 그녀의 나이가 갑자기 궁금했다. 창녀들에겐 다 나름의 우여곡절이 있지만, 개인 사정이 좀 딱하게 들렸다. 프랑스 여자는 눈치가 빨랐다.

"서른둘요."

"그럼 아이가 벌써 중학생?"

"2학년."

"사내야?"

"아뇨, 계집애요."

"쯧쯧, 엄마를 창피해하지 않던?"

"아직 몰라요. 지어미가 뭘 해서 자기 뒷바라지하는지."

"어디 있는데?"

"파리 사립학교요."

"기숙사에 있겠네?"

"네."

프랑스 여자의 눈가엔 언뜻 이슬이 어렸다. 유행 사조인 프리섹스가 부른 재앙이다. 자신이 낳은 딸에게는 미안하지만 말이다. 모주방은 그녀의 한 손을 살포시 쥐었다. 동정이 아닌 인간적으로 위로하는 것이다.

"……"

"공부하기 위해 매춘을 하는 게 아니라, 아이를 키우기 위해 생활비를 버는 거예요. 아이만 아니었으면 대학 측에 장학금 신청해서 전공인 인류학을 끝까지 공부했을 텐데."

"기운 내."

모주방은 그녀의 속내를 다 믿었다. 딸아이 사진까지 보여주는데 의심할 여지가 없었다. 프랑스 여자는 손수건으로 이슬 맺힌 눈가를 말없이 닦았다.

"……"

"부모님들은?"

"연락을 끊은 지 너무 오래여서 잘 몰라요. 살아있는지 돌아가셨는지."

"흠!"

모주방은 자신이 흠모하는 서유럽 사회가 내면을 들여다보면 왜 그리 단절돼 있고, 모진지 이해하기 힘들다.

전반적인 시민의식은 공통적으로 상당한 수준인데, 개개인의 면면을 알고 보면 그들은 매우 외롭고 고독하게 생활하는 것 같다. 프리섹스에 몰입하고 마약에 의지하는 것도 그 때문 아닐까?

1시간 반을 내달려 밀라노에 도착하자, 그녀는 밀라노 대성당부터 보여줬다. 인류학을 전공했다니 유럽 역사는 꽤 뚫고 있는 것 같았다.

"조잡해 보이지 않아?"

"……."

"1386년에 기공해서 1951년에야 완공했는데, 거의 600년 동안 이 사람 저 사람이 손을 대는 바람에 엉망이 된 거지."

그리고는 내부를 통해 대성당 옥상으로 올라갔다. 프랑스 여자는 도심을 내려다보면서 밀라노의 기원을 설명했다.

"켈트인 취락지에서 비롯됐고, 종교의 중심이 된 건 지금도 수호성인으로 추앙받는 성 암브로시우스가 AD 374년 대주교로 추대되면서야. 로마 황제의 미사 참배를 두 번이나 거부하면서 암브로시우스가 교권을 왕권 위로 승격시킨 장본인이지. 그게 유럽 전역을 암흑기로 접어들게 만든 계기가 됐어. 가장 중요한 사건이라면 1163년 신성로마제국 황제 프리드리히 1세에 의해 점령됐다가 13년 뒤 롬바르디아 동맹에 가담한 레냐 전투에서 황제군을 격파한 거야."

"롬바르디아가 뭔데?"

"북동부 지역 도시국가들을 지칭해."

"일종의 영주겠네?"

"그런 셈이지. 그즈음 이탈리아 전역을 휩쓴 당쟁, 즉 겔프당과 기벨린당이 주도권 다툼을 벌이는 바람에 큰 혼란을 겪게 되거든. 다시 말해, 황제와 교황이 누가 더 권력을 많이 행사하느냐는 투쟁이었어. 귀족의 절대적 지지를 받은 비스콘티가 영주 자리를 추대받으면서 일단락됐는데, 이탈리아가 통일된 건 불과 1세기 전 1861년이지."

"얼마 안 되네?"

"그 이전에는 일종의 도시국가로 분열돼 있었기 때문에 1535년 이후부터 에스파냐와 오스트리아, 프랑스의 지배를 3백 년 동안 번갈아 받았어.”

프랑스 여자는 '최후의 만찬'을 보여준다며 다시 산타마리아 델레 그라치에 성당으로 발길을 옮겼다. 모주방은 교과서에서나 봤던 그 명화를 성당 안 수도사들 전용 식당 북쪽 벽에서 직접 확인했다.

그리고는 두오모 광장을 한 바퀴 돌고는 갈레리아로 건너갔다. 일종의 아케이드인데, 거기엔 카페며 살롱, 식당이 있었다. 둘은 음식점에 마주 앉아 저녁을 먹었다. 밖은 어느새 어둠이 내리고 있었다. 밀라노는 산악지대와 인접해서 해가 떨어지면 꽤 춥다. 그녀가 제안했다.

“밀라노에서 하룻밤 묵고, 베네치아로 가자.”

“너 편리한 대로 해.”

“베네치아는 그리 멀지 않지만, 자동차를 타고 시내로 들어갈 수 없어서 그래. 도시를 보호하기 위해서지. 베네치아만 안쪽 석호 위에 흩어져 있는 섬, 118개를 400개의 다리로 연결해 놓은 수상도시야. 철도도 운하 입구까지밖에 안 가. 도시에 손상이 갈까 봐. 걸어 다니지 않으면 수상택시나 곤돌라를 타고 이동해야 해.”

프랑스 여자는 노천카페에서 커피나 마시고 잠자리를 찾자고 했다. 비록 학위는 받지 못했지만, 파리 1대학 인류학 전공자로서 살아있는 역사박물관 이탈리아를 숱하게 드나든 터다. 모주방은 아무 말 없이 그녀를 따랐다.

“이탈리아 그러면 로마 시대만 떠오르는데, 남다른 아픔이 있네.”

“그럼, 영원한 제국이 어딨겠어.”

그녀는 종업원이 날라온 커피를 모주방과 함께 마시며, 담배를 피워 물었다. 자신도 모르게 편안한 얼굴빛이 드러났다. 작은 동양인한테 그 동안 느끼지 못한 정을 감지한 것이다. 어쩔 수 없는 여자인 탓에 말이다.

인근 모텔에 들어서자, 프랑스 여자는 나직이 말했다.

"내가 당신한테 해줄 수 있는 거라곤 섹스밖에 없어요."

"별소리 다 한다."

모주방은 살갑게 달라붙는 그녀가 싫지 않아, 하는 양을 고이 받아들였다.

창녀라는 표현은 싫고, 입 밖에도 내놓기 싫었지만, 프랑스 여자와 만난 게 매춘이 계기여서 다른 도리가 없다. 그렇다고 아주 천박한 길거리 호객꾼이 아닌 고급 위안부라고 해야 하나. 밖에서 마주치면 아주 품격 갖춘 인텔리로 보인다는 게 그나마 안도감을 준다.

한바탕 몸을 섞고 나서 모주방은 머뭇대며 물었다.

"카지노는 모나코 말고 네가 사는 니스나 칸에도 있는데, 거기도 출입하니?"

"어쩔 수 없잖아요."

"그럼 하루에 한 번?"

모주방은 뻘쭘하게 궁금해했다. 별다른 생각 없이 던진 의문인 게 가시가 된 듯했다. 프랑스 여자는 얼굴을 붉히며 고개를 가로저었다.

"1주일에 한 번."

"……"

"나도 여잔데, 어떻게 그 짓을 매일 할 수 있어요."

프랑스 여자는 눈을 곱게 흘긴다. 자신이 매춘부인 것을 부인하지 않았다. 모주방은 그게 더 마음에 들어 걱정했다.

"자칫 가학적인 변태라도 만나면 큰일 아니야?"

"당신 같은 사람 만나는 거도 쉽지 않아요, 사실은."

"화대는 얼마나 받아?"

"한 번 호출에 4백 달러, 카지노 측에서 1백 달러 수수료 떼고. 그래야 고급 손님만 소개해 주거든요."

"솔직해서 좋다."

모주방은 담배를 짙게 빨았다. 생각 좀 해보자는 말은 삼갔다.

언제까지 여행을 계속할지 모르지만, 니스의 집에 데려다주면서 운을 뗄 작정이다. 동정이라기보다는 무언가 아무 조건 없이 도와주고 싶었다.

"공부를 계속할 수 있으면, 복학해도 되잖아?"

"흠!"

프랑스 여자는 한숨을 푹 내쉰다. 동양인의 관심이 싫지 않아서다. 그리고는 덩치 작은 그의 품을 파고들어 잠을 청했다.

정말 오랜만에 자신의 속앓이를 허심탄회하게 털어놓았다. 여고 시절 한 번 남자에게 당한 후, 다시는 남자를 믿지 않게 됐고, 그게 원인으로 작용해 매춘하게 된 것이다. 물론, 딸아이를 온전하게 키우기 위해서지만 말이다. 또 그 어떤 놈이든 이제부터 내 몸에 손대려거든 돈을 내라고 화를 낸 것이다.

모주방은 귀엣말을 건넸다.

"그 후, 결혼은 안 했어?"

"네."

그녀는 고개를 끄덕였다. 속내도 스스럼없이 털어놓았다.

"사내들이 모두 다 사기꾼 같아서 누구에게도 마음을 열어주지 않았죠."

"쯧쯧…."

모주방은 자신도 모르게 혀를 찼다. 아직 한창 젊은데 사춘기의 아픈 기억 때문에 남자를 못 믿고, 결혼도 포기한 그녀가 안쓰러웠다.

다음 날, 두 사람은 일찌감치 모텔을 나섰고, 베네치아로 향했다. 밀라노에서 동남쪽 아드리아해 연안에 있는 물의 도시다.

프랑스 여자는 람보르기니가 마음에 드는지 자꾸 조른다.

"속도를 더 높여요!"

"벌써 200km야."

"최고로 밟아요!"

"안 돼, 사고 나면 10만 달러 배상해야 해."

"겜블러가 웬 돈 걱정이에요!"

그녀는 비아냥댄다. 그리고는 람보르기니 엔진 소리에 삼킨 목소리를 크게 내질렀다. 잘 들리지 않기 때문이다.

"카지노에 널린 돈 다 자기 거잖아요."

"후후…."

모주방은 웃을 수밖에 없었다. 한 번 붙으면 따기야 따지만, 그딴 돈을 제대로 관리하지 못해서 탈이다.

중간중간 작은 도시를 거쳐서 베네치아로 접근하자, 운하 길목에서 경찰이 차를 세운다. 어제 프랑스 여자가 말한 그대로다. 수상도시 안으로 자동차 진입은 불허돼 있다는 것이다. 하는 수 없이 주차장에 세우고, 인근 상점에서 코인을 바꿔 잔뜩 쑤셔 넣었다. 슈퍼카는 언제든지 도난당할 우려가 있으니 되도록 빨리 돌아오라는 경찰의 주의다.

모주방이 넌지시 경찰한테 물었다.

"당신이 좀 지켜주면 되잖아."

"근무 시간까지는 괜찮지만, 그 이후에는 알 수 없어."

경찰은 책임 못 진다는 얼굴이다. 공무원 주제에 어찌 10만 달러를 호가하는 람보르기니를 탈 수 있겠나. 원산지가 이탈리아여도 길거리에서 보는 것만으로도 감지덕지했다. 상류층이 아닌 이상, 자국인들조차 웬만해서는 구경마저 어려웠기 때문이다. 생각보다는 흔치 않은 차종인 터라 더 그렇다. 모주방은 조금 언짢았다.

"젠장! 걱정하지 마시오. 훔쳐가거나 말거나."

"그럼 당신 손해지 뭐."

경찰은 뒷짐을 질 뿐이다. 곤봉으로 자기 손바닥을 툭툭 칠 따름이었다. 그러면서 람보르기니 곁을 서성댔다. 조수석 밖에 나와 있던 프랑스 여자가 한쪽 눈을 찡긋했다. 10달러만 찔러주라는 것이었다. 모주방은 그녀의 귓전에 대고 속삭였다.

"잔돈이 없어, 이 친구야."

"그냥 인심 좀 써요."

프랑스 여자도 그의 귀에 대고 나직이 말했다. 저 녀석이 관리해 주면 더 안전하다는 것이다. 등을 돌린 모주방은 웃옷 안 주머니에서 지갑을 꺼내 1백 달러 지폐 한 장을 뽑아 그녀에게 건넸다. 프랑스 여자는 경찰에게 씩 웃어 보이고는 람보르기니 바퀴 밑에 지폐를 꾸겨서 툭 던졌다. 당신한테 뇌물을 주는 것도 아니고, 당신 또한 뇌물을 받은 것은 아니라는 제스처를 건넸다.

유럽 각국에서 공공연히 치안 담당자한테 돈을 주거나 받는 장면이 다른 시민에게 목격되면 당사자들은 최소 3일 뒤 법정에 끌려간다. 사진을 찍히면 빼도 박도 못하고, 증언만으로도 부정부패 밀거래로 실형을 받게 된다.

아무튼, 내륙 쪽에서 연결된 나무판자 다리를 건너자, 산마르코 광장이 눈에 들어왔다. 열주로 가득 찬 건물이 디근자 형태로 둘러싸여 있고, 그 우측엔 웅장한 산마르코 성당과 두칼레 궁전이 보였다.

프랑스 여자는 우선 커피부터 마시자면서 건물 한쪽에 있는 카페로 들어섰다. 상호가 '플로리안'인데 테이블에 앉자마자 운을 뗐다.

"이곳이 바로 바이런, 괴테, 바그너 등 당대 최고 지성인들이 단골로 삼은 카페예요."

"그래?"

모주방은 그녀의 소개에 조금 놀랐다. 그들은 이름만 들어도 저절로 고개를 숙일 수밖에 없는 유럽의 당대 최고 위인이다. 종업원이 커피를 내오자, 창문 너머 산마르코 성당을 가리켰다.

"원래는 9세기경, 성 마르코의 납골당으로 지어진 거예요. 성 마르코는 베네치아의 수호성인인데, 상인 2명이 이집트 알렉산드리아에서 유골을 가져온 거죠. 지금 보는 건 11세기 비잔틴 양식으로 재건축된 거고, 그리스 십자가형 바실리카와 다섯 개의 동방 돔이 황금빛 대리석과 어우러져 아름다움을 더하지만 꽤 사치스러워요. 그 옆 두칼레 궁전은 베네치아 총독 관저고요."

"직접 가서 보자."

모주방은 그녀와 함께 담배를 피우고는 일어섰다. 그리고는 성당과 관저를 둘러보았다.

관저 내부의 특징은 재판실이다. 10인 평의회 방이라고 명명된 곳에 유명한 틴토레토 대벽화가 있었다.

프랑스 여자가 곁에서 낮은 목소리로 설명해 줬다.

"재판실에서 소운하로 연결된 다리를 탄식의 다리라고 하는데, 감옥으로 건너간다고 해서 붙여진 거죠. 그 감옥에는 카사노바가 갇혀있었고요."

"카사노바라면 천하의 그 색한?"

"네, 당신 같은 바람둥이요."

프랑스 여자는 관저를 나오며 웃었다. 그가 섹스할 때 취하는 체위로 가늠할 수 있기 때문이다. 모주방은 머쓱해했다. 그리고는 곤돌라를 타고 베네치아의 운하를 구경했다.

다음 목적지는 피렌체다.

프랑스 여자는 자기도 람보르기니를 운전해 보고 싶다기에 운전대를 맡겼다. 생긴 것은 고상하고 순진해 보이는데, 성격은 상당히 급하다 못해 거칠었다. 베네치아를 빠져나와 다시 국도를 타고 아펜니노산맥을 따라 달렸다. 이탈리아 중부 산악지대에 있는 피렌체는 BC 10세기 빌라노바 취락지에서 출발한다는 게 그녀의 설명이다.

또 북부에서 로마로 연결된 카시아 가도가 20세기에도 제구실을 하고 있다며 덧붙인다. 카시아 가도는 BC 2세기 로마를 중심으로 이탈리아반도를 남북 동서로 관통하고 있는 국가의 기간 도로망이었고, 로마제국의 번성과 강성을 일궈낸 것이라 했다.

베네치아에서 동남으로 내달리는 람보르기니는 꼬불꼬불 굴곡지고 협소한 도로를 잘 빠져나갔다. 프랑스 여자는 BC 2세기에 만들어진 카시아 가도의 좁은 4차선 국도를 시속 200km로 내달렸다. 로마제국의 마차와 기마병이 오갔던 그 길을 말이다. 람보르기니의 엔진 소리가 말의 심장 소리와 같은 느낌이었다.

차창 밖 풍경은 그림 같다. 우거진 숲속에 듬성듬성 박힌 작은 마을이 한 폭의 수채화였다. 오디오에서는 오페라에 삽입된 이탈리아 가곡들이 계속됐다.

인류학을 전공한 프랑스 여자는 곡선에서 속도를 줄이고, 직선 코스에서 과속해 가면서도 피렌체의 유래를 줄곧 이야기했다.

모주방은 그저 들어줄 수밖에 없었다.

제정 시대, 즉 로마 황제 토스카 치하에 움브리아가 자치주 중심이 됐지만, 백작령으로 발전한 건 신성 로마 프랑크 왕국 때였다. 로마제국의 멸망, 다시 말해 동로마와 서로마로 나뉘고, 다시 동로마가 게르만족에게 무너지고, 서로마가 오스만제국에 넘어간 11세기 후반까지 정체기를 겪는다. 그 이유는 이탈리아반도가 영주 중심의 여러 지방 국가로 나뉘고 상호견제를 일삼으며 영토 확장을 이유로 전쟁을 일삼았기 때문이다.

피렌체가 실질적으로 발전할 수 있었던 것은 다른 지방 국가를 병합함으로써 도시국가의 기반을 다졌기 때문이다. 12세기부터 모직물 공업이 번성하면서 그 상인들이 귀금속까지 사업을 확장했는데, 그 상인

연합회가 유럽의 상공 및 금융의 중심지로 자리 잡았다. 다만, 13세기 때 겔프당과 기벨린당의 권력 다툼이 피렌체는 물론, 도시국가 토스카나와 이탈리아 전체가 붕당에 휩쓸려 피바람을 일으켰다. 그 와중에 피렌체는 오히려 인근 피사를 흡수해 강대해졌다. 그런데 1300년 이 백당과 흑당의 헤게모니 쟁탈전 속에 신곡의 저자 단테가 망명해 왔을 정도다. 역사의 아이러니지만.

피렌체 입구에 도착하자 교통경찰이 역시 주의를 준다. 역사적 유물을 답사할 요량이면 자동차는 반드시 도로변 공영주차장에 세워두라고 했다. 이 경고를 무시한 채 고대 유물 주변에 자동차를 몰고 접근하면 경찰의 제지를 받을 것이며, 황색 선을 넘는 즉시 자동차는 견인되고, 벌금 10만 리라를 부과받게 된다고 강조했다. 그리고는 피렌체 도시지도와 금지선을 표시한 유인물을 내밀었다.

프랑스 여자는 유창한 이탈리아어로 잘 알겠다는 답변을 건넸다. 모주방도 이탈리아 정부의 유난한 역사 유물 관리를 익히 들은 바 있어 별다른 토를 달지 않았다.

아무튼, 그녀는 피렌체 도심 대로변에 람보르기니를 세워둘 수밖에 없었다. 도난 방지 장치가 있긴 해도 좀도둑은 한술 더 떠 견인차로 몰래 끌어가 버리는데 당할 재간이 없다. 모주방도 그녀와 같은 생각이었지만 어쩔 수 없었다. 이탈리아엔 관광객들을 노리는 좀도둑이 많기로 유명하다. 특히, 고대 유적지엔 어김없이 좀도둑이 떼를 지어 다니며 관광객들을 홀리고, 등쳐서 돈을 털어간다. 가방을 통째로 날치기해 가기도 한다.

결국, 두 사람은 역사 유적지를 걸어서 구경할 수밖에 없었다.

피렌체는 도시 한복판에 아르노강이 흐르고 있다. 또 하나의 특징은 시내 전체가 흰 벽돌에 빨간 지붕을 하고 있다는 것이다. 딱히 그래야 할 이유는 없지만, 로마 시대 때부터 유래된 전통이라 피렌체시 당국은 중축과 개축 때 반드시 그 관례를 지켜달라고 요구하고, 그 외 다른 색깔은 아예 허가를 내주지 않는단다.

아르노강을 가로질러 놓인 짧은 베키오 다리를 건넌 프랑스 여자와 모주방은 시뇨리이 광장 카페 테라스에 우선 자리를 잡고 휴식 겸 커피를 마셨다.

그녀는 피렌체에 대해 계속 말했다. 이탈리아 르네상스의 중심지였고, 그 배경엔 메디치란 인물이 존재하기 때문이다. 15세기 직물과 금으로 부를 쌓은 메디치가 시정을 장악하고, 독재체제를 구축했는데, 아들 코시모와 손자 로렌초 등도 권력을 휘두르는 바람에 정적의 반감을 사 추방당한다. 그럼에도 워낙 막강한 부를 이용 다시 복귀하고, 1532년 메디치 세습을 확고히 다지는데, 그 영향력이 이탈리아는 물론, 유럽 전체에 미치면서 피렌체가 토스카 공화국의 수도로 결정되도록 막후교섭을 펼쳤다.

프랑스 여자는 광장 근처에 있는 베키오 궁전을 가리키며 15세기부터 200년 동안 메디치가의 저택이었는데, 그 이후 샤르데냐 공화국으로 병합되면서 궁전으로 사용했다는 것이다. 모주방은 그저 벌쭉하게 솟은 석조 건물을 무심히 쳐다보았다. 머릿속엔 슬그머니 바카라가 떠올랐기 때문이다.

(2편에서 계속)